GOLDENE ÄRA
DER URSPRUNG

Luzy Lorenz

* * *

Copyright © 2024 Luzy Lorenz

Alle Rechte vorbehalten. Kein Teil dieser Publikation darf ohne schriftliche Genehmigung des Herausgebers in irgendeiner Form oder mit irgendwelchen Mitteln - elektronisch, mechanisch, durch Fotokopieren, Aufzeichnen, Scannen oder auf andere Weise - reproduziert, gespeichert oder übertragen werden. Es ist illegal, dieses Buch zu vervielfältigen, auf einer Website zu veröffentlichen oder auf andere Weise ohne Genehmigung zu verbreiten.

Dieser Roman ist ein rein fiktives Werk. Die darin dargestellten Namen, Personen und Ereignisse sind der Phantasie des Autors entsprungen. Jede Ähnlichkeit mit tatsächlichen lebenden oder toten Personen, Ereignissen oder Orten ist rein zufällig.

Luzy Lorenz beansprucht das moralische Recht, als Autorin dieses Werkes identifiziert zu werden.

Luzy Lorenz übernimmt keine Verantwortung für das Fortbestehen oder die Richtigkeit von URLs zu externen oder fremden Internetseiten, auf die in dieser Publikation verwiesen wird, und garantiert nicht, dass die Inhalte auf solchen Websites korrekt oder angemessen sind oder bleiben werden.

Bezeichnungen, die von Unternehmen zur Unterscheidung ihrer Produkte verwendet werden, werden oft als Markenzeichen beansprucht. Alle in diesem Buch und auf dem Umschlag verwendeten Markennamen und Produktbezeichnungen sind Handelsnamen, Dienstleistungsmarken, Warenzeichen und eingetragene Warenzeichen der jeweiligen Eigentümer. Der Verlag und das Buch sind mit keinem der in diesem Buch erwähnten Produkte oder Anbieter verbunden. Keines der in diesem Buch erwähnten Unternehmen hat das Buch unterstützt.

ISBN: 9798324809058

1

Shade

Nach vielen Jahren konnte sie immer noch nicht entscheiden, wer schlimmer war, die Blutsauger, die Jahrzehnte lang ihre Familie terrorisiert hatten oder ihre Familie, die kampflos nachgegeben hatte. Es war eine dieser Nächte, in denen sie entschied, einen neuen Tipp zu verfolgen. Eine verlassene Ruine mit einem gut ausgebauten Keller, der ausreichend Platz und Dunkelheit bot für ihre Beute, Vampire. Sie war kein Mensch, der das Tageslicht zum Vorteil nutzte, immerhin war sie kein Feigling. Deswegen brach sie im Schutze der Schwärze auf, eingehüllt in schwarzen Tüchern, die ihre teils blasse Haut gut verdeckte. Die Kapuze schob sie tief in ihre Stirn, dass ihre nahezu goldenen Augen leicht darunter hervor blitzten und den Rest ihres schmalen Gesichtes in tiefen Schatten legte. Der Umhang verdeckte ihre persönliche Sammlung an Waffen, die silberne Klinge, die an ihrem rechten Oberschenkel befestigt war, der Gürtel, der mit drei einfachen Holzpflöcken bestückt war. Eine kleine Tasche baumelte an diesem Gürtel, indem sie kleinere Ampullen verstaut hatte, die eine goldene Flüssigkeit inne hielten in verschiedenen Mixturen. Eine tiefe Stille lag über ihr, man hörte nichts weiter als das weit entfernte Heulen von Wölfen, eine der wenigen Tierarten, die am Tage schliefen. Das teils vertrocknete Gras unter ihren Füßen gab nach und brach unter ihrem Gewicht, es erinnerte sie daran, als sie zur Winterzeit gejagt hatte und der Schnee ähnliche Geräusche von sich gab. In der kalten Jahreszeit fand sie stets einen Vorteil, da diese gesonderte Art sich besonders in den kalten Zeiten zurückzog. Als froren deren staubige Knochen durch die niedrige Temperatur und erschwerten die schnelle und flüssige Bewegung, wofür die Vampire bekannt waren. Die herzlosen Bestien hatten jahrzehntelang ihre Familie gejagt, aber an jenem Abend, als ihr die Familiengeheimnisse näher gebracht wurden, drehte sie den Spieß um. Nun jagte sie die Schattenwesen, aber gleichzeitig wurde sie von ihrer Familie verstoßen. Es war im Grunde ihr eigener Lebenswille, jeden einzelnen Vampir auszulöschen, um anschließend wieder nach Hause zurückzukehren. Mit einer guten Nachricht, dass die ewigen Jahre der Tyrannei ein Ende gefunden hatten, durch ihr Tun. Reines Wunschdenken, die Wahrscheinlichkeit, dass sie jeden einzelnen Vampir auslöschen konnte, war weit entfernt von jeglichem Realitätssinn. Ihre Aufgabe bedeutete auch, dass sie selten an einem Ort blieb, sie war ständig auf Durchreise und verfolgte jede Spur. Allmählich zeigte sich das gesuchte Konstrukt, eine eingefallene Kirche, die verlassen wurde und einen schweren Schaden erlitten hatte. Die Ruinen wirkten in der Nacht durchaus furchteinflößend, der perfekte Ort für Gruselgeschichten. Ihr Blick galt dem Mond, der in seiner vollen Größe glänzte, wenn ihre Kalkulationen richtig waren, waren ihre Ziele aktuell selbst auf der Jagd. Das war praktisch, sie tobten sich aus und sie wartete geduldig, um ihr persönliches Willkommenskomitee zu sein. Mit schweren Schritten arbeitete sie sich durch die Ruine und versuchte, den Eingang in den Keller zu finden. Sie benötigte keine Lichtquelle, da ihre Augen sich weiterentwickelt hatten, seitdem sie wie die Vampire stets in der Nacht unterwegs war. Leichte Umrisse einer Falltür, die etwas verborgen lag, unter wenig Steinen und Holzbalken, die einst das Dach stützten. Mit prüfenden Blick ging sie sicher, dass sich keine Schatten bewegten und sie vorerst alleine war, danach schob sie die blockierenden Materialien beiseite. Die steile Treppe, die ins Kellergewölbe führte, war nicht nur in pure Finsternis gehüllt, sondern die Luft war erstickend, es lag Staub in der Luft, als wäre dieser Ort wahrlich verlassen. Davon ließ sie sich nicht täuschen, auf leisen Sohlen trat sie die Stufen hinunter, leise zog sie ihre Silberklinge aus der Messertasche und hielt die Messerspitze zum

Boden, während ihre Finger den Griff vollständig umschlossen. Sie winkelte ihren rechten Arm an und hob diesen ein wenig an, um eine gute Verteidigungshaltung einzunehmen, während die Schwärze sich langsam ausbreitete. Neben der erdrückenden Luft war es die Stille, die sie normalerweise priorisierte, vor allen anderen Lärm. Aber nicht an diesem Abend, ihre Beute war schneller, schneller als sie je sein konnte. Weswegen sie auf jeden ihrer Sinne vertrauen musste, dass sehen, dass hören und auch das riechen. Langsam gewohnten sich ihre Augen an die andere Dunkelheit, es war schwer, Umrisse auszumachen. Der Raum wirkte riesig und erstreckte sich in die Länge, sie konnte einen Tisch ausmachen mit Bänken und Stühlen ringsherum. Weiter hinten wurden eigenartige Boxen platziert, die ihr aber nicht unbekannt waren, Särge. Wobei in ihren Erfahrungen nicht jeder Vampir diesen altmodischen Schlafplatz bevorzugte. Es war eine untypische Art dort zu leben, es wirkte nicht aufgeräumt und auch nicht sauber, weswegen man davon ausgehen konnte, dass es Inceptor waren. Verwirrte und irritierte Vampire, die sich für die Besten hielten, aber in Wirklichkeit selbst auf der Flucht waren. Ihr Organisationstalent war begrenzt, genauso wie ihre Instinkte für sichere Orte und gute Jagd, was wiederum eine zweischneidige Klinge war. Provecta zum Beispiel mussten auf die Befehle von Vetustissima reagieren, oft waren es ihre Macher, der Ursprung warum sie zu Vampiren wurden. Die nahezu älteste Linie an Vampiren, die auch schwer zu töten war. Von der Gefahrenstufe waren Inceptor aber unkontrollierbar, sie hatten nichts zu verlieren und waren mit Temperament voll gepumpt, also wusste man nie, womit man rechnen konnte. Aber wenn es um Kampfverhalten ging, waren diese eindeutig schlampiger und hatten selten vollständige Kontrolle über ihre Vampirgene. Schritte hallten durch den Raum, sie wich in die dunkelste Ecke, die ihr gelegen kam, und hockte sich hinter eine Vorratskiste, die mit verfaulten Kartoffeln gefüllt war. Leicht rümpfte sie die Nase und blickte über die Box hinweg und beobachtete den Eingang, der gleichzeitig als einziger Ausgang diente. Drei Gestalten kamen herein und die Stimmung wirkte, belebt und auch freudig, offensichtlich war die Jagd erfolgreich. Mit einem Finger schnippen wurden wenige Kerzen angezündet, die im Raum verteilt wurden und spendeten ausreichend Licht, um über nichts zu stolpern. Ausreichend, damit sie die Anwesenden etwas genauer ausmachen konnte. Drei Männer, gekleidet in Stoffen, die teilweise zerfetzt oder dreckig waren. Zwei Details teilte jeder dieser Männer, blasse Haut und Augenfarben, die hervor stachen. So wurde aus braunen Augen ein auffälliges Orange, die blauen Augen wirkten eher türkis und grüne Augen wirkten nahezu radioaktiv. Der Größere trug tiefschwarze Haare die lange nicht mehr frisiert wurden und wenige Falten zeigten sich im Gesicht, die darauf hinwiesen dass ihre Nahrungsquelle nicht effektiv war. Die beiden Kleineren hingegen sahen eindeutig jünger und fitter aus, es war nicht untypisch, dass diese Art nicht miteinander teilte. Vermutlich waren die Jüngeren einfach schneller und somit musste der Größere mit dem leben, was ihm übrig gelassen wurde. Nicht dass sie Mitleid mit diesen hatte, aber das bedeutete, dass der Älteste wohl kaum bei vollen Kräften war, einfaches Spiel für sie. Andererseits musste der Hunger seine Sinne geschärft haben, mehr als ihre Art dank der Natur bereits zuließ. Ihr Glück war das verfaulte Gemüse direkt vor ihr, sie hielt ihre Luft an und konzentrierte sich auf ihren Herzschlag, dieser wurde immer langsamer.

"Ich bin mir sicher, dass Kyle es einfach vergessen hatte. Er hat immerhin das Gedächtnis eines Goldfisches." merkte einer der Jüngeren an, der sein nussbraunes, kurzes Haar mit etwas in Position gestrichen hatte. Der angemerkte Kyle rempelte den Kameraden an für den bösartigen Spruch, dieser stolperte einige Meter zur Seite. Vampir Stärke. Diese war nicht zu unterschätzen. Unglücklicherweise fing er sich bei den Kisten ab und fand wieder etwas Gleichgewicht, verharrte aber in der Bewegung. Er war keinen halben Meter von ihr entfernt, diese Kisten waren die einzige Mauer zwischen ihnen und wenn er sich darüber gelehnt hätte, wäre sie wohl schnell aufgeflogen. Mit ihrer freien Hand hielt sie ihre Mund und Nase zu, ihre Augen verfolgten sein Tun. Er zögerte, irgendwas schien seine Aufmerksamkeit erhascht zu haben und dabei hatte sie keinen Laut von sich gegeben. Ihre Herangehensweise hatte bis hierhin wunderbar funktioniert.

"Was los? Hunger bekommen auf Gemüse, Einar?" scherzte der Älteste, worauf der Braunhaarige sich wieder aufrichtete und direkt in ihre Ecke starrte. Er sah sie direkt an.

2

Einar

Es war mittlerweile Jahre her. Seitdem er sein Elternhaus verlassen hatte. Vor einigen Jahren traf er auf Bricriu, einen ungewöhnlich alten Inceptor. Vampire in seinem Alter reichten nahezu zu den Ältesten, aber in seiner Geschichte musste etwas passiert sein, dass er nun davonlief. Auch er selbst lief davon. Deswegen konnte er ihn nie fragen, sie überlebten zusammen und eine wortlose Kameradschaft entstand. Vor etwa 2 Jahren trafen sie Kyle. Er war ihre Vorstellung von einem Inceptor. Nicht weil er von etwas davon rannte, sondern weil genau diese Jahr Anzahl beschrieb, wie lange er nun ein Vampir war. Bei anderen galt er als Frischling, ein Anfänger, jemand, der keine großen Überlebenschancen besaß, ohne seinen Oraculi oder in anderen Worten seinen Mentor, seinen Erschaffer. Jener Vampir, der ihn verwandelt hatte. Kyle sprach selten darüber und wurde schnell aggressiv, wenn man das Thema ansprach. Er mochte es wahrlich nicht, wenn man ihn darauf ansprach, weswegen Einar es irgendwann sein ließ. Seit einigen Tagen waren sie in dieser verlassenen Kirche untergekommen, etwas ironisch, da Glauben nicht wirklich ihr Interesse war. Aber da Vampire dort am wenigsten vermutet wurden, war es nahezu optimal. Einige Meter weiter gab es ein Dorf, nichts großes, wenige Häuser und zwei Farmen, wie eine

Handvoll Tavernen und einen beliebten Markt. Ein beliebter Ort für Reisende, was wiederum bedeutete, der Vorrat wurde ständig erhöht. Die geringe Sicherheit dort machte es ihnen erstaunlich einfach, insofern sie vorsichtig waren. Kyle machte dies aber gewiss nicht einfach, seine Impulskontrolle war noch unausgereift und für ihn war Blut keine Nahrungsquelle, sondern eine Abhängigkeit, wodurch er sich mächtig und unsterblich fühlte. Eine gefährliche Kombination für einen Vampir, der noch nicht Herr seiner Sinne geworden war. Ein weiterer kleiner Besuch im Dorf war ein voller Erfolg, Kyle lernte auch etwas Selbstkontrolle und tötete sein letztes Opfer nicht. Das war ein großer Erfolg für ihn und die kleinen Schritte zählten. Bricriu hingegen verzichtete auf ein Mahl, er fastete zu jedem Vollmond. Die Hintergründe waren nicht bekannt. Der Vollmond bot vielen Wesen in ihrer Natur einen Vorteil, auch Vampiren. Die Sinne wirkten verstärkt und ihre übermenschlichen Eigenschaften wurden intensiv. Wenn Einar raten sollte, hatte der alte Mann Angst, Kontrolle über sich zu verlieren, weswegen er in der mächtigsten Nacht sich nicht mit Blut stärkte. Sie erreichten die Ruine und Einar wurde das Gefühl nicht los, dass etwas nicht stimmte. Zum einen war die Falltür freigelegt und nicht vollständig geschlossen und ein unbekannter Geruch war an der Treppe auszumachen. Von ihnen dreien waren seine Sinne am besten geschärft. Der junge Hüpfer war so stolz auf seinen Fortschritt und Bricriu war nicht bei vollen Kräften durch sein Prinzip des Fastens. Dennoch konnte er sich irren, weswegen er kein Wort darüber verloren hatte. Bricriu nutzte seine erlernte Feuermagie, um die Kerzen mit einem Schnips anzuzünden. Es war immer wieder aufs Neue ein spannendes Unterfangen, immerhin war Feuer ein Element, das von ihrer Art verhasst wurde. Den Flammen waren mitunter etwas, was ihre Existenz auslöschen konnte, auch die Ältesten waren davon nicht unbetroffen. Während sie die Stufen hinabgestiegen waren, diskutierten die beiden darüber, wer vergessen hatte, die Falltür vernünftig zu schließen und zu verschleiern. Einar war sich sicher, dass er diesmal dran war und es nicht vergessen hatte, aber stattdessen schob er es schlichtweg auf Kyle. Der junge Mann reagierte wie ein Teenager und suchte wiederholt Streit mit ihm, indem er Einar angerempelt hatte. Normalerweise bewies er ihn, wie schwach er doch war, da einige 100 Jahre an Erfahrungen zwischen ihnen lagen, aber Einar war mit seinem Kopf nicht bei der Sache. Weswegen er überrascht wurde und in eine Ecke gestolpert war, mit seinen Händen fing er sich an den Kisten ab, die mit verfaulter Ernte gefüllt waren. Da war er wieder. Dieser fremde Geruch und es war nicht das verdorbene Gemüse. Leicht blitzte etwas Goldenes aus dem Schatten heraus, es starrte Einar direkt an. Bricriu's tiefe Stimme erreichte seine Ohren, er richtete sich auf und hielt den Blickkontakt mit dieser seltenen Farbe.

"Ganz spontan hab ich Lust auf goldgelbe Rüben bekommen." Einar's Worte verließen nicht ansatzweise seinen Mund, Bricriu stand augenblicklich neben ihm und schleuderte die Boxen nahezu mühelos beiseite. Es ging dermaßen schnell, dass der schwarze Schatten aus der Ecke sprang und direkt auf Bricriu gestürmt war. Etwas Silber glitzerte in der Hand der vermummten Person, die mit geschickten Bewegungen es dem Ältesten nicht einfach machte. Letztendlich mischte sich Kyle ein, der die fremde Person mit einem Tritt einige Meter weiter beförderte. Es knallte, als der Angreifer gegen einen der Särge krachte.

"Vampirjäger?" nahm Bricriu an, worauf Einar leicht den Kopf schüttelte.

"Zu schlau." entgegnete Einar nur knapp, sie waren schon vielen Jägern begegnet. Angefangen von jenen, die sich als die Besten sahen, ihre Herangehensweise glich einem Elefantenmarsch. Dann gab es noch die Anfänger, die durch ihre Leselektüren versuchten, etwas Geld für ihre Familien zu beschaffen. Aber es gab dermaßen viele Schriften und Bücher, dass die Grenze zwischen Gerüchten und Wahrheiten nicht mehr existierte. Dieser Jäger hier aber schaffte es mehrere Minuten in einem Raum mit Vampiren, ohne dass sie den Herzschlag ausmachen konnten und auch nicht den Geruch. Die Waffenwahl war bewusst, eine silberne Klinge war nicht unbedingt tödlich, aber Wunden herbeigeführt durch dieses Material waren schmerzhaft und verheilten langsamer. Die Klamotten schienen jegliche Haut zu überdecken, nur die Augen konnte man ausmachen, was die Chance, sich zu schneiden oder gebissen zu werden, etwas minimieren konnte. Zudem versteckte dieser Jäger sich an einem Ort und wartete auf Vampire, an der ironischsten Stelle, die man sich vorstellen konnte. Manche Gerüchte besagten, dass Vampire auf heiligem Boden verbrennen würden, absoluter Schwachsinn. Die Natur gehörte niemandem an, auch nicht dem Glauben oder einer Religion. Während Bricriu sich also wappnete, stieg ihnen ein bekannter Geruch in die Nase. Bevor sie reagieren konnten, war es Kyle, der in die Richtung gestürzt war.

"Warte, Kyle. Nicht!" Einar zog den Jüngsten an den Schultern weg, bevor er seiner Gier nachgeben konnte. Scheinbar hatte sich der Jäger verletzt. Der Herzschlag war aber nach wie vor schnell, was bedeutete, diese Person täuschte eine Bewusstlosigkeit vor.

"Was.." Einar konnte seine Worte nicht beenden, als Kyle etwas aufschrie und Einar ihn von sich weg schubste, weg von dem Angreifer. Kyle hielt sich am Oberschenkel, Einar erkannte die silberne Klinge wieder.

"Scheiße.. warum brennt das?!" knirschte der Jüngste, Bricriu nahm einen Fetzen vom Tisch und zog das Messer aus der Wunde. Kyle beschwerte sich wie ein Kleinkind und die Wunde wirkte, als hätte die Waffe sich eingebrannt. Das war das Ergebnis von purem Silber. Aus Reflex hob Einar seine rechte Hand und ergriff das Handgelenk, der Holzpflock in der Hand war bedrohlich nah und auf Brusthöhe. Sein Blick galt dem Fremden, dessen goldenen Augen nun klarer hervor blitzten.

"Vetustissima." die Stimme klang rauchig, aber auch etwas hoch. Einar runzelte die Stirn, er wusste nicht, was ihn mehr überraschte. Die Tatsache, dass sich darunter eine Frau verbergen konnte oder dass sie ihn gerade als einen Ältesten identifizierte. Mit einer Bewegung drehte er ihr den Arm auf den Rücken, worauf sie den Pflock instinktiv fallen ließ.

"Du irrst dich und ich dachte wirklich du bist besser als diese nervigen Vampirjäger." murrte Einar etwas aus und schielte zu den anderen beiden. Kyle hatte sich auf einen Stuhl gesetzt und behandelte seine Wunde, was für ihn neu war. Denn die Heilung eines Vampires war effektiv, dadurch waren Behandlungen selten notwendig. Bei einer Schwäche, wie silberne Waffen, war es etwas Anderes. Bricriu hingegen trat zu Einar heran, während die Fremde sich versuchte aus dem Griff zu winden. Die Stärke erinnerte an einen Menschen, was keine großartige Überraschung war. Aber Jäger bedienten sich an Hilfsmitteln, wenn es nicht Magie war, gingen sie den heiligen Weg und versuchten die Dämonen aus uns zu vertreiben. Diese Person vor Einar zeigte aber keines dieser typischen Herangehensweisen. Bricriu wollte ihren Angreifer von der Kapuze befreien, nachdem er den Mundschutz hinunterzog, zog er seine Hand sofort zurück. Etwas brannte sich in seiner Handinnenfläche ein, er schüttelte die Hand leicht aus und gab Einar einen vielsagenden Blick.

"Du hältst gerade das Ticket in deiner Hand wieder als Vampir in der Gemeinschaft akzeptiert zu werden." kam es dann von dem Ältesten, ein leichtes Grübchen zeigte sich an seinem rechten Mundwinkel. Einar hatte ihn noch nie so gut gelaunt erlebt wie in jenem Moment. Ein Tritt gegen sein Knie folgte, er lockerte den Griff, woraus sich die Frau wandt, sich instinktiv duckte als Bricriu nach ihr griff und man ein metallisches Geräusch vernehmen konnte, als sie eine weitere Klinge aus ihren hohen Stiefel zog. In guter Wendigkeit krabbelte sie wenige Meter nach vorne und richtete sich wieder auf, während sie das Messer vor sich hielt. In dieser Bewegung zeigte sich, wer unter der Kapuze war, weißes langes Haar, was in eine praktische Frisur geflochten wurde, goldene Augen, die jede einzelne Bewegung von ihnen kontrollierte und zerbrechliche helle Haut. Ihr schmales Gesicht wurde durch wenige Strähnen umrandet, während auf ihrem rechten Auge zwei nebeneinander gereihte verblasste Narben ruhten.

"Nur über meine Leiche." zischte die Frau aus, wie eine Schlange wirkte ihr Akzent in den Worten einfach nur fremd. Es war schwer sie zu verstehen, aber Bricriu schien genau zu wissen, was sie von sich gab.

3

Shade

Es verlief nicht nach Plan. Wie sie vermutet hatte, war ihre Tarnung aufgeflogen, weswegen sie schnell reagieren musste. Der Große war nicht einfach zu überwältigen, er sah zwar hungrig und schwach aus, aber sein Existenz Alter bot ihm einen guten Vorteil. Ein unerwarteter Tritt beförderte Shade Meter weiter, ihr Rücken schmerzte und ein stechender Schmerz machte sich in ihrem Arm bemerkbar. Aber sie konnte ihre Wunden nicht wirklich überprüfen, als jemand auf sie stürzte. Wahrscheinlich hatte er das Blut gerochen, was aus ihrem Arm durch die Klamotten sickerte. Sie verkrampfte ihre Hand um ihr Messer, das sie hoch riss und dem Gegner in den Oberschenkel rammte. Der Schmerz war ausreichend, damit er seinen Rausch vergaß und von ihr abließ. Ein Schatten hinter ihm verriet Shade, dass es nicht vorbei war, weswegen sie die Augen schloss und einen alten Trick der Tierwelt anwendete. Sich tot zu stellen. Zugegeben, sie konnte wohl kaum einen Vampiren zum Narren halten, aber diese Ruhe half ihr zur Konzentration. Immerhin funktionierte der Einfall. Mit langsamer Bewegung zog sie einen Pflock aus ihrem Gürtel und schielte unter ihren Augenlidern. Eine gezielte Bewegung, dann stand sie wieder auf den Beinen und versuchte, den Braunhaarigen vor ihr zu pfählen. Sein Reflex war dermaßen schnell, womit sie nicht gerechnet hatte. Solche Reflexe besaßen keine Inceptor, Shade sprach ihre Vermutung aus, aber der Blutsauger reagierte darauf allergisch. Bevor sein Kamerad sie identifizieren konnte, wählte sie einen weiteren Trick aus ihrer Sammlung. Shade biss sich auf ihre eigene Zunge und spuckte ihr Blut auf seine Hand, worauf er zurück wich. Es resultierte aber darin, dass der Schwarzhaarige ihre Identität preisgab. Shade konnte es nicht riskieren, er sprach davon, sie auszuliefern, sie musste aus dieser Situation entkommen. Sie befreite sich aus dem Griff, zog ihr Notfallmesser aus dem Stiefel und nutzte den einzigen Vorteil gegenüber dem großen Mann, ihre Möglichkeit unter ihm hinweg zu kriechen. Zurück auf den Beinen hielt sie ihre einzige effektive Waffe vor sich, wie ein Schild, eine närrische Geste. Ihre Pupillen rasten hin und her, während sie versuchte alle drei Anwesenden im Blick zu halten und langsam rückwärts zum Ausgang schritt.

"Tod bringst du uns leider nichts." die tiefe Stimme von den Größeren erreichte ihre Ohren, die etwas surrten. Der Adrenalin, gemischt mit den Schmerzen an verschiedenen Stellen, betrübte ihre Sinne und sie versuchte ihre Konzentration auf das Hier und Jetzt zu lenken. Er hob seine Arme abwehrend und zeigte, dass er unbewaffnet war. Jeden Schritt, den er auf Shade zu trat, entfernte sie sich wieder von ihm, ihre Fersen erkundeten sich jedesmal einen halben Meter hinter ihr, bevor sie einen weiteren Schritt tat. Um sicher zu stellen, dass sie nicht über etwas stolperte. Shade konnte kein Wettrennen riskieren, ohne Mühe konnten diese Monster sie einholen.In ihrer Vergangenheit als Jägerin gab es immer einen Grundsatz, wenn man einem Vampir gegenüberstand, gab es nur eine Option, ihn zu töten. Man konnte nicht weglaufen, man konnte sich nicht verstecken und man konnte keine Vampire mit Worten überzeugen.

"Na gut." Shade drehte ihr Messer in ihrer Hand und legte es an ihrem anderen Arm an, wo sie die Hauptschlagader vermutete. Sie hing an ihrem Leben, es war eine Irreführung, aber das konnten die Vampire nicht wissen. Der Größere kam zum Stehen und machte keine Anstalten einzugreifen. Ihre Ferse erreichte eine Blockade, die erste Stufe, sie hob ihr Bein und starrte in den Raum.

"Wir werden dich finden." gab der Braunhaarige von sich, der Shade ursprünglich entdeckt hatte. Sie verharrte auf einer Stufe und sah zu dem Vampir.

"Das hoffe ich doch." ein leichtes Schmunzeln zeigte sich auf ihren Lippen. Wie oft hatte man ihr gedroht, dass sie nie wieder schlafen könnte, dass man sie suchen und verfolgen würde? Es gab keine Nacht mehr, in der Shade nicht mit einem Auge offen schlief. Aber wenn die Art dermaßen naiv war und sie finden wollte, ersparte es ihr Arbeit. Wenn die Beute zum Jäger kam, musste der Jäger nur gut Kontrolle über seinen Wohnort gewinnen. Shade zog ihre Kapuze wieder hoch und lief die Treppe hoch, schloss die Falltür hinter ihr und schob jedes Geröll darauf, was sie finden konnte. Dies sollte die Männer wohl kaum aufhalten, aber es war nicht mehr viel von der Nacht übrig und das Tageslicht war ihr Freund. Shade zog eine Ampulle aus ihrem Beutel und zog den Korken heraus, träufelte den Inhalt langsam in Richtung des angrenzenden Waldes. Mit einem Messer ritzte sie etwas in den Baum, wohin die Fährte führte. Daraufhin schlug sie einen anderen Weg ein, zurück in den Norden, wieder ins Gebirge, wo die Temperaturen durchaus niedriger waren. Es war ein langer Fußmarsch, bis Shade an ihrer Hütte ankam. Eine verlassene Hütte auf einer Berganhöhung, ausgestattet mit einigen Fallen, worüber sie trat oder sprang, um diese nicht auszulösen. Sie stemmte sich gegen die Holztür, damit sie langsam aufging und schloss diese hinter ihr wieder. Mit einem tiefen Seufzer ließ sie sich auf das Bett fallen, was unter dem Gewicht etwas einknickte. Ihr rechter Handrücken legte sich auf ihre Stirn und sie starrte an die Decke, die an wenigen Stellen ein wenig morsch geworden war.

"Was ein Reinfall.." stieß sie frustriert aus. Nicht nur hatte sie keinen Erfolg bei ihrer Jagd, sondern sie wurde wieder gejagt. Es war nicht neu für sie, seit ihrem 13. Lebensjahr war sie auf der Flucht vor Vampiren. Mit der Zeit wuchs ihre Wut und ihr Hass, worauf sie den Spieß einfach umdrehte. So wurde es zu einem ständigen hin und her, mal war sie der Jäger und andermal war sie der Gejagte. Das war ihr Leben seit mittlerweile zehn Jahren. Sie dachte an den Moment in der Kirche zurück. Als sie den Einen als Vetustissima ansprach und er es von sich abwies. Es war das erste Mal, dass Shade einen älteren Vampir gesehen hatte, der dermaßen bescheiden war oder sogar seine Position verleugnete. Vetustissima waren stolze, aber auch egoistische sowie abgehobene ihrer Art. Aber in den Augen dieses Mannes erkannte sie nicht Verwirrung sondern Verleugnung, wenn nicht gar Hass? Mit einem Ruck saß sie und sah zu ihrem Holztisch, darauf lagen Schriften und Bücher verstreut, eine Karte lag quer darüber, es war ein einziges Chaos. Viele der gesammelten und zusammengetragenen Notizen kamen aus Erfahrungen, die sie in den Jagden erkennen konnte. Sie stand auf und hielt sich etwas den Rücken, der Aufprall lag ihr noch in den Knochen, aber sie hatte ein erstaunliches Immunsystem, der Heilprozess sollte schnell einsetzen. Vor dem Schreibtisch suchte sie ein Buch heraus, blätterte durch die Seiten und stoppte bei dem Gesuchten. Vetustissima. Ihr erster erlegter Vetustissima ergab sich durch mehr Glück als Verstand. Ursprünglich entdeckte sie ein Vampirnest und setzte eine Falle, die mit vielen Flammen geendet hatte. Zwischen all diesen frischen Vampiren befand sich ein Ältester, der durch das Gedränge und das Feuer nicht schnell genug flüchten konnte. Tage später erfuhr sie in derselben Stadt, dass ein wichtiger Geschäftsmann im Feuer umgekommen war. Nach wenigen Untersuchungen und Befragungen erfuhr Shade die Wahrheit. Wie zu erwarten von den höherrangigen Vampiren, mischte er sich unter die Menschen und war ein wichtiger Mann in der Gemeinschaft. Nachdem sie das erfahren hatte, war sie aus dem Ort geflohen. Denn wenn man einen Vetustissima tötete, konnten noch mehr danach folgen. Diese Art von Vampiren waren sich gegenüber absolut loyal und treu, also war es immer schon ein Risiko, diese Art auszulöschen. Shade bevorzugte das Jagen von Inceptor, auch wenn diese wie Insekten schnell neu produziert werden konnten. Es brachte ihr aber Erfahrung ein und anteilig auch Informationen, so arbeitete sie sich hoch. Inceptor, dann Provecta und zu guter letzt die Vetustissima, die Reihenfolge war essentiell.

4

Einar

Nachdem die Frau aus der Kirche geflohen war, hörte man die Trümmer, die an der Oberfläche bewegt wurden.

"Sie ist gründlich." murmelte Einar ein wenig beeindruckt und ging zu Kyle, um seinen schlecht angebrachten Verband zu richten. Der Junge murrte etwas schlecht gelaunt vor sich hin.

"Warum habt ihr sie nicht einfach getötet?" der junge Vampir verstand die Situation nicht ganz, eine Jägerin hatte sie angegriffen und nachdem man sie enttarnt hatte, ließ man sie einfach gehen.

"Wenn wir dieses Mädchen töten, sind wir auch dem Tod geweiht." erklärte Bricriu der am Sarg entlang strich und etwas goldene Flüssigkeit einsammelte. Dieses brannte sich leicht in seine Finger ein und er verteilte es auf seinen Fingerspitzen.

"Bist du dir sicher? Was, wenn sie einfach ein Vampirlager überfallen hatte?" der Gedanke kam Einar spontan und er musste es aussprechen. Eine Stille kehrte ein und er sah zu dem Älteren, der nachdenklich schien.

"Entweder hatte sie sich verletzt oder eines ihrer Ampullen war geplatzt." stellte Bricriu fest und trat in den Kerzenschein. Er schob seine Hände wieder in die Hosentaschen und sah Einar an. Einar kannte diesen Blick. Er wollte der Sache auf den Grund gehen, auch wenn diese Frau nicht die war, die er zu kennen schien, gab es die Möglichkeit, dass sie mehr darüber wusste. Diese Art von Information oder diese Art von Mensch auszuliefern, konnte sie drei zu einem Provecta machen. Als Provecta hatte man viele Freiheiten, man war nicht auf sich gestellt und genoss einen gewissen Luxus. Aber man schwor dadurch auch Treue und Gehorsam gegenüber dem Vetustissima. Es war nicht wirklich seine Vorstellung von einem zukünftigen Leben, aber er wusste, wie sehr Kyle und Bricriu dies wollten. Weswegen er nachgab und dann etwas nickte.

"Gut, dann suchen wir nächste Nacht dieses Mädchen." beschloss Einar und Kyle schien ganz aufgeregt. Seine Jagdinstinkte waren intensiver als jene von Einar und Bricriu die keinen Gefallen mehr an solchen Jagden fanden, aber wenn es noch ein sonderbares Ziel war und nicht einfach die erst beste lebende Beute, war es noch aufregender.

"Freu dich nicht zu früh. Du hast gegen eine Frau verloren." Bricriu sprach die Wahrheit, Kyle hatte keine Chance gegen diesen Menschen. Es war auch der erste Mensch, der sich gegen ihn wehrte, normalerweise überzeugte der jüngste Vampir immer mit Worten und Charme. Was wiederum bedeutete, er musste lernen zu kämpfen, dafür blieb ihnen aber ein ganzer Tag. Einar nahm das Messer, was Bricriu sorgfältig in einen Fetzen wickelte, damit man sich nicht daran verletzte. Er befreite die Spitze von dem Stoff und musterte das Handwerk. Es war ordentlich geschmiedet und keine glatte Klinge, es hatte einige Zacken, was ein rein und raus ziehen noch schmerzhafter machen konnte. Ähnlich wie Widerhaken nur war es nicht dermaßen schlimm. Ein wenig wog er die Waffe in seiner Hand, es war erstaunlich leicht, womit man einfache und flinke Angriffe machen konnte.

"Worüber denkst du nach?" Bricriu beobachtete sein Verhalten und Einar zuckte etwas die Schultern.

"Ich versuche nur, wichtige Fakten unserer Beute auszumachen." es war nicht wirklich gelogen, zumal die Frau nicht gezögert hatte, sich selbst gar umzubringen. Insofern sie sie finden konnten, musste alles schnell gehen. Sie durfte nicht lebensbedrohlich verletzt werden, aber sie war auch eine geschickte Kämpferin.

"Wir überfallen sie einfach und wenn wir sie haben, kann doch unser Blut sie heilen." Kyle lag nicht unbedingt falsch, aber Bricriu schien mit dieser Antwort nicht zufrieden. Er schüttelte mehrmals den Kopf und lehnte sich rücklings gegen eine Wand, verschränkte seine Arme.

"Nicht wenn sie wirklich ein goldenes Mädchen ist. Dann hilft ihr unser Blut nicht. Sonst hätte ich sie wohl kaum gehen lassen." beschrieb Bricriu, der etwas Wissen über diese Thematik besaß. Die goldene Familie war eine besondere Blutlinie der Menschen, wichtig für Vampire aber genauso gefährlich. Normalerweise wurden diese Menschen in der größten Vampirstadt untergebracht, in Umbra. Deswegen war es schwierig herauszufiltern, was echt und was falsch war. Es gab genauso viele Geschichten über diese Familie wie über Vampire und dies lag daran, dass beide ein wenig voneinander abhängig waren und gleichzeitig die schlimmsten Feinde werden konnten.

"Was macht sie so besonders?" Kyle war zu jung, um darüber Bescheid zu wissen und war noch nie in einer anderen Vampirgesellschaft. Deswegen wusste der Junge rein gar nichts. Er hatte viel zu lernen, aber das wollte er nie zugeben.

"Die goldene Familie besitzt ein besonderes Blut. Wenige Tropfen versorgen einen Vampir für mehrere Tage, zu viele Tropfen töten ihn." beschrieb Bricriu, mehr schien er darüber nicht zu wissen, was Einar nicht überraschte. Wenig wurde nach außen getragen, nur die höchsten Vampire hatten die vollständigen Details zu dieser Blutlinie.

"Auf unserer Haut wirkt das Blut ätzend wie Säure. Zudem verstärkt die Einnahme davon unsere maximalen Fähigkeiten um das Doppelte für kurze Zeit. Insofern man ihnen Vampirblut gibt, wird ihr Blut verschmutzt und sie vertrocknen von innen heraus. Dasselbe passiert auch mit uns, wenn wir zu viel von ihrem Blut zu uns nehmen." fügte Einar hinzu und erntete einen irritierten Blick von Bricriu. Kyle nickte langsam und versuchte die Informationen zu verinnerlichen. Dies bedeutete, er musste sich unter Kontrolle halten, wenn er sich an dieser Frau bediente, konnte er sterben.

"Warum verwandelt man diese Familie nicht?" fragte Kyle verwirrt nach und Einar zuckte etwas die Schultern.

"Das ist nicht wirklich bekannt. Die Natur findet immer ihr Gleichgewicht. Ich gehe davon aus, dass sie keine Vampire werden können und dazu noch dieses Blut in sich tragen." Einar runzelte etwas die Stirn, sicherlich gab es andere Vampire, die bereits darüber nachgedacht hatten. Wenn sie es nicht sogar ausgetestet hatten, als die ersten dieser Blutlinien entdeckt wurden. Bestimmt gab es viele Forschungen und Tests dieser Art.

"Einar scheint viel aus den inneren Kreisen zu wissen." Bricriu hatte ihn schon seit Minuten angestarrt, er hatte seinen Blick nicht erwidert.

"Ich habe viele Jahre für die Regiae Familie gearbeitet." erwiderte Einar, ohne mit dem Auge zu zucken, es war keine vollständige Lüge. Es reichte aber aus, dass der Große es akzeptierte und etwas nickte. Sie hatten nie darüber gesprochen, über ihre eigene Vergangenheit. Aber die Regiae Familie war mitunter eines seiner Geheimnisse. Sie war der Grund, warum er zu einem Inceptor wurde und das war die Ursache, warum er es gehasst hatte, als diese Frau ihn Vetustissima nannte.

5

Shade

Die Sonne blendete ihr Gesicht, sie hatte sich in ihren Leselektüren verloren und sah aus dem Fenster. Zwar war die Hütte nicht mehr in einem guten Zustand, aber die Aussicht war vielversprechend. Zwischen wenigen Bäumen gab es einen Ausblick über die Weiten hinter dem Abhang. Sie strich über ihre Wunde am Arm, die Schnittwunde war verheilt und nur der Kratzer in den Klamotten wies auf, dass dort eine Verletzung war. Die Wärme an ihren Wangen erinnerte sie daran, dass sie noch am Leben war und das in voller Freiheit.

Vor 10 Jahren.
Es war ihr großer Tag, sie wurde 13 Jahre alt und ihre Familie machte immer die besten Geburtstagspartys. Es gab ihren liebsten Kuchen mit Erdbeeren, es wurde schön geschmückt, auch wenn sie nicht viel hatten. Ihre Wohnung bestand aus einem großen Raum. Ihr Bett war ein Stockbett mit drei Matratzen. Ihre Mutter hatte zwei Geschwister, die aber durch eine Krankheit gestorben waren. Deswegen gab es nur noch ihre Eltern und ihre Großmutter. Das Ehebett stand in der anderen Ecke und es wurde ein Raumtrenner aus Holzplatten gebaut, die Großmutter hingegen saß immer in ihrem

Sessel, indem sie auch schlief. Der Küchentisch hatte ein kaputtes Bein, weswegen ein dicker Holzblock an dieser Ecke darunter geschoben wurde, um ein gewisses Gleichgewicht zu halten. Ihr Geburtstag war ihr liebster Tag im Jahr, weil sie nicht den ekligen Eintopf aßen, sondern ihren Lieblingskuchen. Zugegeben, es war nicht ihr Favorit, aber sie kannte nichts anderes und freute sich dennoch immer wieder darauf. Sie hatten keine funktionale Küche und bekamen stattdessen Essen und Handtücher sowie Klamotten zur Verfügung gestellt. Zwei groß gewachsene blasse Männer in schwarzen strengen Anzügen brachten diese einmal die Woche. Von klein auf mochte sie diese Männer nicht, sie machten ihr Angst und wechselten niemals ein Wort mit ihrer Familie. An diesem Tag war es aber anders. Während ihre Mutter den Kuchen entgegen nahm, sprach ihr Vater in einer eigenartig alten Sprache mit den Männern. Sie konnte kein Wort verstehen, aber als die zwei Männer zu ihrer Großmutter gingen, wurde ihr schnell klar, was besprochen wurde. Sie dachte, sie wurde zu einem Arzt gebracht, da sie nur noch dort saß und sich kaum bewegte. Sie war wirklich alt geworden und alte Leute brauchten eine gewisse Pflege und Unterstützung. Sie hatte Großmutter noch nie so erlebt, als diese Männer ihr aufhalfen wehrte sie sich und versuchte die Männer von sich zu stoßen. Sie wollte nicht mit ihnen gehen. Viel mehr konnte sie nicht sehen, als ihre Mutter ihr die Augen zuhielt und sie zu ihren Kuchen geführt wurde. Aber die Geräusche im Hintergrund, konnte sie nicht ignorieren. Als Kind war sie machtlos gegen diese Entscheidung und sie spürte, dass ihre Mutter auch Angst hatte, ihre Hände zitterten, während sie sie zu dem Tisch führte. Deswegen legte sie ihre Hände auf die ihrer Mutter, in der Hoffnung, sie konnte ihr etwas Angst nehmen. Dieser Tag war nicht so wie alle anderen zuvor. Die Stimmung war bedrückend, ihre Mutter trank ein Wasserglas nach dem anderen. Es war überraschend, dass sie trotz all der Flüssigkeit die Tränen halten konnte. Ihr Vater sprach kein Wort, er kratzte mit der Gabel, der ein Zacken fehlte, auf seinem Teller. Shade wagte es nicht zu fragen, wohin ihre Großmutter gebracht wurde, es war der ermüdenste Geburtstag ihres Lebens und auch der letzte, den sie offiziell gefeiert hatte. An diesem Abend erzählte ihre Mutter, welches Schicksal ihrer Familie vorbestimmt war. Die Ältesten ihrer Familie wurden für Untersuchungen mitgenommen, nicht die Art von Untersuchungen, die man sich darunter vorstellte. Tests und

Forschungen, da die alte Generation zu Nichts zu gebrauchen sei. Dazu beschrieb sie, was Shade's neue Aufgabe war. Täglich sollte sie ebenso zu einer Untersuchung, indem man ihr Blut abnahm und dieses dann testete oder lagerte. Denselben Prozess verfolgten auch ihre Eltern jeden einzelnen Tag. Wenige Tage später wurde bei einer Untersuchung klar, dass ihre Mutter zu alt war, um weitere Kinder zu kriegen. Seit dieser Erkenntnis wurde sie immer blasser und kränklicher. In einer Nacht hatte sie Shade geweckt und in leiser Stimme einen Fluchtplan beschrieben. Sie musste ihr genau zuhören und die Beschreibung wiederholen, danach zog sie ein schwarzes Bettlaken über ihren Kopf, was sie wie einen Umhang band. Ihr Haar wurde geflochten zu einem strengen Zopf, was schwierig war durch die zitternden Hände ihrer Mutter. Sie hatte Angst. Shade hatte Angst. Sie schraubte ein Gitter auf, was zur Kanalisation führen sollte, Shade weigerte sich, darunter zu gehen. Zum einen war es dunkel und zum anderen stank es und nicht zu vergessen wollte sie, dass ihre Familie mit kam. Sie konnte doch ihre Familie nicht zurücklassen. Bevor sie der Kanalisation folgte, wurde ihr Vater wach und versuchte, sie aufzuhalten. Ihre Mutter stand aber zwischen ihnen und rang darum, sie gab Shade mehr Zeit. Shade stand unter Schock, sie vernahm, wie ihr Vater ihr hinterher brüllte, dass sie die Entscheidung der Familie nicht ignorieren konnte. Dass es ihre Pflicht war, wie alle anderen zuvor auch. Wenn sie jetzt ihre Familie verließ, nie wieder zurückkommen durfte. Das es Verrat war, respektlos gegenüber verstorbenen Mitgliedern ihrer Familie. Dass ihr Blut an ihren Händen kleben würde, weil sie wie ein Feigling davon gelaufen war, statt einfach ihren Mut zusammenzunehmen wie der Rest von ihnen. Worte und Sätze, die ihr hinterher gerufen wurden und sich in ihrem Kopf wiederholten. War es Verrat? Hatte sie damit das Todesurteil ihrer Eltern unterzeichnet? Konnte sie überhaupt entkommen? Bestand ihre Zukunft nun aus einer ewigen Flucht?

Bis zum heutigen Tage hatte Shade keine Antworten zu diesen Fragen. Ihr wurde nur klar, dass sie alle Vampire auslöschen musste, aus Rache. Andererseits erhoffte sie sich dadurch, ihren Vater wiederzusehen und ihm zu zeigen, dass sie kein Feigling war. Im jungen Alter lernte sie, zu überleben, zu kämpfen und auch zu jagen. Sie strich sich eine Strähne hinter ihr Ohr und stand auf, streckte die

Finger zur Decke und streckte sich etwas. Der Tag war ihre beste Chance, um zu schlafen. Es gab Ausnahmefälle an Vampiren, die im Sonnenlicht agieren konnten, aber zum Glück blieben ihr diese Fälle noch erspart. Inceptor gerieten selten an diesen Luxus und waren auf die Dunkelheit angewiesen. Dasselbe erwartete sie auch von den Herren aus der Kirche. Es war aber nicht unwahrscheinlich, dass sie lediglich in der Nacht jagten, aber auch tagsüber unterwegs waren. Es machte sie wahnsinnig, sie liebte es Kontrolle zu haben. Deswegen entschied sie, wann sie welches Nest angriff und machte es in ihrem eigenen Tempo. Insofern Shade aber wieder zu Gejagten wurde, musste sie mit allem rechnen und war nie wirklich in Sicherheit. Etwas wie Ruhe und Entspannung existierte in ihrem Leben nicht und sie hatte noch genug Energie, um diesen Lebensstil aufrechtzuerhalten. Sie entschied sich, sich um die Fallen rund um ihr Haus zu kümmern, sie musste bereit sein. Von den typischen Stolperfallen bis hin zu Fallen die mit Geräuschen verrieten wo ein Gegner stand, hatte Shade vieles entdeckt oder entworfen. Es bot ihr zwar keine absolute Sicherheit, aber neben diesen und ihrem Wissen über das Gelände, hatte sie entscheidende Vorteile. Sie war in gewissen Zügen menschlich und musste sich damit den ein oder anderen Trick aneignen, um gegen die übermenschlichen Fähigkeiten anzukommen. Danach wusch sie sich die Hände an einem Fluss ab, der vom Berg hinunter führte ins Tal, eine zuverlässige Wasserquelle. Zu Mittag gab es Fisch mit Kartoffeln, die sie aus dem Dorf geholt hatte wenige Tage zuvor. Ihr verging etwas der Hunger, da sie an den Vortag zurück denken musste. Shade war auf sich allein gestellt und niemand konnte ihr helfen. Denn jeder, der sich ihr anschloss oder sie schützte, wurde vernichtet von etlichen Vampiren. Wo sie hinging, folgte der Tod, es war wohl ein Fluch.

6

Einar

Sie hatten den Tag genutzt, um Kyle auf diese Verfolgung vorzubereiten, aber Einar befürchtete, man könne ihn nicht auf alles vorbereiten. Er prüfte die Uhrzeit, indem er einen Blick aus der Falltür warf, die Sonne sank schon im Horizont und der Himmel färbte von seinem Orange zu einem dunklen Blau.

"Wir können los. Sicher, dass du keinen Snack brauchst?" seine Frage war an Bricriu gerichtet, Einar respektiere seinen Versuch, bei jedem Vollmond zu fasten. Dies bedeutete aber auch, dass er nicht bei vollen Kräften war und für sie war es nicht wirklich ein Umweg. Der Große war aber hart im Nehmen und schüttelte den Kopf, während er nach draußen trat. Kyle wirkte etwas nervös, nachdem er verloren hatte gegen diese Frau, war er durchaus verunsichert. Einar hatte ihn noch nie so gesehen, er war oft überheblich und aufgedreht, das lag aber nur daran, weil er nie auf den Mund gefallen war. Bricriu und Einar sprachen darüber ob es nicht sinnvoller wäre Kyle hierzulassen. Den jungen Vampiren konnte man aber wohl kaum alleine lassen. Der alte Mann hingegen war gut gelaunt, er schritt voraus und atmete etwas von der frischen Nachtluft ein. Es erinnerte an einen Hund, der versuchte eine Spur zu finden, aber Einar bezweifelte, dass es etwas brachte. Zum einen war die Fährte nicht mehr frisch und zum anderen schien es tagsüber geregnet zu haben.

"Soll ich dir einen Welpen holen, der findet bestimmt eine Fährte." merkte Einar an, es klang ernster als es von ihm beabsichtigt war. Bricriu war kein Fan von diesen Vierbeinern, weder der Tierart noch dem Mischwesen, die anteilig was mit diesen Tieren teilten. Aber seine Reaktion zu solchen Kommentaren war amüsant genug, um sich die Zeit zu vertreiben. Einar erntete einen giftigen Blick von dem Großen, eine Falte an seinem rechten Auge zuckte. Die Wut kochte in ihm hoch, aber er wusste, er hatte keine Chance gegen ihn. Zu Beginn ihrer gemeinsamen Reise gab es viele Machtkämpfe und Streitereien, die immer in einem Duell endeten, aber er hatte dauernd verloren. Er war zwar stur, aber schlussendlich lernte er daraus und provozierte keinen Kampf mehr mit Einar.

"Ich hab was.." Kyle war in die Hocke gegangen und riss einen Grashalm aus dem er Einar entgegen streckte, leicht glitzerte etwas golden auf diesem dunklen Grün.

"Na sowas, du bist wohl eingerostet." Einar klopfte Bricriu auf die Schulter und folgte der Spur, die in den Wald führte. Kyle war ganz stolz auf seinen Fund, aber umso größer war die Peinlichkeit in seinem Gesicht geschrieben, als sie vor einem Baum standen. Nefas directionis war in die Rinde davon eingeritzt und dort endete auch die Fährte.

"Falsche Richtung also." wiederholte Einar belustigt, er wurde das Gefühl nicht los, dass diese Verfolgung viele Überraschungen für sie offen halten sollte. Die anderen beiden schienen seine Begeisterung nicht zu teilen. Denn diese Frau spielte mit ihnen und das obwohl sie eindeutig in der Nahrungskette unter ihnen stand. Das war immer schon ein Problem aller Vampire, dieses Nahrungskette Prinzip war eine einzige große Lüge. Einar drehte dem Baum den Rücken zu und musterte alles vor sich, zum einen gab es die Kirche, ein kleiner Feldweg führte zum Dorf. Aber war das Dorf wirklich die beste Anlaufstelle? Dann gab es noch das Gebirge, das weiter im Norden war.

"Sie ist sicher ins Dorf und hat dort Schutz gesucht." Kyle sprach seine Gedanken laut aus und Einar schüttelte den Kopf.

"Die goldene Familie wird gesucht und gejagt wie ein seltenes Juwel. Wenn sie wirklich andere Leben ins Verderben zieht, wäre es sehr untypisch für einen Menschen. Die kriegen kein Auge zu, nachdem sie nur den Tod vor sich beobachtet hatten." beschrieb

Bricriu, für den alten Mann war dies das größte Klischee eines Menschen. Er gehörte zu jener Kategorie, der die Menschen als zu emotional ansah, dass ihr Herz zu schwach für die Welt war. Aber bei dieser Jägerin vom Vortag?

"Oder andere stehen ihr dann im Weg, also ab ins Gebirge." Einar deutete mit dem Zeigefinger in den Norden. Bricriu zögerte nicht und schritt los, Kyle schob seine Hände in seine Jackentaschen und rümpfte etwas die Nase.

"Was machen wir dann mit ihr? Liefern wir sie aus?" der Jüngste mochte Stille nicht, weswegen er sein Bestes gab, diese zu überbrücken. Auch wenn er etwas taktlos war in der Auswahl dieser, Einar konnte darauf nicht antworten.

"Natürlich. Das gibt uns Respekt bei der Regiae Familie. Nicht nur werden wir Provecta, sondern das verschafft uns einen guten Bonus." antwortete Bricriu mit einem dermaßen selbstverständlichen Ton. Einar schielte zu dem größeren Mann, er schien keine Ahnung zu haben, was mit der goldenen Blutlinie geschah über all diese Jahrzehnte. Es war eine neue Ära von Versklavung. Bricriu hatte so viel bereits erlebt und war bereit aufzusteigen, etwas an seinem Leben zu verändern. Der Preis, um dies zu erreichen, spielte bei ihm keine Rolle. Für Einar gab es auch einen Vorteil, wenn sie wirklich das berüchtigte Blut in sich trug, konnte er vielleicht doch nach Umbra zurückkehren. Nachdem er seine eigene Motivation in diesem Vorhaben fand, war der Weg nicht mehr lang. Sie wussten nicht, wonach sie in dem Gebirge suchten, es gab kaum Gebäude, also rechneten sie mit einer Höhle oder einem offenen Lagerfeuer. Bei unsicheren Wegen oder Abzweigungen prüfte einer die Lage, ob es ein leeres Ende war oder ob es weiterging, so tasteten sie sich an das richtige Ziel heran. Bricriu war derjenige, der die Hütte in der Ferne erspäht hatte, der langsam abfallende Mond war schon an seinem höchsten Punkt. Die Zeit spielte also gegen sie, was nicht selten war. Neben wenigen Bäumen war eine unentdeckte Herangehensweise nahezu unmöglich. Kyle nutzte seine Geschwindigkeit, um eines der Bäume zu erklimmen und prüfte die Lage, es war zwar dunkel, aber er konnte ein wenig erkennen. Durch das Fenster brannte etwas Licht, aber die Scheibe war so dermaßen verdreckt, dass es schwierig war hinein zu sehen. Er gab ein Zeichen mit der Hand, wobei Einar keinen blassen Schimmer hatte, was er damit andeuten wollte. Selbst Bricriu war überfragt und zuckte die Schultern, als Einar ihn fragend ansah. Warum musste er auch immer mit neuen Ideen kommen ohne diese mit ihnen zuvor abzusprechen, war sein einziger Gedanke, als er sich dem Gebäude langsam näherte. Sie war keine Anfängerin, also erwartete er eine angemessene Begrüßung, Bricriu versuchte die andere Seite und tat einen falschen Schritt, ein hoher Ton ertönte. Kyle hielt sich die Ohren zu, der Ton war dermaßen hoch, dass der Kopf gefühlt explodieren konnte. Die Tür wurde aufgestoßen, etwas schoss in die Bäume und der Jüngere sprang vom Baum herunter. Kurz darauf schoss etwas in die Richtung, wovon die lauten Geräusche kamen, Bricriu wich dem problemlos aus und aktivierte was anderes. Über ihm an einem Ast hing ein Eimer, der gedreht wurde mit der goldenen Flüssigkeit, die mit Weihwasser wohl verdünnt wurde, Bricriu knurrte vor Schmerzen auf und versteckte sich hinter dem Baum. Kyle hatte es ebenso hinter einem Baum geschafft und hielt sich die Schulter, in der ein Pfeil steckte, er versuchte diesen rauszuziehen, aber verzog sein Gesicht unter Schmerzen. Deswegen ging Einar im Schatten zu ihm, der Pfeil bestand aus Holz und die Spitze aus Silber, das erkannte er klar, nachdem er diesen aus der Schulter zog. Kyle biss sich auf die Finger um nicht vor Schmerz aufzubrüllen, die Wunde hatte Mühe zu verheilen.

"Drück drauf." hauchte Einar leise aus, worauf Kyle sich die Schulter hielt und etwas zwischen seinen Zähnen heraus knirschte, was er nicht verstehen konnte. Langsam schielte er von dem Baum hervor, die Tür wurde wieder geschlossen aber sie war es, ganz gewiss. Bricriu hatte die Mixtur von sich weg gewischt, einige Stellen hatten sich rein gebrannt und rein verätzt. Er blickte fragend zu uns, er wollte wohl einen Plan haben.

Denk nach. Wir haben einige Fallen, einige verraten unseren Standort, also ist sie nicht vollständig blind und andere schaden uns. Sie hat sich mit einem Bogen verschanzt, der für uns tödlich sein kann. Vermutlich ist ihr Haus ebenso voller Fallen. da kam ihm auch schon die Idee, er wank Bricriu zu sich, um beiden den Plan zu erläutern.

7

Shade

Sie saß alle Abendstunden hinter dieser Tür, ihr Waffenarsenal neben ihr auf dem Bett und ihren Bogen auf dem Schoß. Shade hielt die Augen geschlossen, konzentrierte sich auf die Geräusche, das Rascheln der Blätter, das Plätschern des Flusses, das Zwitschern der Vögel, jeder Windzug, der durch die Blätter der Bäume fuhr. Es hatte etwas Beruhigendes an sich. Der Natur zu lauschen, obwohl sie wusste, dass ihr eigener Krieg bevorstand. Eigentlich hatte sie erwartet, dass ihre Hütte gestürmt wird, es war typisch für Vampire ihre ersten Impulse und Instinkten zu folgen. Shade hörte, wie sich etwas im Baum bewegte, es war kein Eichhörnchen, kein Vogel, es musste größer sein. Keine Sekunde später schlug ein Alarm aus, sie trat die Tür mit einem Bein auf, zog den Bogen auf mit ihren selbst gemachten Pfeilen und schoss zuerst in den Baum. Denn bei dem Alarm gab es noch andere Fallen, wodurch man laufen musste, der Baum war also ein Risiko für sie. Shade erkannte nur kurz eine Silhouette, die vom Baum gesprungen war und sich hinter diesen versteckte, sie zog den Bogen neu auf und schoss in die Richtung, wo der Alarm war. Dann zog sie an der Schnur, die an der Türklinke befestigt war, und schloss die Tür mit einem Knall. Ihr Herz raste, während sie versuchte, Geräusche zu vernehmen. Es wurde still. Minuten vergingen, konnte es sein, dass sie sich zurückgezogen hatten? Sehr unwahrscheinlich. Nach diesen Fallen mussten sie sauer sein. Als wurden ihre Zweifel erhört, eine Falle aktivierte sich und der bekannte Ton erklang. Shade erfuhr einst, dass Vampire ein sensibles Gehör hatten, für sie selbst klang es erträglich. Darauf schoss die nächste Falle los, es klang wie eine, die pures Blut auf den Auslöser spritzte mit Hilfe einer Sprühflasche. Eine weitere aktivierte sich, ein Grube mit Holzpfählen am Boden vergraben, sie kamen näher. Es waren drei, zwei mussten Komplikationen ertragen durch den Fallen, einer fehlte also. Shade zielte auf die Tür, sie schätzte die ungefähre Kopfhöhe an und ließ den Pfeil eingespannt, ihr Arm zitterte etwas. Langsam regulierte sie ihren Atem herunter und fokussierte sich auf diese Tür. Eine weitere Falle wurde ausgelöst, diese war direkt vor der Tür, das erkannte sie, weil die Anlage an der Tür die volle Munition an feinen Holzspitzen schlagartig entlud. Wer auch immer gerade an die Tür griff, löste damit die Falle aus. Das waren drei. War es vorbei? Es bestand eine Möglichkeit, dass es nicht vollkommen vorbei war. Aber die Stille kehrte wieder ein. Sie wagte es nicht, ihre Augen von der Tür zu nehmen und schielte kurz zum Fenster, als sie etwas funkeln sah. Es flog direkt auf das Fenster zu, die Scheibe brach, Scherben verteilten sich quer im Raum und ein brennendes Holzstück landete auf ihrem Bett. Sie sprang auf und wich von dem Bett weg, es fing Feuer und alles ging rasend schnell. Die Waffen, die sie gebunkert hatte, loderten in den Flammen, ihr panischer Blick galt dem Tisch, ihren Dokumentationen, ihrer Lebensarbeit. Sie griff nach ihrem wichtigsten Buch und warf einen Blick aus dem Fenster. Nichts bewegte sich, an der Grube erkannte sie Arme, die herausragten sich aber nicht rührten. Vor der Tür hingegen lag ebenso jemand, regungslos. Es war nur einer übrig, sie konnte es mit ihm aufnehmen. Shade warf einen Beutel über ihre Schulter, schob das Buch rein, griff nach einigen kleinen Ampullen und zog den Bogen auf. Wiederholt trat sie mit einem Bein gegen die Tür und spannte den Pfeil an, visierte den Mann auf dem Boden an. Shade trat einen Schritt aus der Tür und sah sich kurz um, diese Stille war erdrückend. Sie tippte mit ihrem Fuß gegen die der liegenden Silhouette, worauf keine Reaktion folgte. Die Falle an der Tür war nur dann tödlich, wenn die dünnen Holzspitzen wichtige Organe trafen, die wichtig für den Heilungsprozess waren. Es war also reines Glück, dass es ausgereicht hatte. Elegant sprang sie über den

Leichnam, den Pfeil nach wie vor gespannt visierte sie die Grube an, dieser Körper hatte sich auch nicht gerührt. Da das Loch aber nicht tief genug war, kam ihr ein Einfall.

"Ihr verdammten.." zischte Shade aus, drehte um und schoss instinktiv, aber der Pfeil wurde abgefangen von dem einzigen Vampir, der von diesem Trio zu sowas im Stande war.

"Sie hat ja doch Lebenswille." hinter dem Braunhaarigen erhob sich der Größte von den drein und pickte die kleinen Holzspieße von sich, die nur durch den dicken Stoff hängen geblieben waren.

"Oder Angst vor dem Tod, wie jeder andere Mensch." dieses Grinsen auf den Lippen dieses Mannes machte sie nur wütender. Shade ließ ihren Bogen fallen und griff hinter sich, zog ihr silbernes Messer.

"Und es fängt wieder von vorne an." seufzte der jüngere und impulsivere aus, der sich aus der Grube hob, mühsam. Die Wunde an seiner Schulter schien ihm Schmerzen zu bereiten, was Shade zufrieden stimmte, immerhin war es ein blinder Schuss in den Baum gewesen.

"Nein, weil sie nicht den Mut dazu hat, es durchzuziehen." der Braunhaarige trat einen Schritt auf Shade zu, sie wich zurück und ihr Blick verfinsterte sich. Die Art, wie sie über sie sprachen, obwohl sie direkt vor ihnen stand, war ein weiterer Grund, der ihre Wut erzürnte.

"Bis zu den letzten Metern nach Umbra. Hab ich ausreichend Zeit, um diesen Mut zu finden." Shade fauchte ihm diese Worte entgegen, er zog eine Augenbraue hoch. Sein Kamerad verschränkte die Arme hinter ihm und neigte etwas den Kopf beiseite.

"Du warst also schon mal in Umbra. Was bedeutet du bist von der goldenen Familie." stellte der Älteste fest, Shade blieb still. Sie hatte sich verplappert, aber woher konnte sie annehmen, dass sie es angezweifelt hatten? Immerhin war es doch eindeutig, nicht jeder Vampirjäger lief mit dem einzig wahren goldenen Blut herum. Ein Überfall auf eines der Lager war reiner Selbstmord. Shade schielte in den Himmel, es gab eine Chance, eine letzte Chance, die ihr blieb. Das Tageslicht. Gleichzeitig brannte die Hütte hingegen lichterloh, ihr Griff um das Messer verkrampfte sich. Es war alles, was sie besaß und diese Monster nahmen ihr alles, nur um sie aus dem Haus zu locken. Getrieben von dieser Wut stapfte sie auf den vermeintlichen Anführer zu, dieser war unbeeindruckt. Üblicherweise war ihr Messerkampf sehr effektiv, aber in diesem Moment traf vieles an Emotionen auf eine Bewegung, unwillkürlich stach sie die Klinge immer und immer wieder in seine Richtung. Die ersten wich er aus, ohne sich viel zu bewegen, bis der Größere ihr Handgelenk packte, was das Messer hielt.

"Zufrieden?! Ihr ruiniert wie immer das Leben anderer Menschen!" mit ihrer freien Hand boxte sie mehrmals gegen die Brust des Braunhaarigen, der etwas unbeholfen zu seinen Kameraden sah.

"Zu emotional." der Älteste zuckte die Schultern mit diesen wenigen Worten, wodurch ihr die Tränen in die Augen stiegen. Diese Männer wussten weder, wie man mit Menschen umzugehen hatte, noch weniger wie mit Frauen. Shade starrte den Größeren an, wenn Blicke töten könnten, wäre dies sein Todesurteil.

"Ich meine, ihr habt ihr Haus niedergebrannt." der Jüngste trat in das Licht, was die brennende Hütte von sich gab. Weswegen ihre Aufmerksamkeit sich auf ihn fokussierte, diese Aussage war zu menschlich für einen Vampir. Er sprach in einer gewissen Empathie. Leicht schüttelte Shade den Kopf und riss ihren Arm aus der Pranke des Größeren.

"Fass mich nie wieder an." knurrte sie aus und wollte ihr Messer wieder am Gürtel befestigen, was ihr aber verwehrt wurde. Stattdessen nahm der Braunhaarige ihr dieses ab und zuckte nicht mal, als sich das Silber etwas in seine Hand brannte.

"Das brauchst du nicht mehr." er warf es achtlos zurück ins Feuer, ihr entgeisterter Blick folgte diesem. Shade konnte versuchen, etwas Zeit zu schinden, im Augenwinkel sah sie die Sonne ganz leicht im Horizont.

"Wir sollten zurück in die Kirche." sprach der Größere an, worauf sie ihn wieder anstarrte und etwas die Nase rümpfte.

"Nicht mal den Anstand, mir Zeit für meinen Verlust zu geben? Ihr habt mein ganzes Leben niedergebrannt!" zischte Shade aus, wiederholt kehrte eine gewisse Verwirrung zurück, aber der Jüngste nickte ihr zustimmend zu.

"Das ist alles ersetzbar.." begann der Braunhaarige irritiert, zuckte aber instinktiv zusammen, als sie ihn anstarrte. Offensichtlich waren die Männer mit einem lebenden Menschen überfordert, der nicht ihrem Charme erlag oder nicht bewusstlos war.

"Ersetzbar?!" wiederholte Shade in einem vorwurfsvollen Ton, als ein Windzug an ihr vorbei zog und die Flammen etwas zur Seite wichen.

"Kyle!" der Braunhaarige drehte sich zu der Hütte um, was es ihr schwieriger machte zu beobachten, was geschah. Dieser Mann war auch größer und der Rücken war breit genug, um die Mehrheit ihrer Sicht zu blockieren.

"Mich kriegst du da nicht rein." widersprach der Größere, als besagter Kyle neben ihnen zum Stehen kam. Er reichte Shade einen Haufen an Papier, darunter ihre Karte und andere Notizen sowie Zeichnungen, die sie angefertigt hatte. Verwirrt nahm sie die geretteten Sachen an sich und nuschelte einen kaum verständlichen Dank von sich.

"Dann können wir ja jetzt gehen." kam es schroff von dem Braunhaarigen, dieser nickte zu dem Größeren, der zustimmend nickte. Die Wanderung zur Kirche sollte etwas Zeit in Anspruch nehmen. Es bestand also eine gute Chance dieser Folter zu entkommen. Zumindest war dies ihre Hoffnung. Bis sie wieder denselben Griff um ihr Handgelenk spürte, bevor sie sich beschweren konnte, verschwamm alles um sie herum. Ihr wurde schlecht und in der nächsten Sekunde standen sie vor der Ruine, sie hatte die Papiere verzweifelt an ihrem Oberkörper gepresst. Kaum hatte Shade wieder festen Boden unter den Füßen, überkam sie die Übelkeit und stützte sich an einen Steinpfeiler, während sie sich übergab.

"Zu emotional." kam es von dem Älteren, langsam fragte sie sich, ob es sein einziger Satz war, denn er ohne zu stottern sprechen konnte. Mit dem Handrücken säuberte Shade ihren Mund und schielte zu dem Mann, der sich scheinbar nur wiederholen konnte. Die Falltür wurde von den Trümmern befreit und geöffnet. Shade war nicht wohl bei der Sache, als es wieder runter ging, an jenem Ort, wo alles begonnen hatte. Sie wurde etwas unsanft in das Gewölbe geschubst, während sie Kyle folgte. Dieser junge Mann hatte sie durchaus überrascht, er rannte in das Feuer, das einen Vampiren problemlos töten konnte, nur um ihr Hab und Gut zu retten, was noch gerettet werden konnte. Shade setzte sich auf einen Stuhl und rollte die Papiere zusammen, damit niemand den Inhalt erkennen konnte. Der Große hob einen Sarg hoch, denn er vor die Tür aufrecht stellte, vermutlich um ihr den Ausgang zu versperren. Die neugierigen Augen von Kyle bemerkte sie spät, er beobachtete sie auf der anderen Seite des Tisches, wie sie ihre Lebensarbeit und Kunstwerke zusammen rollte.

"Du kannst gut zeichnen." gab der Jüngste von sich, Shade runzelte etwas die Stirn und legte die zusammengerollten Pergamente in ihren Schoß.

"Ist Shade dein Künstlername?" fuhr er fort, ihre Finger gruben sich in die Papierrollen, er hatte sie gesehen.

"Das hat dich nicht zu interessieren!" keifte Shade aus, worauf eine Stille einkehrte. Im Augenwinkel konnte sie erkennen, wie der Größere auf einen Sarg Platz nahm und in einem alten Buch blätterte, was alleine beim Blättern schon etwas auseinanderfiel. Der Braunhaarige erwiderte ihren Blick erst recht, nachdem sie Kyle angekeift hatte. Sie sollte sich nicht mit ihnen anlegen, jede Provokation konnte zu schlimmeren Konsequenzen führen.

".. ich mag es nicht, wenn man in meinen Sachen stöbert.." fügte Shade dann kleinlaut hinzu, es war nicht gelogen. Es war umso schlimmer, dass ein Vampir mit ihr dieses Gespräch führte, ihre Erzfeinde. Kyle löcherte sie nicht nur mit Blicken, sondern auch mit Fragen. In dieser leicht belebten Diskussion wurde ihr langsam eines klar, dass Kyle nicht lange ein Vampir war. War er zuvor ein Mensch? Das konnte erklären, warum er etwas von Empathie und Mitgefühl verstand. Er war kein unangenehmer Gesprächspartner, er war zwar direkt und neugierig, aber er schien sich ehrlich für ihre Aussagen und Geschichten zu interessieren. Dennoch schwebte eine gewisse Unbehaglichkeit über ihr, dieser Braunhaarige ließ sie nicht aus den Augen und dabei hatte sie sich keinen Zentimeter von dieser Stelle bewegt. Diese konstante Beobachtung war nervtötend, hatte er wirklich vor, den ganzen Tag damit zu verbringen? Er hatte allen Grund zum Misstrauen, sobald die Sonne im Himmel stand, wollte Shade ihr Glück versuchen. Sie wollte nichts unversucht lassen, aufgeben kam für sie nie in Frage. Auch nicht in solchen ausweglosen Situationen, sie hatte nach wie vor eine faire Chance. Geduld war eine Tugend, wie gut das sie davon ausreichend besaß. Sie unterhielt sich mit Kyle auf eine distanzierte Art und Weise, sie sprach lediglich über die Erfahrungen, die sie in der Welt gemacht hatte. Sie verlor kein einziges Wort über sich selbst.

8

Einar

Seitdem sie wieder im Kellergewölbe ankamen, ließ Einar sie nicht aus den Augen. Man durfte sie nicht unterschätzen, deswegen blieb er vorsichtig. Einar hatte Kyle noch nie so neugierig erlebt, er war ein aufgeweckter Kerl, aber er zeigte wahrlich Interesse an den Worten dieser Frau. Die sich Shade nannte. Ein ironisch gewählter Name, die größte Vampirstadt, teilte eine Gemeinsamkeit mit ihr, immerhin hieß Umbra auch nichts anderes als Schatten. Einar dachte daran, dass es eine Abkürzung für Shadow war, in einer Sprache, die in Umbra neben Latein oft genutzt wurde. Es konnte kein Zufall sein, niemand nannte ein Kind Shadow oder Shade. Sie musste sich diesen selbst gegeben haben, war es vielleicht eine Nachricht? Einar klopfte mit dem Zeigefinger auf die Stuhllehne, während er darüber nachdachte und sie beobachtete. Am Anfang war sie schroff zu Kyle, was sich mit jeder Minute geändert hatte. Manchmal konnte man ein Grübchen an ihren Wangen erkennen, als sie etwas schmunzeln musste, weil der Jüngste wieder eine naive Frage stellte. Einar stützte seinen Kopf auf die Hand. Die angesprochenen Thematiken drehten sich um Kunst und Ausarbeitung von Informationen, sowie das Gestalten von realistischen Karten. Augenscheinlich war Shade viel rumgekommen, weil sie beschrieb, dass sie alles selbst erarbeitet und erforscht hatte, sie wollte sich nicht von Fälschungen beeinflussen lassen. Etwas tat sich an dem Küchentisch, Kyle war herumgegangen und es wurde die Karte auf dem Tisch ausgebreitet. Er zeigte auf den ein oder anderen Punkt, worauf Shade ihm ein wenig von den Ortschaften erzählte. Es war erstaunlich, wie viel diese Frau sprach, aber sie erzählte nie etwas über sich selbst. Sie erzählte Geschichten aus jedem Ort, Gerüchte, die sie richtig stellen konnte und andere Märchen. Aber sie umging es geschickt, über sich selbst zu sprechen. Es war verständlich, sie traute ihnen nicht, das sollte sie auch nicht. Bis sie die Abreise planten, war sie eine Gefangene, die wusste, wie ihr Schicksal aussehen wird. Die Reise war nicht in einer Nacht zu schaffen, weswegen Bricriu die Aufgabe erhielt zu errechnen wann die nächste Sonnenfinsternis eintrat. Diese Finsternis hielt je nach Jahrzehnt mal ein oder zwei Tage an, was ihnen mehr als genug Stunden lieferte für die Reise.

Einar hingegen musste in der nächsten Nacht Besorgungen machen, Shade brauchte was zu Essen und zu Trinken. Sie war ein Mensch, also benötigte sie diese Dinge. Kyle erhielt keine Beschäftigung, deswegen beschäftigte er sich mit ihr, was bis dahin gut funktionierte. Da niemand vor hatte zu schlafen, gab es auch keine Schichten, indem man sie im Auge behalten musste. Bricriu fand, es war nicht notwendig, da sie keine Chance hatte, zu entkommen. Er dachte wirklich, dass dieser Sarg vor der Treppe diese Jägerin aufhalten konnte. Es spielte aber keine Rolle, wenn nur die geringste Chance bestand, für sie zu entkommen, konnten sie keine direkte Verfolgung aufnehmen.

"Einar?" es war Kyle, der von seiner entspannten Haltung neben diesem Mädchen zu Einar sah, er war wohl mit seinen Gedanken etwas abgedriftet. Er setzte sich auf und blickte zu dem Jüngsten.

"Shade meint, dass sie dir gerne ein Bild von sich malen kann, dann musst du nicht so starren.." er hatte mit den Worten Schwierigkeiten, als hätte Shade ihm dies eingesagt und er versuchte die Nachricht vollständig ohne Fehler wiederzugeben. Hatte diese Frau nun wirklich vor, nicht mit ihnen direkt zu kommunizieren, aus Trotz? Genervt fuhr Einar sich durchs Haar und schielte zu Bricriu der sich amüsierte über diese Situation aber seinen Blick wieder in sein Buch lenkte als Einar aufstand.

"Ich verzichte. Das sie hier sitzt, reicht mir schon an widerlichen

Alpträumen." entgegnete Einar und trat zu einem Schrank, der recht wacklig schien und mit wenig Inhalt bestückt war. Das leise Schnauben musste von Shade kommen, die kein Wort von sich gab. Diese Art von Kommunikation war kindisch und Kyle war zu unsicher, um ihr dies mitzuteilen. Aber um ehrlich zu sein, hatte Einar auch keine Intention, das richtig zu stellen, denn Stress wollte er sich nicht machen.

"Wann brechen wir nach Umbra auf?" Kyle erwartete eine Antwort von Einar, dabei wusste er es selbst noch nicht. Bricriu machte keine Anstalten, sich einzumischen. Zudem hatte er die Befürchtung, dass der Jüngste ihrer Gefangenen nun zu Nahe stand. Einar trat zu ihnen und legte eine Hand auf Kyle's Schulter, wodurch er etwas einfror. Es war die einzige Geste, die ihm schon verriet, dass er in Schwierigkeiten geraten konnte.

"Du hast doch nicht Shade verraten, wann wir aufbrechen, oder?" fragte Einar ihn etwas heiser, Kyle schüttelte aber etwas den Kopf. Er wusste, dass sie auf die Sonnenfinsternis warteten, die Frau von der goldenen Blutlinie hingegen musste es nicht unbedingt wissen. Diese giftigen goldenen Augen durchbohrten Einar, als wäre es eine Drohung. Weswegen er die Hand von Kyle nahm und ihr Blick sich abwandte. Es war erstaunlich, wie schnell er dem Mädchen ans Herz gewachsen war, dass sie in Schach hielt, wenn was nicht nach Plan ging. Einar klopfte theatralisch auf Kyle's Schulter, damit er zumindest keine Vorahnung kriegen konnte und zog einen Riegel aus dem Schrank. Vermutlich war dieser schon schlecht geworden in all der Zeit, aber das war nicht sein Problem. Einar schleuderte das kleine Stück an zusammengepresster Nahrung zu Shade, die es mit einer Hand problemlos abfing. Es wurden die längsten Stunden seines Lebens, während er versuchte, über die Berechnungen von Bricriu einen Überblick zu gewinnen, war der Raum erfüllt mit dem Gelächter der anderen Beiden. Ihr Getuschel machte ihn verrückt.

"Stimmt was nicht mit der Berechnung?" Bricriu nickte auf Einar's Hände, in denen er das Pergament zusammen knüllte. Leicht schüttelte Einar den Kopf und musterte das Niedergeschriebene, lockerte seinen Griff.

"Ich werde sicher kein halbes Jahr auf diese Finsternis warten." seufzte Einar aus, die Vorstellung, so lange zu warten, brachte ein hohes Risiko mit sich. Sie mochten zwar schneller und stärker sein als

Shade es je sein konnte, aber je mehr Tage vergingen umso schlampiger konnte einer werden. Einar drückte Bricriu seine Arbeit wieder in die Hand und schielte zu Kyle, er ritzte etwas auf die Tischplatte mit einem rostigen Küchenmesser. Zuvor hatte er nach Papier und Malzeug gefragt, Einar hatte diesen Wunsch schlichtweg abgelehnt.

"Wir könnten auch die Nacht nutzen mit dem Risiko, keinen Unterschlupf zeitig zu finden." schlug der Älteste vor, Einar reagierte auf diesen Vorschlag nicht. Es war ein zu großes Risiko und gleichzeitig diese Frau im Schach zu halten, machte alles nur komplizierter.

"Nein. Wir nutzen die Finsternis. Sie bekommt die minimalste Verpflegung." hauchte Einar aus, er hatte nicht vor, sie hungern zu lassen. Aber Nahrung bot ihr Kraft, die sie nicht benötigte, um sie klein zu halten, es schien der einfachste Ausweg. Ein halbes Jahr stand an und sie bereiteten sich auf die kommende Sonnenfinsternis vor.

9

Shade

Kyle war ein sonderbarer Junge. Er fraß ihr aus der Hand wie ein verlorener Welpe, sie hatte etwas Mitleid mit ihm. Wenn er wirklich ein Mensch war und zu diesem Monster gemacht wurde, gab es kein zurück mehr für ihn. Früher oder später musste sie sein Leben beenden, wie das der Anderen. Shade hatte nicht vor, eine Freundschaft vorzuspielen, aber sie wollte etwas Vertrauen erhaschen. Sie hatte keine Ahnung, worauf man warten wollte. In der ersten Nacht verschwand Einar und kehrte mit Proviant zurück, während Bricriu wie ein Wächter vor der Treppe stand. Einar reichte kleine Glasfläschchen an jedem mit einer roten Flüssigkeit, Blut. Immerhin mussten sie bei Kräften bleiben, wenn sie austrocknen sollten, hatte sie ein einfaches Spiel und konnte die Stuhlbeine als Pflock nutzen. Shade hatte Kyle ermutigt, es mit Kunst zu versuchen, zwar hatte Einar diese Idee abgelehnt, aber der Jüngste fand seinen eigenen Weg. Mittlerweile war die Tischplatte übersät mit Skizzen und anteiligen Portraits, die ihre eigene Geschichte erzählten. Zugegeben hatte er ein Talent für dieses Hobby. Sie versuchte durch Kyle herauszufinden, worauf man wartete. Hatten sie einen Kontakt zu Bewohnern aus Umbra? Warteten sie auf eine Abholung oder auf einen Tag der Übergabe? Kyle wurde über diese Pläne aber nie eingeweiht, was sie nach den ersten Tagen schnell erkannte. Einar und Bricriu tuschelten oft in einer Ecke und schienen die Diskussion für sich zu behalten. Die Männer wussten, dass ihr jüngstes Mitglied sehr gesprächig war, weswegen man ihn außen vor ließ. Ein weiteres Indiz dafür, dass es keine einfachen Inceptor waren. Es gab Gerüchte darüber, dass gewisse Organe und Teile in dem Körper eines Vampires anders funktionierten als bei einem Menschen. Die meistgenutzte Aussage war, dass sie kein Herz besaßen, wobei dieses schlichtweg anders funktionierte. Aus ihren eigenen Erkenntnissen pumpte es weiter Blut durch ihre Venen, diese vertrockneten nur mit der Zeit, weswegen sie sich von fremdem Blut so stark fühlten. Im Grunde war es ihre Nahrungsquelle, die für sie überlebensnotwendig war. Es gab auch Vampire auf ihrer Liste, die sich von Tierblut ernährten, sie schienen keine großen Nachteile zu haben, waren aber im Vergleich schwächer und langsamer im Kampf. Deswegen war die Sonne auch ein Problem, es verschnellerte den Prozess der Austrocknung ihrer Venen und Blutbahnen. Sie verbrannten von innen heraus, was in einem Feuer enden konnte. Das war Shade's erste Beobachtung, als sie einen Vampir an einen Baum gekettet hatte und den Prozess beobachten konnte. Er flehte um Blut. Es hielt Stunden an, die Haut fiel langsam ein und schrumpfte an wenigen Stellen, es wirkte wie ein Mensch, der einen Hungertod erlitt. Dieser Vampir war ihr erstes Opfer. Sie dachte, sie erhielte Frieden, indem sie diese Monster folterte, aber diese Stunden waren schmerzvoll anzusehen. Seit diesem Tage bevorzugte sie die schnellen und einfachen Methoden, indem sie ihnen schnell Frieden bot. Shade war nach wie vor eine Frau mit einem Herz und keine kaltherzige Jägerin, die solche Foltermethoden anwandte. Jedes Jahr kehrte sie zu diesem Baum zurück, es sollte eine Geste sein, es war ein Fehler und sie konnte es sich selbst nicht verzeihen. Shade war blind nach Rache und vergaß ihre eigenen Prinzipien. Wenn sie jemals von Vampiren geschnappt wurde, wollte sie ebenso einen schnellen Tod und wenig Leid. Warum also konnte sie solche Wünsche äußern, wenn sie dies nicht auch ihren Opfern anbot. Wenige Jahre, als Shade zu dem Baum zurückgekehrt war, kniete eine Frau vor der hinterbliebenen Asche und hielt eine schwarze Rose in den Händen. Sie trug weiße Klamotten, die Kapuze verdeckte ihr Gesicht und Shade erkannte nur wenige schwarze Haarsträhnen, die aus dieser etwas hervortraten. Shade konnte einen Blick erhaschen, als sie zu ihr sah, ihr Gesicht war an wenigen Stellen eingefallen. Es war mitten am Tag, sie saß in der Mittagshitze und nutzte die geschickte Farbwahl, um etwas von dem Sonnenlicht abzuweisen. Shade wusste nicht, dass Vampire trauerten. Es war wie ein tiefer Schlag in ihre Magengrube. Sie tat keine Anstalten, den Tod ihres Freundes oder Mannes zu rächen, sie blickte einfach wieder an die Stelle und fragte Shade heiser, ob er gelitten hatte. Shade konnte ihr die Frage nicht beantworten, die Antwort verbrannte ihre eigene Zunge, deswegen konnte sie kein Wort von sich geben. Langsam nickte sie aber und stand auf, ihre braunen Augen verloren ihre orangen Farbpigmente, so schwach war sie. Erst sahen sie sich wortlos an, Shade wandte ihren Blick ab.

"Gut so. Die Schuld soll dich bis in dein Grab begleiten. Aber immerhin zeigst du Respekt vor den Toten. Das ist mehr als jeder andere Vampirjäger dort draußen, der mit seinen Opfern prahlt.." die Worte waren wie Messerstiche in Shade's Magen, der flau wurde. An diesem Tage lernte sie, dass Vampire nicht grundlegend emotional kalt waren, stattdessen konnten sie frei entscheiden, zu fühlen oder kaltherzig zu werden. Shade beneidete die Art dafür. Die ersten Jahre als Jägerin fand sie schwer ein Gleichgewicht zwischen ihrem Hass und der Schuld, je mehr Blut an ihren Händen klebte, wurde es schwieriger. Sie musste sich täglich daran erinnern, was jene Monster ihrer Familie angetan hatten. Damit die Schuld weniger wog und sie notierte zu jedem getöteten Vampiren ihren Namen oder ihre Beschreibung, sowie den Todestag. Die Todesursache musste Shade nie niederschreiben, da sie sich an jedes Ziel erinnern konnte. Vielleicht waren es auch die Alpträume, die sie wach hielten, neben der ständigen Angst angegriffen zu werden. In dem Keller der Kirche fand sie selten Ruhe, auch wenn diese Männer ihr nichts tun konnten, konnte sie nicht schlafen. Einar gab ihr jeden Tag ein kleines Stück vom Brotlaib und etwas Wasser, ausreichend genug, dass sie es bis zum nächsten Tag schaffen konnte. Ihr Magen verlangte täglich nach mehr, aber da sie nie schliefen oder zum Jagen sich immer abwechselten, blieb ihr keine Wahl, als mit diesen Portionen auszukommen. In ihrer Vergangenheit hatte sie bereits gehungert oder konnte sich nur an einer schlechten Suppe bedienen, die einst mal ein Eintopf war. Shade konnte es ertragen und es war ihr nicht neu. Man wollte sie schwächen, dabei vergaßen sie aber, wie oft sie ohne Nahrung und Wasser auskommen musste. Es war keine neue Hürde für sie. Shade beobachtete, wann Einar den Keller verließ, um abzuschätzen, wie spät es war. Manchmal wirkte sie wie in Trance, sie versuchte die Sekunden zu zählen, um eine Tageszeit auszumachen. Kyle ritzte mit einer abgenutzten Messerklinge in den Tisch ein neues Kunstwerk, Bricriu saß wieder nur in seiner Ecke und versuchte sich aus vielen rauszuhalten, Einar hingegen hatte nach wie vor die nervige Angewohnheit sie anzustarren. Als wüsste er, was sie vorhatte. Ihre goldenen Augen sahen direkt zu ihm, bis er den Augenkontakt abbrach. Ein wenig überraschte es sie, da es so wenig Mühe war, sich von seinem Blick zu befreien. Sie stand auf und zog kleine Kreise durch den Raum, was sie die letzten Tage bereits getan hatte. Die magere Verpflegung machte sie schwach, aber ihr blieb keine wirkliche Wahl. Sie strich über den Sarg, denn Bricriu konsequent vor der Treppe abgestellt hatte, die Eingravierungen waren zufällig und nicht besonders. In ihrem Rücken spürte sie den durchdringenden Blick von Einar, sie konnte nicht anders als ihren Kopf ein wenig zur Seite zu drehen und zu ihm zu schielen. In ihren Augen funkelte der Kampfwille wie Tage vor dieser Gefangenschaft. Einar sprang auf, aber Shade schlüpfte durch den engen Raum, zwischen dem Sarg und der Wand. Eng genug für ihre schmale Figur, aber nicht breit genug für die Männer. Sie rannte die Stufen hoch, stolperte über die letzten, ihre Beine zitterten durch diese Anstrengung mit so wenig Energie. Hinter ihr hörte sie, wie der Sarg entfernt wurde, sie stieß ihr ganzes Körpergewicht gegen die Falltür, die aufklappte, sie zog sich an die Oberfläche und empfing das Sonnenlicht mit einem erleichterten Lächeln. Ohne zurück zu sehen, rannte sie auf das teilweise vertrocknete Feld, das in der prallen Sonne an wenigen Stellen glänzte.

Sie war wieder frei.

Ein scharfer Schmerz durchzog ihren Kopf, als sich Finger in ihren Haaren gruben. Es ging derart schnell, dass sie zu spät realisierte, wer es war. Obwohl die Sonne seine Haut vertrocknete, war Einar aus dem Keller gerannt, hatte sie instinktiv gegriffen. Shade zog schmerzerfüllt Luft durch ihre knirschenden Zähne ein. Während ihre Hände sein Handgelenk umgriffen, um die Spannung ihrer gezogenen Haare etwas zu lockern.

"Wie.. es ist Tag.." knirschte sie aus.

"Die paar Sekunden machen mir nichts aus." gab er eisig von

sich, während er sie zur Ruine zwang, die letzten Meter schubste er sie zur Falltür zurück. Sie rieb sich etwas über die Stelle ihrer Kopfhaut die durch seine Aktion schmerzten. Am Eingang stand Kyle mit einem enttäuschten Blick, sie sah auf den Boden vor sich, sie konnte ihn nicht ansehen. Es war ihr erster Versuch zu entkommen, in dem sie realisierte, dass das Tageslicht kein Vorteil war.

"Zwing mich nicht dich irgendwo festzuketten. Verwechsel meine Gleichgültigkeit nicht mit Gutmütigkeit." gab Einar von sich, worauf er die Falltür schloss. Shade trat ihren Weg zurück ins Kellergewölbe an, sie ging an Kyle vorbei, dem sie keinen Blick würdigen konnte. Sie setzte sich zurück auf ihren Stuhl, allein diese Bewegungen verlangten viel an ihren Energiereserven. Sie hasste es, wie schwach sie geworden war, nur weil man ihr wenig zu Essen gab. Die darauffolgenden Tage wechselte Kyle kein Wort mit ihr, er war enttäuscht, dass sie versucht hatte zu entkommen. Aber konnte man es ihr verübeln? Sie wollte nicht nach Umbra zurück und dafür würde sie alles in Kauf nehmen, um das zu verhindern. Ihre goldenen Augen suchten den Blick von dem jüngsten Vampir in diesem Raum, der ihren Blick erneut auswich.

"Ich musste es tun." hauchte sie geschlagen aus, Kyle schielte zu ihr, sein Blick war strafend, worauf Shade sich etwas klein machte. Sie dachte es wäre einfach, Kyle's Warmherzigkeit auszunutzen, aber sie fühlte sich miserabel.

Nach dem ersten Monat stritt Kyle mit Einar, Shade vernahm nur dumpf die Ursache. Der Jüngste erkannte, wie mager sie geworden war, er war augenscheinlich mit dieser Idee nicht einverstanden. Ihr Blick war etwas benebelt, aber der Streit eskalierte, bis Bricriu dazwischen ging und die Männer auseinander hielt. Unstimmigkeiten zwischen diesen Männern waren gut für Shade, sie verschränkte ihre Arme auf den Tisch und ruhte ihren Kopf darauf, der sich schwerer anfühlte als sonst. Sie musste nicht schlafen, um schlecht zu träumen, Tagträume wurden ihr ständiger Begleiter, während sie zum Fasten gezwungen wurde. Für wenige Minuten schloss sie die Augen, sie musste etwas Ruhe finden, um wieder an Kraft zu gelangen. Dumpf vernahm Shade die Stimmen, die sich weiter entfernten, bis eine Stille einkehrte. Zufrieden schmunzelte sie, Stille war eine nette Abwechslung für sie. Alles war ruhig geworden, um sie herum, in ihrem Kopf und sie hörte ihren langsamen Atem und den ruhigen

Herzschlag, es hatte etwas Beruhigendes an sich. Ihr Rücken schmerzte, ihre Schulterblätter lagen direkt auf einer harten Oberfläche auf, ihr Kopf fühlte sich wie auf Wolken an. Etwas kühles lag an ihrer Stirn und der Rest war in ungewohnte Wärme gehüllt. Shade blinzelte etwas und hielt sich eine Hand über die Augen, als das Licht sie blendete. Ihre Pupillen rasten nach links und rechts, sie erkannte das Kellergewölbe wieder, die steinige und mit Moos bedeckte Decke mit den Kerzenhaltern an den Steinsäulen an den Seiten. Das Stoff, das in kaltes Wasser getränkt wurde, nahm man von ihrer Stirn und sie beobachtete die Person. Die diesen wieder in einen Eimer tränkte und wortlos ihr den Schweiß von der Stirn tupfte. Ihre Sicht war verschwommen, aber kurzzeitig sah sie ihre Mutter, die weißblonden Haare, das blasse Gesicht mit einigen Falten, die tiefblauen Augen, die an einen Ozean erinnerten.

"Mutter.." langsam aber schwand diese Halluzination, stattdessen war es eine Frau mit tiefschwarzem Haar, was zu einem seitlichen Zopf geflochten war, ihre Haut war dunkel wie die Nacht, was wohl eher an der schlechten Beleuchtung lag. Ihre Augen waren nussbraun und wirkten etwas träge.

Im Hintergrund hörte Shade ein Stimmengewirr, was lauter wurde und sie vernahm nur wenige Wortfetzen wie.

"Sie hätte sterben können."

"Du hast es übertrieben."

"Menschen werden täglich krank, das ist nicht mein Fehler."

"Zudem hatte sie schon mal versucht zu entkommen."

"Ihr sagtet doch, dass sie nicht sterben darf, warum so ein Risiko überhaupt eingehen."

Ihr wurde schnell klar, worum es ging, weswegen sie nicht mehr hin hörte. Aber die Fremde an ihrer Seite zischte leise fluchende Worte aus in einer Sprache, die ihr fremd erschien.

"Ruhe jetzt! Sie braucht Ruhe und keine Zankereien von verdammten Kindern!" in einem schweren Akzent fauchte die Fremde die drei an, worauf eine Stille einkehrte. Diese Frau hatte Mumm so mit Vampiren umzugehen und dabei war sie selbst keiner. An ihrer Schulter konnte Shade Kyle ausmachen, der besorgt schien, es war kein Wunder. Immerhin konnten sie es sich nicht leisten, sie dem Tod zu überlassen, sonst wurden diese Vampire zu den meistgesuchten der ganzen Welt. Die Vernichtung der goldenen Blutlinie war ein schweres Vergehen und dies konnten die Blutsauger niemals verzeihen.

"Ihr Fieber ist etwas besser geworden, aber sie halluziniert." beschrieb die Frau dann leise zu Kyle und sah zu dem jungen Mann auf, mit dem Blick einer strengen Mutter.

"Sie muss gut essen und ausreichend trinken."

"Unsinn, ihr Immunsystem ist stärker als die der Menschen, die wird das schon vertragen." warf Einar ein, worauf die Frau sich erhob und aus Shade's Blickwinkel verschwand.

"Du egoistischer Narr! Gebt dem Mädchen mehr zu Essen oder ich übertrage all ihr Leid auf dich!" die Worte klangen scharf wie Klingen, die durch die Luft flogen. Dieses Feuer und dieses Temperament, es konnte nur eine Magierin sein. Eine der wenigen Arten, die sich ohne Angst einem Vampiren gegenüberstellen konnten.

"Dann tu es doch! Das bisschen Fieber ist kein Problem.." Einar hatte seinen Satz kaum beendet, als er verstummte.

Shade setzte sich langsam auf, Kyle half ihr und sie blickte zur Seite, ihr Kopf fühlte sich leichter an, als wurde etwas Gewicht weggenommen. Die Fremde hielt ihren Zeigefinger an der Stirn von Einar, dessen Augen leer geworden waren, Bricriu wollte eingreifen, aber sie hielt ihre freie Hand ihm vor.

"Er wollte es so. Ihr habt es gehört." merkte die Dame mit magischem Talent an.

"Ich will das aber nicht..." hauchte Shade aus und stand auf, während der Jüngste ihr eine Schulter bot und sie etwas stützte. Die Hexe sah zu Shade und nahm ihren Finger von dem Vampiren, dessen Augen sich langsam wieder normalisierten und er sich den Kopf hielt. Seine Finger gruben sich in sein Haar, als wollte er sich diese ausreißen. Shade suchte den Blick von Einar, der ihr diesen aber wortlos aus dem Weg ging und Meter an Abstand gewann, zum Schrank. Er schleuderte den Beutel an Proviant zu der Magierin, die einen Blick hinein warf.

"Wo sind die Vitamine? Kein Wunder, dass sie krank wurde." seufzte die Magierin aus, während Einar in die dunkle Ecke verschwand, wo die Särge abgestellt waren. Kyle hingegen zuckte etwas unbeholfen die Schultern und schielte zu Shade.

"Du solltest nicht herumlaufen.." merkte Kyle etwas kleinlaut an,

Shade setzte sich wieder auf den Tisch, der als ein Bett fungiert hatte. Es erleichterte sie, dass Kyle wieder mit ihr sprach, er war besorgt um sie und dabei hatte sie es nicht mal verdient. Sie brachte ihn stets in unangenehme Situationen aus ihrem eigenen Egoismus heraus. Kyle legte ihr die Wolldecke um die Schulter, während die Fremde ihr etwas Wasser und Brot reichte.

"Iss langsam." ihre Worte klangen stets wie ein Befehl und kein Vorschlag, Shade wollte sich ungern mit einer Hexe anlegen, deswegen nahm sie es widerstandslos entgegen. Danach wandte die Magierin sich an die Treppe, Bricriu stand ihr aber im Weg.

"Was bin ich jetzt auch eine Gefangene?"

"Wir können nicht zulassen, dass du uns verrätst." merkte Bricriu an. Ein gehässiges Lachen hallte im Raum.

"Verraten? Dieses Mädchen kann wieder etwas Frieden über unsere Länder bringen. Ich wollte lediglich vernünftige Sachen vom Markt besorgen oder willst du mich begleiten?" diese Frage war purer Sarkasmus, da es Tag war und Bricriu wohl kaum im Sonnenlicht lange reiste. Der Größte trat beiseite und die Frau verschwand an die Oberfläche.

"Das stimmt nicht.." murmelte Shade leise aus, Kyle zog eine Augenbraue fragend hoch.

"Meine Familie konnte nie Frieden erhalten.. eine ganze Art von impulsiven Wesen lässt sich von niemandem kontrollieren." erklärte Shade und zog die Decke etwas enger, während sie das Wasser trank.

"Sie ist eine Frau, die jede kleine Hoffnung akzeptiert, so surreal diese auch erscheint." beschrieb Kyle, der mit seiner ehrlichen Art Shade wieder ein wichtiges Detail verriet.

"Wie heißt sie?" offensichtlich war Kyle der einzige, der die Frage wahrheitsgemäß beantworten konnte.

"Hope." Kyle schmunzelte etwas verschmitzt und Shade rollte die Augen, sie wusste, worauf er anspielen wollte.

"Sehr lustig." hustete Shade etwas aus.

"Entschuldige, aber ihren echten Namen hatte sie mir nie anvertraut. Deswegen nenne ich sie immer Hope." Kyle war ein schlechter Lügner, weswegen sie erkannte, dass er die Wahrheit sprach. Er mochte diese Magierin und sie konnte ihre Rettung sein.

10

Einar

Kyle entwickelte ein giftiges Verhalten, wenn es um Shade ging. Er hatte immer etwas zu bemängeln und es endete in einem Streit nach dem anderen. Bricriu hielt sich als neutrale Partei heraus und ging stets dazwischen, wenn es eskalierte. Aber Einar wollte nicht nachgeben, Shade war einmal fast entwischt, beim zweiten Mal konnte es anders enden. Einar konnte es nicht leiden mit anzusehen, wie blind Kyle war, der versuchte in Shade nur das Gute zu sehen. Obwohl Kyle erkannte, was Shade wirklich wichtig war, ihre eigene Freiheit, gab er nicht auf, er wollte sicherstellen, dass es ihr an nichts fehlte. An diesem Abend stoppte der Jüngste die Diskussion aus dem Nichts. Sein Blick galt ihrer Gefangenen, langsam hörte Einar es auch. Ihr Herzschlag wurde bedrohlich langsamer. Kyle flitzte zu ihr und versuchte, sie etwas grob an den Schultern zu wecken. Er hatte Angst um sie, aber nicht aus den gleichen Gründen wie Einar es tat. Wenn sie in ihrer Anwesenheit starb, waren sie keine Inceptor mehr sondern Fugitivorum und Proditor. Verräter auf der konstanten Flucht vor jedem anderen Vampir. Einar prüfte ihren Puls an ihrem Hals, der etwas flach schien und ihre Stirn brannte wie Silber auf der Haut eines Vampirs. Kyle zappelte wie ein Kind vor sich hin und erwartete einen Vorschlag von Einar, immerhin fand er, es war seine Schuld.

Bricriu klopfte dem Jüngsten auf den Rücken.

"Such Hope." war das einzige, was Einar den Ältesten sagen hörte, worauf Kyle ohne Widerworte aus dem Keller rannte. Hope war die nervigste Hexe, die ihm je untergekommen war, sie hatte ursprünglich auf Kyle aufgepasst, als er von seinem Erschaffer auf der Straße zurückgelassen wurde, mitten unterm Sonnenlicht. Sie lernten sie nur kurz kennen, nachdem sie Kyle begegnet waren bei seinem ersten Vollmond-Rausch. Er hatte immer ihren Namen wiederholt und wollte nicht mit ihnen kommen, weswegen sie dem Wunsch nachgekommen waren und bei dieser Magierin landeten. Ihre Gastfreundschaft ließ zu wünschen übrig, aber Vampire waren nicht wirklich beliebt bei ihrer Art. Sie ließ sie nur in ihr Haus, nachdem sie Kyle erkannte, unter all dem Blut seiner Opfer und der Verzweiflung, die in seinem Gesicht geschrieben stand. Hope war bemüht, Kyle in seiner Verwandlung zu helfen und zu unterstützen, aber selbst als Hexe wusste sie nicht alles. Deswegen bot Bricriu an, dass sie ihn mitnehmen, niemand war ein besserer Mentor als seinesgleichen. Hope war hin und her gerissen, sie vertraute ihnen nicht und sie mussten es versprechen. Bevor sie sie mit einem Versprechen Zauber belegen konnte, war Kyle zu Sinnen gekommen und bat sie, es nicht zu tun. Dieser Zauber war Bricriu's und Einar's Tod, insofern Kyle starb. Damals empfand er zu viel Schuld und konnte seine Emotionen nicht kontrollieren, er litt unter jedem Opfer, was durch ihn litt. Deswegen war dieses gesonderte Versprechen ein Dorn in seinem Auge. Stattdessen überredete er Hope, die wie eine große Schwester für ihn war. Es war 2 Jahre her und sie waren an diesen Ort zurückgekehrt, damit Kyle seiner nicht blutsverwandten Schwester zeigen konnte, was nach den wenigen Jahren aus ihm geworden war. Hope hatte Angst, er wurde zu einem kaltblütigen Mörder und verlor seine Menschlichkeit. Deswegen waren sie hier untergekommen und nach der Ankunft verbrachte Kyle wenige Tage bei ihr im Dorf, wo sie ihren Proviant besorgten. Er war dermaßen zufrieden und aufgedreht. Für Einar und Bricriu war es unverständlich, aber sie respektierten ihn. Bricriu schob jegliche Gegenstände vom Tisch und rollte seinen Mantel zusammen, den er dann darauf platzierte.

"Hilf mir." forderte er auf, während er Shade versuchte auf den Tisch zu legen, Einar erfasste ihre Beine. Bricriu war vorsichtig, als bestünde sie aus feinem Porzellan und legte ihren Kopf auf das provisorische Kissen. Dann holte er eine Wolldecke aus dem Sarg und versuchte aus der Frau eine Raupe zu machen. Er gab sein Bestes, ihr die optimale Möglichkeit zu bieten, um Ruhe und Komfort zu garantieren für ihre Genesung. Normalerweise war Einar's erster Instinkt ihr etwas von seinem Blut zu geben, es half bei der Heilung aber leider war das bei einer Goldblüterin was komplett anderes. Er besaß kein Wissen über das Immunsystem eines Menschen, es gab wenige Verletzungsmuster, die er kannte, wie Blutverlust, die zum Tode führen konnte oder ein gebrochener Knochen, wenn Gliedmaßen schräg abstanden. Krankheiten hingegen, die äußerlich kaum Symptome aufwiesen, waren neu. Augenscheinlich auch für Bricriu der auf und ab ging, was ihm oft beim nachdenken half. Die wenigen Minuten fühlten sich wie Stunden an, Einar saß auf einem Stuhl neben Shade während Bricriu nahezu seine Fußabdrücke auf dem soliden Steinboden verewigt hatte, so viele Runden war er gegangen. Einar fühlte sich fehl am Platz, ein wenig hilflos, er empfand keine Schuld. Aber dass er nichts tun konnte, machte ihn fertig. Shade war der Schlüssel zu seinem eigenen kleinen Erfolg, seine Augen ruhten auf der Frau, ihre Atmung war angestrengt, aber flach. Ihre Pupillen unter den Augenlidern rasten, als durchlebte sie ihre schlimmsten Momente aufs Neue. Etwas an ihr gab ihm inneren Frieden, aber gleichzeitig wühlte es ihn auf, sie so zu sehen. Es war verwirrend. Die Falltür wurde aufgehoben und knallte zu, als der bekannte Geruch entgegenkam. Als wäre man in ein Haus voller Kräuter und Pflanzen getreten, damit beschäftigte sich Hope am liebsten, zumindest erzählte dies Kyle. Sie würdigte ihnen kaum eines Blickes und grüßte nicht, stattdessen ging sie zu Shade und schätzte die Temperatur mit ihrem Handrücken ab.

"Minor.. besorg kaltes Wasser und ich brauche einen Lappen." Hope besaß einen Befehlston, der bei Einar ständig auf taube Ohren stieß, aber Kyle sprang ohne zu zögern. Fordernd hob sie eine Hand, Bricriu riss etwas von einem sauberen Stofffetzen ab und reichte es ihr. Sie faltete dieses und würdigte ihnen endlich einen Blick.

"Warum ertränkt ihr sie nicht einfach in eurem Blut?" die Frage war berechtigt, aber bewies auch, dass Kyle ihr nicht erzählt hatte, wer vor ihr lag. Eine Antwort war aber nicht nötig, sie prüfte die Pupillen, indem sie sanft ein Augenlid etwas aufzog und instinktiv zurückschreckte. Sie murmelte etwas unverständliches, worauf

Einar's Ohren piepten während sein Kopf sich anfühlte als würde dieser explodieren. Darauf sah sie zu ihm und trat auf ihn zu.

"Wie närrisch von euch! Habt ihr eine Vorstellung, was ihr hier angerichtet habt?! Wenn sie diesen Virus nicht überlebt, habt ihr mich mit rein gezogen in dieses Chaos!" sie war aufgebracht, aber Einar vernahm die Worte nur dumpf und hielt sich die Ohren zu. Das Temperament einer Hexe war unvorhersehbar und immer sehr kurz. Ihr Zeigefinger, den sie drohend auf ihn richtete, war nur eine minimale Geste, denn ihre Wut schwebte bereits über ihm. Diese Kopfschmerzen waren die einfachste Verteidigung einer Magierin, sie blockierte und legte Blutbahnen im Kopf frei in einem lichtschnellen Tempo, dass es als Foltermethode für Vampire bestens geeignet war.

"Wir.. bringen sie.. nach Umbra.." knirschte Einar hervor, worauf der Zauber stoppte und er durchatmen konnte. Hope schielte zu Shade, sie schien die Risiken abzuwägen und ob sie seinen Worten Glauben schenken konnte.

"In diesem Zustand kann sie nicht reisen." fuhr sie fort und trat an ihre Patientin heran, mittlerweile kehrte Kyle zurück mit einem Eimer voller Wasser. Sie tunkte den Stoff in die kühle Flüssigkeit und tupfte diese an die glühende Stirn von Shade.

"Du kriegst das doch wieder hin oder?" fragte Kyle, der sich mehr um Shade sorgte als um seine eigene Haut. Er war jemand, der in der Gegenwart lebte und schwer in die Zukunft planen konnte. Deswegen verstand er selten die Konsequenzen seiner Entscheidungen und Taten.

"Ich muss nicht viel tun. Sie erhielt ein starkes Immunsystem von der Natur, es braucht nur etwas Zeit und Geduld." erklärte die Magierin ruhig. Es vergingen Stunden, die Sonne war wieder aufgegangen und die Situation war nicht ansatzweise unter Kontrolle. Kyle wollte Einar die Schuld dafür geben und Einar ignorierte seine Anschuldigungen. Hope ermahnte die Männer in ihrer scharfen Tonlage und es kehrte Stille ein. Während Kyle versuchte, die nächsten Schritte mit Hope zu planen. Aber Shade mehr Essen zu geben kam Einar gar nicht in den Sinn, er wollte sie nicht stärken. Er sollte es aber besser wissen, als sich mit einer Hexe anzulegen. Einar hatte kaum seine Worte ausgesprochen, starrten ihn diese braunen Augen an, ihr Blick war tödlicher als jene von Shade. Denn mit ihrer Magie konnte sie eindeutig mehr Schaden anrichten. Einar erhob seine Stimme, sie war gewiss nicht diejenige, die mit Befehlen um sich werfen konnte. Er hatte die Situation unter Kontrolle, also liefen alle Entscheidungen allein über ihn. Was Hope eindeutig missfiel. Die Konsequenzen seines großen Mundwerkes erhielt er schneller als gedacht. Das Übertragen von Schmerzen war tiefgründiger als nur das Übertragen von oberflächlichen Schmerzen. Schmerz definierte sich in unterschiedlichen Richtungen und bei diesem Zauber wurden die psychischen und seelischen Schmerzen vor dem körperlichen übertragen. Er hatte keine Ahnung, wie viel davon diese zarte kleine Frau mit sich trug. Eine Mischung aus Bildern, Erinnerungen und Momente, die für Shade der Auslöser ihrer Leiden waren. Es waren Bilder, die ihm nicht neu oder unbekannt waren, die Gefangenschaft in Umbra, die Wachen, die sie täglich besuchten und Mitglieder ihrer Familie kontrollierten oder mitnahmen. Diese eklige Grütze, die man ihr jeden Tag vorsetzte, das eklige Verhalten ihr gegenüber und auch Momente die Shade vergaß. Nächte, in denen ihre Eltern gezwungen wurden, miteinander zu schlafen, wie Tiere in einem Stall. Die Flucht aus Umbra, ihr erstes Ziel, was sie folterte, die Begegnung mit der trauernden Partnerin des Vampirs. Danach wurde alles schwarz. Einar wurde schwindelig und er fasste sich ins Haar, Shade war aufgestanden mit der Hilfe von Kyle, aber Einar konnte sie nicht ansehen. Er hatte Dinge gesehen, die er nicht sehen durfte. Private Momente und Erinnerungen, von jener Person, die er nach Umbra ausliefern wollte. Alles drehte sich und ihm wurde übel, was ungewöhnlich war, weil ein Vampir nicht krank wurde. Diese Symptome waren Nachwirkungen von dem Zauber, er musste wieder klaren Kopf fassen. Einar holte den Proviant und schmiss diesen wortlos zur Hexe und zog sich in die andere Seite des Raumes zurück. Er schloss den Sarg und setzte sich, starrte an die Wand ihm gegenüber und hatte der Gruppe den Rücken gekehrt. Hinter ihm vernahm er nur, wie Hope den Keller verließ, um Besorgungen zu machen, dass Getuschel von Kyle und Shade verstand er kaum. Diese fremden Erinnerungen gruben einige seiner Erinnerungen aus, die er vor Jahren verbannt hatte. Er kannte Shade. Er kannte ihre Familie, ihre Mutter, die ihr Leben gegeben hatte, nur um ihrer Tochter mehr Jahre an Ungewissheit zu bieten. Ihr Vater, der seine eigene Familie verschenkt hatte, um seine eigene Haut zu sichern. Ihre halbe Blutlinie hatte er kennengelernt. Denn seine Eltern waren der Grund und

Ursprung, warum die goldene Familie in dieser schlechten Gefangenschaft lebte.

11

Shade

Es war Ruhe eingekehrt, Kyle erzählte aufgeregt von Hope. Zu sehen, wie verbunden er sich zu dieser Frau fühlte, bewies, wie viel seiner Menschlichkeit noch übrig war. Ausreichend Gründe, dass Shade Zweifel daran gewann, ob sie es je übers Herz bringen konnte, ihn zu töten. Er war ein Vampir. Um zu überleben, musste er anderen schaden. Sie konnte keine Ausnahmen zulassen. Andererseits tat Kyle ihr nie weh, er schützte sie vor den barbarischen Einfällen von Einar, obwohl sie sein Vertrauen missbraucht hatte. Es knarrte, als die Falltür aufging und wieder ins Schloss fiel, Hope war zurückgekehrt. Sie war eine Frau, die ihr Wort hielt. Sie stellte einen Korb ab, der mit jeglichen Dingen gefüllt war, verschiedenes Obst und Gemüse, noch mehr Brot, abgefülltes Wasser und ein wenig Milch.

"Du bekommst ja langsam wieder Farbe." stellte sie fest, während sie Shade's Temperatur prüfte.

"Ach, das ist normal, die Sonne mag mich nicht." entgegnete, Shade und Hope schmunzelte etwas.

"Die Natur hat ironische Wege. Eure Arten scheinen doch einige Dinge miteinander zu teilen." dabei schielte Hope verstohlen zu Kyle, der etwas seinen Kopf schief legte. Hope präsentierte ihre ergatterte Beute, sie packte Erdbeeren aus, die in einem Tuch gebündelt wurden, was Shade an eine Sache zurück erinnerte.

"Was hast du mit Einar gemacht?" fragte Shade dann leise, sie musste sich nichts vormachen. Das Gehör eines Vampirs war sensibel, irrelevant, wie leise man sprach.

"Ihm einen minimalen Anteil deiner Schmerzen gegeben. Du wirst leider keinen Unterschied bemerken, es war nur eine Kostprobe." erklärte Hope und sah unauffällig zu dem erwähnten Blutsauger.

"Eigentlich habe ich das Gefühl, mir wurde was genommen.." hauchte Shade etwas aus.

"Das sind die Nebenwirkungen. Sobald du wieder bei vollen Kräften bist, kommt alles wieder." garantierte die Magierin in ruhigen Worten.

"Beim Aufbruch der Nacht, besorgt ihr etwas Fleisch." Hope's Befehlston kehrte zurück, während sie zu Kyle sprach, er nickte ein wenig. Wenn diese Frau Shade vertraute, konnte sie vielleicht die Reise nach Umbra verhindern. Shade konnte nicht wieder zurück. Sie hatte bis hierhin nichts erreicht. Hope strich über die Tischplatte, die Kunstwerke, die Kyle dort eingeritzt hatte. Es war Shade dennoch ein Rätsel, wie eine Magierin sich mit einem Vampiren anfreunden konnte. Die Art und Weise, wie sie mit Kyle umging, erinnerte an Geschwister, die sich umeinander kümmerten.

"Wenn ihr fertig seid, wäre es wunderbar, wenn die Hexe wieder verschwindet." die Worte stammten von Bricriu, der dies argwöhnisch beobachtete.

"Magierin!" das Wort schoss nahezu gleichzeitig von Kyle und Hope, es war ein amüsanter Moment und Shade schüttelte etwas den Kopf. Sie konnte nun eindeutig erkennen, woher Kyle einige Charakterzüge her hatte. Hope schielte zu dem Jüngsten, mit einem dankbaren Blick. Kyle trat dieser Magierin mit einem großen Respekt und Vertrauen gegenüber, es war eine Freundschaft wie aus einem Märchen. Shade dachte nicht, dass so was möglich war, diese Harmonie zwischen zwei Wesen, die grundlegend unterschiedliche Wege der Natur folgten.

"Ihr wollt sicher bei der Sonnenfinsternis aufbrechen, die in wenigen Tagen ansteht." sprach Hope an, was Shade's Interesse weckte. Bricriu kniff kurz die Augen zu, das tat er ständig, wenn ihm etwas nicht gefiel oder er spontan agieren musste.

"Wenigen Tagen?" Einar mischte sich wieder ein und sah dabei vorwurfsvoll zu dem Ältesten, Bricriu zuckte unbeholfen die Schultern.

"Ich hab nie gesagt, dass meine Berechnungen stimmen." wehrte sich der Größte im Raum. Hope verschränkte ihre Arme und genoss diese Verzweiflung, die sich auftat. Magie hatte viel mit der Natur zu tun, was bedeutete, sie wusste sicherlich, wann die nächste Sonnenfinsternis anstand.

"In 3 Tagen steht sie an, die Sterne stehen gut, das kann euch fast zwei ganze Tage liefern." antwortete Hope bereitwillig, Shade stützte sich rücklings am Tisch durch diese Neuigkeit. Es blieben ihr nur drei Tage?

"Aber die Finsternis zu nutzen ist dumm." fügte Hope hinzu, als Stille einkehrte.

"Denkt doch mal nach, zwei ganze Tage in vollständiger Dunkelheit? Das ist ein Fest für jeden Vampir und fragt Shade, was mit ihr passiert währenddessen." Hope's Blick galt Shade, aber Shade wusste nicht wirklich, wovon man sprach. Sie hatte noch nie eine Sonnenfinsternis erlebt. Ihre Mutter erzählte ihr von einer Finsternis, die sie miterlebt hatte, Shade dachte immer, es war ein Märchen. Alle Blicke ruhten auf Shade, aber sie wusste nicht, was die Wahrheit war. Irgendwann verlor Hope die Geduld und brachte Licht über diese Dunkelheit.

"Ihre Adern leuchten unter der Haut hervor und wirken wie Honig für Bären." bei dieser Beschreibung blickte Shade auf ihren freigelegten dünnen Arm. Wenn das Blut wirklich leuchten sollte, war die blasse Haut wirklich ein Fluch. Den zweiten Teil von Hope's Worten verstand Shade aber nicht.

"Kein Problem, sie bevorzugt es sowieso, sich in Tüchern vollständig zu hüllen, und solange sie sich nicht verletzt, ist alles wunderbar." warf Einar ein und Shade rollte die Augen. Selbstverständlich war dies die Sichtweise von den Vampiren, der kein Problem damit hatte ihr Leben mit Qualen zu füllen.

"Sie muss nicht bluten. Jeder Vampir in einem guten Radius hört und riecht ihr Blut, wie ein seltener Honig, dessen Duft es selbst durch den Verschluss schafft." erklärte Hope. Wiederholt kehrte Stille ein und Shade wurde blass, das war ein Albtraum. Sie gab sich Mühe, ihre Identität zu verstecken, damit ihre Jagd ohne Komplikationen verlief. Aber zwei volle Tage, indem sie nichts gegen ihren Fluch tun konnte?

"In Ordnung, dann ziehen wir diese Nacht los. Problem gelöst." Einar machte kehrt, um wieder in seine Schmollecke zurückzukehren. Entgeistert blickte Shade dem Idioten hinterher, es war unfassbar.

"Sie ist zu schwach für diese Reise." aber Hope drang nicht zu dem Braunhaarigen durch, der sich aus dem Gespräch zurückgezogen hatte. Shade suchte den Blick von Bricriu, vielleicht konnte der Älteste etwas Vernunft bei Einar einreden. Der Große erwiderte ihren Blick aber kommentarlos. Immerhin konnte er mit seinem halben Muskelpaket sie problemlos von A nach B tragen.

"In 3 Tagen schaffen wir das niemals." murmelte Shade leise, was durchaus ein guter Punkt war. Sie wollte ungern bei dieser Planung helfen, aber sie konnte nicht zulassen, dass sie in die nächste Todesfalle lief. Zudem war eine Reise unsicherer als dieses Gebäude, was man zur Not gut absichern konnte.

"Wenn Einar eine Entscheidung trifft, ist es unmöglich diese zu ändern." seufzte Kyle aus und setzte sich neben Shade auf den Tisch, Hope quälte sie mit einem Blick aus Mitleid.

"Bringt es einfach zu Ende. Wir werden es niemals nach Umbra schaffen." hauchte Shade aus, Kyle mochte es nicht, wenn sie so sprach. Weswegen er sie böse ansah, aber wie so oft ignorierte sie es.

"Unsinn! Wir schaffen es und in Umbra wird man dich schützen."

"Vor den Inceptor. Ja." gestand Shade heiser, ihr blieb die Luft weg an den Gedanken.

"Warum überhaupt Umbra? Warum geht ihr nicht weiter in den Norden, nach Slosa, ein Dorf, das gegen die Regiae Familie agiert." erfragte Hope, Shade hatte nie von diesem Dorf gehört, aber es war nicht untypisch. Gegen jede Tyrannei gab es eine Gruppe von mutigen oder naiven Kriegern, die sich dagegen auflehnen wollten.

"Wenn das schief geht, sind wir Geschichte." mischte sich Bricriu ein, der immer noch an derselben Stelle stand. Shade fragte sich, ob er nichts Besseres mit sich anzufangen wusste oder vor hatte, sie zu belauschen.

"Ah und deswegen versklavt ihr das einzige goldene Ticket, was euch bleibt. Für was genau? Einen Titel und Reichtum, nicht wahr?" entgegnete die Hexe, eine kleine Falte zeigte sich an ihrer Stirn, dieses

Thema schien ihr Nahe zu gehen.

"Es ist das Richtige."

"Mit dem geringsten Risiko für euch, um wieder mal nur eure eigene Haut zu retten."

"Jeder ist ab einem gewissen Punkt egoistisch."

"Wenn man einsam ist, vielleicht. Aber wenn diese Reise nicht gut für euch endet? Bleibt dir etwas, wofür sich dieses falsche Luxusleben lohnt?!" Hope sprach ein heikles Thema an. Unsterblichkeit war kein Segen. Die schrecklichsten Vampire waren jene mit zu viel Macht, die sich unantastbar fühlten und jene, die nichts mehr zu verlieren hatten. Bricriu schwieg, er hatte offensichtlich nie darüber nachgedacht. Er konnte von Glück reden, Inceptor Freunde gefunden zu haben, so war er nie allein.

"Wer lebt in diesem Dorf?" fragte Shade dann ruhig, die Mimik von Hope passte sich an. Mit den Männern war sie schroff und kommandierend, aber zu ihr war sie sanft und freundlich. Es war eine angenehme Abwechslung, auch wenn Kyle ihr eine gute Gesellschaft war.

"Mutige Seelen aller Art, von Menschen bis hin zu Magier und die ein oder anderen Vampire. Ich war nie dort, aber man hat mir davon erzählt." erzählte Hope in friedlichen Worten. Es klang wie ein Traum, ein Hoffnungsschimmer. Aber diese Ansammlung spielte ein gefährliches Spiel.

"Das ist Selbstmord.." murmelte Shade und senkte den Blick. Es gab Unschuldige, die sich in einen Kampf stürzen wollten, denn sie nicht gewinnen konnten. Umbra glich einer Festung, die in tiefen Schatten gelegt war, dank den hohen Mauern, damit sie nicht vom Tageslicht betroffen war. Es gab keinen geeigneten Zeitpunkt, um diesen Ort anzugreifen und dieser wurde von den stärksten Vampiren belebt. Die rauen Hände von Hope, die wenige Schwielen aufwiesen durch das Arbeiten mit Pflanzen, legten sich auf Shade's Hände ab.

"Einst waren es Menschen, die als Sklaven gehalten wurden, um die Blutreserve aufrechtzuerhalten. Vampire wurden faul und machten sich das Leben einfach. Dann kam deine Familie, die ersten Menschen mit eigenartigem Blut, die tödlich für Vampire waren. Sie endeten die Zeiten der Versklavung und kämpften jeden Tag gegen die Tyrannei. Aber sie vergaßen, dass sie gegen Monster in den Krieg gezogen waren. Sie brannten ein Dorf nach dem anderen nieder und verlangten, dass sich deine Familie stellte. Ein Blutbad nach dem anderen. Bis eine Entscheidung gefällt wurde. Es gab einen Vertrag, deine Familie lebt in Umbra und dafür lassen die Vampire jegliche Lebewesen in Ruhe. Umbra hält sich an diese Vereinbarungen. Aber diese Krieger in diesem Dorf sind weit entfernte Verwandte von ehemaligen Sklaven, die dadurch freigelassen wurden. Jeder Dummkopf weiß das diese Vereinbarung kein einfaches Leben für euch bedeuten kann. Daher rührt diese Bewegung." Hope besaß ein beeindruckendes Wissen, was auch Shade's Kenntnisse in den Schatten stellte. Shade's Mutter erzählte ihr von den Sklavenzeiten, aber nie, wodurch sie ein Ende fand. Ihre Blutlinie bestand aus Kämpfern, nicht aus Feiglingen wie ihrem Vater. Sie schluckte schwer, konnte sie dieser Geschichte trauen? So entstanden Märchen, durch falsch erzählte Geschichten.

"Es ist dennoch nicht richtig.. lieber wir als.."

".. den Rest der Welt? Siehst du Bricriu, so denken keine Egoisten." Hope beendete Shade's Satz und sah vorwurfsvoll zu dem Größeren, der etwas schnaubte.

"Wie dem auch sei. Ihr habt Stunden, um die Bergziege dahinten zu überzeugen. Es war schön dich kennenzulernen, Shade." lächelte die Schwarzhaarige und umarmte Kyle, bevor sie den Keller verließ.

"Es wäre Hochverrat." merkte Bricriu an, Shade konnte nicht anders als zu nicken. Es war verständlich, dass es ein großes Risiko für die drei war, ihr Blick galt Einar. Der die Zeit damit verbracht hatte, die Wand anzustarren. Sie fragte sich, worüber er nachdachte.

12

Einar

Hope hatte sich verabschiedet, nicht dass es Einar aufgefallen war. Er dachte über das nach, was ihm die Hexe, wenn nicht gar bewusst, gezeigt hatte. Immerhin war Hope sehr schlau und versuchte immer alles so zu drehen, wie es in ihren Augen am besten war. Sie musste gewusst haben, dass es eine Gemeinsamkeit gab oder sie wusste, wer Einar war. Sie verlor aber kein direktes Wort darüber, weswegen er den Gedanken verwarf. Der Abend sollte bald anbrechen, weswegen er sich wieder in den vorderen Bereich wagte. Bricriu hatte sein wenig Hab und Gut gepackt und war bereit für den Aufbruch. Kyle war nicht wirklich einverstanden mit dieser Entscheidung und versuchte Einar mit bösartigen Blicken zu bestrafen. Shade hingegen wartete mit verschränkten Armen vor der Treppe.

"Braucht es wieder einen Boten wie Kyle oder sprichst du endlich normal mit mir oder bevorzugst du ein Wettrennen? Durchaus eine komische Vorliebe.." immerhin blockierte sie Einar den Weg. Nicht dass es ihn großartig interessierte.

"Wenn jemand ein Todesurteil erhält, gewährt man diesen immer einen letzten Wunsch." merkte sie an, Einar zog eine Augenbraue fragend hoch und entschied sich, das Spiel mitzuspielen.

"Verstehe und da die Rückkehr nach Umbra für dich ein

Todesurteil ist, möchtest du deinen Wunsch einfordern?" stellte er klar, was die Weißhaarige mit einem zuversichtlichen Nicken bestätigte.

"Ich will in den Norden. Dafür mache ich euch keine Probleme, weder auf der Reise nach Norden noch auf der Reise nach Umbra."

"Was ist mit der Sonnenfinsternis."

"Bis in den Norden sollten wir es schaffen." sie zuckte die Schultern.

"Was willst du im Norden?"

"Mich bedanken." Einar wurde aus dieser Frau nicht schlau. Im Grunde machte es keinen Unterschied, Umbra lag nordöstlich von ihnen, dieser Umweg war also keine allzu große Zeitverschwendung.

"Von mir aus. Aber keine weiteren Forderungen und wenn du dein Wort brichst. Wirst du es bereuen." merkte Einar eisig an. Was mit einem weiteren Nicken bestätigt wurde, darauf trat sie zur Seite. Er warf einen Blick zu den anderen beiden.

"Dann holen wir das meiste aus dieser Nacht heraus."

Einar kannte das Ziel nicht, deswegen übernahm Kyle. Scheinbar kannte er diesen Ort durch Erzählungen von Hope. Was Einar ein ungutes Gefühl gab. Hope bereitete ihm immer Ärger, wenn sie eine Chance hatte und wenn er darüber nachdachte, lag es bestimmt daran, weil sie wusste, wer er wirklich war. Aber er war ein Mann seiner Worte, er konnte nicht einfach zurücknehmen, was er mit dieser Frau vereinbart hatte. Einar hoffte, dass es kein naiver Schachzug war, um ihren Plan zu vereiteln. Shade hielt sich an ihre Abmachung, sie machte ihnen keine Probleme und lief eigenständig, auch wenn er an ihrer Gangart erkennen konnte, dass sie etwas schwankte. Die Hexe hatte sie gewarnt, dass sie für eine Reise nicht genug Kraft hatte, aber ihnen lief die Zeit davon. Sie mussten weiter in das Gebirge, der Weg wurde anstrengender und steiniger, die Temperaturen waren in der Nacht stark runter gesunken. Auf dem Weg erreichten sie Shade's Hütte, von dem nur noch Stein und Asche übrig war. Wolfsgeheul begleitete sie, neben den ständigen Schritten auf dem steinigen Weg. Niemand wagte ein Wort zu sprechen. Kyle konzentrierte sich auf die vage Beschreibung, die er erhalten hatte, Bricriu war aufmerksam und beobachtete jede Bewegung und jedes Geräusch um sie herum. Einar behielt Shade im Auge, die auf den Boden starrte. Sie hatte wieder ihre Kapuze übergezogen, was ihr weißes Haar verdeckte und ihre goldenen Augen in einen Schatten warf. Die Klamotten, die sie seit Wochen trug, verloren ihre volle Schwärze und wurden allmählich an einigen Stellen grau. Nur ihre Hände verrieten wie mager sie war, ihre Finger waren dünn und wirkten zerbrechlich und an den Handrücken stachen ihre Adern hervor, die nicht grün oder bläulich wirkten sondern eher schwarz. Einar fragte sich, wie sie bei der Sonnenfinsternis hervorstechen konnten. Die Beschreibung von Hope glich eher einem Märchen, golden leuchtende Adern? Er war sich sicher, dieses Detail nirgendwo gelesen oder gehört zu haben. Aber er fand es faszinierend, er wollte wissen, wie es aussehen würde. Es vergingen Stunden, der Himmel verlor seine mystische Dunkelheit und es wurde zunehmend heller, der Sonnenaufgang stand bevor. Sie waren nicht an ihrem ersten Ziel angekommen und mussten einen Zwischenstopp einlegen. Die Untoten konnten Minuten unter Sonnenstrahlen riskieren, das konnte sie aber zu sehr schwächen. Kyle fand aber eine Einbuchtung, die in eine Höhle führte, ausreichend, um sie mit genug Schatten zu versorgen. Dort schlugen sie ihr Lager auf, Bricriu hatte den Proviant mitgenommen, den Hope zur Verfügung gestellt hatte und reichte diesen Shade. Immerhin musste sie vernünftig essen, die Männer hatten noch wenige Flaschen auf Vorrat, auch wenn das kalt gewordene Blut nicht ansatzweise so gut war wie frisches. Kyle jagte in den benachbarten Wäldern nach Kleintieren, die ausreichend Fleisch boten, damit Shade wieder zu Kräften kam. Einar startete ein kleines Feuer, was Bricriu mit seiner Magie entzündete und setzte sich an die Höhlenwand, es sah aus wie die Heimat eines Bären oder Wölfe. Das eine Tier konnte man ausschließen, aber Wölfe schliefen am Tag, also mussten sie mit Besuch rechnen. Shade kniete mit dem Proviant vor sich und legte sich alles ein wenig zurecht, nutzte das Feuer um etwas anzubraten.

"Ich hoffe für dich das du mich nicht zum Narren hälst." murmelte Einar dann, worauf sie zu ihm sah.

"Hab ich nicht. Ich habe deine Fragen ehrlich beantwortet." gab sie von sich und nahm das Kaninchen entgegen, was Kyle ihr gebracht hatte. Sie hielt ihm fordernd die Hand hin, bis Einar realisierte, wonach sie fragte. Das Messer, das sie einst zurückgelassen hatte, um zu fliehen. Kyle hatte es in Tüchern gewickelt und mitgenommen, er reichte es ihr, nachdem er prüfend zu Einar sah und Einar nur mit der

Hand abwank. Sie sollte beweisen, dass sie sich an ihr Wort hielt. Sie wusste, was sie mit dem Kleintier zu tun hatte, sie zog das Fell ab und achtete darauf, so wenig wie möglich zu verschwenden. Einar konnte schwören, dass sie etwas wie einen Dank vor sich hin murmelte. Wie zu erwarten konnte sie mit dem Messer gut umgehen und in wenigen Minuten garte sie das ausgewählte Fleisch über dem Feuer. Am Höhleneingang blitzte das Sonnenlicht hindurch, was aber nicht weiter in die Höhle hinein reichte. Einar behielt den Eingang im Blick, falls sich Bewegung zeigen sollte. Bricriu positionierte sich im Schatten des Eingangs und lehnte rücklings mit verschränkten Armen gegen die Steinwand. Kyle hingegen hatte das händische Kunstwerk beobachtet, er war fasziniert von Shade und ihren Talenten. Dabei vergaß er, dass sie diese nur besaß, weil sie überleben musste.

"Ich frage mich, was für Schmerzen es waren." begann sie, während sie ihr kleines Buffet aß und diesen mit etwas Wasser runter spülte. Einar schielte zu ihr, mit einem fragenden Ausdruck.

"Als Hope dir meinen Schmerz gab." beschrieb sie und er verdrehte etwas die Augen und starrte an die Decke.

"Woher soll ich das wissen? Scheinbar hältst du kaum was aus. Es war lachhaft." gab er ihr zu verstehen, er war es gewohnt zu lügen. Aber diese Erfahrung hatte ihn zum Nachdenken angeregt, etwas was er nicht vor hatte mit Shade zu teilen.

"Natürlich, deswegen hast du dich in der nächsten Ecke versteckt wie ein trotziges Kind." sprach sie weiter, diese Frau treibte ihn noch in den Wahnsinn. Er kniff die Augen zusammen und knirschte tonlos mit den Zähnen.

"Als ich in Hope's Büchern gestöbert hatte, stand darin dass der Schmerzübertragungszauber oder auch Dolor Commutationem, immer mit den psychischen und seelischen Schmerzen begibt, die körperlichen bilden den Schluss." erklärte Kyle, worauf Einar etwas genervt aufstöhnte.

"Hast du immer noch nicht gelernt, wann es sinnvoll ist, einfach deinen Mund zu halten?!" schnaubte er ihn an, Kyle zuckte etwas zusammen und hob abwehrend die Hände. Das resultierte daraus, dass jemand die Konsequenzen seiner Aktionen nicht vorhersehen konnte. Shade aber beließ es nicht dabei, sondern folterte Einar mit einem fragwürdigen Blick. Er hatte Schwierigkeiten, Emotionen in ihr zu erkennen und dabei war es eines seiner wenigen perfektionierten

Talente. War es Mitleid, Hass oder einfach nur schlichtweg ihr ruhendes Gesicht, in dem sie ihn ständig misstrauisch ansah?

"Willst du ein Stück?" sie reichte Kyle den Schenkel des Hasen, sie hatte das Thema beendet. Verwirrung traf Einar, wollte sie es nun wissen oder wurde es ihr nun gleichgültig. Kannte sie überhaupt die Bedeutung von psychischen und seelischen Schmerzen. Kyle nahm das Angebot an, seine Wandlung zum Vampir stoppte ihn nicht gut oder lecker zu essen. Als Mensch war leckeres Essen sein liebstes Hobby.

"Was ist wirklich im Norden?" trat Einar das Thema los. Shade fror etwas in der Bewegung ein und schielte zu ihm. Kyle wirkte etwas verstohlen und wich Einar's Blick aus, also stimmte etwas nicht. Deswegen stand er auf und schritt zu ihnen ans Feuer, ging neben ihr in die Hocke. Er war Zentimeter von ihr entfernt, er erwartete Reaktionen von Shade, die etwas wie Angst verrieten.

"Was. Ist. Im. Norden." wiederholte er sich dann in einem ruhigen Ton. Shade klopfte ihre Hände sauber und erwiderte seinen Blick, der sie nicht einzuschüchtern schien.

"Freunde von mir. Feinde von Umbra." lächelte sie dann scheinheilig, Einar runzelte die Stirn.

"Werden deine Freunde uns Probleme bereiten?" forschte er dann nach und betonte dieses Wort Freunde mit einem zweifelhaften Unterton.

"Möglich. Wenn ihr von der Regiae Familie seid." sie starrte ihn eindringlich an, er wurde das Gefühl nicht los, dass sie es wusste. Er suchte in ihren Augen die Wahrheit, ein Indiz, was ihm die Antworten gab, die er erhalten wollte. Stattdessen dröhnte ein Herzschlag in seinen Ohren, war es sein eigener? Nein. Shade's Herzschlag war ruhig und gleichmäßig, sie log nicht.

"Ich kenne diese Leute gar nicht, Bricriu lässt sich ungern rum kommandieren und diese Familie nimmt nur wahre Ja Sager und Einar, ich bitte dich." Kyle belächelte es und Shade sah zu ihm, mit einem unleserlichen Lächeln auf ihren Lippen. Einar runzelte etwas die Stirn, dass Kyle so von ihm dachte traf ihn mehr als angenommen. Natürlich hatte er weder Kyle noch Bricriu von seinem früheren Leben erzählt. Inceptor waren nicht wirklich begeistert von seiner Familie und Einar wusste genau warum.

"Dann werden meine Freunde keine Probleme machen."

bestätigte sie unschuldig und blickte wieder zu Einar. Sein Mundwinkel zuckte etwas, er war unzufrieden mit diesen vagen Antworten. Ihr Herz unterstrich aber ihre Aufrichtigkeit in diesen Worten. Andererseits konnte er wohl kaum erwarten, dass Shade ehrlich antwortete, wenn selbst Kyle sie unterstützte. Also beließ er es vorerst dabei.

13

Shade

Die zweite Nacht brach an. Sie konnte es nicht lassen, Einar auf den Arm zu nehmen, er hatte keine Ahnung, was vor sich ging, und diesmal hatte sie die Fäden in der Hand. Kyle war ausgezeichnet in seiner Rolle als ihr Partner, denn er kannte den vollständigen Plan. Bricriu hingegen war erst dagegen und entschied, seine neutrale Position sehr ernst zu nehmen. Aber eine Antwort beunruhigte Shade, als er gestand, ihre psychischen und seelischen Schmerzen gespürt zu haben. Davon trug sie viel mit sich herum, es war eine üble Foltermethode, wenn der Zauber wirklich damit begann. Diese Art von Verletzungen konnte nicht verheilen, sie waren ein Teil von ihr und ihrem Leben. Ständige Begleiter, die sie daran erinnerten, wer sie war. Nach dem nahrhaften Gericht und der ausreichenden Flüssigkeit, fiel ihr der lange Fußmarsch nicht mehr schwer. Kyle genoss es, an der Spitze voran zu laufen, Shade hoffte, es war nicht zu viel Verantwortung für den Hitzkopf. Die anderen beiden liefen hinter ihr her, wodurch sie das Gespräch verfolgen konnte. Einar versuchte verzweifelt, etwas von dem Älteren zu erfahren.

"Du warst doch bei dieser kleinen Versammlung mit Hope dabei." gab Einar von sich, was wohl mit einem Nicken beantwortet wurde, da Bricriu keinen Laut von sich gab.

"Und was hältst du von der Idee, dass wir in den Norden gehen?" setzte Einar fort.

"Es ist das Mindeste, was wir ihr gestatten können."

"Sicher.. sicher.. und was genau ist im Norden?"

"Alles mögliche, Wesen aller Art. Worauf willst du hinaus?"

"Ich möchte nur wissen, ob es sicher für uns ist."

"Dann solltest du Shade nicht wütend machen." schloss Bricriu ab, es stimmte Shade zufrieden, dass die anderen Einar im Dunklen tappen ließen. Vermutlich taten sie es aus eigenem Interesse und aus eigener Neugier. Sie wussten nicht, was sie erwartete und die Erzählungen von Hope versprachen vieles. Im schlimmsten Fall fanden sie gar nichts, aber hatten eine kleine Reise hinter sich. Sie erreichten den wahren Norden, die weißen Natur-Umstände verrieten es. Kyle war fasziniert von dem Schnee und lachte Einar aus, als dieser über etwas Eis auf dem Weg schlitterte. Shade schob ihre Hände in die Hosentaschen, um etwas gegen die Kälte zu unternehmen. Immerhin konnte sie das Gerücht nun richtig stellen, Vampire hatten nichts gegen die Kälte, Bewegungen waren nur unangenehm bei leeren Magen. Je weniger Blut sie in ihren Adern hatten, desto rostiger wirkten sie. Shade hatte keine vergleichbare Erfahrung, vermutlich war das Verdursten nah genug an diesem Gefühl. Sie erreichten ein verlassenes Dorf. Ein leichter Schleier lag über diesem Ort und es schien leblos. Bis zum nächsten Sonnenaufgang blieben ihnen wenige Stunden, es musste eine Entscheidung gefällt werden.

"In der nächsten Nacht schaffen wir es." schlug Kyle vor, er war zwar ein Hitzkopf, aber er ging auf Nummer sicher.

"Und ihr seid sicher, dass wir dort was finden werden? Denn wenn nicht, startet direkt danach die Sonnenfinsternis." Shade hasste es wenn Einar recht hatte. Sie wussten nicht, ob der Ort existierte oder geschweige es noch tat. Wenn sie dort nichts finden konnten, sah es schlecht für alle aus oder eher für Shade. Es folgte keine Antwort, denn alle Augenpaare waren auf Shade gerichtet. Sie zog ihre Kapuze runter.

"Wir werden es wohl morgen Nacht herausfinden." gab sie dann kurz von sich. Einar war mit dieser Aussage nicht zufrieden, aber er konnte sein Wort nicht zurücknehmen. Hoffentlich war es diese Mühe wert. Bricriu nutzte diese Zeit, um ein Haus zu finden, das in einem guten Zustand war und brach die Tür auf. Nachdem er wenige Ratten aus diesen gescheucht hatte und alte Kerzen anzünden konnte, stieß der Rest zu ihm. Das Haus war nicht besonders, die hölzernen Möbelstücke waren teilweise kreuz und quer, Schubladen standen offen oder Schranktüren hingen halb aus ihren Scharnieren. Dieses Zuhause wurde schnell verlassen und man nahm lediglich das Notwendigste mit. Eine Tür stand auf, ein kurzer Blick verriet, dass es ein Kinderzimmer war, ein kleines Bett mit wenigen geschnitzten Spielfiguren. Die Klamotten, bestehend aus vielen Fellen und dicken Stoffen, wurden auf dem Boden chaotisch hinterlassen. Es gab ein Schlafzimmer, vermutlich worin die Eltern schliefen. Das Bad hatte bessere Zeiten gesehen, vieles war verrostet oder begann in einer Ecke zu schimmeln. Der Hauptraum, der gleichzeitig als Flur, Wohnzimmer, Esszimmer und Küche galt, nahm viel Platz vom Haus ein. Bricriu nahm einen der Stühle auseinander, das Holz war trocken genug und eignete sich am besten für ein Feuer, er räumte den Kamin frei und entzündete die Flammen. Shade schnappte sich einen Stuhl und fegte mit einer Hand Dreck von der Sitzfläche. Danach säuberte sie den Tisch so gut es ging. Kyle hatte einen Eimer gefunden und Schnee rein geschaufelt, was er beim Feuer schmelzen ließ. Shade breitete das Tuch aus, indem der Proviant gewickelt wurde, Überreste vom Hasen reinigte sie im Schnee. Langsam wurde es angenehm im Haus, auch wenn die Sonne langsam aufging, blieben die eisigen Temperaturen bestehen. Sich im Norden niederzulassen war ein geschickter Schachzug, andere mieden die Kälte und die unvorhersehbaren Wetterumstände.

"Das Stück macht sich gut in einem Eintopf." Bricriu deutete auf die Innereien des ausgenommenen Tieres.

"Eintopf ist nicht ihr Fall." bei den Worten sah Shade entgeistert zu Einar, er blätterte in einem eingestaubten Buch und blickte auf, als eine unangenehme Stille einkehrte und alle Augenpaare auf ihn gerichtet waren. Shade war nicht die einzige, die verwirrt war, selbst Bricriu stand mit offenem Mund da. Einar räusperte sich etwas und klappte das Buch zu, während etwas Staub aufwirbelte.

"Ich meine.. sie weiß offensichtlich damit umzugehen und Eintopf kriegt jeder Dummkopf hin." verbesserte Einar seine Wortwahl, was Shade noch misstrauischer machte. Einar verlor nie nette Worte, besonders nicht wenn es um Shade ging. Diese Aussage war eine reine Ausrede, um das Misstrauen umzulenken.

"Psychischer und seelischer Schmerz was?" warf Shade auf, aber sie erhielt keine Antwort, stattdessen zog er sich ins Kinderzimmer zurück. Sie murrte leise aus und schielte zu Bricriu, der unbeholfen die Schultern zuckte. Es jagte ihr Angst ein, einer ihrer größten Feinde wusste dermaßen viel von ihr. Dinge, die sie ihm nie erzählt hätte, sie gehörten ihrer Schwächen an, die selbstredend niemand erfahren durfte. Shade musste diesem Problem einen Riegel vorschieben, sie stand auf und folgte ihm in das Zimmer, schloss hinter sich die Tür. Es war ausreichend, dass Einar davon wusste, die anderen beiden mussten davon nichts erfahren. Er stand am Fenster, was vereist war und nur wenig vom Sonnenlicht durch ließ. Sie hatte gelernt, in Bewegungen anderer zu lesen, er wirkte angespannt und in sich gekehrt, was nichts Neues war. Es war schwer auszumachen, weil er mit dem Rücken zu ihr stand, also ließ sie ihren Blick durch den Raum schweifen.

"Ich bin mir sicher, dass du weder Gedanken lesen noch in meine Vergangenheit sehen kannst. Also, wie genau kamst du auf diese winzige Vermutung?" Shade sprach es gerade aus, während sie die geschnitzten Figuren musterte. In ihrer Kindheit besaß sie kein Spielzeug, ihre Mutter versuchte aus Müll, Figuren zu formen, womit sie spielte.

"Schmerzen basieren auf Erinnerungen, Dinge, die passiert waren. Besonders seelischer und psychischer Schmerz." kam es trocken von ihm, sie schielte zu ihm und drehte das schlecht skulpturierte Pferd in ihrer Hand.

"Erinnerungen.. du hast meine Vergangenheit gesehen?"

"Die mit den Schmerzen verbunden waren, ja. Wieso hast du was zu verheimlichen?" er sah zu ihr und ihre Augen verengten sich.

"Nicht unbedingt. Aber wenn du meine Vergangenheit gesehen hast, frage ich mich, wie du mich weiterhin problemlos an Umbra ausliefern kannst." Shade stand auf und verschränkte ihre Arme.

"Dein Leben ist mies. Das hab ich verstanden, aber wir suchen unser Schicksal nicht aus. Du gehörst dorthin." die Worte waren ungewohnt scharf, sie hatte damit gerechnet. Dennoch tat es weh, daran erinnert zu werden.

"Schicksal.." wiederholte sie und nickte mehrmals, sie schluckte dieses Wort runter, wie bitterer Alkohol, der ihr auf der Zunge brannte.

"Irrelevant, wie viele Jahre du davor wegläufst oder dich dagegen wehrst, das Ende bleibt immer dasselbe." fuhr er fort und sie setzte sich geschlagen auf das Bett, der Dreck wurde dabei aufgewirbelt. Es war ihr nicht neu, sie wusste es bereits, aber dasselbe von einem Vampir zu hören, war noch schlimmer.

"Du hast es gesehen.. hast du kein Herz?"

"Gute Frage. Dasselbe fragte ich mich auch als du diesen Mann unter der Sonne beim vertrocknen beobachtet hast." Shade wollte ihn so sehr zum Schweigen bringen, er streute Salz in ihre Wunden und zuckte dabei nicht mal mit dem Auge. Ihm war es schlichtweg gleichgültig.

"Warum frage ich überhaupt. Du bist das beste Beispiel dafür, warum eure Art ausgelöscht werden muss." sie stand auf und knallte hinter ihr die Tür zu, Kyle sah sie fragend an. Obwohl er sein feines Gehör zum Lauschen benutzen konnte, tat er es nie. Wie konnten derart verschiedene Vampiren zusammen funktionieren? Einar war ein kaltherziger Idiot, Kyle wirkte auf Shade wie ein verlorener Junge, der sein Leben lebte und Bricriu war die Ruhe selbst. Wie konnte dieses Trio funktionieren?

"Stimmt etwas nicht?" forschte der Jüngste nach, sie hob nur die Schultern und sank diese auch wieder. Mit einem tiefen Seufzen setzte sie sich und schnappte das erste Beste, was sie vom Proviant erwischen konnte.

"Du musst aufgeregt sein, wenn es später soweit ist." fuhr Kyle fort, Shade nickte nur wortlos. Es war ihre Hoffnung, insofern diese Ansammlung noch existierte und mit etwas Glück konnte sie sich damit aus den Fängen von diesem Dummkopf befreien.

14

Einar

Einar wusste, dass Shade diese Konversation nicht aufrechterhalten konnte, nachdem sie aus dem Zimmer stürmte, atmete er ruhig durch. Sie hatte keine Ahnung, was sie damit los treten konnte. Sie war die letzte ihrer Art, früher oder später konnte das für Aufruhr sorgen. Wenn sie nicht bald wieder zurückkehrte, begann alles wieder von vorne. Die Überfälle auf Menschen, die Versklavung dieser und nicht zu vergessen, standen die Vampire dann wieder an der Spitze der Nahrungskette. Shade hatte absolut kein Wissen darüber, sie hatte nur zwei Optionen und da ein Krieg gegen die Familie Regiae zu führen unmöglich war, blieb nur noch aufzugeben. Vermutlich erkannte sie es irgendwann, aber bis dahin zwang er ihr diesen Gedanken auf, bis ihre eigene Realisierung eintrat. Einar's Blick fiel auf die Figuren, die sie durcheinander gebracht hatte. Wahrscheinlich erinnerte sie sich an ihre eigene Kindheit, er konnte sich nur vage daran erinnern. Aber dieser Familie standen keine Spielsachen zu, stattdessen nutzten sie Müll oder Überreste, um daraus Skulpturen zu basteln. Manchmal war er erstaunt, wie man aus Müll sowas kreieren konnte. Er schüttelte den Gedanken weg und trat wieder in den Hauptraum, es war still geworden. Draußen kämpfte die Sonne gegen die eisigen Temperaturen an und das dicke Glas wies wenige Regenbogenfarbene

Schimmer auf. Bricriu stand neben der Tür, er wollte kein Risiko eingehen, Shade war nur Meter davon entfernt, einen Vorsprung zu ergattern. Andererseits blieb ihr wohl keine Wahl, am nächsten Tag musste sie für einige Stunden um ihr Leben bangen, sie war auf Hilfe angewiesen. Wenn sie das nicht erkannte, war sie naiver, als Einar zuerst angenommen hatte. Sie saß aber mit Kyle am Küchentisch und packte den Proviant wieder ein.

"Wir sollten darüber sprechen, was passieren wird, wenn wir im Norden nichts auffinden sollten. Dieses Dorf wurde immerhin lange verlassen, also stehen die Chancen nicht gut." begann Einar dann das wichtigste Thema.

"Wenn es ein weiteres verlassenes Dorf ist, müssen wir dieses wohl zu einer Festung machen." Shade zuckte etwas die Schultern.

"Du denkst, deine Fallen halten Vampire in ihrem Rauschzustand auf?"

"Nein, aber mein Blut wird es tun."

"Natürlich, mit einer Handvoll an Vampiren vielleicht, aber wir wissen nicht, wie viele es hier gibt. Ab einem gewissen Punkt wird es lebensgefährlich."

"Richtig und dann wärt ihr am Arsch, ganz vergessen." ihr bissiger Ton bewies nur, wie unreif sie war.

"Du sagtest doch, dass ihr Blut nicht nur sättigt, sondern auch unsere Kräfte verstärkt." Kyle brachte einen guten Einwand ein, aber die Finsternis hielt zwei Tage an, dieser Effekt hingegen wirkte nur für Minuten am Stück. Zudem kannten Vampire nicht die richtige Dosierung, ein Tropfen zu viel bedeutete ihren Tod. Dazu war unklar, wie viel davon man am Tag zu sich nehmen konnte, ob eine Überdosierung durch mehrere Mengen auch möglich war, wurde nie bestätigt.

"Shade ist doch so schlau, sie kennt bestimmt die Zahlen." murmelte Einar dann, worauf die Weißhaarige etwas trocken lachte.

"Vergiss es. Lieber sterbe ich an Blutverlust, als euch zu verraten, wie ihr dieser tödlichen Gier entkommt." es war keine Überraschung, er hatte es schon erwartet.

"Drei Tropfen für den vollständigen Effekt, zwei Tropfen sättigen lediglich. Ein Vierter kommt auf die Körpermasse an, Kyle würde vermutlich keinen vierten überleben. Bricriu vielleicht." Einar schielte zu dem Größeren, der etwas nickte. Shade starrte ihn hingegen giftig an. Sie vergaß wohl, dass er einiges über sie wusste und auch ihre Familie.

"Wir können dich schützen, in diesem Rausch sind sie wie Zombies, ohne Gehirn geleitet von purem Hunger." Kyle versuchte zu sehr, einen friedlichen Weg zu wählen.

"Ich kann mich selbst wehren." wank sie leicht ab und verschränkte die Arme.

"Du wusstest nicht mal, was dir in einer Sonnenfinsternis passiert. Woher kannst du annehmen, dass du voll einsatzfähig bist in diesem Zustand?" gab Bricriu von sich, worauf Shade keine Antwort gab. Sie schien darüber nachzudenken, offensichtlich hatte sie daran nicht gedacht.

"Ich kann immer kämpfen. Irrelevant, wie hungrig, wie durstig, wie müde oder wie nah ich dem Tod war." sie sah zu Bricriu, ihr Ausdruck war entschlossen. Sie war so anders als ihre Mutter. Shade war eine Überlebende, eine Kriegerin, die nicht aufgeben konnte, hingegen ihre Mutter gut mit Worten umzugehen wusste. Es war erstaunlich, wie verschieden die Menschen voneinander sein konnten, obwohl sie eine Vergangenheit teilten, ähnliche Schicksale erhielten.

"Na gut. Dann bist du auf dich alleine gestellt." schloss Einar ab, worauf sie ihn entgeistert ansah. In einem Kartenspiel, wo man lügen musste, wäre sie aufgeschmissen. Immerhin hatte sie erwartet, dass man sie schützen würde, komme was wolle, weil sie eine wertvolle Fracht war. Aber wenn sie unbedingt stark sein wollte, sollte sie die Konsequenzen selbst tragen. Wenn alles aus dem Ruder lief, konnten sie immer noch eingreifen. Auch wenn sie an einem Vampiren starb, konnte man ihm dieses Vergehen problemlos anhängen. Ihre goldenen Augen verengten sich, so sah sie also aus, wenn sie einen Vampir umbringen wollte. Die Mordlust hob sich in ihrem Blick hervor. Es war nicht einschüchternd. Ganz im Gegenteil, es machte sie interessant. Einar fragte sich, wie es wohl war, wenn sie mit diesem Ausdruck kämpfte, die nach dem Blut und dem Tod ihres Zieles gierte. Es hatte etwas Ironisches an sich. Denn genau das waren vampirische Instinkte. Wobei jeder seinen eigenen Favorit wählte, manche bevorzugten die Angst in den Augen ihrer Opfer, andere wollten die Herausforderung in einem Kampf, dann gab es die, die sich mit einer guten Jagd zufrieden gaben. Shade war schwer einzuordnen. Sie wollte keinem Angst einjagen, sie liebte sicherlich eine

Herausforderung im Kampf, aber die Jagd schien ihr am liebsten zu sein. Immerhin hatte sie ihnen aufgelauert, unter einer Kirche, wo kein Vampirjäger nachsehen würde, sie schaffte es, einige Minuten im Schatten zu bleiben. Wenn Kyle Einar nicht in die eine Ecke gestoßen hätte, wären sie wohl neue Namen auf ihrer Liste von erlegten Vampiren.

"Einar?" Einar's Blick wich von Shade ab zu Kyle. Einar hatte sich in seinen Gedanken verloren. Warum interessierte ihn diese Frau überhaupt? Sie war nichts weiter als eine Ware für den besten Tausch ihres Lebens.

"Was?" Einar's Stimmlage war genervter als gewollt, weswegen der Jüngste erst schwieg.

"Kyle besitzt im Gegensatz zu anderen Anwesenden so etwas wie Schuld und kann es mit sich nicht vereinbaren, mich vor die Hunde zu werfen." Shade wiederholte die zuvor gestellte Frage von den jüngsten Vampiren im Raum. Ihr giftiger Unterton verriet Einar, wie lange sie ihm noch böse sein wollte.

"Wir werden sehen, was uns erwartet und sprechen dann nochmal darüber." schnaubte Einar dann leise entnervt aus. Er hatte keine Energie mehr für diese Diskussion. Es war nicht seine erste Sonnenfinsternis, aber er konnte nicht einschätzen, wie stark es einen Goldblüter beeinflusste und noch wichtiger, wie stark es einen Vampiren beeinflusste. Kyle war noch frisch in seiner Wandlung, was, wenn er davon betroffen war. Sein letzter Vollmond-Rausch glich einem halben Massaker und er verzichtete für jedes Opfer einen Tag lang auf Blut. Am letzten Tag war jede Bewegung und jeder Atemzug zu schmerzvoll für ihn, er lag nur und verweigerte die Einnahme von Blut. Erst als der letzte Tag vorbei war, ließ er einen Tropfen zu und erholte sich davon erst Tage später. Bricriu hatte in dieser Zeit versucht, ihn dazu zu bringen, die Emotionen zu ersticken, aber Kyle hielt an diesen fest wie ein verzweifeltes Kind. Deswegen respektierten sie den Jungen, er besaß ein gutes Herz, was er niemals ablegen wollte, er blieb standhaft. Kaum war die Sonne im Horizont verschwunden, brachen sie auf. Kyle verbrachte den ganzen Tag damit, die ungefähren Stunden zu berechnen, die sie bis zu ihrem ersten Ziel benötigten. Laut seiner Aussage hatten sie ausreichend Zeit, um ein gutes Lager aufzubauen, falls sie nichts finden sollten. Shade nutzte die freie Zeit, indem sie versuchte zu schlafen, wobei sie nicht wirklich erfolgreich war. Sie hatte sich ins Kinderzimmer zurückgezogen, man hörte, wie sie mühsam versuchte, Matratze, Kissen und Decke sauber zu klopfen. Irgendwann kehrte Ruhe ein und stattdessen war es das Knarzen, was hinaus drang, bei jedem Versuch, sich umzudrehen oder eine gemütliche Position zu finden. Die ständige Geräuschkulisse machte Einar wahnsinnig das er sein Gehör auf das knistern des Feuers lenkte. Die Stunden waren genauso wortlos vergangen wie während der Wanderung. Es lag eine Ungewissheit in der Luft. Sie wussten nicht, was sie erwarten würde, weder im Norden noch wenn die Sonnenfinsternis begann. Es ging weiter in ein Gebirge, steile Abhänge, die einen Aufstieg erschwerten durch Eis und Schnee. Es führte in ein breites Tal, das leergefegt schien. Kyle wirkte angespannt, als sie von einer Hügelspitze hinunter blickten.

"Das mit der Festung hat sich wohl erledigt." hauchte der Jüngste geschlagen aus, Shade trat an ihm vorbei und musterte das Tal. Die Bergkette ringsherum war ein vielversprechender Schutz für ein Dorf, aber es gab weder eine Wasserquelle noch Lebensformen, damit ein Überleben dort möglich war. Es gab keine Bauwerke und auch keine Überreste, die von einem erzählten.

"Ich weiß nicht, wovon du sprichst. Das Dorf ist in einem guten Zustand und scheint belebt zu sein." murmelte Shade, Einar schielte zu ihr. War ihr Fieber wieder gestiegen durch die Reise? Sie hatte wieder etwas Farbe im Gesicht und wirkte eigentlich topfit. Sie sah alle abwechselnd an.

"Was ist? Habt ihr Tomaten auf den Augen?" fragte sie verwirrt, ihren Worten wurde nicht wirklich Glauben geschenkt. Das bemerkte sie schnell genug, deswegen griff sie nach dem Handgelenk von Kyle und zog ihn mit ins Tal. Bricriu blickte fragend zu Einar, Einar zuckte nur seine Schultern und sie folgten dem Zwein. Sie gingen einige Meter vor ihnen und verschwanden ins Nichts, Einar streckte einen Arm zur Seite, wodurch der Ältere zum Stehen kam.

"Wo sind sie hin?"

"Magie.. Natürlich.." raunte Einar aus, er hielt seine andere Hand vor sich, um die Grenze auszumachen, bis seine Hand ins Nichts verschwand. Es war ein harmloser Zauber, der etwas vor dem einfachen Auge versteckte oder vor den Augen eines Vampirs? Shade konnte durch den Zauber sehen, was bedeutete, dass dieser Ort dafür konstruiert wurde, einen Schutz vor Vampiren zu bieten. Was war das für ein Ort? Sie traten durch den Schutzzauber, der keinen Schaden bei der Überquerung anrichtete, Shade war verschwunden, hingegen Kyle geduldig auf die Nachzügler wartete.

"Wo ist sie?" fragte Einar knapp, Kyle nickte zum Dorf. Häuser aus massivem Stein, mit robusten Dächern, Rauch stieg aus den Schornsteinen. Es gab einen gefrorenen See, der angrenzte und an wenigen Stellen eingebrochen wurde, um die Fische des Nordens zu angeln. Wenige Felder blühten in ihren tollen Farben und wirkten Fehl am Platz, ihre Erde wurde weder vom Schnee bedeckt noch von Eis. Es herrschte reges Treiben in dieser Gemeinschaft und dabei handelte es sich nicht nur um Menschen. Wesen mit spitzen Ohren, Zwerge und Gnome, der Geruch verriet, dass es auch wenige Wölfe geben musste. Der ein oder andere Vampir, die sich aber vor einem Haus sammelten. Kyle führte sie zu diesem Haus, aus dem eine Frau trat, blasse Haut, blondes langes Haar, ihre Ohren waren spitz wie eine Klinge und die Augen repräsentierten ihre reine Verbundenheit mit der Natur, ein starker grüner Ton.

"Hier gibt es nichts zu sehen, geht an eure Arbeit. Los los."

"Aber warum hören wir das über Meter hinweg!"

"Weil die Sonnenfinsternis begonnen hat. Wenn ihr euch nicht unter Kontrolle habt, meldet euch bei Draco!" die Stimme der Frau glich einem Glockenspiel, ein weiteres Indiz ihrer Art. Sie war ein reinblütiger Elf. Etwas weit weg von ihrer natürlichen Heimat. Die Ansammlung von wenigen Vampiren löste sich auf und Einar sah in den Himmel, sie hatte Recht. Die Finsternis hatte begonnen, die Sonne erhielt nicht mal eine Chance, sondern wurde beim Aufgang schon überdeckt. Ein dezenter Duft trat aus dem Haus und selbst aus dieser Distanz vernahm Einar den Herzschlag von Shade, dieser war etwas hastiger als sonst.

"Ihr seid ihre Freunde, nehm ich an?" die Fremde widmete sich den dreien zu, Kyle nickte sofort.

"Aufpasser." korrigierte Einar, während ihre grünen Augen auf ihm ruhten, es war schwer, etwas in ihrer Mimik zu erkennen. Elfen waren edle Wesen, aber sie versteckten ihre Emotionen wie wahre Meister.

"Der Apfel fällt wohl nicht weit vom Baum." murmelte sie leise aus, "Das ist ein sensibler und höchst persönlicher Moment für ihre Art. Ihr kennt das bestimmt. Vollmond-Rausch oder Furiosus." jede

Art hatte ihre Vor- und Nachteile. Der Vollmond-Rausch war mitunter einer ihrer schwächsten Momente, sie konnten ihre volle Kontrolle über sich verlieren, was sie zu einer Schwäche machte, obwohl sie in diesen Nächten ihre maximale Stärke erreichten. Furiosus hingegen waren Vampire, die ihre Bindung zu Emotionen vollständig verloren hatten, die wahren Monster der Untoten.

"Wir können sie nicht damit alleine lassen." entgegnete Kyle, worauf die Frau sanftmütig lächelte.

"Ich stimme dir zu. Aber du bist so grün hinter den Ohren, dass ich dich nicht zu ihr lassen kann." sie schien zu wissen, was mit jungen Vampiren geschah, sie waren scheinbar anfälliger für das goldene Blut als die ältere Generation. Kyle senkte seinen Blick, er fühlte sich dermaßen verpflichtet, Shade zu helfen, es machte Einar krank.

"Bricriu bleib bei ihm. Ich nehme an, ihr habt einen sicheren Bereich für unerfahrene Vampire, wo sie sich zurückziehen können?" forschte Einar dann nach.

"Natürlich, das Haus, das mit schwarzen Steinen markiert wurde. Fragt nach Draco, er wird sich um euch kümmern." erklärte sie Bricriu, der Größere nickte langsam und sah zu Einar. Einar wank aber leicht ab, er tat es für Kyle aus keinem anderen Grund. Nachdem die Beiden sich auf den Weg zum beschriebenen Gebäude machten, musterte ihn die Elfe wiederholt.

"Eigentlich sollte ich dich festnehmen lassen." begann sie.

"Aber niemand hier kennt sie besser als ich."

"Ohne Zweifel. Deine Familie war immer schon besessen davon. Wissen es deine Freunde?"

"Ich trage absolut keine Verantwortung für die Entscheidungen und Handlungen meiner Eltern."

"Also nein. Eine Freundschaft basierend auf Lügen kann deinen Tod bedeuten."

"Ich bin nicht hier, um mir eine Weisheit anzuhören." so hart diese Worte auch klangen, war es die Wahrheit. Einar wusste um die Weisheit von Elfen, aber er verzichtete auf dieses Wissen. Sie trat beiseite und ließ ihn eintreten, nachdem er hineingeschlüpft war, schloss sie die Tür hinter ihm. Sie standen direkt in einer Küche mit einem Essbereich, viel erinnerte an einen tiefen Wald. Die Wände trugen die braunen Farben eines Baumes, Blätter hingen an der Decke und baumelten an wenigen Stellen hinunter. Die Frau deutete zu einer Tür am Ende des Ganges, die vermutlich in eines der Zimmer führte.

"Ich werde ihr einen Tee machen. Damit es erträglicher wird." sie bahnte sich ihren Weg zur Küchentheke und setzte Wasser auf.

"Erträglicher?" fragte Einar irritiert und sie schielte zu ihm wortlos, sie gab ihm aber keine Antwort darauf. Also musste er es wohl selbst herausfinden. Er öffnete die Tür. Shade saß auf dem Bett, sie hatte eine schwarze Decke zusätzlich über sich geschmissen, nur ihre goldenen Augen stachen hervor, während sie in einem Buch in ihrem Schoß blätterte. Sie sah zu ihm auf, als er die Tür schloss. Einar erhaschte nur einen kurzen Blick, bevor sie die Decke etwas weiter über ihren Kopf zog. Die feinen Adern in ihrem Gesicht waren golden und leuchteten etwas, wie wenn Licht auf pures Gold traf. Es war nicht konstant oder pulsierend, sondern sie schlichen über ihr Gesicht wie goldene winzige Schlangen.

"Was willst du." ihre Stimme klang angestrengt, als versuchte sie ihre gleichgültige Stimmlage aufrechtzuerhalten.

"Kyle wollte dich nicht alleine lassen.. aber die Elfe.."

"Idril. Sie heißt Idril." unterbrach sie ihn heißer.

"Ok. Idril fand es keine gute Idee, einen frischen Vampir in deine Nähe zu lassen. Deswegen habe ich es übernommen."

"Wahrscheinlich nur damit du dich über mein Leid amüsieren kannst." sie klappte das Buch zu, auch ihre Hände erhielten dasselbe Muster. Goldene Fäden zogen in jede einzelne Fingerspitze hinauf und wieder zurück. Es war eine hypnotisierende Bewegung neben ihrem erhöhten Herzschlag, der mit jedem weiteren Wort schneller wurde.

"Darum geht es nicht. Es war mir nicht mal klar, dass.."

"Das was?! Du scheinst sehr viel über meine Art zu wissen!" alles was sich über die vielen Tage angesammelt hatte, brach aus der Frau heraus. Dabei rutschte die Decke langsam zurück auf das Bett, sie sah ihn feindselig an. Sie erwartete eine Antwort. Aber Einar konnte seine Augen nicht von ihr lassen, wie sich diese edle Farbe unter ihrer blassen Haut entlang schlängelte. Ihm blieb schlichtweg die Luft weg bei diesem Anblick, zusätzlich pochte das Herz in seinem Ohr, als stünde er nur wenige Zentimeter vor ihr.

"Du weißt alles besser. Weißt wie die Dosis ist, um das Blut zu überleben. Du weißt, was ich als Kind runter würgen musste. Kennst alle erdenklichen guten und schlechten Eigenschaften vom goldenen

Blut. Wer verdammt nochmal bist du?!" schrie sie aus. Es klopfte an der Tür, Einar trat instinktiv etwas unbeholfen zur Seite, wo er von Shade nicht aus den Augen gelassen wurde.

"Spar dir die Kraft Bel, es stehen noch viele Stunden an." Idril stellte eine Tasse auf dem Nachttisch ab und sah zu Einar.

"Schon mal einen Wurmbefall gesehen?" forschte die Elfe nach, er nickte nur langsam.

"Genau das passiert, goldene Würmer, die sich an allen Stellen gleichzeitig fortbewegen. Je schneller ihr Herz Blut weiter pumpt, umso schmerzhafter wird es." erklärte die Blondhaarige, während Shade mit zitternden Händen das Gebräu annahm. Der Geruch erinnerte an einen Schlaftrunk, es hatte eine beruhigende Wirkung, alleine der Duft reichte aus. Aber Shade war derart wütend, dass ihr Herz einen Wettlauf gegen die Zeit unternahm, ihr goldenes Blut rauschte wie ein wilder Wasserfall durch ihre Venen.

"Ich brauch ihn nicht." murmelte Shade aus und fluchte leise aus, als etwas von der heißen Flüssigkeit an ihrer Hand hinunter lief. Idril nahm ihr die Tasse ab und hielt Einar diese stattdessen auffordernd hin. Shade war nicht mal in der Lage, etwas in den Händen zu halten, ohne Schmerzen zu erleiden. Aber allein die Anwesenheit von Einar beruhigte sie keineswegs, er provozierte das Gegenteil. Machtlos darüber dieses Detail anzupassen, es war zu viel passiert in der Vergangenheit.

"Seid ihr taub? Ich krieg das alleine hin!" zischte Shade aus.

"Bellatora!" Einar hatte noch nie eine Elfe gehört, die einen dermaßen guten Befehlston anschlagen konnte, mit einer so zarten Stimme. Es war das zweite Mal, dass Idril einen anderen Namen verwendete, worauf Shade zu reagieren schien. Bellatora war eine verlängerte Variante von Kriegerin im Lateinischen. Er nahm die Tasse entgegen und schob mit der freien Hand einen Stuhl an das Bett, setzte sich wortlos.

"Habt ihr keine Magierin im Dorf, die das einfach auf ihn übertragen kann?" Shade gab ihr Bestes, ihn zu ignorieren und sah verzweifelt zu Idril, sie schüttelte leicht den Kopf.

"Das ist eine Naturgewalt, kein Zauber der Welt kann dir dabei helfen."

"Ich Glückspilz.." fluchte Shade leise aus und zog ihre Knie an sich heran, sie umschloss diese mit ihren Armen und legte ihren Kopf auf die Knie ab, mit dem Blick aus dem Fenster. Ihr freigelegter Nacken wurde geschmückt von den goldenen Adern, die lebendiger schienen als Shade selbst. Es war ein faszinierendes Bild.

"Lasst es mich wissen, wenn ihr etwas braucht. In dieses Tal kommt nie jemand und wir haben mehrere 100 Meter um uns herum zusätzlich das Gebirge, also seid unbesorgt." mit diesen Worten verließ Idril das Zimmer und schloss zaghaft die Tür. Jede einzelne Bewegung, die diese Elfe tätigte, wirkte sanftmütig und leichtfüßig. Es kehrte Stille ein. Shade sprach kein Wort mehr und würdigte ihn keines Blickes mehr, hin und wieder zitterte sie, was wohl kaum an der Kälte lag. Ihr Herzschlag beruhigte sich nur mühsam, so auch die goldenen Linien unter ihrer Haut, die sich dem Rhythmus anpassten.

"Trink das." forderte Einar dann ruhig auf, sie ignorierte ihn und zeigte keine Reaktion.

"Komm schon. Wir hatten es bereits. Ich hatte durch Hope einen Einblick in deine Vergangenheit." setzte er fort, weiterhin keine Reaktion.

"Und das mit der Dosis weiß ich durch meine Arbeit für die Regiae Familie." langsam drehte sie den Kopf zu ihm, sie musterte seinen Ausdruck. Vermutlich versuchte sie zu erkennen, ob er die Wahrheit sprach. Es war grundlegend nicht gelogen.

"Deswegen willst du mich so sehr ausliefern.. was kriegst du eine Beförderung?" hauchte sie leise aus, alleine das Sprechen war für sie anstrengend. Sie besaß keine Kraft mehr, um zu schreien oder gar zu streiten, deswegen hatte Einar entschieden, so ehrlich wie möglich zu sein.

"Ich darf meine Familie wieder sehen.. wieder nach Hause zurückkehren." gestand Einar dann, er wandte seinen Blick von ihr ab. Es war schwer, sich zu konzentrieren, während ihre Adern eine derartige Aufmerksamkeit auf sich zogen. Als spielten sie mit seinen Nerven und wollten, dass er der Versuchung nachgab und die Kontrolle verlor. Zudem wollte er nicht, dass sie einen falschen Eindruck von ihm erhielt. Sie sagte kein Wort, stattdessen streckte sie die Beine von sich und rutschte an die Bettkante zu ihm, er half ihr beim Trinken von dem starken Gebräu. Danach stellte er die leere Tasse wieder auf den Nachtschrank ab, sie wirkte etwas entspannter als zuvor.

15

Shade

Shade hasste dieses Gefühl. Die schleichenden Bewegungen, die sich durch ihre Adern und Venen zwängten. Umso mehr hasste sie den intensiven Blick von Einar, der diesen Bewegungen folgte. Sie wollte sich in diese Decke einwickeln, bis sie keine Luft mehr bekam, nur damit sie es verstecken konnte. Shade hatte sich noch nie dermaßen für ihr Blut oder ihre Art geschämt. Sie hasste es, auf Andere angewiesen zu sein. Noch mehr verhasste sie, dass es Einar war, der ihr half. Nachdem er ihr anvertraut hatte, warum er alles tat, empfand sie Mitleid. Shade war der Meinung, er tat all dies für einen idiotischen Rang oder für Reichtum und Luxus. Stattdessen wollte er nur wieder nach Hause, zurück zu seiner Familie, die in Umbra lebte. Sie fühlte sich ein wenig schlecht, dass sie ihm andere Dinge unterstellt hatte. Sie konnte nur schwer den gebräuten Tee schlucken, sie war sich unsicher, ob es der Kloß in ihrem Hals war oder ob es an der Sonnenfinsternis lag. Er half ihr beim Trinken, er war nur Zentimeter von ihr entfernt, ihr Herzschlag der intensiver wirkte als sonst musste ihn wahnsinnig machen. Dennoch blieb er ruhig und wandte seinen Blick von ihr ab, um nicht weiterhin die Bewegungen ihres Blutes zu verfolgen.

"Warum hat man dich rausgeworfen?" fragte sie dann leise, er stellte die Tasse ab und schielte zu ihr zurück. Seine Pupillen versuchten angestrengt ihren Blickkontakt zu halten und den goldenen Adern keine Aufmerksamkeit zu schenken.

"Ich war nicht wirklich einverstanden mit dem ganzen System um eure Blutlinie. Ich hatte lediglich Verbesserungen vorgestellt." begann er und setzte sich neben Shade aufs Bett, sie beobachtete ihn, während er versuchte, daran zurückzudenken.

"Was ist dann passiert?" forschte sie nach, er kniff kurz die Augen zu und sah dann wieder direkt zu ihr. Während er versuchte, die Erinnerungen aufzurufen.

"Meine Eltern dachten, sie hätten mich falsch erzogen. Also wurde ich verbannt, bis ich zu meinen Sinnen komme. Zumindest hatte mein Vater es so beschrieben." er zuckte leicht die Schultern.

"Verstehe.. meine Auslieferung würde all das wieder für dich gerade biegen." Shade griff nach dem Buch, das sie vorhin gelesen hatte. Idril hatte ihr dieses gegeben, darin ging es um die goldene Blutlinie, das Kapitel zur Sonnenfinsternis sollte sie lesen, um sich auf das Schlimmste vorzubereiten.

"Es geht nicht nur darum. Du hast nicht wirklich eine Wahl, entweder du stellst dich oder du kämpfst gegen die Regiae." seufzte er leicht aus, es war nie einfach. Das hatte Shade früh im Leben gelernt. Oft gab es nur dieses, entweder oder, nichts dazwischen.

"Ein Kampf gegen Regiae bedeutet Krieg gegen Umbra." setzte sie den Gedanken weiter fort, was er mit einem subtilen Nicken bestätigte.

"Deswegen sind wir hier oder nicht?" fuhr er fort, sie sah zu ihm auf. Er hatte es gewusst, seitdem sie in diesem Dorf angekommen waren. Sie senkte ihren Blick und ihre Finger gruben sich etwas in ihre Handflächen.

"Nicht direkt. Ich bin hier, um dieser Revolution ein Ende zu bereiten. Dieses Dorf besteht aus Rebellen, die Regiae stürzen wollen. Ich möchte sie überzeugen, es nicht zu tun." murmelte Shade leise und erntete einen irritierten Blick von Einar, sie lächelte etwas matt.

"Ich bin die letzte meiner Art, oder? Es ist nur fair, dass ich ihnen die Wahrheit sage. Wenn wir in Umbra ankommen. Werde ich alldem ein Ende bereiten. Stattdessen sollen sie sich um die nächsten Menschendörfer kümmern. Nach meinem Tod wird sich die Geschichte wahrscheinlich wiederholen, aber diesmal werden sie vorbereitet sein." sie hatte nicht vor, ihren Plan mit jenen Vampiren zu teilen, die sie ausliefern wollten. Aber Shade war es Leid. Wie viele mussten sterben, damit all das ein Ende nehmen konnte. Nachdem Hope von diesem Ort erzählte, musste sie alles unternehmen, damit ihre Mühe nicht umsonst war. Wenn es bald kein Goldblut mehr gab, gab es nichts, was sie in Umbra befreien konnten. Es war egoistisch von ihr, einen derart feigen Weg einzuschlagen, aber sie hatte keine wirkliche Wahl.

"Das Apartment für eure Art ist darauf konzipiert, jegliche Idee mit einem Selbstmordversuch zu vereiteln." gestand er und Shade lachte etwas.

"Wie gut, dass du mir damit helfen kannst." sie schielte verstohlen zu ihm, sein Ausdruck war schwer zu lesen. Aber er schüttelte leicht den Kopf mehrmals.

"Ich kann nicht.."

"Sei kein Baby. Wir kommen schon auf einen Plan, der nicht auf dich zurück führt, versprochen." unterbrach sie ihn. Eine bedrückende Stille kehrte zurück. Einar hatte viel, worüber er nun seinen Kopf zerbrechen konnte und sie versuchte, ihren Puls niedrig zu halten. Shade war keine Frau, die aufgeben wollte, aber nachdem sie dieses Dorf sah, hatte sich ihre Ansicht geändert. Sie wollte nicht, dass jemand anderes ihren Kampf führte.

"Was können wir jetzt bei der Finsternis tun?" fragte er dann nüchtern nach, um das Thema zu wechseln.

"Wir?" Shade sah ihn überrascht an und zuckte leicht die Schultern.

"Alles was gegen schnellen Puls hilft.. dieser Tee, Ruhe, Meditation, Atemübungen, ruhige Bewegungen, Wechselduschen." zählte sie auf und er zog eine Augenbraue hoch.

"Klingt wie ein Prozess für Schwangere." stellte er fest und sie nickte belustigt.

"Weil Stress und hoher Puls auch nicht gut bei sowas ist." Shade sah zu dem Fenster, die Sonne war mittlerweile aufgegangen, aber wurde von einem schwarzen dicken Ball verdeckt. Nur leicht konnte man die Licht Umrisse erkennen, wie die Sonne versuchte, ihren Platz zurück zu erkämpfen.

"Die Natur ist nicht fair.. die schönsten Naturgewalten sind immer mit Schmerz für andere Wesen verbunden." hauchte sie aus.

Für sie war es die Sonnenfinsternis, für die Vampire war es die Sonne selbst, für Wölfe war es der Vollmond, für Elfen war es der Blutmond. Man hatte ihr einst erzählt, dass Gnome eine große Schwierigkeit mit den Nordlichtern hatten, weswegen sie sich von dieser Lichtershow fernhalten mussten.

"Neben all diesen Wesen gebundenen Flüchen, finde ich deinen Fluch aber am faszinierendsten." die Worte kamen wohl eher ungewollt von ihm aus dem Nichts. Shade streckte einen Arm von sich weg, zog die Ärmel etwas hoch und beobachtete, wie sich unter der Haut das Blut entlang schlängelte im goldenen Schimmer. Sie rümpfte etwas die Nase, dieser Anblick widerte sie an, weswegen sie den Stoff wieder über ihre Haut zog, die Ärmel länger weiter über ihre Hände zog.

"Als Kind hatte ich mir so immer Engel vorgestellt. Weißes Haar, was für Reinheit steht, blasse Haut, die unberührt von jeglichen Sonnenstrahlen blieb, goldenes Blut, was edel hervorstach und die Schönheit nur mehr umrundete." erzählte der sonst so kaltherzige Vampir, sie dachte etwas darüber nach. Shade mochte es nicht, weil es sie verriet, wie ein grelles rotes Licht, was man aus jeder Distanz wiederfinden konnte. Aber Einar's Beschreibung klang anders, als spräche er von was ganz anderem.

"Soll das ein Kompliment sein?" hauchte sie überfordert aus und er zuckte leicht die Schultern.

"Engel sind meine Erzfeinde. Ich weiß nicht, ob man es wirklich Kompliment nennen kann." widersprach er. Was mehr einer Ausrede glich als einer ernstzunehmenden Antwort.

"Du hast aber das Wort Schönheit verwendet." Shade sah zu ihm, er wandte seinen Blick ab. Etwas Hitze sammelte sich in ihrem Gesicht, sie konnte nicht anders als schwach zu lächeln. Dabei war es absolut närrisch. Seitdem sie Einar kennengelernt hatte, brachte er nur Leid über ihr Leben, aber für die Sonnenfinsternis konnte er nichts. Dass er in diesen also etwas Schönes sah, war ein ungewöhnlich beruhigender Gedanke. Er wich dem Blick aus, nach wenigen Sekunden. Er hatte wieder auf den beweglichen goldenen Schimmer geachtet, vermutlich um die Beschreibung mit wenigen Details auszuschmücken. Sie wurde aus dem Typen nicht schlau. Shade stand auf und verharrte kurz in der Bewegung, bestimmte Bewegungen verengten die Stellen von den Blutbahnen, was in mehr Schmerz resultieren konnte. Sie atmete leicht durch die Zähne aus und versuchte, ihre Atmung etwas zu regulieren und sich an den Schmerz zu gewöhnen.

"Wo willst du hin?" Einar war aufgestanden und wollte sie stützen, aber er ließ es. Als bestünde Shade aus dünnem Glas, was bei der kleinsten Berührung in viele kleine Teile bersten konnte.

"Toilette oder willst du mir jetzt überall hin folgen?" hauchte sie leise aus, langsam wurde der Schmerz dumpfer und sie sah zu ihm.

"Das war keine wirkliche Frage." fügte sie eilig hinzu, weil er mit dem Gedanken spielte, was sie in seiner Stirnfalte erkannte.

"Wenn was ist, ruf ich." garantierte sie und verschwand dann in das Bad. Shade schloss die Tür hinter sich und atmete etwas durch. Es war ungewohnt, wie nett Einar geworden war innerhalb der letzten Stunden. Noch schlimmer war es, dass sie die Ruhe in seiner Nähe genoss, sie klopfte leicht ihren Hinterkopf gegen die Tür. Diese Sonnenfinsternis bereitete ihr mehr Probleme als zuerst angenommen. Zumal die Schmerzen anstiegen, als sie über Einar nachdachte, sie knirschte leicht mit den Zähnen. Shade wusch sich das Gesicht mit kaltem Wasser, versuchte wiederholt tief durch zu atmen. Die leichte Spiegelung an der Wand reichte aus, um sich anzusehen. Selbst ihr Gesicht war von diesem Fluch nicht befreit. Die goldenen dünnen Linien schlichen unter ihrer blassen Haut und verschwanden wieder, bis sie später wieder dieselbe Route zogen. Shade verstand nicht, was Einar darin fand, vielleicht hatte er es nur erwähnt, damit sie sich besser fühlte. Sie schüttelte den Gedanken weg, es schmerzte umso mehr, darüber nachzudenken. Da begann ihr Herz zu rasen, als sie über seine benutzten Worte nachdachte. Der erhöhte Herzschlag resultierte in mehr Schmerzen. Shade trat wieder aus dem Bad, nur um nahezu in Einar zu krachen der direkt vor der Tür gewartet hatte, wenn nicht sogar gelauscht. Ertappt wich er einen Schritt zurück und sie beobachtete seine Schritte entgeistert.

"Was genau war an den Worten, wenn was ist, ruf ich, falsch zu verstehen?" forschte sie nach und suchte ihren Weg zurück ans Bett.

"Es hatte kurz geknallt, also wusste ich nicht, was passiert war." verteidigte er sich sofort.

"Ah. Natürlich." Shade verdrehte leicht die Augen und ließ sich auf das Bett fallen, atmete scharf zwischen die Zähne. Es war nicht die beste Idee mit diesen lästigen wandernden Goldwürmern, wie Idril sie betitelt hatte. Shade zog die Decke hoch und seufzte leise aus.

"Ich werde dann mal.." er deutete zur Tür und sie wank mit einer Hand ab. Der Schlaftrunk erfüllte seinen Zweck und wenn sie wenige Stunden etwas schlafen konnte, war es nicht schlecht.

16

Einar

Die Nähe zu ihr machte ihn irre. Dabei gab es viele Gründe dafür, ihr goldenes Blut, was sich durch ihre Venen pumpte, ihr Herzschlag, der intensiv lauter war als sonst, was wohl an der Finsternis lag. Auch ihr Mitgefühl für diese Freiwilligen gab ihm ein völlig neues Bild. Es war eine ganz andere Seite als ihr Verlangen, jeden Vampir auf diesem Planeten auszulöschen. Es war noch schwieriger, die goldene Verlockung zu ignorieren, sie schämte sich offensichtlich dafür, weswegen er den Blick oft abwenden musste. Aber dieses goldene Blut hatte etwas hypnotisierendes an sich, zusammen mit dem lauten Herzschlag und dem süßen Duft von ihrem Blut, war es nichts weiter als pure Folter für Einar. Er besaß viel Beherrschung und Kontrolle über seine vampirischen Instinkte, aber dieser Fluch existierte, um ihre Art zu vernichten. Eine süße Verlockung, bei der es unmöglich schien zu widerstehen. Die Vampire im abgeriegelten Bereich mussten bei dieser Distanz ebenso durchdrehen. Shade versuchte etwas zu schlafen, er verließ den Raum und versuchte durch den Mund zu atmen.

"Nicht einfach für einen alten Mann, was?" Idril sah von der Küche zu ihm und er schüttelte leicht den Kopf.

"Du hättest mich warnen können." meinte Einar forscher als

gewollt und ging in den Essbereich.

"Wo bleibt da der Spaß." lächelte sie. Einar wusste nicht, dass Elfen etwas wie Sarkasmus und Ironie oder gar Spaß verstanden. Aber Idril schien einige Überraschungen für ihn übrig zu haben.

"Ist es eurer Art gestattet, solche Scherze zu machen?" er setzte sich an den Tisch und beobachtete die fremde Frau.

"Ist es dem einzigen Erben der Regiae gestattet, so weit von Zuhause zu reisen mit Inceptor?" sie stützte ihre Hände auf dem Tisch und sah direkt zu ihm. Aus Geschichten wusste er, dass Elfen eine friedliche Art war, aber Idril erfüllte diese Eigenschaft nicht vollständig.

"Vampire haben keine Erben." murrte er leise aus.

"Warum höre ich da Enttäuschung in deiner Stimme." sie richtete sich auf und widmete sich der Küchentheke, sie mörserte Kräuter für den Schlaftrunk den Shade vorhin getrunken hatte.

"Ihr wisst doch immer alles.." Einar ertappte sich dabei, wie sein rechter Fuß etwas zappelte. Auch wenn eine Wand zwischen ihnen lag, raubte es ihm jegliche Energie, sich zusammen zu reißen. Weswegen er kaum Energie besaß, um diese Diskussion anzugehen.

"Natürlich. Aber manchmal überraschen uns auch die offensichtlichsten Dinge." es brachte ihn etwas Ruhe ein, dass sie nebenbei etwas tat. Dadurch sah sie nicht, wie sehr er versuchte, seine Selbstbeherrschung zu erhalten.

"Die da wären?" forschte Einar nach.

"Warum das letzte Goldblut bei uns landet, statt in Umbra und ihre Begleitung ist niemand geringeres als jemand aus der hohen Familie selbst." es war ein gutes Argument, vor Stunden wusste er nicht mal, warum sie hier waren.

"Wir sind nicht dumm. Wenn wir in der Sonnenfinsternis in Umbra angekommen wären, wäre dort die Welt untergegangen." entgegnete er trocken.

"Vielleicht glauben dir die anderen, aber mir machst du nichts vor." sie sah über ihre Schulter zu ihm und er zog eine Augenbraue hoch.

"Du kennst Umbra wahrscheinlich besser als jeder Andere. Du hättest sie problemlos einschleusen können ohne viel Aufruhr. Also fangen wir nochmal von vorne an. Wieso landet eure eigenartige

Truppe erst bei den Rebellen statt in Umbra." sie war wirklich schwierig zu überzeugen.

"Weil eure Prophetin hier mit euch sprechen wollte, bevor es zurück nach Umbra geht." Einar hatte nicht die Kraft, sich eine weitere Ausrede einfallen zu lassen.

"Sie will nach Umbra zurück? Weiß sie nicht, dass dieser Ort hier an der Rettung ihrer Familie arbeitet?" sie kochte die Kräuter im heißen Wasser und drehte sich zu ihm.

"Sie glaubt, es gibt keine Familie, die ihr dort retten könnt." er kratzte mit dem Zeigefingernagel an der Tischplatte.

"Gibt es denn noch eine Familie?" sie beobachtete ihn, aber mehr als ein Schulterzucken konnte er ihr nicht geben. Ihre Eltern waren am Leben, nachdem sie ausgebrochen war, aber ob es nach wie vor der Fall war, konnte er nicht wissen.

"Ein weiterer Grund, warum sie hier bleiben sollte. Unsere einzige Chance diese Lügen Krämer zu stürzen." fuhr sie fort und Einar schmunzelte etwas amüsiert über diesen Spitznamen.

"Im Grunde ja.."

".. aber sie will das nicht." unterbrach Idril und goss den Tee in eine Tasse, die sie vor ihm auf den Tisch stellte. Er nickte langsam und sah sie verwirrt an. Einar hatte nicht um den Tee gebeten.

"Du zitterst wie ein kleiner Junge. Vielleicht hilft es ein wenig." sie zuckte etwas die Schultern und setzte sich dazu.

"Habt ihr auch Augen auf dem Hinterkopf?" Einar nahm einen Schluck und sie tippte auf ihr rechtes Ohr.

"Es ist eine Familienkrankheit." begann sie.

"Mein zitterndes Bein?"

"Nein." lachte sie etwas aus und schüttelte etwas den Kopf.

"Die Wahl zwischen vielen Opfern und wenigen Opfern. Das ist ihre Familienkrankheit, ich habe noch nie eine Goldblüterin kennengelernt die sich für mehr Blut entschieden hatte." erklärte sie.

"Ein weiterer Grund, warum endlich jemand kämpfen sollte. Jahrzehnt für Jahrzehnt und diese Vereinbarungen, die nicht mehr der aktuellen Zeit angemessen sind. Sie ist eine ausgezeichnete Vampirjägerin. Nachdem ich die ersten Gerüchte und Geschichten gehört hatte, bekamen die Rebellen hier Hoffnung. Hoffnung, in den Krieg zu ziehen mit ihr." erzählte die Blondhaarige, er beobachtete die

Flüssigkeit in der Tasse vor sich, die etwas hin und her schwappte.

"Warum riskiert man so viele Leben für so wenige?" murmelte Einar aus und erhielt einen Tritt gegen sein Schienbein. Erschrocken sah er zu der Dame auf, die für Frieden und Sanftheit lebte.

"Man wiegt Leben nicht ab. Hier geht es um das einzig Richtige. Versklavung ist in keiner Hinsicht richtig." mahnte sie.

"Auf euren Krieg müsst ihr wohl warten." gestand er etwas schroff und sie schüttelte leicht den Kopf.

"Wenn Bel unsere letzte Goldblüterin ist, gibt es keine bessere Möglichkeit für diese Schlacht." sie musterte ihn mit einem fragwürdigen Blick.

"Aber es muss nicht zu einer Schlacht kommen. Ich hörte, deine Mutter ist reizend." lächelte sie.

"An der Spitze in Umbra haben nur die Männer was zu sagen, Frauen werden wie in tiefer Vergangenheit nur für Kinder benötigt." merkte Einar verwirrt an.

"Also ist dein Vater das Problem?" fuhr sie fort.

"Er und der Rat. Insgesamt 11 Männer, an mächtigen und sehr alten Vampiren." bestätigte er aufrichtiger Worte. Idril öffnete den Mund, als ein kurzer aber dennoch schmerzlicher Schrei ertönte, Einar zuckte etwas zusammen und schielte zu der Tür.

"Albträume." murmelte Idril, er stand sofort auf und stürmte nahezu ins Zimmer. Ihr Herzschlag raste, dazu musste er nicht mit ihr im selben Raum sein, um das zu hören. Denselben Effekt wiesen ihre Blutbahnen auf, die goldene Farbe schlängelte sich in böser Geschwindigkeit unter ihrer Haut entlang. Shade war im Bett aufgeschreckt und hielt sich den Kopf mit beiden Händen. Sie schnappte nach Luft, sie versuchte, ihre Atmung zu regulieren, was aber schwieriger erschien als sonst. Er konnte ihr Gesicht nicht erkennen, es war versteckt zwischen ihr wirr hängendes Haar. Einar setzte sich zu ihr ans Bett und fasste vorsichtig an ihre Schulter, sie zuckte erst zusammen und entspannte dann.

"Ganz ruhig.. Idril hat noch einen leckeren Tee gemacht." hauchte er ruhig aus.

"Deine Definition von lecker ist erschreckend." hustete Shade etwas und er musste sich ein Schmunzeln verkneifen. Allmählich kam Idril mit einer neuen Tasse und reichte ihm diese.

"Ich tue so, als hätte ich das nicht gehört." entgegnete die Elfe. Einar führte die Tasse vorsichtig an die Lippen von Shade, während er sie weiterhin stützend hielt. Danach reichte er das Gefäß wieder zu Idril. Zwar kam Shade gut zur Ruhe, aber ihr Herz raste nach wie vor, als wäre sie mitten im Sprint. Bei jedem fünften Herzschlag zuckte sie etwas zusammen und biss die Zähne zusammen.

"Lass sie los." murmelte Idril dann leise, entgeistert sah Einar zu der Blondhaarigen und dann zu seiner Hand, die nach wie vor auf Shade's Schulter ruhte. Er hob diese weg. Der Puls von Shade nahm langsam ab und er schielte erst zu der Elfe, die verschmitzt lächelte und wieder zurück auf seine Hand. Shade tätigte tiefe Atemzüge, ihr Herzschlag normalisierte sich und auch ihre goldenen Linien wurden langsamer.

"Ich wollte euch keinen Schrecken einjagen." gab Shade eher leise von sich und wischte sich ihre Strähne aus ihrem Schweiß bedeckten Gesicht.

"Immerhin hast du schon einen guten Teil der Sonnenfinsternis verschlafen." Idril nickte zum Fenster, wodurch man etwas die verdeckte Sonne erkennen konnte, die nahezu an der höchsten Stelle des Himmels angekommen war.

"Was passiert, wenn die erste Nacht eintrifft?" fragte Shade, darüber hatte Einar noch gar nicht nachgedacht. Es war keine Sonnenfinsternis mehr, als diese untergegangen war.

"Das ist deine Pause, also hast du deine Halbzeit für heute schon erreicht. Ich lass euch zwei dann mal. Benehmt euch." dabei sah die Elfe zu Einar ermahnend und er verdrehte leicht die Augen. Daraufhin verließ sie das Zimmer.

"Kann es sein, dass du nicht nett zu ihr warst?" Shade sah zu ihm, feine goldene Linien schlichen unter ihrer Haut und es machte ihm besonders schwer, ihr in die Augen zu sehen.

"Wie kommst du darauf?" räusperte er sich und stand auf. Er wanderte etwas durch den Raum, er musste nicht zu ihr sehen, um den konstanten Blick auf sich zu spüren.

"Nur so ein Gefühl. Du hast ein Talent dafür, andere zu verärgern." merkte sie an. Einar konnte nicht anders als etwas zu lachen, sie hatte nicht unrecht. Aber er hatte das Gefühl, dass es schwierig sein musste, Idril zu verärgern, diese Frau war zu schlau dafür.

"Das ist unmöglich bei ihr." erklärte Einar ihr und sah zu ihr, mittlerweile wirkte sie wieder ausgelassener.

"Kann ich dir noch irgendwie helfen?" er wusste nicht, ob er ihr überhaupt helfen konnte. Aber dieser Moment, an dem sie sich schweigend angesehen hatten und dieser goldene Schimmer unter ihrer Haut ihn zum Narren hielt, musste unterbrochen werden.

"Würdest du im Schrank für mich nachsehen." sie deutete auf den Kleiderschrank und rutschte an die Bettkante. Da viele ihrer Bewegungen eingeschränkt waren, war es sicherlich auch schwierig, etwas in der Hand zu halten. Also öffnete er die Schranktür, viele der Klamotten bestand aus dicken Stoffen und Fellen. In der Hütte war es aber angenehm warm, deswegen war es nicht wirklich notwendig.

"Was suchst du?" Einar hatte keine Ahnung von Mode, geschweige denn, was Shade brauchte.

"Etwas lockeres, was nicht noch zusätzlich meine Venen abschnürt oder eindrückt." antwortete sie. Damit konnte er zwar etwas anfangen, aber das gestaltete sich als schwierig, die Kommode bestand aus Winterklamotten aller Art. Die wurden gemacht, um die Kälte fernzuhalten und auszuschließen. Ihm kam aber eine Idee, die Hemden oder Hosen, die oft unter dutzenden Schichten an weiteren Stoffen getragen wurden, waren zwar aus dünnem Stoff, aber dieser war damit nicht enganliegend an der Haut. Er reichte ihr die zwei Kleidungsstücke und erhielt einen unzufriedenen Ausdruck.

"Weiß? Wirklich? Weißt du was passiert, wenn ich das anziehe?" Einar wusste nicht, ob ihre Frage ernst gemeint war. Stattdessen nahm sie das Hemd entgegen und hielt es über ihre nackte Hand, die goldenen Blutbahnen stachen dennoch durch den Stoff. Natürlich hatte er nicht daran gedacht.

"Ok, soweit ging mein Gedankengang nicht." gestand er unbeholfen.

"Spielt keine Rolle.. ich verbringe diese zwei Tage sowieso in diesem Zimmer. Immerhin fühlt sich der Stoff weich an." sie stand auf und wartete eine Minute, bis der Schmerz nachließ. Danach ging sie ins Bad und schloss die Tür hinter sich. Einar atmete wiederholt durch den Mund. Es war eine pure Herausforderung, ihr stets so nah zu sein und dabei nicht den vampirischen Instinkten nachzugeben. Er nutzte die Zeit und nahm das Buch vom Bettende, der Titel verriet, dass es sich um die goldene Blutlinie handelte. Er setzte sich auf das Bett und begann durch die ersten Seiten zu blättern, einiges wusste er bereits. Das Kapitel zur Sonnenfinsternis war genau das, was er nachschlagen wollte. Neben den aufgeführten Punkten, gab es etwas, was er unbedingt nachlesen wollte. Das Beruhigen von Herzschlag war essentiell für einen Goldblüter, jegliche Aufregung war dementsprechend für sie anstrengend. Wut und Aufregung, beide Seiten wurden beschrieben. Es wurde empfohlen der Person ihren eigenen Raum zu geben, da jegliche kleine Kontaktknüpfung in hohen Puls enden konnte, irrelevant ob der Goldblüter die Anwesenden verhasste oder liebte. Es gab wohl nie einen einfachen Weg.

17

Shade

Es gab keinen ruhigen Schlaf für sie. Nicht mal mit dem Schlaftrunk, der richtig gut gebraut war. Etwas wie Gewissen sorgte dafür, dass sie nie wieder vollen Schlaf erhielt. Shade hatte es verdient, deswegen beschwerte sie sich nie. Aber dass ein Albtraum ihr dermaßen Schmerzen bereiten konnte, machte ihr etwas Angst. Ihre Art sollte ein Fluch für Vampire sein, warum erleidete sie dadurch solche Schmerzen? Es wirkte alles dumpf und weit entfernt, während Einar hinein gestürmt kam und mit Idril's Wundertee half. So sehr sie auch versuchte, ihre Atmung zu regulieren, wollte ihr Herz nicht gehorchen. Mit jeder vergangenen Sekunde besserte es sich und die Schmerzen gaben nach. Dennoch brachten sie diese Klamotten um den Verstand, an den Stellen, wo die Stoffe genäht oder verbunden wurden, drückten diese Nähte teilweise auf die Haut und auch auf einige Adern. Dass Shade daran nicht früher gedacht hatte, war alleine schon überraschend. Einar stöberte im Kleiderschrank und reichte ihr Klamotten, im Grunde war es lange Unterwäsche, die im Norden oft getragen wurde. Das einzige Problem war die Farbe. Die für ihr goldenes Blut eine reine Lachnummer war. Während sie diesen in der Hand hielt, fühlte sich der Stoff aber weich an. Für die Umstände sollte es ausreichen. Shade wollte es diesmal mit der Wechseldusche versuchen, warmes Wasser war zwar ein Problem hier. Aber Idril beschrieb ihr, wie die Wasserversorgung hier funktionierte, also war es kein Hindernis für Shade. Der Wechsel zwischen heißen, warmen und kaltem Wasser war erst unangenehm und fühlte sich schmerzvoller an als zuvor. Aber mit der Zeit begann es angenehm und ertragbar zu werden, es wirkte langsam wie eine Massage an den Stellen, wo die Blutbahnen den engsten Raum hatten. Shade wollte ungern, dass es aufhört, aber sie konnte wohl kaum Stunden über Stunden unter laufendem Wasser verbringen. Sie trocknete sich vorsichtig ab, ruppelte ihr Haar trocken und zog die ausgewählten Sachen an. Wie sie es Einar bereits präsentiert hatte, zeigten sich die goldenen Blutbahnen provokant durch den feinen Stoff. Shade kehrte ins Zimmer zurück und flechtete ihr weißes langes Haar zu einem notdürftigen Zopf. Einar saß auf dem Bett und hatte sich das Buch ausgeliehen, was ihr etwas Hilfe für die Sonnenfinsternis gab. Er sah zu ihr auf, nachdem sie die Tür aufgemacht hatte und schluckte schwer. Sie hatte nie darüber nachgedacht, betraf ihn diese Finsternis auch? Er war ein Vampir wie die anderen, er gab sein Bestes, sich es nicht anmerken zu lassen.

"Mir geht es besser.. willst du nicht mal nach Kyle und Bricriu sehen?" murmelte sie dann. Es war egoistisch von ihr, seine Hilfe anzunehmen, ohne über die Konsequenzen nachzudenken, die er ertragen musste. Dieses ganze Durcheinander machte sie fertig und sie hatte keine Sekunde, in der sie klar denken konnte.

"Sicher? Sie sind nicht alleine." entgegnete er und Shade wank leicht ab, biss die Zähne dabei zusammen, die Bewegung verlangte mehr von ihr ab als zuerst angenommen.

"In Ordnung, ich werde nicht lange brauchen." er legte das Buch zurück ans Fußende des Bettes und ging zur Tür, sah nochmal kurz zu ihr.

"Du hattest Recht, dieser weiße Stoff hat keine Chance gegen dein goldenes Blut. Aber es ist nichts, was du verstecken solltest.. es macht dich einzigartig." damit verließ er den Raum. Shade sah zu ihren Beinen herunter, es hatte etwas an sich. Diese goldene Farbe, die sich unter dem Stoff entlang schlängelte und aus einer warmen langen Unterwäsche etwas edles machte. Vielleicht hatte sie zu viel Zeit hinein investiert, um diese Sonnenfinsternis zu hassen statt die wenigen guten Dinge daraus zu erkennen. Nachdem Einar den Raum und wahrscheinlich auch das Haus verlassen hatte, fühlte es sich leichter an. Dadurch wurde ein zusätzliches Gewicht entfernt. Es verwunderte sie nicht, sie konnte ihn nach wie vor nicht leiden, auch wenn sie Mitleid mit ihm hatte. Shade schüttelte leicht den Kopf und setzte sich auf das Bett, zuckte kurz zusammen, als sie zur Tür sah. Diese Frau war schlimmer als jede Assassine.

"Ich hörte, es wird keinen Krieg geben." merkte Idril an, die es geschafft hatte geräuschlos die Tür zu öffnen und sich seitlich gegen den Türrahmen lehnte.

"Hast du Einar erpresst oder hat er es dir einfach ausgeliefert?" seufzte Shade leise aus und Idril zuckte verstohlen die Schultern.

"Erpressung ist nicht notwendig, wenn der Mann schon mit den Nerven fertig ist." gestand Idril. Shade ignorierte diese gewählte Provokation und kam zum Punkt.

"Kriege führen zu Nichts. Es fängt nur wieder alles von vorne an." murmelte Shade.

"Möglich. Aber Kriege sind nicht notwendig, wenn es keine Anführer mehr zu stürzen gibt." Idril stieß sich vom Türrahmen ab und kehrte Shade den Rücken zu.

"Die Rebellen. Haben ihren eigenen Willen, versuch erst gar nicht ihren Plan, ihnen auszureden. Aber wenn du ihnen einen besseren Plan vorsetzt, könnte es funktionieren." damit verschwand Idril auch wieder. Diese Frau war gruseliger als eine Geistererscheinung auf einem Friedhof. Shade blieben ausreichend Stunden, um sich darüber den Kopf zu zerbrechen, vielleicht lenkte es sie von den Schmerzen ab. Die darauffolgenden Stunden waren ertragbar, Shade blätterte im Buch und musste feststellen, dass selbst darin einige Details falsch erfasst wurden oder einfach sich in der Zeit verändert hatten. Der Abend war angebrochen, das wäre ihr nicht aufgefallen, wenn Einar und Idril nicht ins Zimmer gekommen wären. Die Elfe bestand darauf, dass Shade ihre sogenannte Pause von Schmerzen im Dorf verbringen sollte, statt im Zimmer zu versauern. Eine Wahl blieb Shade nicht, weil Idril ihr kalt resistente Klamotten reichte, die normalerweise Shade's Stil nicht erfüllten. Die blau-weißen Felle und Stoffe sollten bei Stürmen und Schnee warm halten und auch etwas Tarnung spenden. Shade's goldenes Blut versteckte sich wieder in den dunklen Adern, was ihr wieder etwas Normalität bot. Die Nacht in diesem Dorf war voller Leben, die unterschiedlichen Wesen an einem Fleck sorgten dafür, dass es weder ruhige Tage noch ruhige Nächte gab. Neben der idyllischen Dunkelheit gab es Lichtquellen, die neben jeder Tür schwebten, wie zu groß geratene Glühwürmchen in verschiedensten Farben. Sie schafften es nicht mal einige Meter aus dem Haus als ihnen Kyle und Bricriu entgegen kamen, es tat gut zu sehen das beide wohlauf waren.

"Es überrascht mich, dass du überlebt hast." gab Kyle von sich, sah dabei dann zu Einar, der mit diesem Satz auch gemeint war.

"Das hat uns alle überrascht." fügte Idril hinzu und Shade schmunzelte amüsiert. Hinter den beiden bekannten Gesichtern zeigte sich ein fremdes, ein recht hoch gewachsener Mann mit blasser Haut, nahezu tiefroten Augen.

"Draco, das ist.. ich hab dich nie nach deinem richtigen Namen gefragt." stellte Idril fest und sah Shade irritiert an.

"Ich fand Bellatora schön." entgegnete Shade zuversichtlich.

"Die Frau, die meine Männer also in den Wahnsinn treibt." stellte Draco fest.

"Ich hoffe doch, dass es keine Probleme gab." Shade dachte nicht, dass sie sich je bei einem Vampiren für so etwas entschuldigen würde, geschweige sich Sorgen um diese machen würde. Aber Kyle war genauso betroffen wie die anderen.

"Bescheiden. Ihr Goldblüter seid viel zu bescheiden." raunte Draco aus.

"Unterschätzt sie nicht, ihre Liste an gejagten und getöteten Vampiren ist länger als deine." an dem Gesichtsausdruck von Einar, der etwas die Nase rümpfte, wusste Shade schon, um welche Art es sich handelte, bevor sie sich überhaupt umgedreht hatte. Dabei gab der Braunschopf kaum ein Anzeichen auf sein Wesen, sein Gesicht wurde massakriert von einer Wunde, die von einem Wolf stammen konnte, das Haar war ein eigenes Chaos und der Kleidungsstil war nicht für den Norden gemacht. Wahrscheinlich weil er die zusätzliche Wärme nicht benötigte und deswegen ohne Oberteil durch die weiße Landschaft stapfte.

"Jace ist dein größter Fan hier." scherzte Draco in einem kühlen Ton, dass es nicht wie Ironie klang. Der so genannte Jace verdrehte die Augen und reichte Shade die Hand, der Händedruck bestätigte ihre Vermutung. Werewolf. Seine Hand alleine gab eine enorme Wärme aus.

"Ich dachte nicht, dass eure Arten friedlich miteinander leben können." stellte Shade fest und sah in die Runde. Dass Einar nicht begeistert von den Wölfen war, konnte man an seinem Gesicht erkennen. Kyle hingegen war wie ein neugieriges Kind, sein starrender Blick auf die Narben im Gesicht von Jace, waren wohl die Ursache, warum der Warmblüter den Jüngsten bemerkte. Kyle war versessen darauf, die Geschichten hinter Narben zu hören, das war nahezu seine erste Frage, nachdem Shade von ihnen gefasst wurde.

"Meine Partnerin hat Feuer." lachte Jace etwas und deutete auf sein Gesicht, worauf Kyle die Augen weitete.

"Deine Freundin war das?!"

"Wir waren noch Teenager und wussten zu dieser Zeit noch nicht, dass wir füreinander bestimmt waren." erklärte Jace, es dauerte keine Minute, bis die beiden Männer in die Dorfmitte verschwanden und sich miteinander unterhielten.

"Wer hat hier eigentlich das Sagen?" Shade sah zu Draco, der abwehrend die Hände hob und die Verantwortung von sich wies. Also glitt ihr Blick zu Idril, die leicht den Kopf schüttelte und zu einem Haus zeigte, mit einem rosa Irrlicht.

"Verrät man mir auch wer?" aber Shade hatte vergessen, dass die Elfe nicht so typisch war wie ihre Art und mit ihrem Spaß ging auch ein Draco mit. Shade seufzte aus und entschied, es selbst herauszufinden. Sie klopfte an die Tür, erhielt aber keine wirkliche Antwort und schielte zurück zum Rest. Idril gestikulierte mit ihrer Hand, dass Shade einfach eintreten sollte. Ähnlich wie das Haus von Idril, war dieses ausgeschmückt für die Art, die darin lebte. Vieles der Einrichtung bestand nicht aus Holz, sondern aus Stein, es erinnerte an eine Höhle. In einer hinteren Ecke schlich was durch den Schatten und sprang auf einem Podest aus Stein.

"Eine Echse?" druckste Shade irritiert hervor, worauf der rosafarbene kleine Wyvern sich in die Luft erhob, vor ihr landete und zu einem Mädchen wurde. Ihr Haar war rosa, dasselbe auch mit ihren Augen, sie war keine 12 Jahre alt.

"Echse?! Eine verdammte kleine listige hässliche Echse?!" das Mädchen sah Shade entgeistert an.

"Es tut mir Leid.. ich hatte noch nie.." Shade wusste nicht, was sie mehr überraschte, die Tatsache, dass dieses Mädchen sich gerade von einer Miniaturform eines Wyverns zu einem Menschen verwandelt hatte oder wie sie mit ihr sprach und noch wichtiger wer und was sie war.

"Wyvern. Ein Wyvern hat mehr Schlange als Drache in sich. Mädchen, hat man dir überhaupt etwas beigebracht?" Rosa griff sich an die Stirn und schüttelte leicht den Kopf.

"Wyvern und Drachen gibt es nicht mehr.." begann Shade etwas rau.

"So heißt es zumindest. Aber wer kennt die Wahrheit schon?" Rosa kehrte ihr den Rücken zu und ging wieder etwas in den Raum, der nahezu leer wirkte.

"Also.. was bist du und wer bist du?" fragte Shade dann, Rosa drehte den Kopf zu ihr, es wirkte, als renkte sie sich die Halswirbel aus bei dieser Bewegung.

"Shapeshifter. Rosa. Offensichtlich nicht?" lächelte Rosa schräg.

"Ist das dann dein originales Aussehen?" Shade war noch nie einem Shapeshifter begegnet.

"Riesenschwamm."

"Bitte?"

"Ein Riesenschwamm ist meine Ursprungsform, die älteste Lebensform, die es auf diesem Planeten gab. Aber die Form ist etwas, naja. Schwierig." kicherte Rosa und sprang auf das Podest, setzte sich, ließ ihre Füße baumeln.

"Dann bist du älter als 12 Jahre?" Shade verstand den Prozess eines Shapeshifters nicht, genauso wenig wie lange diese Art existierte. Gerüchte besagten, sie gab es weit vor den Drachen und anderen Arten.

"Natürlich! Aber diese Gesichter, wenn ein Kind sie herumkommandiert, sind einfach wunderbar!" seufzte Rosa belustigt aus.

"Verständlich.." murmelte Shade und sah sich etwas um. Ihre Antwort mit dem Schwamm war wohl nicht gelogen, sie besaß kaum Einrichtung oder Hab und Gut. Als Shade einen neuen Blick hinein warf, erinnerte es einen an einen dunklen tiefen Meeresboden.

"Das letzte goldene Mädchen. Fühl dich bloß nicht unter Druck gesetzt." begann Rosa und Shade sah wieder zu ihr.

"Du weißt es?"

"Hat mir ein Vögelchen gezwitschert." das Mädchen zwinkerte

ihr zu.

"Dann weißt du wohl auch warum ich hier bin." dass machte die ganze Situation einfacher.

"Ungefähr. Aber du kennst meine Antwort. Außer du hast ein besseres Argument als.. ein Leben für 1000.." Rosa setzte Gänsefüßchen in die Luft mit ihren Fingern bei ihren eigenen Worten.

"In Ordnung. Was, wenn ich dir sagen würde, dass ich nach Umbra zurückkehren werde und Regiae selbst stürze? Dann ist kein Krieg notwendig." schlug Shade dann vor. Rosa legte ihren Kopf schief, sie musterte Shade von Kopf bis Fuß, während ihre Beine im Takt wippten.

"Wenn es fehlschlägt und du daran scheiterst und stirbst, wird es Krieg geben." meinte Rosa dann forsch und Shade biss die Zähne zusammen. Sie hatte ihren Plan durchschaut, bevor Shade es überhaupt zu Ende erzählt hatte.

"Mich zu überlisten ist unmöglich. Tarja." flüsterte Rosa leise aus. Shade runzelte die Stirn, Rosa benutzte ihren wahren Namen, den ihre Mutter einst gegeben hatte. Tarja, die Beschützerin. So hatte sie es Shade erzählt.

"Ich mochte deine Mutter sehr. Sanft wie eine Blume, aber feurig wie ein Wildfeuer. Sie konnte zwar nicht kämpfen, aber ihre Stimme und ihre Worte waren ihre Waffen." Rosa sprang vom Podest und schritt auf Shade zu.

"Eure Familie hatte immer schon starke Frauen, mutige Frauen. Die Männer.. waren Feiglinge, Dummköpfe und das hat sich nie geändert. Leider." seufzte Rosa aus und sah zu Shade auf.

"Bist du denn ein Feigling, Tarja?" Rosa's Lächeln schien so unscheinbar und gleichzeitig giftig.

"Natürlich nicht!" Shade schüttelte den Kopf, sie wollte nie wie ihr Vater enden. Er hatte aufgegeben und verkaufte seine Frauen und Kinder, wenn es sein Leben einfacher gestaltete.

"Ausgezeichnet. Dann haben wir eine Abmachung. Du stürzt Regiae, alleine oder mit deiner reizenden Begleitung. Wenn nicht gibt es Krieg." das Mädchen reichte Shade ihre kleine Hand. Idril hatte Shade gewarnt, man konnte kein Wesen überzeugen, was Tausend Jahre bereits gelebt hatte. Shade musste es akzeptieren, Rosa schüttelte ihre zarte Hand und ihr Lächeln wurde breiter.

"Übrigens erhöhter Herzschlag kommt nicht nur von Stress oder

Wut oder dieser negativen Aufregung, wo du jemanden verhasst. Es gibt noch ein komplettes Gegenteil davon. Mulmiger Magen, kribbelndes Gefühl, innere Ruhe, schneller Herzschlag.. wunderbare Symptome für die schlimmste Krankheit dieses Planeten." Rosa stellte sich auf ihre Zehenspitzen, als wollte sie Shade ein Geheimnis anvertrauen. Stattdessen lächelte sie nur verstohlen und schwieg.

"Ich muss es selbst herausfinden, nicht wahr?" seufzte Shade aus und Rosa nickte energisch.

"Richte Einar meine Grüße aus. Wir waren mal beste Freunde, vor sehr langer Zeit." sie verwandelte sich in den kleinen Wyvern mit rosa Schuppen und sprang wieder zurück in die Dunkelheit. Shade verließ das Haus, mit mehr Fragen als Antworten.

18

Einar

Kyle war mit diesem Wolf Typen abgehauen, Bricriu unterhielt sich mit Draco. Einar hatte diesen Vampir noch nie gesehen, aber sein Akzent verriet, dass er aus dem fernen Westen kam. Shade hingegen verbrachte gefühlt Stunden in diesem Haus, er konnte sie nicht mal belauschen. Die meisten Häuser wurden mit Zauber belegt, die gegen sowas schützte. Das Haus für die Vampire wurde mit einer Schicht belegt, dass Geräusche und Gerüche nicht hinein dringen konnten. Trotz des Zaubers hörte man den Herzschlag von Shade und konnte das Blut riechen, es war zwar dezenter und leiser, aber dennoch existent. Idril stand geduldig neben Einar, sie schien ihn ungern alleine zu lassen, was er ihr nicht verübeln konnte.

"Wer genau ist nun euer Anführer?" forschte Einar nach, die Elfe zuckte geheimnisvoll die Schultern.

"Wenn du dich etwas bei Bel einschleimst, verrät sie es dir vielleicht. Die Karten stehen sehr gut für dich." merkte Idril an und wippte etwas von ihren Fersen zurück auf ihre Zehen. Einar runzelte etwas die Stirn, er bezweifelte, dass Shade ihm so etwas anvertrauen würde, immerhin vertraute sie ihm nicht. Die Tür schwang auf, Shade wirkte noch verwirrter als zuvor und trat hinaus. In ihrem Gesicht war ein Tsunami gewütet, er konnte nichts erkennen und ihr Blick wirkte noch irritierter. Nicht dass er diese Frau jemals lesen konnte, Shade war für ihn ein Mysterium.

"Und? Eine Vereinbarung getroffen?" Idril fragte aus Anstand, denn im Grunde kannte sie die Antwort schon.

"Sie ist eine hartnäckige Verhandlerin." gab Shade zu verstehen. Während sie an Einar vorbeiging, fügte sie etwas hinzu, "Ich soll dir schöne Grüße von Rosa ausrichten." sie hing sich bei Idril am Arm ein und die Frauen gingen in die Dorfmitte. Dort wurde ein großes Lagerfeuer entfacht, man unterhielt sich, man lachte, man tanzte und amüsierte sich. Rosa. Der Name sagte ihm etwas. Einar sah zurück zu dem Haus, die Fenster waren dermaßen verdunkelt, dass man nichts erkennen konnte. Als er noch ein kleiner Junge war, gab es ein Geschenk seiner Mutter, einen Vogel aus Ishidon. Dieser hatte rosa und weiße Federn, weswegen er das Tier Rosa nannte. Aber es gab eine Zeit, in der sein Vater drohte, den Vogel zu braten, insofern er nicht gehorchte. Deswegen hatte Einar das Tier freigelassen, damit es nicht als Druckmittel weiterhin dienen konnte. Das war die einzige Verbindung, die er zu diesem Namen machen konnte. Dabei bezweifelte er, dass darin ein kleiner Vogel wohnte, der sich mit Shade unterhielt, denn sein kleiner Freund konnte sich damals nicht mit ihm unterhalten oder tat sie es schlichtweg nicht? Nachdem er die andere Seite von Shade kennengelernt und gesehen hatte, war es eine angenehme Abwechslung, sie derart ausgelassen zu erleben. Unter all diese verschiedenen Wesen blühte sie nahezu auf, sie verstand sich mit jedem ohne Probleme. Jene Frau, die in Einsamkeit versank, weil sie eine Lebensaufgabe wählte, die sie einsam werden ließ. Er ließ den letzten Tag in seinem Kopf Revue passieren. Besonders nach dem Albtraum, denn Shade ertragen musste. Idril hatte ihn auf eine Sache aufmerksam gemacht, die ihm entgangen war. Zuerst nahm er an, dass es normal war, Shade hasste ihn und dementsprechend war es nicht schwer für ihn, ihren Puls in die Höhe schießen zu lassen. Aber in den Momenten, wo sie nicht diskutierten oder stritten, wo die Stille über ihnen lag, schien es fehl am Platz.

"Es geht ihr gut." stellte Kyle fest, der neben Einar zum Stehen gekommen war, während Einar dem regen Treiben zusah.

"Natürlich. Warum sollte es nicht?" Einar schielte zu dem Jüngeren, der etwas die Schultern zuckte.

"Draco erzählte, dass es für einen Goldblüter noch anstrengender sei als für uns Vampire." murmelte Kyle vor sich hin.

"Es war nicht schön. Bis auf der Anblick." verriet Einar etwas in Gedanken versunken.

"Einar.." Einar sah wieder zu Kyle und dieser atmete tief durch.

"Tu ihr nicht weh." hauchte Kyle dann aus, Einar runzelte die Stirn. Er hatte keine Ahnung, wovon Kyle sprach. Vielleicht ging es um den Tag, als er Shade an den Haaren wieder zurück zu den Ruinen zog. Kyle hatte ihm dies nie verziehen. Einar sah wieder zu Shade, die mit Idril neben dem Lagerfeuer tanzte. Wie konnte er diese Frau jemals verletzen? Ihr Leben, ihre Vergangenheit und Zukunft taten es bereits, es gab keinen Schmerz, den er ihnen zufügen konnte, denn sie nicht schon kannte oder schon Schlimmeres gespürt hatte.

"Ich weiß nicht, worauf du hinaus willst." seufzte Einar dann, Kyle nickte langsam mehrmals.

"Natürlich nicht." Kyle gesellte sich zu den Damen und die Nacht war ein ganz anderer Moment. Die Szenerie entsprang aus einem Märchenbuch, Wesen aller Art, friedlich in einem Dorf, die für ein und dasselbe Ziel kämpften. Einar fragte sich, ob ihre Diskretion dafür gesorgt hatte, unter dem Radar seiner Familie zu fliegen. Dabei war sein Vater allwissend, zumindest hatte es immer den Anschein. Er war ein paranoider Mann. Irrelevant, wie sehr man versuchte, mit Angst und Schrecken ein Reich zu führen, gab es stets Feinde und Rebellen, die diese Pläne vereiteln wollten. Deswegen traute er nichts und niemanden, nicht mal seiner eigenen Familie. Wenn Einar sich recht entsinnte ließ er seine eigenen Geschwister umbringen, die Beweislage dazu war nicht wirklich eindeutig. Es geschah in einem Anschlag auf Umbra und es schien, als waren sie zur falschen Zeit am falschen Ort. Einar glaubte solchen Zufällen nicht. Der zweite Tag war angebrochen, Shade ging mit Idril zurück, während Draco die meisten Vampire wieder in das richtige Haus gescheucht hatte. Anders als am Vortag wussten alle nun was sie erwarten würde. Shade versteckte sich nicht mehr im Zimmer und versuchte mit Hilfe der Elfe, die Stunden hinter sich zu bringen. Einar war lediglich ein Beobachter. Vieles war aus den Fugen geraten und dabei waren sie nicht ansatzweise in der Nähe von Umbra. Was Shade mit Rosa besprochen hatte, wurde ihm nicht anvertraut, aber Shade sagte klar, dass sie nach Umbra wollte und bat ihn darum, seine Rolle beizubehalten. Was auch immer das zu bedeuten hatte. Die Frauen arbeiteten in der Küche an einem Trank,

Shade besaß viele Talente, aber nicht das Brauen von diesen wertvollen Substanzen.

"Es sind Fortschritte wenn du dich an diesen Zustand gewöhnst." merkte Idril an, die wieder einen Tee aufsetzte. Shade saß nach dem Werk am Küchentisch, mittlerweile hatte Einar sich an ihren Anblick gewöhnt. Sie trug die lange weiße Unterwäsche, die kaum an ihrer Haut anlag und den Umstand erträglicher gestaltete. Winzige goldene Schlangen schimmerten an der ein oder anderen Stelle durch den feinen Stoff. Der Anblick faszinierte ihn immer wieder aufs Neue, es war die schönste Betrachtung, die ihm je untergekommen war. Es schmeichelte ihrer Figur, ihrem Aussehen und auch ihrem Charakter.

"So eine Sonnenfinsternis geschieht alle Jahrzehnte." stellte Shade irritiert fest, die nächste Finsternis konnte sie nicht erleben.

"Naturgewalten zwängen euch nicht untypisches Verhalten auf oder Dinge, wo ihr sonst nicht zu im Stande währt." die Elfe füllte die kochende Flüssigkeit in die Tasse. Leicht runzelte Einar die Stirn, Shade schielte zu ihm und räusperte sich. Er war dermaßen in seinen Gedanken verloren und verlor sich in einer Art Trance, dass er die Hinweise verpasst hatte.

"Ich.. werde mal nach Kyle sehen.." Einar deutete mit geballter Faust und ausgestreckten Daumen hinter sich zur Haustür. Er sollte sie nicht mit Idril alleine lassen, aber andererseits war er froh über jede Minute, die ihm an Ruhe gegeben wurde. Jeder weitere Herzschlag von Shade trieb ihn nah an den Wahnsinn heran. In der Sonnenfinsternis wirkte das Dorf in absoluter Dunkelheit wie ein Albtraum. Nicht dass er davon viele hatte, er schlief selten, auch wenn es Vampiren möglich war. Die Felder wurden bearbeitet, Einar war die Kunst der hohen Zauber aufgefallen. Vieles hier basierte auf purer Magie, was unmöglich von einem einzigen Magier stammen konnte. Bricriu hatte ihm die unterschiedlichen Magien beschrieben. Bricriu selbst nutzte die einfache Hexerei, seine Kraft dafür entzog er der Natur, einer Feuerquelle. Auf einem Feld wuchs Getreide, ein kleinwüchsiger Mann mit grauem Haar und einem Ziegenbart stampfte einen Stab, den er in seiner gebrechlichen Hand hielt, in den Boden. Kleine schwarze Kreaturen wuchsen aus der Erde, sie ernteten die ausgewachsenen Pflanzen und bereiteten das Feld für die neue Saat vor. Dämonologie. Etwas weiter erkannte Einar eine junge Frau, die eine Glasampulle in der Hand mit Wasser aus dem gefrorenen See füllte und etwas hinzu gab. Ihre schmalen Finger strichen über die Ampulle, die etwas leuchtete und der Inhalt nahm eine leicht grünliche Farbe an. Alchemie. Eine leichte Silhouette zeigte sich, ein Riese erschien nahezu aus dem Nichts und verteilte die Flüssigkeit der Alchemisten über das vorbereitete Feld. In der freien Hand hielt er die Hand eines kleinen Jungen, dessen Augen rot glühten, bis der Riese wieder verblasste. Nekromantie. Der Schutzzauber, der über diese Felder lag, wurde von einer Frau mit schwarzen Haaren und leeren Augen erneuert. Sie stand in einem roten Zirkel aus Symbolen, sie faltete ihre Hände und die Symbole erhoben sich in die Luft. Ein leichter Schimmer überzog das Feld und schmolz Schnee und Eis von der Erde. Hermetik. Der Zirkel hingegen floss zurück zu Draco und kriechte an seiner Fußspitze hoch zurück zu seinem Finger, der vor einigen Minuten noch geblutet hatte. Blutmagie.

"Beeindruckend, was etwas Zusammenhalt schaffen kann, nicht?" die Stimme klang leise und schwächlich, Einar sah zu der Person, die ihn offensichtlich ansprach. Ihr Haar war schwarz mit grauen Stellen, ihr Gesicht trug tiefe Falten und ihre Augen waren ebenso leer wie die der Hermetikerin. Wenn sie etwas jünger gewesen wäre, konnte sie als Zwillingsschwester durchgehen.

"Das erklärt, warum die Zauber derart effektiv sind. Wenn man Meister auf jedem Gebiet hat." stimmte er etwas zu und ein schwaches Lächeln zeigte sich auf den Lippen der alten Frau.

"Die Natur lässt sich ungern täuschen. Aber sie war gütig zu uns." gestand die Ältere.

"Euch fehlt nahezu nur noch ein Medium." murmelte Einar und sah wieder zu der Gruppe an Magiern. Draco reichte der Hermetikerin seinen Arm, um ihr fehlendes Augenlicht zu ersetzen. Während der Mann mit dem Ziegenbart auf Einar und die Dame zusteuerte.

"Unterlasst bitte weitere Sitzungen. Eure Schwester erträgt diesen Anblick nicht länger." grummelte der kleine Mann zu der älteren Frau.

"Unsinn, sie sieht doch nichts." leicht wank die Frau ab.

"Aber sie spürt es. Seid bitte vernünftig." bat er wiederholt, er blickte Einar feindlich an und schlenderte im langsamen Tempo davon, sich abstüzend auf den Holzstab.

"Ihr seid das Medium." hauchte Einar dann irritiert aus, die Frau zuckte ein wenig die Schultern.

"Aber eine Magie hast du außen vorgelassen." sie umging diese Anschuldigung, er sah wieder zu den Feldern und dachte nach.

"Magie der Engel.." sprach er laut aus, ".. das Wissen gilt schon lange als verloren. Es überrascht mich nicht, dass niemand hier dies praktiziert."

"Wie wahr." seufzte die Frau etwas aus, als bedauerte sie den Verlust dieses mächtigen Wissens und machte kehrt.

"Wenn Ihr das allsehende Auge der Rebellen seid. Wisst Ihr sicherlich, wie ein Krieg enden würde, richtig?" stoppte Einar sie und sah zu ihr. Sie blieb stehen und zeigte keine direkte Regung.

"Die Zukunft ist ein komplexes Konstrukt." begann sie.

"Aber Sie haben sicherlich gesehen, dass die meisten Möglichkeiten in einem reinen Blutbad enden." unterbrach er.

"Das ist der Inbegriff eines Krieges." damit ging sie zu ihrer Schwester, die von Draco in ihr Haus zurückgeführt wurde. Die Rebellen waren gut vorbereitet, aber nicht ausreichend genug für diese Schlacht. Sie waren nicht die einzigen mit mächtigen Magier. Sie waren nicht die einzigen mit einem Medium.

19

Shade

Der Abend brach an, Shade sorgte dafür, das Zimmer so zu hinterlassen, wie sie es vorgefunden hatte. Sie legte die geliehenen Klamotten zusammen auf das Bett. Ihre reizende Begleitung, wie Rosa es betitelte, wartete vor dem Haus. Es tat gut, wieder ihre schwarzen Stoffe zu tragen, sie zog ihre Kapuze hoch, um ihr Haar darunter zu verbergen. Idril nickte Shade zuversichtlich zu, Idril hatte ihr ein wichtiges Detail anvertraut, was bei ihrer Mission nützlich werden konnte.

"Ihr müsst ohne mich weiter." Bricriu hatte seine Arme verschränkt und wirkte in seinen Worten bestimmt. Es kam so plötzlich. Von Kyle hatte Shade so eine Entscheidung erwartet, aber nicht von dem Muskelprotz, der als neutrale Rolle in diesem Trio keine Anzeichen machte, für die Rebellion einzustehen. Einar schien kein bisschen überrascht, er nickte, als wäre es selbstverständlich. Aber Bricriu war ein sehr alter Vampir, er war es Leid nach der Pfeife anderer zu tanzen und fand seinen eigenen Lebenszweck in diesem Dorf.

"Ich hoffe doch, dass wir euch wieder sehen werden." Shade erkannte die Stimme, diesmal wählte Rosa eine andere Form, eine erwachsene Frau mit einem Mantel aus weißem und rosa gefärbten

Fell, die Kapuze hatte sie tief über ihre Stirn gezogen. Ihre rosa Augen blitzten etwas hervor.

"Auf friedlicher Ebene." nickte Shade leicht, die weißen Zähne von Rosa blitzten etwas auf, sie lächelte ihr verschmitzt zu. Der Abschied fiel Shade schwer, als war es das letzte Mal, dass sie diese besonderen Seelen zu Gesicht bekam. Kyle lief neben Shade her, während sie aus dem Schutzzauber traten und den Weg einschlugen, nach Umbra. Einar war seit dem Aufbruch wieder der Alte geworden, kaum hatte er den ersten Schritt aus dem Dorf getätigt, war alles wieder wie zuvor. War all der Fortschritt verloren gegangen? Shade schielte zu ihm, er hatte seinen Blick konstant nach vorne und wirkte angespannt. Kyle hingegen war aufgeregt, er wusste nicht, was ihn erwarten würde, alles war für ihn wie ein einziges großes Abenteuer. Shade selbst wusste nicht, was sie davon halten sollte. Diese Verantwortung, die auf ihren Schultern lastete, versuchten sie in die Tiefe der Erde zu drücken. Sie sprachen nicht darüber, was geschehen sollte, wenn sie die Tore von Umbra erreichten. Es gab keinen Plan, keine Idee oder Hinweise, womit sie es zu tun hatten. In der Ferne erhoben sich dunkle schwarze Mauern, etliche Meter in die Höhe. Die steinigen Mauern waren nicht nur dick, sondern besaßen spitze Steinsäulen am Dach, teilweise erkannte man aufgespießte Köpfe, die durch vergangene Zeit immer entstellter wurden. Das Tor war aus einem tiefschwarzen Material, rote Akzente verzierten diese und ein Symbol stach ihr in das Auge, das Wappen der Regiae. Eine rote Schlange, die ihren eigenen Schwanz zu verschlingen schien. Selbst vor diesem Anblick wurde kein Wort gesprochen, sie waren zu nah dran, um ungestört zu sprechen. Sie mussten damit rechnen, belauscht oder entdeckt zu werden. Kyle trat vor, das große Tor schwang langsam auf und Gestalten vollständig in schwarze Umhänge traten heraus. Kyle blieb instinktiv stehen, als eine Person hervor trat, orange Augen stachen unter dem Schatten der Kapuze hervor. Musterte ein nach dem anderen, verharrten bei Einar, der wie eingefroren stehen geblieben war.

"Was ist das?" alleine der bissige Ton von diesem Mann trotzte vor Arroganz und Überheblichkeit. Shade sah es nicht kommen, als man ihr die Kapuze herunter zog und sie an den Haaren grob gepackt wurde, einige Meter nach vorne gedrängt wurde. Keiner von den Anwesenden hatte sich bewegt, Einar war der einzige, der hinter ihr stand. Es hatte sie derart überrascht, dass es ihr kurzzeitig die Tränen in die Augen trieb, als der Schmerz nach dem Schock folgte. Es war ein bekannter Schmerz, diesmal traf dieser nur härter.

"Wir haben ein Geschenk für die Regiae Familie." es war eindeutig Einar, seine Stimme klang eisig wie am ersten Tag, als sie aufeinander getroffen waren. Selbst Kyle hatte damit nicht gerechnet, Shade sah es in seinen Augen, die versuchten, eine Erklärung oder gar einen Ausweg zu finden.

"Euer Vater kann es kaum erwarten. Man hat Eure Kompetenz und Verlässlichkeit nie angezweifelt." dieser Wechsel in der Tonlage, als der fremde Vampir zu Einar sprach, trotzte vor Respekt. Mit jedem weiteren Wort brach etwas in Shade zusammen. Also wurde ich verbannt, bis ich zu meinen Sinnen komme. Zumindest hatte mein Vater es so beschrieben... Die Erinnerungen hallten in ihren Ohren wieder, was ihr Einar einst anvertraut hatte. Und das mit der Dosis weiß ich durch meine Arbeit für die Regiae Familie.. alles in ihrem Kopf drehte sich, Ich darf meine Familie wieder sehen.. wieder nach Hause zurückkehren... Seine Familie war die Regiae Familie. Shade wollte schreien, um sich zu schlagen, dass entzündete Feuer wüten lassen, aber sie war leer. Verloren. Sie spürte den Schmerz an ihrem Kopf nicht mehr, als sie jener Vampir nach Umbra eskortierte, der ihre Art als Schönheit betitelt hatte. Alles wurde taub, die Geräusche dumpf und die Bilder verschwammen vor ihrem Auge. Ein Gebäude nach dem anderen zog an ihr vorbei, die Schritte geschahen nahezu automatisch. Ein Wimpernschlag. Sie fand sich im Thronsaal wieder, der in schwarzer Farbe geschmückt war und die selben roten Akzente aufwies, Banner, die die rote Schlange repräsentierten. Das Tier. Was Einar ausgezeichnet beschrieb. Er schubste sie wenige Schritte nach vorne, wo sie den Halt verlor und unsanft auf den Knien landete. Ihr leerer Blick richtete sich an das Gesicht, das sie vor Jahren verzweifelt aus ihrem Kopf und ihren Erinnerungen verdrängt hatte. Langsam erkannte sie die Ähnlichkeiten zwischen den Tyrannen der ihre Familie Jahrzehnte lang quälte und seiner Brut, Einar. Shade hatte Hoffnungen in ihn, sie hatte Vertrauen in ihm und hier kniete sie. Er hatte sie zum Narren gehalten und erntete alle Lorbeeren bei seinem Vater, den er so sehr versuchte zu beeindrucken.

"Was für ein wunderschöner Anblick. Ich hatte die Hoffnung schon aufgegeben." erklang die Stimme von dem schlimmsten Mann dieser verdammten Art.

"Das Lepores hat die Sonnenfinsternis überstanden. Dann scheitert unser besonderes Projekt doch nicht." schwarzes kaltes Holz schlug unter ihr Kinn und zwang sie, konstant aufzusehen, zu dem Monster. Er sah nicht mehr als eine Viehzucht in Shade, für den Zweck, damit seine Besessenheit nicht ausstarb.

"Ausgezeichnete Arbeit, Sohn. Wir sollten dir einen Platz im Rat einräumen." Inot trat an Shade vorbei, legte seine Hand auf Einar's Schulter. Bevor beide aus ihrem Augenwinkel verschwunden waren. Sie war von Gesichtern umringt, die ihr fremd waren und gleichzeitig jeglichen Hass und Ekel hochkochen ließen. Es war vorbei. In wenigen Minuten sollte sie wieder in diesen Raum eingeschlossen enden, aus dem sie vor einigen Jahr geflohen war. Es kam aber schlichtweg anders. Die Wache wechselte kein Wort mit Shade, es ging immer tiefer, mehr Stufen, mehr Gänge. Es wurde immer dunkler und stickiger. Vielleicht wurden die Sicherheiten verstärkt nach ihrer Flucht, aber das war nur eine kleine Hoffnung. Stattdessen sollte sie die Konsequenzen für ihre Fehler erhalten. Für jedes Jahr was Umbra ohne den Blutvorrat auskommen musste und für jeden Bewohner, denn es dort gab. Es war kein Verließ, es war die Folterkammer, wo Verräter ausgehungert wurden oder mit Sonnenlicht gefoltert wurden. Ihr neues Zuhause für die kommenden Tage. Ketten an beiden Händen, die hoch genug hingen das sie sich weder hinsetzen noch hinlegen konnte. Nachdem man sie von jeglichen Klamotten befreit hatte, nahm man ihr jegliche Waffen ab und auch jegliche Würde. Die ersten Tage wurde sie ausgehungert, ihre Rippen zeigten sich durch die Haut, die eng darüber lag. Als die Zellentür geöffnet wurde, blendete sie das fahle Licht der Fackel. Shade war es gewohnt zu hungern oder zu verdursten, es war kein neues Leiden für sie. Aber Inot verzeihte einen solchen Hochverrat nicht. Für jedes Jahr und jeden Bewohner sollte sie den selben Schmerz spüren, den sie erlitten hatten. In Form von Peitschenhieben, für jedes Jahr, für jeden ansässigen Vampir in Umbra. Sie verlor jegliches Zeitgefühl, das Geräusch von der Zellentür erinnerte sie an die Schmerzen, die darauf folgten. Ihre Arme wurden taub von der stetigen Spannung, sie hing am seidenen Faden, ihr Rücken brannte. Jeder Tag begann und endete mit neuen Schmerzen, einem Peitschenhieb nach dem anderen, der ihren Körper durchzuckte und ihre Haut aufreißen ließ. Shade hatte erwartet, in dieser Zelle zu versauern, verlassen und vergessen von der Welt draußen. Für jedes vergangene Jahr, für jeden hungrigen Vampir in dieser Stadt, wurde sie zur Zielscheibe ihrer Bestrafung. Die Peitsche, ein Instrument der Schmerzen, wurde zu ihrem neuen ständigen Begleiter. Die Anzahl der Bewohner dieser Stadt war so groß, dass ihr Rücken an einem Tag zerfetzt wurde, und die Fortsetzung dieses Martyriums am nächsten Tag folgte. Ihre goldenen Blutadern, Segen und Fluch zugleich, heilten ihre Wunden schneller, als sie entstanden, aber die wiederkehrenden Hiebe und der leer knurrende Magen raubten ihr jegliche Kraft. Dass selbst die mächtige Heilung nicht mehr hinterher kam. Die Dunkelheit in ihrer Zelle raubte ihr das Zeitgefühl. Die Stunden wurden zu Tage, die Tage zu Wochen, und sie verlor sich in einem endlosen Strom aus Qual und Verzweiflung. Das einzige Geräusch, das ihre Sinne wach hielt, war das dumpfe Klirren der Zellentür, die ihr Herz jedes Mal zum Rasen brachte. Und so hing sie da, an den eisernen Ketten der Vergeltung, ihre Arme dauerhaft durchspannt, ihre Glieder ermattet von der ständigen Anstrengung. Jeder Atemzug war ein Kampf, jeder Moment ein Martyrium, das ihre Seele langsam, aber sicher, zu verschlingen drohte. Die wenig Ruhe, die ihr blieb, wurde unterbrochen von ihren Halluzinationen aus ihrer Vergangenheit. Erinnerungen, die tief in ihrem Kopf schlummerten, verschlossen hinter vielen Türen und Schlössern.

"Tarja. Was auch immer passiert, zieh das nicht aus." es war ihre Mutter, die ihr eine Mütze über den Kopf zog, die Stellen an den Ohren waren gepolstert und dämpften Geräusche ab. Sie hielt ihre Hände über diesen und schützte Shade's Ohren damit. Hinter ihr wurde ihre Tante aus dem Raum gezerrt, sie wehrte sich, zappelte und schlug um sich, bis man sie an den Haaren über den Boden heraus zerrte. Ihre Schreie und Flüche erreichten Shade's Gehör nicht.

Der Junge war in ihrem Alter. Er trug schwarz wie die anderen Männer und sah sich im Raum um, rümpfte die Nase und musterte Shade's Spielsachen mit einem angeekelten Blick. Sie bot ihm ihr Stofftier an, ein Häschen, das ihre Mutter genäht hatte, aus alten kaputten Stoffen. Stattdessen würdigte er ihr einen gehässigen Blickes, nahm das Häschen und riss es in zwei. Schmiss es vor Shade auf den Boden, als sie auf die Knie sank und verzweifelt versuchte, die Teile aneinander zu drücken.

Es war Nacht, Shade hatte geschlafen, als sie durch lautes Stimmengewirr geweckt wurde. Sie öffnete ihre Augen einen winzigen Spalt, die bösen Männer in schwarz drängten ihre Mutter und ihren Vater zu dem Ehebett. Ihre Mutter weigerte sich, bis einer der Männer einen drohenden Schritt zu Shade tätigte und Shade die Augen fest zu kniff. Sie vernahm nur ein leises Schluchzen, das mit dem quietschenden Geräuschen des Bettes verschmolz.

Shade spielte mit einer Figur aus Müllresten, die eine Fee verkörpern sollte. Ihr Blick glitt von der Figur zu ihrer Mutter, sie verließ vor kurzem den Raum mit den Männern und kam wieder mit weniger Gewicht zurück. Stattdessen war ihr Gesicht in Schweiß und Tränen getränkt, sie brach in den Armen ihres Vaters zusammen. Das Schluchzen brach Shade's kleines Herz. Viele Tage vergingen, indem ihre Mutter vor der Wand saß und vor sich hin murmelte, sie aß nichts und wollte auch nicht mit Shade spielen.

Waren es Tage, Wochen, Monate oder gar Jahre? Shade hatte ihre vollständige Strafe erhalten und fand sich wieder in einer bekannten Umgebung. Auf nackten Füßen, in einem alten Nachthemd wurde sie sich selbst überlassen. Sie saß Stunden auf dem Bett, auf dem sie einst geschlafen hatte, ihr Blick schwenkte von einer Ecke zur anderen. Alles war mit Erinnerungen verbunden, mit Schmerzen, mit Verlusten und vielem mehr. Aber sie fühlte nichts. Es war einfach da. Das Wissen, die Erfahrungen und ihre stumpfe Akzeptanz. Die Ruhe, die sie in diesem Raum erhielt, man wollte, dass ihre Wunden heilten. Dass ihr Zustand wieder einen guten Punkt erreichte, damit ihre Forschungen fortgesetzt werden konnten. Shade schlief im Sitzen, zumindest schloss sie eine Zeit lang die Augen. Sie zählte ihren Herzschlag. Sie führte Gespräche mit ihrer Mutter, die wohl längst unter den Toten wandelte, und hielt das kaputte Stofftier in den Händen.

20

Einar

Die Rückkehr nach Umbra war eine pure Herausforderung. Einar gab sein Bestes, seinem Vater jenes Bild zu übermitteln, was er sehen wollte. Er hielt sein Wort, er erhielt einen Platz im Rat. Er wollte dafür sorgen, dass Kyle als Wache für Shade stationiert wurde, aber dieser Prozess dauerte ewig. Eine weitere Ratssitzung stand an, Einar langweilte diese Angelegenheiten, er nahm diese Position nur an, weil er damit die besten Informationen erhielt und sich mehr leisten konnte. Die Themen waren immer dieselben, die täglichen Problematiken in Umbra, der Blutvorrat, der langsam ein Ende fand, die Unruhen von Inceptor aus der Umgebung.

"Der Vorrat kann bald wieder aufgestockt werden. Diesbezüglich dachte ich auch daran, ob Einar nicht diese Aufgabe übernimmt." der Blick von Inot lag auf Einar. Einar war mit dem Kopf woanders, weswegen er fragend den Blick seines Vaters erwiderte.

"Natürlich. Überlasst das mir." merkte Einar dann etwas kalt an. Wenn er die Verantwortung darüber übernahm, konnte er Kyle in die Wachen hinein schleusen lassen. Bevor das aber geschehen konnte, musste er selbst sicher gehen, wie es Shade erging. Einar verließ den Sitzungssaal, richtete seine Haare, während er seinen Weg zu den Gemächern suchte. Es war wirklich lange her. Sein Vater war sehr streng mit den Sicherheitsvorkehrungen, dass niemand aus seiner Familie je ohne Wachen dorthin durfte. Er übergab Einar aber die notwendige Verantwortung, dass er diesen Schutz nicht notwendig hatte. Vor der Tür atmete er tief durch, er wusste nicht, was ihn erwartete. Shade war sicherlich sauer, immerhin konnte er sie nicht einweihen. Ihre Reaktion musste authentisch rüberkommen, anders konnte man einen uralten Vampir nicht überlisten. Es kam aber anders. Einar öffnete die Tür, schloss diese hinter sich, nachdem er sichergestellt hatte, dass es keine Wachen im Gang gab. Shade saß auf dem Bett und starrte ins Nichts, sie sah grauenhaft aus. Sie bestand nur noch aus Haut und Knochen, sie war weiß wie die Wand und ihr Blick war leer. Ihr weißes Haar war strohig und klebte an ihrem Kopf. Einar stellte einen Stuhl vor ihr, sie beobachtete seine Bewegungen stumm und sehr langsam. Er setzte sich und holte etwas aus seiner Manteltasche, zeigte ihr den Inhalt, indem er ihr seine Handfläche zeigte.

"Du hast mein Stofftier kaputt gemacht." ihre Stimme klang rauchig, während ihre Augen auf den Erdbeeren in seiner Hand ruhten, sie tat keine Anzeichen, diese zu nehmen. Einar zupfte das Grünzeug runter und hielt ihr eines wortlos vor den Mund.

"Du bist sein Sohn.." hauchte sie aus und drehte ihren Kopf weg, sie wollte nicht essen. Das war eindeutig, nachdem sie ihre Lippen krampfhaft aufeinander presste. Also sank seine Hand wieder.

"Du hast an meinen Haaren gezogen.." sie strich mit ihren Händen über ihr brüchiges Haar. Einar stoppte sie dabei, nahm ihre Hände und legte die Erdbeeren behutsam in ihre. Sie zitterte, besonders als er ihre Hände nahm, bebte, ihr ganzer Körper und ihr Herz raste. Es war aber nicht der Herzschlag wie damals, als sie aufgeregt war. Es war Angst und Furcht. Sie starrte in ihre Hände auf die roten Früchte.

"Ich liebe Erdbeeren.." wimmerte sie leise aus und hielt ihre Hände unter ihre Nase. Empfang den süßen bekannten Geruch, worauf sie ihre Augen schloss.

"Ich weiß." Einar stand auf. Ihr Zustand war kritischer als er angenommen hatte. Er wusste, dass sein Vater sie bestrafen würde, sie hungerte und war am austrocknen. Aber das alleine konnte Shade nicht brechen, er übersah etwas, ein wichtiges Detail wurde ausgelassen. Immerhin aß sie das Obst in kleinen Bissen. Ihre Heilung war stark, warum sah sie nach wie vor aus wie ein Wrack? Neben dem Geruch der Erdbeeren, war es aber was anderes, was ihm bekannt vorkam. Er schloss die Augen und versuchte die Erinnerung hervorzurufen, es war in der Sonnenfinsternis, es war ihr Blut. Einar musterte ihren Körper, konnte aber keine Wunden erkennen, das Nachthemd war ihr viel zu groß. Er versuchte Shade dazu zu bewegen, sich umzudrehen, aber sie weigerte sich und rutschte stattdessen zurück, bis ihr Rücken die Wand erreichte. Ein schmerzerfülltes Zischen hallte durch den Raum, derselbe Schmerz zeigte sich in ihrem Gesicht wieder, als die kalte Wand ihren Rücken zu hat berührte.

"Was zum Teufel.." Einar packte sie etwas grob an der Schulter und drehte sie etwas zur Seite, damit er ihren Rücken sehen konnte. Der weiße Stoff war an einigen Stellen durch gesifft mit ihrem goldenen Blut. Erschrocken nahm er seine Hand weg, seine Augen weiteten sich. Er wusste nicht, dass sein Vater so weit gehen würde. Immerhin musste Shade am Leben sein, damit er seine Pläne fortsetzen konnte. Aber er ging mit ihr an ihre Grenzen, sie konnte es überleben, aber es war ein sehr langer Weg, Shade in dieser gebrochenen Hülle wiederzufinden. Sie hatte ihre Arme über ihrem Kopf geschlagen, nachdem Einar den Fund gemacht hatte, sie versteckte sich oder schützte sich vor ihm? Bei ihm brannte eine Sicherung im Kopf durch. Einar stürmte aus dem Raum, knallte die Tür hinter ihm zu. Sein Kopf brummte, seine Sicht drehte sich, während er seinen Weg antrat, zu seinem Vater. Vor dem Thronsaal verharrte er in der Bewegung. Seine Finger lagen auf dem Türknauf, er erhielt irritierte Blicke von den Wachen die jeweils links und rechts von der Tür positioniert waren. Er war einen Schritt davon entfernt, alles zu riskieren. Einen Atemzug davon entfernt, das Leben von Shade noch grauenhafter zu gestalten. Einar konnte ihr nicht helfen, wenn Inot erkannte, dass diese Frau ihm etwas bedeutete. Geschweige, was er ihr antun würde, nur um seinen Willen zu erhalten. Einar musste stark bleiben, für Shade. So schwer es ihm auch fiel. Er kniff seine Augen zu, atmete wiederholt durch und nahm seine Hand vom Türgriff. Er warf den Wachen einen eisigen Blick zu, bis sie ihren Kopf senkten. Stattdessen klopfte Einar an das Zimmer seiner Mutter. Sie war eine der wenigen Frauen die durch etwas Magie und sehr viel Glück, die seltene Möglichkeit erhielt ein Kind zu gebären. Vampire konnten keinen Nachwuchs erhalten, aber es gab Zauber die die Natur täuschen konnten. Wenn die Natur aber entschied, dass dieses Kind nicht leben durfte, starben viele Babys direkt nach der Geburt und im schlimmsten Fall sogar die Frauen. Einar war einer der Überlebenden. Sie war eine vernünftige Frau, die sich aus jeglichen Konflikten heraus hielt und immer sprang wenn Inot was verlangte. Einar wusste nicht wohin er sonst konnte, sie öffnete die Tür.

"Einar.. was ist los?" sie hatte ihn noch nie so aufgewühlt erlebt, er schlüpfte an ihr vorbei in den Raum. Sie schloss die Tür. Seine Mutter war nicht wie Inot, sie war nicht wie jeder andere Vampir in Umbra. Sie war eine sanftmütige Frau, die ihren Emotionen stets treu blieb. Deswegen fühlte es sich so beruhigend an, als sie ihre Hände an seine Wangen legte, damit er sie direkt ansah.

"Was ist passiert?" Einar konnte es ihr nicht sagen. Wenn er sie einweihen würde in seinem Vorhaben, war sie in Gefahr. Shade litt bereits durch diesen idiotischen Plan. Er wollte keine weiteren unschuldigen Seelen in diesen Schlamassel hineinziehen.

"I.. Ich.. kann nicht.. kannst du mir Klamotten leihen?" stotterte Einar dann aus, sie zog eine Augenbraue hoch und trat zu ihrem Schrank.

"Was willst du mit Frauenklamotten?" fragte sie nach, während sie durch ihre Fundkiste ging.

"Die Wunden von der Goldblüterin müssen gepflegt werden, wenn es sich entzündet könnte sie daran sterben." murmelte er dann, so kühl, wie es ihm möglich war. Sie wählte bequeme Klamotten in einer dunklen Farbe, drückte es ihm in die Arme, während sie zu einer Kommode ging. Sie gab ihm eine kleine Flasche, einen sauberen Lappen und Verbände.

"Vielleicht sollte das eine Wache übernehmen." schlug sie vor, Einar schüttelte aber hastig den Kopf. Drückte die geliehenen Sachen an sich.

"Einar. Bitte sei vorsichtig." flüsterte sie leise aus, während sie über seine rechte Wange strich und wenig lächelte. Irrelevant, wie sehr ihr Sohn versuchte, seine wahren Gefühle zu verbergen, war diese Frau nach wie vor seine Mutter. Sie konnte aus ihm lesen wie aus einem offenen Buch. Einar nickte langsam, sie öffnete ihm die Tür und er trat den Weg zurück zu Shade an. Er nutzte seine Vampir Geschwindigkeit damit ihn niemand sah. Shade lag auf dem Bett in der Embryostellung, sie starrte die Wand an und hatte ihm den Rücken zugekehrt. Einar legte die Sachen auf dem Stuhl ab, versuchte sie zum Aufsitzen zu bewegen. Er erhielt viel Gegenwehr, Shade zuckte vor seinen Berührungen weg und wimmerte leise von sich, dass es ihr Leid täte. Nach geduldigen Minuten und seiner Beharrlichkeit, setzte sie sich auf. Er half ihr aus dem dreckigen Nachthemd, daraufhin zog sie ihre Knie schützend an sich heran und starrte an die Wand, während er einen vollen Blick auf ihren Rücken erhielt. Er konnte wenige Narben ausmachen unter den offenen Wunden, die noch bluteten oder vereiterten, er hielt die Luft an und tröpfelte den Flascheninhalt auf den Lappen. Einar säuberte ihre Schnittwunden vorsichtig, sie zitterte aber zuckte nicht mehr weg, als war das Brennen auf ihren Wunden nicht ansatzweise schlimm. Er hatte darüber nachgedacht, wie sie unter den Klamotten aussehen würde, ihr Kleidungsstil verriet wenig über ihr Aussehen darunter. Aber so hatte er es sich nicht vorgestellt, er fantasierte darüber, sie von unnötigen Klamotten zu befreien, aber nicht so.

"Jedes Jahr.. jeder Vampir.." wiederholte Shade dabei. Seine Hand verkrampfte sich etwas bei den Worten, worauf er den Lappen beiseite legte. Sie wippte leicht vor und zurück, während sie denselben Satz immer wieder aufs Neue wiederholte. Er half ihr mit dem Verband, der sich über den ganzen Rücken erstreckte. Danach zog Einar ihr vorsichtig das schwarze Nachthemd über den Kopf, richtete ihre Haare. Er lehnte seine Stirn an ihren Nacken und atmete durch.

"Er wird brennen. Das verspreche ich dir.." hauchte er leise aus, Shade hörte mit den Wiederholungen auf und es kehrte eine Stille ein.

"Brennen.." murmelte Shade dann und Einar stand auf, sie drehte sich zu ihm und er nickte langsam.

"Brennen." bestätigte er nochmal, sie senkte ihren Blick.

"Nein.. ist nur ein Trick.." stotterte sie leise, ihr unschlüssiger und nahezu leidender Ausdruck in ihrem Gesicht brach ihm das Herz. Was er vor kurzem erst Dank ihr wiedergefunden hatte. Er sank vor ihr auf die Knie, legte eine Hand an ihre Wange.

"Kein Trick." murmelte Einar, entschlossen, sie schien die Worte in Erwägung zu ziehen. Sie legte ihren Kopf dann zur Seite in seine Hand und schloss die Augen.

"Kein Trick." wiederholte sie in einem erleichternden Ton. In seinem Inneren tobte ein Sturm aus Gefühlen. Wut brodelte wie eine glühende Lava in seinen Adern, während sich eine tiefe Traurigkeit wie ein eisiger Schleier um sein Herz legte. Dabei spielte die Schuld eine wesentlich größere Rolle. Er musste es richtig stellen. Für wenige Stunden verharrten sie wortlos, ihr Herz hatte sich beruhigt und sie schien zu schlafen. Einar legte sie vorsichtig auf das Bett, zog die Decke bis über ihre Schultern und strich ihr eine Strähne aus dem Gesicht. Sie musste wieder an Kraft gewinnen, sie war viel zu dünn, um mit den Forschungen fortzufahren. Er sollte seinen Vater mit diesem Detail überzeugen können, sie war die letzte ihrer Art, er würde sicherlich alles tun, um ihr Leben zu erhalten.

21

Shade

Ihr Kopf pochte, sie setzte sich auf und hielt diesen. Ein Blick im Raum verriet, dass sie wieder allein war. Oder hatte sie geträumt? Shade schielte auf ihr Nachthemd, es war weich und aus teurem dunklem Stoff. War es doch kein Traum? Sie stand langsam auf, es schmerzte aber brannte nicht mehr. Sie tätigte wenig Schritte als die Tür aufschwang, sie zuckte etwas zusammen. Aber stattdessen sah sie ein bekanntes Gesicht, Kyle. Kaum schloss er die Tür, stolperte Shade nahezu in seine Arme. Er war stärker geworden, seitdem sie sich zuletzt gesehen hatten. Er trug die Rüstung der Wachen aus Umbra und wirkte darin nicht mehr wie ein unbeholfener kleiner Junge, sondern wie ein Mann. Seine Arme boten Shade jeglichen Halt für diese wenigen Minuten. Während sie ihr Gesicht in seiner Schulter vergrub. Er umarmte sie vorsichtig, als wüsste er, dass ihr Rücken übersät war mit Narben und Wunden.

"Tut mir Leid, dass ich nicht eher kommen konnte.. alles geriet aus den Fugen.." er sprach so leise, dass Shade es gerade noch verstehen konnte. Selbst hier bestand das Risiko, dass man sie belauschen konnte. Sie mussten vorsichtig sein.

"Du musst mir helfen.. ich kann das nicht mehr.. alles wiederholt sich von vorne." murmelte Shade aus und schielte zu ihm auf, er schüttelte aber leicht den Kopf.

"Halte durch. Du solltest etwas mehr essen, wo ist die Shade abgeblieben, die sonst jedem anderen Vampiren in den Hintern getreten hat?" er bemühte sich zu einem Lächeln, aber seine Augen verrieten wie schwierig die Situation wirklich war. Er schob Shade behutsam an den Schultern weg und zog ein Bündel aus der Tasche, die üblicherweise für austauschbare Pfeilspitzen gemacht wurde. Er hielt ihr den kleinen Beutel hin, es fühlte sich warm an und ein bekannter Geruch stieg ihr in die Nase.

"Ich sagte doch, du sollst mehr essen. Dieser Fraß hier bringt dir nichts." merkte er mit einem breiten Lächeln an. Shade ging zum Tisch und breitete das Bündel auseinander, frisches Brot, gebratenes Fleisch und etwas Gemüse. Sie sank auf den Stuhl und seufzte etwas erleichtert aus.

"Was ist deine Aufgabe?" sie schielte zu ihm, während er ihr Zimmer musterte. Das war ihr Zuhause von klein auf, ihr war nicht wohl dabei, dass Kyle alles davon nun entdecken konnte. Die Stockbetten die auf eine mehrköpfige Familie hinwiesen, dass Ehebett was an einem Pfahl mit sehr kurzen Ketten ausgestattet war, die Schränke die teilweise ein Eigenleben durch Verwesung und Zeit entwickelten, der Rest der Möbel war brüchig, kaputt oder nicht mehr benutzbar. Die Spielsachen, die aus Müll zusammengestellt wurden, ihr kaputtes Stofftier lag auf dem höchsten Bett, was sie aus Trotz weggeschleudert hatte und nicht die Kraft fand es wieder runter zu holen, wenige Kleider Überreste lagen quer im Raum. Shade hatte nicht vor aufzuräumen, sie wollte nicht mal lange in diesem Raum leben.

"Einar gab mir die Schichten als Wache am Tag, die sei unbeliebt bei den anderen. Weil sie ihren Tag lieber in der Stadt nutzten. Er hofft, dass wir dadurch ungestört bleiben würden. Du hast gar kein Bad.." stellte er dann fest und sie deutete mit einem Nicken in eine Ecke, wo Eimer gestapelt waren und mit Tüchern abgedeckt wurden.

"Barbarisch.." hauchte er entgeistert aus und Shade zuckte die Schultern. Wenn man damit aufwuchs, erschien es einem nicht mehr schwierig oder problematisch, es wurde normal. Sie ließ das Fleisch auf ihrer Zunge zergehen, während Kyle nach wie vor mit seinem Rücken an der Tür stand. Er nutzte sein vampirisches Gehör, um Schritte im Gang zu bemerken. Er hatte viel gelernt in der kurzen Zeit.

War es denn eine kurze Zeit?

"Die Rebellen.." schreckte Shade leise auf und hustete etwas, als sie sich beim Essen verschluckte.

"Es ist ein Jahr her seit unserer Abreise dort. Draco kam vor Tagen zu Besuch, um sicherzustellen, dass du noch am Leben warst." erklärte der Vampir geduldig und erntete einen irritierten Blick von Shade. War es wirklich ein Jahr, sie hatte so viel Zeit verloren, in der sie gequält wurde, leicht zitterte sie bei der Erinnerung.

"Er ist ein Geschäftsmann. Er garantiert sicheren Handel zwischen Umbra und anderen Dörfern. Daher ist er ein eng Vertrauter für die Regiae Familie." wiederholt zuckte er mit den Schultern, für ihn war es nichts Neues. Aber Shade überraschte es.

"Einar hilft dir?" murmelte sie dann und Kyle nickte zögernd.

"Also ich denke, es kommt durch ihn. Ich habe kein direktes Wort mit ihm gewechselt, seit unserer Ankunft. Die Wachen hier in Umbra haben mir nie wirklich vertraut und dieser plötzliche Wechsel kann nur dank ihm sein." erklärte er, Shade runzelte etwas die Stirn. Waren es keine Wahnvorstellungen, hatte Einar vor einigen Tagen sie besucht? Die Erinnerungen waren wirr und alles wirkte verwaschen, aber seitdem erholte sie sich gut.

"Spielt keine Rolle. Durch ihn sind wir überhaupt in diesem Chaos gelandet. Er hätte uns die Wahrheit sagen können." murrte Shade leise aus.

"Diese Männer haben Jahrzehnte überstanden.. ich denke nicht, dass meine Schauspielkunst ausgereicht hätte, um in dem Moment angemessen zu reagieren." warf er ein. Shade dachte über diese Worte nach, war alles wirklich nur ein einziges Theaterstück, um ganz Umbra in Unwissenheit zu wiegen? Warum sollte Einar so etwas tun, damals war er so entschlossen, seine Eltern vor allem seinen Vater stolz zu machen, er wollte wieder akzeptiert werden. Es ergab keinen Sinn, weswegen sie leicht den Kopf schüttelte.

"Das ergibt alles keinen Sinn. Es tut mir Leid, Kyle. Aber wir sind auf uns alleine gestellt." Shade sah dann wieder zu ihm, er sah auf den Boden. Er hatte Einar auf eine andere Art und Weise kennengelernt, er vertraute diesem Mann selbst nach dem, was passiert war. Sie konnte es ihm nicht verübeln, aber sie konnte sich auf Einar nicht verlassen. Er vertraute ihr nicht, warum sollte sie es umgekehrt tun?

"Ist in Ordnung.. es ist schön, dass du deinen Kampf Willen

wieder gefunden hast." lächelte er dann, sein Gesicht wurde eisig, worauf Shade den Beutel zusammen packte und in die nächste Schublade versteckte. Keine Sekunde später schwang die Tür auf.

"Seien Sie vernünftig Lady Regiae, das ist nicht der geeignete Ort." erklang eine Stimme, während Kyle beiseite trat. Eine Wache blockierte den Durchgang, neigte seinen Kopf und trat dann ebenso beiseite. Die Frau war keine 30 Jahre alt, ihre grünen nahezu gelben Augen waren ein Detail, was Shade bekannt vorkam, neben dem nussbraunen langen Haar.

"Warum hat das Mädchen nichts Vernünftiges zum anziehen?" sie sah zu den anwesenden Wachen, auch zu Kyle.

"Die Gefangene verlässt diese Räumlichkeiten nicht. Es werden keine anderen Klamotten benötigt." gab einer der anderen Männer dann zu verstehen.

"Verstehe. Habt Ihr also keine Manieren? Oder seid Ihr unzufrieden mit euren Frauen?" die Frau trat rein und Shade lenkte ihren Blick weg.

"Natürlich nicht!" stieß der Vampir hervor, Shade vernahm Schritte und es kehrte wieder etwas Ruhe ein. Die Tür schloss sich und Shade schielte zu der ihr fremden Frau. Sie musterte Kyle, der seinen Blick gesenkt hatte und stramm stand. Die grünen Augen wanderten über den Raum, ihr Ausdruck war schwer zu lesen aber ihre Augen verrieten wie unzufrieden sie mit diesem Bild war. Danach ruhten ihre Augen auf Shade, Shade erwiderte diesen Blickkontakt wortlos und ohne Furcht.

"Sorg dafür, dass sie was richtiges zu Essen bekommt. Ich gebe das Wort an die Küche persönlich weiter." sie machte kehrt und sah dabei zu Kyle, der leicht nickte.

"Wenn jemand fragt. Kamen beide Befehle ausschließlich von mir, verstanden?" wiederholt stimmte Kyle mit einem Nicken zu, öffnete ihr die Tür und sie verschwand wieder. Shade sah sofort zu ihm, der ebenso verwirrt schien. Bevor sie aber ein Wort sprechen konnte, hielt er einen Finger an seinen Lippen. Die Wachen waren zurückgekehrt und reichten, wohl eher warfen Kyle die Sachen zu. Das meinte er wohl mit Misstrauen, er war ein Fremder für sie und genau so wurde er behandelt. Danach waren sie wieder allein.

"Das war eigenartig.." murmelte Shade und nahm ihm die Sachen ab, er nickte ein wenig.

"Meinst du, sie ahnt etwas?" er sah zur Tür.

"Ich bin mir nicht sicher.. ich habe sie hier noch nie gesehen, normalerweise lässt Inot niemand seiner Familie hierher, besonders nicht seine Frau.." Shade rieb sich etwas den Kopf, es geschah so viel gleichzeitig und sie war nicht bei Sinnen, um wirklich einen kühlen Kopf zu bewahren.

"Sie schien nett.." gab er zu und sie verdrehte etwas die Augen.

"Nett war auch ihr Sohn. Scheint in der Familie zu liegen, dass es einen ein und aus Knopf gibt." murrte Shade aus und musterte die Klamotten, es waren zufällig zusammen geschmissene Sachen, aber sie waren weder kaputt noch dreckig.

"Shade.."

"Tarja.. mein Name ist Tarja.. zumindest in dieser grauenhaften Gefangenschaft." korrigierte sie ihn und legte die Klamotten in eine heile Schublade.

"Tarja.. sie erwarten bald wieder die Lagerung von deinem Blut." murmelte er.

"Das können wir nicht zulassen. Ihr begrenzter Vorrat an meinem Blut ist mein aktuell einziger Vorteil." erklärte Shade. Kyle rieb sich etwas die Schläfe, das tat er häufig, als er angestrengt nachdachte.

"Dann verfeinern wir einfach den Vorrat." schmunzelte er dann amüsiert, sie sah fragend zu ihm. Langsam wurde es ihr klar.

"Du bist ein Genie!" seufzte sie aufgeregt aus. Das goldene Blut wurde in Ampullen abgefüllt um keine Überdosierung zu riskieren, wenn man also nur einen Tropfen einfüllte hatte es absolut keinen Effekt, es sättigte nicht und es machte sie nicht stärker. Es brauchte nur noch eine weitere Substanz, die Geruch-, Farb- und Geschmacksneutral war. Shade ging zu den Schränken, die ursprünglich für eine Küche dienten, aber nie großartig dafür benutzt werden konnte. Sie stöberte durch die Schränke und Schubladen.

"Was suchst du?" Kyle beobachtete sie neugierig.

"Durch die nicht existenten Toiletten hatten wir ein riesiges Ungeziefer Problem. Dann erhielten wir eine Mischung aus Wasser und Metall mit Schwefel. Es war sehr effektiv und hat zu meiner Überraschung nicht gestunken." sie sah sich die Tränke an, die sie gelagert hatten, für alle möglichen Zustände. Shade öffnete jede Ampulle und roch daran, rümpfte die Nase, wenn ein bissiger Geruch heraus strömte. Beim vierten Versuch schüttelte sie die Flüssigkeit, es roch nicht und es war farblos, probieren wollte sie es nicht. Zwar war ihre Heilung stark genug, aber die Konsequenzen dieser Mischung waren für einen normalen Menschen tödlich. Shade suchte nach einem leeren Glas, füllte zwei Tropfen aus dem Insektenschutz hinein und biss sich auf den Daumen. Kyle beobachtete ihr Tun, sie ließ einen Tropfen ihres goldenen Blutes hinein sickern und drehte das Glas etwas. Die Farbe vermischte sich und die Substanz nahm die aggressivere Farbe an, das Gold. Shade hielt dieses dann Kyle hin, er sah sie überfordert an.

"Du hast die bessere Nase, aber trink das bitte nicht. Ich weiß nicht, ob es dich krank machen kann." gestand sie, er zog eine Augenbraue misstrauisch hoch. Nahm das Gemisch in die Hand und roch daran.

"Es riecht nach deinem Blut." nickte er langsam.

"Wunderbar. Dann sorge dafür, dass du diese Aufgabe übernimmst." es war wichtig, dass er dabei war, andere Vampire konnten Verdacht schöpfen. Kyle nickte und schielte zur Tür.

"Du solltest gehen." lächelte sie dann matt, Kyle umarmte sie, Shade knirschte leicht mit den Zähnen, worauf er sofort losließ. Sie schmunzelte, aber nur etwas amüsiert.

"Reingelegt.." sie zwinkerte ihm zu, er rollte mit den Augen und verließ den Raum, schloss die Tür ab, wie von der Familie angeordnet. Shade war wieder alleine. Alleine mit ihren Gedanken.

22

Einar

Der Alltag war für Einar zunehmend anstrengend, er war verwirrt und versuchte in der Höhle des Löwen, diesen Anschein nicht zu präsentieren. Wenn es nach ihm ging, wollte er Shade nehmen und Umbra auf direktem Wege verlassen. Aber er wusste, wie naiv diese Vorstellung war. Zudem gab es noch wichtige Personen in seinem Leben, die er nicht zurücklassen konnte. Mit unter seine Mutter und selbstredend Kyle, der zu jung war, um das Leben in Umbra alleine zu bewältigen. Er saß neben seinem Vater, der wiederholt versuchte, seine Verbundenheit zum Volk gerade zu biegen. Jedem Bewohner von Umbra war es an diesem Tag gestattet vor zu treten und Probleme oder Wünsche zu äußern, die von Inot nie wirklich gelöst oder erfüllt wurden. Es war ein reines Theaterstück, um das Volk zum Narren zu halten, ein weiterer Punkt, den Einar nicht ignorieren konnte. Die Bewohner dieser Stadt verdienten eine Chance und Inot war zu engstirnig, um das zu bemerken. Die erwähnten Thematiken waren absolut ernst. Ein Vampir erzählte davon, dass die Mauer an wenigen Stellen eingefallen war und somit mehr als genug Sonnenlicht durchdrang. Dieses Loch wurde seit Jahren ignoriert und schien immer größer zu werden. Eine Frau bat um mehr Vorrat an Blut, ganz Umbra war es nicht gestattet, selbst jagen zu gehen oder andere

Ortschaften für Blutbeschaffung zu besuchen. Sie waren nichts weiter als Gefangene. Eine weitere Dame bat um die Erlaubnis für einen Nachwuchs. Diese Nachfrage war nicht untypisch, da sein Vater eine Möglichkeit gefunden hatte, diesen Wunsch zu erfüllen. Die Kosten dahinter waren aber nicht eindeutig. Da die erwähnte Frau weder dem Adel angehörte noch dem höherrangigen Vampiren, wurde ihr Wunsch abgelehnt. Aber die Art und Weise, wie sein Vater dies tat, war hart.

"Seid doch vernünftig. Das ist verschwendete Magie. Zudem wollt Ihr wirklich dieses Risiko eingehen, dass weder Ihr Kind noch Sie selbst die Geburt überstehen? Könnte Ihr Mann diesen Verlust einfach so hinnehmen?" Inot spielte mit den Schwächen anderer und diese Frau war verzweifelt. Sie wollte eine eigene Familie haben, aber nicht ihrer eigenen Familie schaden. Der Preis war zu hoch. Einar konnte es der Frau nicht übel nehmen, es war nun mal ein großes Risiko. Aber Inot war derart taktlos und empathielos, dass sie sich wie Dreck fühlte nach diesen Worten. Mit gesenkten Kopf verließ die Dame den Raum und die Tore blieben geschlossen. Sie war der letzte Besuch für diesen Tag. Einar stand auf, seine Mutter tat es ihm gleich, die ihren Kopf vor Inot neigte und den Thronsaal verließ. Innerlich brodelte in ihm die Wut hoch, dieser Mann war der absolute Inbegriff eines Monster. Wegen ihm hatte Shade entschieden, dass die Vampire nicht existieren durften. Langsam erkannte auch der Sohn diese Probleme, die er schon von klein auf beobachtet hatte. Sein letzter Versuch, seinen Vater zur Vernunft umzustimmen, endete in einer Verbannung. Deswegen wusste Einar, dass ihm kein anderer Weg blieb, als ihn von seinem Thron zu stürzen.

"Brennt dir etwas auf der Zunge, mein Sohn?" Inot erwiderte den Blick von seinem Sohn, kaltherzig, was Inot's blaue Augen noch eisiger wirken ließ.

"Eure Foltermethode hat den Zeitplan enorm verzögert." merkte Einar dann eisern an. Worauf sein Vater ein wenig nickte.

"Das stimmt. Es werden weitere Verzögerungen folgen, also stell sicher, dass der Vorrat bis dahin aufgefüllt wurde." Inot stand auf.

"Natürlich." druckste Einar unter zusammen gebissenen Zähnen hervor. Welche Verzögerungen? Er hatte Shade seitdem einen Tag nicht mehr besucht und mit Kyle konnte er nicht über ihren Zustand sprechen. Das war auch nicht notwendig, er lauschte ihrem

Herzschlag, als er an der Tür ihres Zimmers vorbei ging. Ihre Genesung war gut und ihr Herzschlag war wieder eindeutig belebter. Es gab keinen weiteren Grund für Verzögerungen. Inot verließ den dunklen Thronsaal, Einar blieb zurück in dem leeren großen Raum. Die Anschaffung von dem goldenen Blut war unproblematisch, Kyle machte einen guten Job. Einar besuchte Shade kein weiteres Mal, um keine Aufmerksamkeit auf ihre Bindung zu lenken. Stattdessen nutzte er die Zeit, die Pläne seines Vaters aufzudecken. In seinem Gemach wurde er nicht fündig und die Wachen waren blind loyal gegenüber ihrem König. Was eher der Furcht zu verdanken war die Inot verbreitete. Während Einar den Gang entlang schlenderte, zurück in sein Zimmer, in dem er nie schlief, sondern viel nachdachte. Ging eine Tür direkt hinter ihm auf und er wurde nahezu unsanft in den Raum gezogen. Aus Reflex griff Einar an die Kehle seines vermeidbaren Angreifers, bis er die Augen von Kyle wieder erkannte. Der Junge versuchte krampfhaft seinen Griff von sich zu drücken, worauf Einar dann losließ.

"Was soll das?!" knirschte Einar aus, Kyle sagte kein Wort und schloss die Tür und klebte ein Stück Papier mit einem Siegel an das Holz. Einar erkannte das Symbol, der Zauber ließ kein Lauschen von außen zu. Weswegen er etwas durchatmete und entspannte.

"Entschuldige, aber du musst etwas für mich herausfinden." bat Kyle, der etwas besorgt schien, er wanderte vor Einar etwas auf und ab, versuchte die richtigen Worte zu finden.

"Worum geht es?" forschte Einar nach, der Ausdruck des Jüngsten beunruhigte ihn.

"Tarja wurde zu Forschungen weggebracht und beschrieb eine Zeremonie, die dort abgehalten wurde bei jedem neuen Besuch." Kyle kam zum Stehen und blickte direkt zu Einar.

"Vater lässt keine Magie an Goldblüter dran, das Risiko ist in seinen Augen zu groß." erklärte Einar irritiert, das war wirklich nicht normal.

"Das hatte ich ihr auch gesagt, aber sie war sich sicher, dass Magie gewirkt wurde bei jeder einzelnen Forschung." murmelte Kyle etwas unbeholfen, er glaubte Shade. Einar tat es auch.

"In Ordnung. Beschreibe mir, was sie gesehen hat." forderte Einar dann auf, stattdessen hielt Kyle ihm ein Pergament entgegen. Darauf wurden Symbole gemalt in einer kreisförmigen Reihenfolge, darin war ein Stuhl. Kyle tippte auf den Stuhl.

"Darauf sitzt sie jeden einzelnen Tag und dieses Zeug leuchtet auf für wenige Sekunden. Manchmal ändern sich die Symbole von Tag zu Tag aber wiederholen sich dann wieder."

"Wie eine Reihenfolge an Zaubern.." hauchte Einar aus, was Kyle mit einem Nicken bestätigte.

"Die zuständige Magierin wechselt mit mir kein Wort." seufzte Kyle.

"Wer ist es?" Einar sah wieder den Jüngsten, der sich Mühe gab, die Frau zu beschreiben.

"Blass, lila graues Haar, gekleidet in edlen Stoffen, einige Falten in ihrem Gesicht.."

"Selen.." unterbrach Einar und griff sich an die Stirn. Er kannte diese Frau, sie war mitunter die mächtigste Magierin in Umbra und auch ein Medium. Einar verstand sich gut mit ihr, weil sie eine zarte Persönlichkeit ihm gegenüber besaß. Seine Mutter erklärte, dass es daran lag, dass sie die Hebamme war zu seiner Geburt, die viele Jahre zurücklag. Die Magierin selbst war alt und zerbrechlich geworden, durch die schreckliche Gastfreundschaft von Inot.

"Ich versuche zu erfahren, was es ist und lass es euch wissen." stimmte Einar dann zu, Kyle nickte langsam und ging zur Tür.

"Noch etwas. Ich weiß das du nicht willst, dass wir verdächtigt werden. Aber Tarja verliert den Glauben an dich." Kyle erwähnte die verpassten Besuche, die Einar geschickt umgangen hatte. Diese letzten Worte schmerzten auf unerklärliche Weise, Einar kniff die Augen zu und nickte dann.

"Solange sie dadurch sicher ist, nehme ich sowas wohl in Kauf." knirschte Einar zwischen den Zähnen hervor, Kyle strafte ihn mit einem Ausdruck von Mitleid.

"Du bist nicht alleine. Einar." die Worte klangen dermaßen ruhig, aber entschlossen von dem Jüngsten, der daraufhin den Raum verließ. Das Siegel erlosch langsam an der Tür und verbrannte, damit es keine Beweise mehr für das Treffen gab. Einar suchte Selen auf. Die Magierin erhielt neben den Forschungsräumen ein Zimmer, damit sie immer zur Stelle war. Ihre Zimmertür war sicherlich mit jeglichen Zaubern belebt, weil kein Vampir ohne ihre Erlaubnis eintreten konnte. Einar klopfte an dem dunklen Holz, die Tür knirschte etwas und da war sie. Das Medium von Umbra. Ihre lilanen Augen ruhten auf Einar.

"Du hast dir Zeit gelassen." hauchte die Frau aus und trat beiseite. Einar wurde von klein auf von dieser Dame akzeptiert, ihr Zimmer war sein Rückzugsort, wenn er sich vor seinem Vater verstecken wollte. Nach all dieser Zeit hatte sich nichts verändert, ihr Zimmer war mit dem notwendigsten ausgestattet, ihr Schreibtisch war übersät mit Büchern, Schriften und wenigen Ampullen. An der Decke hingen lila Sterne, die etwas Licht boten, aber nicht blendeten. Ihre Art von Magie war etwas besonderes, sie zeigte die Schönheit dieser in einer verspielten Weise. Inot mochte diese Eigenschaft nicht, aber sie war sehr kompetent und besaß mächtige magische Gene. Selen Zelenski stammte von einer starken Familie ab, allein bei der Geburt erhalten sie einen außerordentlich große Menge an Mana und ihre Fähigkeiten Magien zu erlernen war erstaunlich. Sie gehörte keiner königlichen Familie an, aber sie waren durchaus Adel. Deswegen kleidete Selen sich dementsprechend. Selen war hunderte Jahre alt, was nicht selten in ihrer Familie war, sie erschlich sich mehr Zeit durch Zauber. Besonders sie war so darauf versessen die Vampire mit ihrer Lebenszeit zu überholen und Einar kannte ihre Gründe. Die Tür schloss sich und Einar wandte seinen Blick zu ihr.

"Du weißt warum ich hier bin?" fragte Einar, es war eine idiotische Frage, natürlich wusste sie es.

"Ja und ich weiß das du es nicht hören willst." sie ging zu ihrem Tisch und zog ein Papier hervor.

"Ich habe viel erlebt, unterschätz mich nicht." merkte Einar etwas trotzig an, Selen lächelte schwach.

"Richtig. Aber sowas hast du noch nie erlebt." fügte sie hinzu. Einar war verwirrt, er wusste nicht, wovon die Frau sprach und sie nickte wissend.

"Liebe ist ein mächtiges, unkontrollierbares, unvorhersehbares Gefühl. Nicht mal ich habe es kommen sehen, bis ich sie gesehen hatte." gestand sie und reichte ihm das Papier.

"Ich kenne sie kaum." entgegnete er und schob die Andeutung von sich, während er den Hinweis entgegen nahm. Das Ritual beschrieb notwendige Zirkel, die in der Reihenfolge eingehalten werden mussten. Eines stand für Glück, das Glück der Götter. Eines stand für den Segen der Natur. Eines stand für die Gesundheit. Bei dem letzten weiteten sich seine Augen, er sah perplex zu Selen.

"Unmöglich." hauchte Einar aus, aber die Frau schüttelte den

Kopf.

"Mit diesen wiederkehrenden Siegel. Steht einer problemlosen Geburt nichts im Wege." beschrieb sie und Einar runzelte die Stirn, seine Augen verengten sich.

"Welche Geburt? Sie kann nicht schwanger sein!" zischte er lauter aus als gewollt.

"Dafür ist das letzte Siegel. Es gibt kein männliches Wesen in Umbra, was diese Rolle erfüllen kann. Immerhin sind die Schwangerschaften durch Vampire unter einem schlechten Stern."

"Willst du mir gerade sagen, dass ihr das an ihr rum probiert, wie an einem verdammten Testobjekt?!" die Stimme von Einar wurde lauter und Selen wich seinem Blick aus.

"Ich hatte keine Wahl."

"Unsinn! Man hat immer eine Wahl. Unterbrech es." forderte Einar auf und hielt ihr die Anleitung grob hin.

"Ich kann nicht." flüsterte Selen, irrelevant wie leise sie sprach, Einar vernahm diese Worte klar und deutlich.

"Alles mit Magie kann rückgängig gemacht werden!" zischte er aus.

"Man kann den Tod nicht rückgängig machen, also auch nicht neues Leben, Einar." sie versuchte es ihm zu erklären, aber er konnte die Wahrheit nicht ertragen. Sie hatte Recht, der Gedanke allein machte ihn rasend.

"Einar." sie versuchte, ihre zerbrechliche Hand auf seine zu legen, die er zu einer Faust verkrampft hatte. Er wich aber weg und malmte mit seinen Zähnen.

"Warum hast du das getan? Warum hast du mich nicht gewarnt? Ich hätte sie weg bringen können.." er hielt sich eine Hand an seine rechten Schläfe. Er hatte zu lange gewartet, sein Vater hatte wieder ausreichend Schaden angerichtet und Einar hatte tatenlos zugesehen. Er dachte, er hätte Zeit. Er hatte sich geirrt.

"Du weißt, ich kann diesen Bereich nicht verlassen.. ich habe versucht, dich zu erreichen Einar, aber du warst mit deinem Kopf ganz woanders.." murmelte die Frau geduldig, ihre Tonlage blieb sanftmütig und verständnisvoll. Einar schloss die Augen. Die letzten Tage hatte er damit verbracht, darüber nachzudenken, wie er alle wichtigen Wesen in seinem Leben aus den Griffen seines Vaters befreien konnte. Gleichzeitig musste er weiterhin den perfekten Sohn spielen, damit Inot ihm nicht auf die Schliche kam. Aber irrelevant, wie weit Einar voraus dachte, war sein Vater wieder Schritte weiter.

"Ich muss sie hier wegbringen." stellte Einar dann trocken fest. Er schielte wieder zu Selen, die langsam den Kopf schüttelte.

"Warte bis es vorbei ist. Ich weiß nicht, was ihr geschieht, wenn wir diese Reihenfolge nicht beibehalten." beschrieb Selen, sie war durchaus ehrlich und besorgt um die Gesundheit dieser Frau, um die sich der Prinz dermaßen sorgte. Einar setzte sich, wie viel musste noch geschehen, bis alles ein Ende fand? Was hatte sein Vater noch vor? Sein Kopf drehte sich und er fand keine Ruhe.

"Du musst wissen. Tarja beginnt zu sehen, was ihr angetan wurde. Sie wird es für ein Monster halten, was wir geschaffen haben. Es kann so weit gehen, dass sie selbst versucht, sich den Bauch aufzuschneiden. Du musst es verhindern, wenn es dazu kommt. Nicht mal ihr Heilprozess kann so etwas heilen." Selen klang aufrichtig, aber die Vorstellung war barbarisch. Dass es selbst dem Vampiren zu viel wurde. Shade hatte vor kurzem erst wieder ihren Willen gefunden, sie hatte die Folter seines Vaters überstanden und nun geschah so etwas. Er wusste, wie stark sie war, aber auch Shade hatte ihre Grenzen.

"Aber es ist doch ein Monster.." knirschte Einar aus.

"Nein, das Kind wird als Goldblüter geboren. Für den Zauber wurden die Gene ihres Vaters benutzt." erklärte Selen, Einar sah langsam zu ihr auf.

"Bitte, was?!"

"Im natürlichen Sinn ist ihr Vater, der Vater ihres Kindes." wiederholte sie in anderen Worten, Einar stand auf und sein Blick schien entgeistert.

"Aber das.."

"Erhöht das Risiko von schwierigen Geburten, deswegen soll sie hier bleiben." beendete Selen den Satz.

"Aber Einar." sie wartete, bis er sie wieder vernünftig ansah.

"Es ist besser wenn sie es nicht weiß. Lasse sie ihm glauben, dass es die Gene eines Vampirs waren und das Goldblut einfach die dominantere Art war, weswegen das Kind definitiv ein Goldblut wird. Kein Vampir." ihr Wunsch war unmöglich. Einar war es Leid, Shade anzulügen, er wollte ihr die Wahrheit sagen. Sie glaubte an ihn bereits nicht mehr, wenn er nun weiter log, würde sie ihm nie wieder

Glauben schenken.

"Das geht nicht, Selen. Sie verdient die Wahrheit, nach all dem Leid, was ihr zugefügt wurde. Es tut mir Leid, aber ich werde ihr die Wahrheit sagen." entschied Einar trocken.

"Sie wird es dir nie verzeihen. Es spielt keinen Unterschied mehr, ob es dein Vater war..." hauchte Selen irritiert aus, sie hatte gedacht, er würde diesem Plan widerstandslos zustimmen. Aber Einar war nicht mehr derselbe wie vor einigen Jahren, er hatte sich geändert. Er tat es für Shade.

23

Shade

Sie hatte Kyle gebeten, der Sache auf den Grund zu gehen. Es war nicht ihr erster Besuch im Forschungsbereich, dort wurde oft Blut abgenommen und damit wurden Tests durchgeführt. Shade kannte dieses Prozedere und war durchaus verwirrt, als sie mitten in einem Zirkel voller Symbole saß. Kyle versicherte ihr zuerst, dass es nichts war, aber da dies ihr Alltag wurde, flehte sie ihn an, die Wahrheit herauszufinden. Wobei es wohl eher daran lag, dass sie ihn nahezu anschrie und einen halben Nervenzusammenbruch erlitt. Irgendwann gab Kyle daraufhin nach und verschwand mit ihrer Zeichnung an Symbolen. Das gute Essen, das ihr serviert wurde, stimmte sie zufrieden, es machte den Tag erträglicher. Sie erhielt gute Laune, da die Idee mit dem falschen goldenen Blut gut funktionierte. Die bequemen Klamotten waren ein kleiner netter Zusatz, in dem sie sich wieder menschlich fühlte. Früh am Morgen ertappte Kyle sie in einem Putzrausch, sie schrubbte die Theken der dysfunktionalen Küche sauber. Normalerweise hätte ihn dieser Anblick amüsiert, da sie so darauf bestand keinen Finger in diesem Zimmer zu rühren. Aber er wusste, warum sie es tat und das Grauen stand in seinem Gesicht geschrieben. Shade sah kurz zu ihm auf, begrüßte ihn mit einem etwas gestressten Hallo und schrubbte weiter den Schimmelbefall von der

Arbeitsplatte.

"Tarja.." begann der Vampir und sie sah wieder zu ihm.

"Ja, ich weiß. Ich habe gesagt, dass ich hier nichts sauber machen werde. Aber mir war einfach danach, zudem muss ich in diesem Saustall leben." rechtfertigte sie ihr Verhalten, danach schrubbte sie weiter. Kyle's Hand umgriff ihr Gelenk etwas grob, worauf sie aufhörte.

"Tarja, hör mir zu." flehte er in einer beunruhigten Stimmlage, Shade fror in der Bewegung ein. Allmählich wurde ihr klar, dass es etwas ernstes sein musste, sie ließ den Lappen los und Kyle deutete auf einen heilen Stuhl. Sie setzte sich wortlos und verwirrt und beobachtete den Jüngsten, der versuchte, die richtigen Worte zu finden.

"Verdammt ich sollte das nicht tun." er griff sich gestresst ins Haar, er wirkte fertig mit den Nerven und der Welt.

"Wer sonst. Wir haben nur einander." lächelte Shade etwas unbeholfen. Kyle schüttelte langsam den Kopf.

"Nein. Einar sollte das tun. Ich kann das nicht." er war verzweifelt, sie hatte ihn noch nie derart aufgelöst und besorgt erlebt. Er wagte es nicht mal, ihr in die Augen zu sehen. Shade erhob sich und stoppte seine zehnte Runde, die er im Kreis drehte, ihre Hände ruhten auf seinen Schultern, er hielt seinen Blick gesenkt.

"Was soll Einar tun?" fragte sie ernst, Kyle schielte zurückhaltend zu ihr auf. Er wirkte schuldig und bestraft.

"Er soll dir erzählen wofür diese Zauber sind." hauchte er nuschelnd aus, Shade hatte Schwierigkeiten diese Worte zu verstehen. Sie schüttelte aber den Kopf.

"Du brauchst Einar dafür nicht. Egal was es ist, ich weiß das du nichts dafür konntest." lächelte Shade zaghaft.

"Tarja.. du putzt wie eine Irre, hast Stimmungsschwankungen ohne Ende, gestern hast du mir noch die Kissen hinterher geschmissen, nur weil der Nachttisch nicht kalt genug war." beschrieb Kyle und Shade lächelte etwas ertappt, es war ihr durchaus etwas peinlich.

"So ist das eben mit Frauen." merkte sie an, aber er schüttelte wiederholt den Kopf, nahm ihre Hände von seinen Schultern und führte sie rückwärts zurück zum Stuhl, worauf sie irritiert Platz nahm. Er setzte ein Knie auf den Boden ab, während das andere angewinkelt blieb und hielt weiterhin ihre Hände, er erwiderte ihren

Blickkontakt.

"Tarja. Diese Zauber sorgen für eine Schwangerschaft ohne dass es einen Mann braucht... nun kein direkter lebendiger Mann zumindest.:" er wusste nicht, wie er es umschreiben sollte. Shade lächelte immer noch, sie lachte nahezu etwas.

"Ich verstehe, du willst mich auf dem Arm nehmen, wegen dem letzten Mal." schmunzelte sie, aber ihr Ausdruck änderte sich, als Kyle mit seiner ernsten Miene nicht lachte.

"D Das ist doch ein Scherz, Kyle?" ihr wurde der Boden unter den Füßen weggerissen, als langsam die Realisierung eintraf. Die Blässe breitete sich in ihrem Gesicht aus und ihr wurde übel bei dem Gedanken. Sie schüttelte den Kopf, einmal, zweimal, dreimal.

"Nein. Das ist nicht möglich. Magie ist nicht zu so etwas im Stande. Magie kann alleine kein Leben erschaffen. Dazu braucht es Opfer..." ihr Blick schwang langsam zu den verlassenen Betten. Was, wenn ihre Eltern am Leben waren? Was, wenn sie das notwendige Opfer waren? Ihre Arme zitterten, ihr ganzer Körper bebte, als ihre ganze Welt über sie hinwegbrach. Kyle drückte ihre Hände, aber diese kleine Zuneigung erreichte sie nicht, ihr Blick war starr auf die Betten gerichtet, ihre Augen füllten sich mit Tränen. Langsam zog sie ihre Hände aus den Griffen von den Vampiren und stand wie in Trance auf. Kyle gab ihr den Raum, denn sie benötigte und beobachtete sie, schweigend. Sie griff nach dem Stofftier, das sie trotzig ins höchste Bett geworfen hatte, umarmte dieses wortlos und atmete tief durch.

"Kyle. Ich will das nicht." flüsterte sie gedämpft aus.

"Ich weiß.."

"Ich will es nicht." sie drehte sich zu ihm und Kyle war aufgestanden. Ihr Anblick erschütterte sein Herz, er hatte gesehen, wie viel Schmerz diese Stadt ihr zugefügt hatte, aber das ging zu weit. Über ihre Wangen liefen die Tränen, während sie mit dem Stofftier wie ein verwirrtes kleines Mädchen wirkte. Sie hatte Angst. Große Angst.

"Ich weiß, so einfach ist es aber nicht." er trat zu ihr und sie schien nachzudenken.

"Er soll es haben. Ich will es nicht. Soll er mit diesem Monster tun, was ihn zufrieden stimmt." zischte sie leicht weinerlich aus.

"Das meinst du nicht so." Kyle wusste nicht, wie sie sich fühlte, aber er konnte nicht glauben, dass sie diese Worte wählte. Sie selbst verhasste ihren eigenen Vater dafür, dass er seine eigene Gattin samt

Kindern dem Vampiren zum Fraß vorwarf.

"Doch. Ich meine es so. Das ist nicht natürlich, Kyle. Das ist von der Natur nicht gewollt." stotterte Shade aus, sie hatte nicht unrecht. Dennoch war dieses Kind ein Teil von ihr, ihr Körper tat die ganze Arbeit und der kleine unnatürliche Stups war nur ein minimaler Prozent des gesamten Prozesses.

"Kyle. Verwandle mich." flehte sie dann leise aus. Kyle wich instinktiv einen Schritt zurück, als sie dies sagte.

"Nein. Das mach ich nicht." entgegnete er sofort. Wenn er dies tat, löschte er nicht nur das letzte Goldblut aus, sondern riskierte ihren Tod bei der Geburt. Er konnte für ihren Tod nicht verantwortlich sein.

"Bitte. Ich kann das alles nicht mehr. Es wird nie aufhören." wiederholte sie im flehenden Ton, aber Kyle schüttelte den Kopf.

"Wenn das vorbei ist. Holen wir dich raus." versprach er und Shade lachte nahezu wahnsinnig.

"Wenn es vorbei ist?! Es wird nie vorbei sein! Er macht das extra! Er tut alles, damit ich hier bleibe! Es wird nie enden, Kyle! Siehst du das denn nicht." sie schrie diese Worte von ihrer Seele und Kyle ertrug es nicht mehr. Sie war aufgewühlt, sie war nicht sauer auf ihn, aber er war nun ihr Ventil geworden. Er ertrug diese Wortwahl nicht, er ertrug es nicht, sie so zu sehen. Es hätte Einar sein sollen, der ihr diese Nachricht überbrachte. Er hätte gewusst, was zu tun sei. Kyle trat schweigend zur Tür.

"Na los, lauf wieder weg. DU KANNST IMMERHIN DAVON LAUFEN!" sie sank danach auf die Knie, ihr Schluchzen erfüllte den Raum, denn Kyle daraufhin schweren Herzens verließ. Er schloss die Tür hinter sich, griff sich vor die Augen. Er durfte keine Kontrolle verlieren. Er konnte nicht einfach zu Inot laufen und ihm einen Pflock durchs Herz bohren, mehrere geeignete Wachen standen ihm dafür im Weg. Zudem wusste er nicht, wie stark dieser Mann wirklich war. Einar selbst hatte Respekt vor dem Mann, Kyle durfte kein Narr sein. Shade hatte sich zusammengekauert, sie zog ihre Beine an ihren Oberkörper und grub ihr Gesicht in die Knie. Lieber wollte sie die Peitschenhiebe in Kauf nehmen, als dieses Vorhaben zu unterstützen. Sie fühlte sich, als hatte man ihr etwas genommen, man missbrauchte sie als eine Brutmaschine und das nicht mal auf natürlichen Wege. Sie wusste nicht, welche Details sie mehr vernichteten. Sie war eine verdammte Jungfrau, die ein Kind gebären sollte, was aus einer Menge an Zaubern resultierte. Die Stille hüllte sie ein, neben ihrem leisen Wimmern, es dauerte Stunden an, bis sie wieder etwas Ruhe fand. Bis zur Akzeptanz hingegen sollte es länger dauern. Sie hielt eine Hand auf ihrem Bauch und dachte nach. Sie wollte wirklich dieses Monstrum loswerden, aber sie hatte nicht den Mut, es selbst durchzuziehen. Ihre Finger krallten sich in ihr Top, sie stand mit dem Rücken zur Wand, mal wieder. In diesem Raum wurde es langsam zur Gewohnheit. Der Abend war angebrochen und zwei Wachen begleiteten Shade zurück ins Labor, wo Selen geduldig wartete. Shade beobachtete, was die alte Frau tat, während ihr ein Einfall kam. Selen wirkte diese Zauber alle selbständig, was geschah, wenn die Magierin starb? Geschweige, wenn ihr Leben ihr lieb war, konnte sie einfach alles rückgängig machen. Shade erkannte einen kleinen Hoffnungsschimmer, sie schielte zu den Wachen, die vor der Tür standen, die geschlossen wurde, da Selen keine unnötigen Wesen im Raum tolerierte. Sie saß auf dem Stuhl mitten in den auf dem Boden gekennzeichneten Symbolen, während auf der einen Seite ein Tisch stand mit den Spritzen, die zur Blutabnahme dienten. Selen hatte ihr den Rücken gekehrt, um diese Menge an Zauber zu wirken, benötigte sie etwas Konzentration, um Energie zu sammeln. Shade nahm diese Chance entgegen, sprang auf, schnappte die erste Spritze und schoss auf Selen zu. Die Nadel erreichte eine gefährliche Nähe zur Halsschlagader der Magierin, ehe die Zeit anhielt. Nein. Shade's Bewegungen verlangsamten sich, die leuchtend lilanen Augen von Selen schielten zu ihr.

"Was genau soll das werden?" hauchte Selen aus, Shade wollte Antworten aber ihre Bewegungen spielten sich in einer langsamen Zeitspule ab, so auch ihr Mundwerk. Die Tür stieß auf und die Wachen packten Shade grob an den Armen, drückten sie zurück in den Stuhl. Shade atmete scharf aus bei dem Schmerz, der sich in ihre Arme grub, während man ihre Handgelenke an den Lehnen mit etwas Seil befestigte.

"Ich weiß wie verzweifelt die Lage ist, also gehe ich keine Risiken mehr mit dir ein. Ich bin nicht dein Feind, Tarja." seufzte Selen aus, winkte die zwei Vampire aus dem Raum, nachdem Shade bewegungsunfähig war.

"Du bist mindestens genauso schlimm wie Inot. Lässt dich herumkommandieren, fügst dich ihm wie ein verlorener Welpe. Was ein trauriger Anblick." fauchte Shade leicht aus, Selen ignorierte diese Provokationen.

"Es wird ein Mädchen. Übrigens." die Magierin stellte sich vor den Symbolen und sprach die Zauber auf.

"Ach, war das auch Inot's Idee? Wie oft willst du die Natur noch zum Narren halten, die Natur wird sich an dir und deiner Familie rächen, weißt du das denn nicht?" knirschte Shade aus und versuchte, die Fesseln an den Armen loszuwerden. Selen stoppte, ihre Hände hatte sie zusammengefaltet, aber ihre Finger verkrampften etwas.

"Du irrst dich. Die Natur besteht auf ein Gleichgewicht, mit dem Aussterben deiner Art herrscht kein Gleichgewicht." erklärte Selen, ehe sie fortfuhr. Shade sah sie fassungslos an, das konnte nicht wahr sein. Die Natur würde niemals ein solch barbarisches Werk zulassen, oder? Shade hatte große Zweifel über diese Aussage und ihr Blick sank zu Boden, die Symbole begannen zu leuchten. Es war zwecklos. Irrelevant was sie tat, dieses Monster hatte alles bereits durchdacht. Nach dem Prozedere folgte sie den Männern schweigend und ohne Wehr zurück in ihr Zimmer. Danach war sie wieder auf sich allein gestellt. Sie sah an sich herunter, ihre Schwangerschaft zeigte sich äußerlich kaum, scheinbar war der Zauber auch an die Natur gebunden, wenn es um die notwendige Zeit ging. Sie konnte kein weiteres Jahr in diesem Grauen verbringen. Sie sank auf ihr Bett, sie war erschöpft. Dieser Tag hatte sie zerstört und ihre letzte Hoffnung schwand davon. Ihr blieb keine Wahl, bis auf Nahrung und Flüssigkeit zu verzichten. An diesem Plan hielt sie fest, sie protestierte, indem sie auf ihrem Bett saß und auf nichts und niemanden reagierte. Kyle versuchte sein Bestes, aber der junge Vampir war mit der ganzen Situation überfordert. Er hielt ihr den Teller mit dem Essen vor die Nase, aber das war auch schon alles. Er konnte sie nicht zum Essen zwingen, er wollte sie weder anschreien noch ihr gewalttätig etwas zuführen. Kyle hatte die Hoffnung, dass die täglichen Untersuchungen beim Labor helfen konnten. Selbst Selen waren aber die Hände gebunden. Shade musste von den Wachen ständig aus dem Raum gezogen werden, sie wehrte sich nicht direkt, aber sie bewegte sich schlichtweg nicht selbstständig. Shade gab kein Wort von sich, keine Reaktion, sie atmete grundlegend nur noch.

"Du solltest etwas Essen. Damit gefährdest du euer beider Leben. Wenn du es nicht tust, tauche ich dein Gesicht in den Eintopf." Selen stieß mit dieser Drohung aber auf taube Ohren. Shade war es gleichgültig. Aber die Goldblüterin hatte eine Sache vergessen, Selen kannte ihre Schwäche.

24

Einar

Sie aß nicht. Sie trank nicht. Sie bewegte sich kaum. Sie sprach nicht. Kyle hatte alles versucht, um sie zu irgendwas zu motivieren, aber sie beachtete ihn gar nicht. Stattdessen saß sie auf ihrem Bett und starrte ins Nichts. Dieselbe Worte stammten von Selen, die dies nur zusätzlich bestätigten. Diese Beschreibung kam Einar bekannt vor. Aber es waren Tage vergangen und Selen bestätigte, wie kritisch der Zustand von Shade wurde, je mehr sie sich weigerte zu essen oder zu trinken. Es war das dritte Mal das Einar sie nun spindeldürr gesehen hatte und es zerrte an seinen Nerven das er ihr immer nur gegenübertrat wenn es ihr schlecht erging. Shade erging es ähnlich. Wenn sie einen Tiefpunkt erreichte, war es Einar der sie aus dem Loch wieder zog und für weitere Tage danach sich nicht mehr blicken ließ. Die Tür schwang auf, Einar trat ein und fand Shade an beschriebener Stelle. Sie hatte ihre Arme gestikulativ verschränkt, dasselbe tat sie mit ihrem Beinen, so saß sie im Schneidersitz auf dem Bett. Man konnte ihre Knöchel klar erkennen und ihr Blick war gerade nach vorne gerichtet, ins Nichts. Sie beachtete ihn nicht mal, als er eingetreten war. Einar nahm einen Stuhl, stellte ihn konsequent vor ihr und setzte sich. Es war erstaunlich, wie Shade durch ihn hindurch sah, ohne auf ihn überhaupt zu reagieren.

"Du kannst nicht verhungern, das ist zu schmerzvoll für dich. Aber davor würdest du verdursten, irgendwann wird der trockene Hals unerträglich. Jeder noch so kleine Schluck rieselt langsam runter wie Sand. Bis du zum Wasser kriechen wirst. Du quälst dich nur selbst damit und die, denen du wichtig bist." seine Tonlage war eisern, so böse diese Worte auch klangen, sprach er die volle Wahrheit. Shade wusste das. Er wusste es. Ihr Auge zuckte leicht, aber sie gab kein Wort von sich und hielt ihren Blick, als säße ein Geist vor ihr. Einar stützte seine Arme auf seine Oberschenkel und lehnte sich nach vorn, er war nur wenige Zentimeter von ihrem Gesicht entfernt.

"Warum bestrafst du dich so sehr? Was bereust du?" Einar gab nicht nach und Shade kniff ihre Augen zu. Ihr Herzschlag wurde trotz ihrer gesundheitlichen Lage schneller, sie wurde sauer, zumindest vermutete er dies. Stattdessen kullerte eine Träne ihrer Wange herunter. Dass ihr Körper überhaupt noch Flüssigkeiten zum Weinen besaß, war ein Wunder. Einar rechnete damit, dass sie das Aufeinandertreffen mit ihm bereute, die Entscheidung damals, ihn gejagt zu haben. Ihm vertraut zu haben und Glauben geschenkt zu haben. Aber die Realität war weit davon entfernt.

"Meine Mutter.. ich glaube.. sie hatte ein Kind verloren.." hauchte sie dann trocken aus, Einar runzelte etwas die Stirn. Er kannte die Wahrheit zu dieser Geschichte.

"Es war eine Fehlgeburt. Aber nicht ihre einzige.. Das wünsche ich keiner Frau.." nickte er leicht, Shade öffnete die Augen und sah ihn an.

"Was wenn meine Familie verflucht ist?" ihr Blick senkte sich auf ihren Schoß, indem das Stofftier lag.

"Unsinn. Deine Mutter erhielt nicht die richtige Versorgung. Sie war nervlich und gesundheitlich so am Ende, dass ihre Kinder schlichtweg nichts abbekommen hatten." erklärte Einar.

"Wusstest du davon?" sie schielte zu ihm auf. Wovon sprach sie? Er wusste viel über ihre Familie, aber war die Frage wirklich darauf bezogen? Oder wollte sie wissen ob Einar die Pläne seines Vaters kannte?

"Ich konnte dir gegenüber nicht vollständig ehrlich sein. Das bereue ich am meisten. Ich hätte ehrlich zu dir sein sollen und das werde ich auch in Zukunft." murmelte er dann, Shade musterte seinen Ausdruck, es wirkte aufrichtig und entschlossen.

"Gibt es keinen anderen Weg?" fragte sie dann leise, Einar nahm sich diese Frage zu Herzen. Er hatte sich tagein tagaus den Kopf darüber zerbrochen und fand keinen Ausweg.

"Tut mir leid, aber bis hierhin habe ich keinen anderen Weg gefunden. Selen sagt, es ist zu riskant, einzugreifen."

"Glaubst du ihr?"

"Sie würde mich nicht anlügen. Also glaube ich ihr." nickte Einar etwas. Shade senkte wieder ihren Blick auf ihr Stofftier.

"Du hast versprochen, dass er brennen wird." murmelte sie.

"Ich habe vor, mein Versprechen zu halten. Aber er kann so vielen wichtigen Personen von mir dabei schaden.. ich kann keine Dummheiten riskieren." gestand er, Shade sah überrascht zu ihm auf. Er lächelte matt bei dem verwirrten Ausdruck.

"Es ist mein Fehler, dass Kyle in der schlimmsten Umgebung zu einem richtigen Vampir wird, es ist mein Fehler, dass du hier gelandet bist und ich befürchte ich habe meine Mutter in Gefahr gebracht, indem ich ihr zu viel erzählt hatte."

"Sie scheint all die Verantwortung von dir zu weisen.." hauchte Shade etwas aus.

"Was meinst du damit?"

"Das Essen.. die Klamotten.. sie hatte ausdrücklich befohlen, dass es allein ihre Idee war, wenn jemand fragt." erzählte Shade, aber augenscheinlich hatte Einar keine Ahnung. Seine Augen weiteten sich etwas bei dieser Erkenntnis, seine Mutter bot sich als Zielscheibe an. Sie war wirklich in Gefahr. Einar stand auf, aber Shade griff nach seiner Hand. Er schielte zu ihr.

"Sie ist sicher.. Denk doch mal nach.. sie kann behaupten das sie keine Fehlgeburt mehr riskieren möchte." Shade lächelte schwach. Sie hatte gesehen, wie besorgt er um seine Mutter war, er war kein herzloser Mann wie Inot. Er sorgte sich um seine Liebsten. Einar sank langsam wieder zurück auf den Stuhl, Shade ließ seine Hand los.

"Bitte sei vernünftig." er sah zu ihr, sie seufzte leise aus.

"Witzig. Vernunft spielt schon lange keine Rolle mehr, Einar."

"Ich hole euch da raus, koste es, was es wolle. Anschließend kümmere ich mich um ihn." er sah entschlossen aus, aber Shade hatte kaum Hoffnung.

"Ich will ihm das Herz durchbohren." murmelte sie dann, Einar schüttelte aber den Kopf mehrmals.

"Vergiss es. Er hat genug Schaden angerichtet, ich geh kein weiteres Risiko ein." er verneinte ihr den puren Wunsch von Rache.

"Das war keine Bitte." entgegnete Shade trocken.

"Wie genau hast du dir das vorgestellt, Shade? Du wirst Mutter verdammt nochmal, irrelevant ob du das Kind je akzeptieren wirst, wird es eine Mutter brauchen. Du wirst nicht in diesem tödlichen Kampf mitwirken." Einar war der einzige, der sie bei diesem Namen nannte, er weigerte sich, sie Tarja zu nennen. Denn Tarja war eine schwache Frau, die aufgegeben hatte. Shade hingegen war eine Jägerin, mit einem starken Willen und einem Talent der Jagd.

"Du bist nicht mein verdammter Mann, der das bestimmen kann!" zischte sie, worauf Stille einkehrte. Es war eine interessante Wahl an Worten. Was auch Shade klar wurde, worauf etwas Röte sich in ihrem Gesicht zeigte. Einar war derart überrascht, dass er kurz wortlos war. Er räusperte sich leicht und stand auf.

"Natürlich nicht. Alles davor kann man nicht wirklich Ausgehen nennen. Aber unabhängig davon. Lass ich nicht zu, dass mein Vater mehr Leid über deine Familie bringt." seine Worte trafen Shade direkt. Er trat zu der Küche, die aus ihrem Putz Frust sauber war und füllte Wasser in ein Glas, legte etwas an Essen auf einem Teller zurecht. Shade beobachtete ihn verwundert, aber er sprach kein Wort mehr. Er hatte gesagt, was er so sehr loswerden wollte und Shade war überfordert mit im Grunde allem. Einar setzte sich wieder auf den Stuhl, hielt ihr das Glas voll Wasser entgegen, mit einem auffordernden Blick. Geschlagen nahm sie es an und trank langsam, um sich nicht zu verschlucken. Er hatte Recht, die trockene Kehle war derart kratzig geworden, dass selbst das Schlucken schmerzte. Das schlecht gefilterte Wasser hingegen spendete wieder ausreichend Feuchtigkeit. Einar hatte etwas auf die Gabel gepickt und hielt ihr diese auf Mundhöhe vor. Shade zog eine Augenbraue fragend hoch.

"Meine Arme funktionieren noch." protestiere sie und er verharrte in der Geste wortlos. Shade murrte leise aus und ließ sich peinlich berührt füttern. Wirklich Kraft zum Diskutieren besaß sie nicht und abgesehen davon war jede Bewegung mit den Händen durchaus mit Schmerzen verbunden. Eine Stille schwebte durch den Raum, bis der letzte Bissen runter gewürgt wurde und Shade das Glas geleert hatte. Einar verräumte die Sachen und wusch diese mit etwas

Wasser, um ihre Ordnung wieder aufrechtzuerhalten.

"Wenn du weiterhin dich weigerst zu Essen oder zu Trinken, komm ich persönlich vorbei." merkte er schroff an.

"Soll das eine Drohung sein?" Shade ließ ihre Beine etwas vom Bett baumeln und schielte zu ihm.

"Oder ein Versprechen." er zuckte leicht die Schultern.

"Wenn das die einzige Möglichkeit ist, deine Aufmerksamkeit zu erhaschen, muss ich das wohl in Erwägung ziehen." sie setzte den kaputten Hasen auf dem Bett ab und spürte den entgeisterten Blick von Einar, ohne ihn überhaupt anzusehen.

"Weißt du, wie gefährlich es ist, wenn ich alleine in diesem Raum mit dir bin?"

"Gefährlich im Sinne wegen deines Vaters oder gefährlich, weil du die Kontrolle verlierst?" forschte Shade nach, Einar verschränkte die Arme und musterte sie.

"Du kennst die Antwort."

"Sicher. Wie roch es?"

"Shade."

"Was? Kyle meinte, es erinnerte ihn an fruchtige Orangen. Ich frage mich, ob das für alle Vampire gilt." Shade blickte unschuldig drein, Einar rollte die Augen.

"Das goldene Blut riecht für jeden anders, weil es uns anlocken soll. Bedeutet, wenn Kyle Orangen roch, bevorzugt er diese Art von Blut." erklärte Einar dann seufzend.

"Blut, was nach Orangen riecht.. schwierige Vorstellung. Dann ist es bei dir sicherlich Knoblauch." sie rümpfte etwas die Nase.

"Wie kommst du jetzt zu dem Entschluss?" er war froh, dass Shade wieder etwas Farbe ins Gesicht bekam und wieder lebendiger wirkte. Aber diese Gespräche waren für ihn nervenaufreibend.

"Oder ein saurer Apfel.." riet sie weiter, während sie theatralisch auf ihr schmales Kinn tippte.

"Erdbeeren." gab er dann knapp von sich, Shade blinzelte verwirrt und sah zu ihm.

"Das ist ja sehr passend.." flüsterte sie etwas frustriert aus.

"Fand ich auch, als ich herausfand, dass Erdbeeren dein liebstes Obst ist." schmunzelte er doch etwas belustigt und sie blies eingeschnappt ihre Backen auf.

"Shade, ich versuche dich öfter zu besuchen. Aber du musst verstehen, wie schwierig das für mich ist." begann er dann.
"Eine Tür zu öffnen ist keine Kunst." entgegnete sie.
"Aber jedes Mal wenn ich dich hier in diesem Raum sehe, erinnert es mich an all die Dinge, die dir und deiner Familie widerfahren sind."
"Das klingt nach.."
"Schuld" unterbrach er.
"Mitgefühl.." verbesserte Shade, worauf Einar zu ihr sah.
"Du bist nicht verantwortlich für die Taten deines Vaters und du weißt das. Aber es ist ein gutes Zeichen, dass es dich nicht kalt lässt. Es gibt mir die Hoffnung, dass du etwas verändern kannst." lächelte sie dann ehrlich. Seit diesem Tag hielt Einar an diesem Versprechen, seine Besuche waren diskret, aber führten sehr häufig zu einem ausgelassenen Gespräch. Shade entschuldigte sich bei Kyle für das Verhalten und schob es elegant auf ihre Stimmungsschwankungen, die durchaus mitverantwortlich waren. Einar bemühte sich, das beste Essen heranzuschaffen und besorgte dicke Kissen und warme Decken. Die kommenden Monate versuchte er, Shade so viel Unterstützung wie möglich zu bieten, während er bei Tag seinem Vater weiterhin in der Rolle des perfekten Sohnes etwas vormachte. Selen beschrieb, dass trotz Einwirkung von Magie der Rest der Schwangerschaft auf natürlichem Wege geschehen musste. Was durchaus einfach klang, aber in Wirklichkeit die wahre Herausforderung war. Shade war eine temperamentvolle Frau und in ihrer Gefangenschaft war sie häufig trotzig, ihre Verwirrtheit stieg durch die Schwangerschaft nur noch mehr an. Kyle hatte eine Idee vorgeschlagen, die nicht nur von Einar bestätigt wurde, sondern auch Selen war dafür. Am nächsten Tag brachten die Wachen also eine Wanne aus dunklem Holz, was mit dem Ehebett ausgetauscht wurde, damit die Holztrennwände etwas Privatsphäre boten. Shade beobachtete das Geschehen misstrauisch, besonders als Selen eintrat. Shade machte aber keinen Aufstand, weil ihr ruhiger Anker rücklings an der Wand neben der Tür lehnte, Einar hielt an seinem Versprechen fest. Selen projizierte Magie in der Wanne, wo das Wasser abfließen konnte, aber ins Nichts verschwinden sollte. Sie stellte zwei Holzeimer daneben, die sich nach wenigen Worten mit einmal kalten Wasser und der andere mit heißem Wasser füllten. Es waren Eimer, die nie leer wurden. Dazu legte sie zusammen gefaltete

Handtücher daneben und nickte Einar wortlos zu, ehe sie mit dem Wachen wieder ging. Die Tür schloss und die Beiden wurden sich selbst überlassen.

"Wenn hast du dafür bestochen?" murmelte Shade, der man langsam die Schwangerschaft ansehen konnte.

"Ich habe ein paar Thesen vorgelegt, was Fehlgeburten verhindert." die Worte klangen leicht daher gesagt, aber er wusste, wie sensibel das Thema war. Er beobachtete, wie Shade aufstand und über das hochwertige Holz strich. Auch wenn sie es nicht zugeben wollte, war der Gedanke an ein warmes Bad erleichternd. Shade war anfänglich für Depressionen, besonders in diesem Zustand, weswegen er alles tat, was in seiner Macht stand, um dagegen vorzugehen.

"Dann wünsche ich euch viel Spaß damit." Einar hatte begonnen so zu sprechen, um sie daran zu erinnern, dass sie bald nicht mehr alleine sein wird.

"Gehst du schon wieder?" Shade schielte zu ihm, sie hasste es, alleine zurück zu bleiben, mit ihren bösartigen Gedanken.

"Ich kann noch etwas bleiben, aber ich dachte mir, dass ein Bad dir etwas mehr Entspannung bieten wird." gestand er und Shade zog eine Augenbraue hoch.

"Wird es auch. Aber ich will trotzdem nicht, dass du schon wieder gehst." wiederholte sie ihre Absicht.

Einar verstand diese Frau nicht, seit ihrer Schwangerschaft wurde es nur noch schwieriger, aus ihr schlau zu werden.

"Ich dachte du.."

"Du denkst zu viel.. hilf mir mit dem Wasser, Bitte." sie deutete auf die Eimer, die ihr sonst nie zu schwer waren. Aber sie sollte Anstrengungen vermeiden, besonders körperliche. Einar blinzelte perplex, trat zu ihr und füllte dann das Wasser abwechselnd ein, um eine angenehme Temperatur zu erreichen. Nackte Füße, die von der anderen Seite in die Wanne stiegen, ließen ihn kurz zusammen fahren. Weil er damit nicht gerechnet hatte, er stellte den Eimer wieder ab und wendete seinen Blick von ihr ab.

"Ist ja nicht so als hättest du mich nicht schon mal nackt gesehen.." murrte Shade leise aus, Einar runzelte etwas die Stirn.

"Hab ich nicht." entgegnete er irritiert.

"Hast du nicht?" Shade hatte es schlichtweg angenommen, als er ihr mit den Wunden am Rücken geholfen hatte. Aber sie hatte sich derart verkrochen das er lediglich ihren blanken und verletzten Rücken gesehen hatte. Einar schielte zu ihrem Gesicht, wo sich etwas Röte an ihrer Wange ausbreitete. Er bezweifelte, dass es an der Hitze des Wassers lag.

"Wie peinlich.." hauchte sie aus und sank etwas tiefer ins Wasser, sie wollte im Boden versinken vor Scham. Einar schmunzelte ein wenig, er bevorzugte diese Seite von ihr, lebhaft und hin und wieder etwas unbeholfen.

"Lass mich dir helfen.." er positionierte sich hinter der Wanne und half ihr mit ihren Haaren, die lange kein Wasser mehr gesehen hatten. Er gab sein Bestes, die Sammlung an Knoten in ihren Haaren sanft herauszukämmen, mit der Bürste, die von seiner Mutter stammen musste. Einar mochte diese Momente lieber, als jene, in der sie mit Sachen um sich warf oder einen halben Tantrum schob. Er nahm es ihr nicht übel, aber es war eine reine Herausforderung für alle Anwesenden. Selen's Warnung hingegen, dass Shade vor hatte, das kleine Baby zu töten, bevor es überhaupt zur Welt kam, war falsch. Einar war sehr froh darüber, da er keinen Plan für diesen Ausnahmezustand hatte. Einige Monate waren vergangen. Shade gewann an gutem Gewicht dazu. Sie hatten sich geeinigt, den Plan der Flucht nach der Geburt zu verschieben. Einar hingegen musste ein weiteres unnötiges Essen mit seinem Vater und dem Rat ertragen. Er stocherte in dem symbolischen Essen herum, was nicht zur Sättigung diente, stattdessen die befüllten Weingläser, die mit Blut gefüllt wurden. Sein Blick glitt über die Tafel, sein Vater saß an der Spitze und ringsum die zehn Männer des Rates. Es war durchaus ein seltener Anblick, üblicherweise blieben wenige Mitglieder im Verborgenen. Aber Einar war derart eingeweiht in das Vorhaben seines Vaters, dass er nun ebenso dem Rat angehörte. Seine Stimme wog lediglich kein Gewicht, aufgrund der geraden Zahl, die dadurch provoziert werden konnte. Zumindest wählte diese Ausrede Inot, als Einar diesbezüglich nachgefragt hatte. Die andere Spitze des Tisches war leer, wobei oft seine Mutter dort saß, die kein Mitspracherecht besaß, aber zum reinen Angeben dienen sollte. Nicht an diesem Tag. Grundlegend sah er seine Mutter kaum, er war schwer beschäftigt mit Shade und seiner fiktiven Rolle. Dabei verdankte er ihr einiges. Eines der Ratsmitglieder sprach die Thematik an, wo die reizende Begleitung vom König aus

Umbra blieb. Inot schwieg erst einige Sekunden, worauf der Sohn etwas die Stirn runzelte.

"Es gab Unstimmigkeiten." antwortete der König dann trocken und schielte zu Einar. Einar senkte seinen Blick wieder auf den Teller und verkrampfte seine freie Hand unter dem Tisch zu einer Faust. Das war ein Test, das war alles nur ein Test, rief Einar sich mehrmals ins Gewissen. Er zeigte keine Reaktion auf diese Aussage und aß weiter, bis Inot nachgab und wieder zu den Fragenden blickte.

"Deswegen nahm sie Urlaub. Sie hat sehr viele Verpflichtungen, dass kann schon mal zu viel für eine Frau werden. Sie wird uns bald wieder mit ihrer Anwesenheit beehren." garantierte Inot in einem eisigen Ton. Nach dem Essen schlich Einar in die Kellerräume. Er musste sicherstellen, ob sein Vater die Wahrheit sprach. Seine Augen gewohnten sich schnell an die Dunkelheit, er prüfte jede Zelle und jeden Trakt, zu dem er Zugriff hatte. Er war erleichtert, dass er sie dort nicht finden konnte. Vielleicht sprach sein Vater wirklich die Wahrheit. Am späten Abend stattete Einar Shade einen Besuch ab, sie ging im Raum auf und ab, während sie ihren Rücken hielt. Sie schielte zur Tür und lächelte matt.

"Hast du mir zufällig einen Gehstock mitgebracht?" scherzte sie.

"Wieso kannst du nicht mehr gerade laufen?" Einar legte den Kopf schief und sie lachte leise.

"Nicht wirklich.. so ist es einfach etwas angenehmer." sie setzte sich aufs Bett, hinter ihr hatte sie die dicken Kissen gestapelt, sie lehnte sich darauf zurück.

"Wie geht es dir?" Einar stellte diese Frage nahezu jeden Tag, weswegen Shade die Augen rollte.

"Du musst wirklich nicht jeden Tag fragen. Ich lebe und sie lebt auch, sehr offensichtlich." sie deutete auf ihren Bauch und knirschte leicht.

"Wenn sie weiterhin so tritt, brauchen wir nicht mehr so lange zu warten.." seufzte sie aus und musterte Einar. Er machte ein Feuer an und kochte Wasser auf, schien aber in Gedanken versunken.

"Was ist mit dir los?" forschte sie nach, er sah kurz fragend zu ihr.

"Du warst ja meilenweit weg von hier.." hauchte sie aus und setzte sich mühselig auf.

"Inot.. hat meine Mutter in den Urlaub geschickt." murmelte

Einar.

"Klingt doch schön oder ist es ein geheimer Ausdruck?"

"Ich bin mir nicht sicher. Im Keller habe ich sie nicht gefunden.. vielleicht hat er wirklich die Wahrheit gesagt." überlegte Einar laut und gab etwas Kräuter in die Tasse, füllte diese mit kochenden Wasser.

"Glaubst du, er hat es herausgefunden?" die Harmonie zwischen Einar und Shade hatte sich in den Monaten verändert. Einar war so besessen darauf, ihre Familie zu schützen, weswegen sie dasselbe für ihn tun wollte, zumindest für die netten Familienmitglieder.

"Wenn ja. Ist sie definitiv auf keinen Urlaub. Er kann es am wenigsten leiden, wenn eine Frau sich über seine Befehle hinweg setzt." erklärte er und reichte ihr die Tasse.

"Denkst du, er könnte sie verbannt haben?" sie nippte an dem Gebräu.

"Oder schlimmer.." hauchte er aus und setzte sich neben Shade aufs Bett.

"Irrelevant was passiert ist, irgendjemand musste doch Zeuge davon sein." sie zuckte leicht die Schultern.

"Du hast Recht.."

"Das hab ich immer." schmunzelte sie.

"In deinem Traum vielleicht." er schüttelte etwas belustigt den Kopf.

"Ich bin mir sicher, dass es deiner Mutter gut geht." lächelte Shade und lehnte ihren Kopf an seine Schulter. Einar legte einen Arm um ihre Schultern, worauf sie zufrieden ausatmete. In ihrer Nähe war es nicht nur ihr Herzschlag, denn er vernahm, sondern auch den kleinen, zarten Herzschlag des Ungeborenen. Es waren beruhigende Geräusche, zu denen Einar flüchtete, um die tägliche Tortur zu vergessen.

25

Shade

Der Weg einer Mutter war nicht ohne. Shade erfuhr es am eigenen Leibe und gewann nur langsam die Akzeptanz darüber. Einar erinnerte sie daran, dass dieses Kind kein Monster war, es war ihre Verantwortung, was aus ihrer Tochter werden konnte. Kyle auf der anderen Seite stritt mit ihr ständig darüber, welcher Name es werden sollte. Obwohl Shade sich darüber immer aufregte, empfand sie es eher als amüsant. Dennoch schlummerte in ihr die Angst, konnte sie dieses Mädchen auf diese grauenvolle Welt loslassen? Einar versicherte aber, dass er es nicht zuließ, dass sie in Gefangenschaft aufwuchs. Es stand eine Untersuchung an, Selen zeigte sich geduldig und verzeihte ihren damaligen Angriff. Weswegen Shade ohne Fesseln wieder ins Labor durfte, sie verhasste diesen Ort.

"Irrelevant was passiert. Sie kommt nicht in dieser grässlichen Versuchszelle zur Welt." murmelte Shade, was Selen mit einem Nicken bestätigte.

"Keine Sorge. Das ist kein geeigneter Ort für ein Neugeborenes." sie legte ihre Hände auf den freigelegten Babybauch von Shade, sie ertastete mit Hilfe von Magie die Lage des Kindes und die Gesundheit.

"Sie ist wirklich eine kleine Kriegerin." lächelte Selen etwas und Shade hielt einen Hand über ihre Augen.

"Für diese Welt muss man das sein.." seufzte Shade leise aus. Selen nahm ihre Hand und drückte sie sanft.

"Sie wird eine Kindheit haben, Tarja." flüsterte sie aus, Shade runzelte die Stirn und schielte zur Tür, die nur wenig aufstand. Selen zwinkerte ihr verstohlen zu. Es war die schönste Nachricht, die Shade in den letzten Monaten erhalten hatte. Selen beschrieb die verschiedenen Stadien einer Schwangerschaft. Aber Shade schwor, dass der letzte Monat am schlimmsten war, ihr Rücken schmerzte, ihre Glieder schmerzten. Das zusätzliche Gewicht ging ihr dermaßen ins Kreuz. Sie musste häufig auf die Toilette, jeder Gang alleine war irgendwann eine pure Qual. Aber für eines war sie definitiv nicht gewappnet. Die Geburt. Shade bestand darauf, nicht im Labor das Kind zu kriegen, sie wollte an jenem Ort bleiben, wo sie sich am sichersten fühlte und das war schwierig in Umbra. Die ersten Wehen setzten ein und Kyle gab Selen Bescheid, die zur Unterstützung kam. Kyle blieb an der Tür stehen, keine Sekunde später kam Einar. Aufgrund des Aufruhrs und der teilweisen taktlosen Atmung gab es genug Zuschauer für eine halbe Arena. Shade, die mit Schweiß, Wehen und nun auch fremden Augenpaare kämpfte, verlor letztendlich die Nerven.

"Ich stech euch jedes einzelne Auge persönlich aus und drehe es für jede Sekunde, in der ihr mich angestarrt habt!" knirschte Shade in einem bissigen Ton, die Tür knallte augenblicklich zu und selbst Kyle drehte ihr den Rücken zu und Einar starrte an die Decke. Selen schielte zu den Beiden und schmunzelte amüsiert, sie tupfte Shade's Stirn mit einem Tuch trocken.

"Da hat jemand genug Feuer für die nächsten Stunden."

"Stunden?!" schnaubte Shade entgeistert aus und die Magierin nickte.

"Ich hasse dich.." zischte Shade zwischen der nächsten Wehe aus.

"Ist akzeptabel." lächelte Selen unberührt, das Lächeln verschwand aber langsam.

"Was ist?" Shade schielte zu ihr, Shade hatte zwar ihre Beine angewinkelt und ausgebreitet, aber sie wurden vollständig von einer Decke bedeckt. Selen nahm ihre Hand, hob diese ein wenig und zeigte ihr die Ursache, ihr Handgelenk schimmerte golden auf.

"Verdammt.." knirschte Shade hervor, sie wusste was es

bedeutete. Aber ironischerweise war der Schmerz nicht vergleichbar mit dem einer Geburt.

Einar schielte mit einem Auge zu den Frauen und erkannte die Gefahr. Selen stand auf und sah ihn an.

"Halte ihre Hand. Achte darauf, dass sie atmet. Ich muss den Raum schalldicht und geruchlos machen." ordnete Selen an und schob Kyle von der Tür etwas grob weg. Während sie ihren Zauber im Raum wirkte, was sie an jeder Wandseite ausführte, gegen Geräusche und Gerüche. Einar kniete sich neben das Bett, erfasste Shade's Hand, die angestrengt atmete.

"Erzähl mir bloß nichts davon ein und auszuatmen." keuchte sie leicht außer Atem auf, drückte seine Hand, worauf er etwas unerwartet zusammen zuckte.

"Ich finde, du machst das ausgezeichnet." lächelte Einar unbeholfen.

"Lügner.." zischte Shade aus. Kyle hielt sich die Nase zu und beobachtete Selen bei ihrem Treiben. Das goldene Blut in den Adern von Shade spielte verrückt, es kriechte unter ihrer Haut entlang und strafte die Vampire mit ihrem begangenen Fehler.

"Wenn du dich nicht zusammenreißen kannst. Musst du gehen." Selen kam vor Kyle zum Stehen, der sie kurz ansah und dann zu Shade.

"Sie ist in besten Händen. Du kannst vor der Tür warten und achte darauf, dass niemand diese Tür öffnet, verstanden?" entgegnete sie ernst, Kyle nickte langsam, bis er von Selen raus gedrängt wurde, sie schloss die Tür und sprach den Zauber auch für diese Wand aus. Danach trat sie wieder ans Bett und übernahm ihre Aufgabe als Hebamme, während Einar die Luft anhielt und Shade's Hand hielt. Shade dachte wahrlich, dass der Fluch in der Sonnenfinsternis das Schmerzvollste war, aber diese Geburt überzeugte sie vom Gegenteil. Es hielt mehrere Stunden an, in denen ihre goldenen Adern verrückt spielten und ihre Wehen in kürzeren Rhythmus anschlugen. Das einzig erfüllende in dieser Nacht war das Schreien des Kindes. Es war nicht nur eine Belohnung, sondern auch eine Erleichterung. Selen wickelte das Neugeborene in saubere Tüchern und trennte die Nabelschnur mit vorsichtiger Magier. Shade regulierte ihre Atmung langsam, ihre goldenen Adern normalisierten sich langsam wieder.

"Na sieh mal einer an, ein absolut gesunde.." Selen stoppte, Shade hob ihren Kopf und auch Einar sah zu der Magierin, als sie nicht weiter sprach.

"Was ist?" fragte Shade etwas panischer als gewollt.

"Es ist nichts schlimmes.." erklärte Selen ruhig.

"Was ist?" wiederholte Shade in einem deutlich schärferen Ton. Einar stand auf und sah zu dem Baby, das im Arm der Magierin noch quengelte.

"Sie ist blind.." beantwortete Einar dann etwas erschrocken, der beobachtete, wie die goldenen Augen des Kindes hektischer wirkten als normal. Shade ließ ihren Kopf wieder auf das Bett sinken und atmete durch.

"Das war ein bekanntes Risiko, ansonsten ist sie gesund." erklärte Selen ruhig.

"Du verheimlichst etwas." knurrte Einar etwas aus, worauf das Neugeborene wieder anfing zu schreien.

"Gebt sie mir.." hauchte Shade, die sich mühsam aufsetzte.

"Nein, tu ich nicht. Sie ist sonst wohlauf und das alleine zählt." entgegnete die Magierin, Einar's Augen färbten sich langsam rot.

"Du lügst."

"Gebt mir mein Baby!!" schrie Shade dann aus, die Beiden sahen zu ihr erschrocken. Selen weitete die Augen und reichte das Baby zu ihrer Mutter.

"Selen. Warum ist Kijana wirklich blind?" fragte Shade dann in einem scharfen Ton, Einar sah die Magierin erst vorwurfsvoll an, aber schielte dann überrascht zu Shade. Seine Mutter hieß Jana, deswegen war die Namenswahl überraschend und plötzlich.

"Der Preis für dieses Wunder ist eines der 5 Sinne." murmelte Selen, Einar sah wieder zu der Frau.

"Erläutere." forderte er auf. Die Magierin drehte den beiden den Rücken zu.

"Für ein Jahrzehnt wird jedes der Kinder ihrer Blutlinie einen Sinn weggenommen.." hauchte Selen dumpf auf.

Shade strich über die Wange von Kijana und atmete tief durch.

"Wir sind nun offiziell verflucht. Kleines." flüsterte Shade. Einar biss die Zähne zusammen.

"Warum muss sie das Opfer bringen. Es ist deine Schuld. Du solltest dieses Opfer bringen!" murrte Einar aus und Selen wich instinktiv einen Schritt von ihm weg.

"Das lag nicht unter meiner Kontrolle." rechtfertigte sie sich.

"Das Thema hatten wir bereits." knurrte Einar aus.

"Einar.. das ist es nicht wert.." murmelte Shade leise, er schielte zu der Frau, die tiefe Augenringe trug und dementsprechend erschöpft war. In ihren Armen, das kleine Wunder. Kijana besaß goldene Augen, war blass wie ihre Mutter und der Haaransatz wirkte etwas weiß. Kijana hörte mit den Quengeln auf und umfasste den Finger von Shade mit ihrer kleinen Hand, nachdem sie diesen mit ihren kleinen Händen gefunden hatte.

"Deine Arbeit hier ist getan." er richtete sich wieder zu Selen, die ihren Kopf neigte und sich zur Tür wandte.

"Wenn du dich nochmal an Shade derart vergreifst oder an Kijana. Ende ich deine Familie." Einar sah eisig zu der Magierin, die seine Worte kommentarlos entgegen nahm und den Raum verließ. Kyle wich erschrocken zur Seite, als die Lilahaarige nahezu aus dem Zimmer stürmte und trat dann ein.

"Was ist mit der los?" Kyle deutete hinter sich, wo Selen verschwunden war.

"Nicht so wichtig." murmelte Shade und sah zu Einar, seine Augen normalisierten sich leicht wieder und sie hielt im Kijana hin. Er sah sie unbeholfen an.

"Ich kann nicht."

"Doch du kannst." unterbrach sie, Einar nahm das zerbrechliche Bündel auf den Arm. Vermutlich war die Dunkelheit um Kijana beängstigend, aber das Mädchen lachte und lebte, wie jedes gesunde Kind es tun würde. Kyle trat an das Bett und grinste etwas.

"Babys werden also wirklich ohne Haare geboren, sogar Mädchen!" seine Feststellung brachte Shade etwas schwach zum Lachen und auch Einar schmunzelte belustigt.

"Welcher Name ist es jetzt geworden?" Kyle sah zwischen den beiden hin und her.

"Kijana." hauchte Einar aus, worauf Kyle's Mundwinkel sank, Shade zog an seinem Ärmel.

"Was soll dieser Gesichtsausdruck?" fragte Shade.

"Einar.. ich hab vorhin etwas erfahren." gestand Kyle, der Ältere sah zu ihm.

"Es geht um Jana.." setzte er fort, Shade saß aufrecht und nahm Kijana wieder entgegen.

"Also hatte ich Recht?"

"Eine Wache sprach darüber, ihren Kopf auf der Mauer entdeckt zu haben. Es tut mir Leid, Einar." der Jüngste wurde leiser und Shade sah zu den Männern. Einar's Gesicht war ausdruckslos geworden. Er öffnete seinen Mund, als es knallte und ein schrecklicher Ton erklang. Es klang wie mehrere Glocken, die in einer hohen Geschwindigkeit geschlagen wurden.

"Was ist das?" Shade versuchte, die Ohren des Mädchens abzuschirmen, und Kyle und Einar sahen sich an.

"Das ist der Alarm." erklärte Kyle.

"Welche Art?"

"Das wir angegriffen werden." beantwortete Einar die Frage von der frischen Mutter.

"Kyle, schaff sie beide hier raus. Du weißt, welche Gänge du nehmen musst?" Einar sah zu dem Jüngeren, der etwas nickte.

"Was machst du?" Shade stand mit Hilfe von Kyle aus dem Bett auf und hielt Kijana sicher im rechten Arm.

"Sicherstellen, dass niemand Dummheiten begeht." er zwinkerte Shade zu und verschwand in Vampirgeschwindigkeit aus dem Zimmer. Kyle zeigte ihr den Weg zu den Zellen im Untergrund, von dort aus konnte man in einen vergessenen Gang gelangen. Einige Wachen rannten an ihnen vorbei und schenkten ihnen keine Aufmerksamkeit. Im Gang war es dunkel und kalt, oder es lag daran, dass Shade keine Stunden zuvor entbunden hatte. Sie hielt schützend ihre Hand über Kijana und versuchte mit Kyle Schritt zu halten. Der Alarm wurde immer leiser und sie erreichten die äußere Mauer.

"Geh einen Schritt zurück." bat Kyle, Shade schritt zurück. Kyle trat gegen die dünne Wand, die langsam bröckelte und das Tageslicht zeigte sich. Erschrocken wich der Jüngere zurück in die Dunkelheit.

"Wir können bis Sonnenuntergang warten." schlug Shade vor, aber Kyle schüttelte den Kopf.

"Die Sonne ist gerade erst aufgegangen, das kostet viel zu viel Zeit." seufzte er aus.

"Aber wenn auffällt, dass ich weg bin, bist du der Erste, der beschuldigt wird." murmelte Shade und Kyle nickte etwas.

"Vermutlich."

"Was wenn du wie Jana endest? Dieser Mann kennt keine Grenzen!" hauchte Shade aus.

"Hör mir zu. Das wird nicht passieren." Kyle log. Er log ihr nur ins Gesicht, damit sie mit Kijana floh. Ein Schatten zeigte sich am Eingang.

"Hat jemand Sonnenschutz bestellt?" Shade sah zum Ausgang, die Sonne blendete etwas, aber sie erkannte die roten Augen und die chaotische kurze Frisur.

"Draco. Aber wie." stotterte sie aus. Er hob seine Hand und deutete auf ein leuchtendes Siegel, das auf seinem Handrücken ruhte. Er ging zu Kyle und griff nach seinem Arm, Draco biss in seinen Daumen und sein Blut malte das Siegel auf dem Handrücken des jüngeren Vampirs. Draco murmelte den Zauber vor sich hin, bis das Siegel leuchtete.

"Dann los." ordnete der Schwarzhaarige an, aber Shade sah zurück in den Gang. Kijana quengelte in ihren Armen etwas und sah auf ihr Kind.

"Er wird euch finden." Draco legte eine Hand auf ihre Schulter und Shade nickte langsam.

"Im Finden war er immer schon ein Meister." hauchte Shade aus. Der Angriff auf Umbra war eine Ablenkung. Draco hatte Shade und Kyle am abgemachten Ausgang abgeholt, die Rebellen mussten den Tag aus anderen Gründen vorziehen. Weswegen alles so plötzlich kam. Es ging zurück nach Slosa, in das Dorf der Rebellen, das von einer Gebirgskette umgeben war. Shade drückte Kijana an sich, um ihr ausreichend Wärme zu spenden in diesem kalten Gebiet. Kurz vor dem Dorf holten die restlichen Männer auf, Bricriu und andere Vampire der Rebellen, die für die Ablenkung gesorgt hatten.

"Man kann euch keine zwei Jahre alleine lassen, was?" lachte Bricriu aus und nickte zu dem Mädchen in Shade's Armen.

"War nicht geplant." nahm Kyle sie in den Schutz.

"Aber es ist das Beste, was mir geschehen konnte." gestand Shade leise und der Jüngste schmunzelte zufrieden. Vor Monaten hatte sie ihr Kind als Monster betitelt, aber die Ähnlichkeiten von Kijana und ihrer Mutter waren da. Sie sah einen leichten blauen Schimmer in den goldenen Augen ihres Babys. Slosa blieb unverändert. Nachdem sie die Schutzkuppel durchbrachen, folgte das vertraute Gefühl. Idril umarmte Shade nahezu ohne Vorwarnung, wodurch Kijana geweckt wurde und etwas quengelte. Erschrocken wich die Elfe zurück und Shade atmete erschöpft aus.

"Weißt du, wie lange es dauert, dieses kleine Energiebündel zum Schlafen zu kriegen?" seufzte die Goldblüterin aus.

"Du klingst wie eine waschechte Mutter." stellte Draco belustigt fest.

"Weil ich eine Mutter bin, du Dummkopf."

"Hey, es ist ein Kind anwesend!" Idril stemmte ihre Hände entgeistert in ihre eigenen Hüften.

"Ich habe Einar gesehen." merkte Bricriu dann an, Shade sah zu ihm.

"Wieso ist er nicht mit dir gekommen?"

"Weil wir Feinde waren in diesem Moment, Shade. Er schützte seinen Vater vor unseren Angriffen." der Große zuckte die Schultern.

"Warum.." Shade schien irritiert.

"Um das größte Vertrauen von seinen alten Herren zu bekommen." beschrieb Idril dann.

"Das mit der Aufdringlichkeit tut uns Leid. Mir sind da ein paar Vampire abhandengekommen wegen.. etwas goldenem Blut. Neben der Warnung von Ashula.. erschien es passend." gestand Draco dann, Shade sah überrascht zu ihm.

"Aus dieser Distanz? Selen hatte den Raum abgedichtet.."

"Da war es schon zu spät, deswegen dachten wir, warum wir die Zeit nicht nutzen." Bricriu zuckte die Schultern.

"Das hätte richtig schief gehen können." beschwerte Shade sich, während sie etwas Kijana im Arm wippte, die einen rosa Schmetterling versuchte, mit den Händen zu fangen, der ihr Luft zu wedelte, weswegen das blinde Mädchen es zu schnappen versuchte.

"Ich denke du gehörst ins Bett und die Kleine auch." Idril sah zu Shade, ausnahmsweise konnte Shade nichts dagegen sagen. Deswegen folgte sie der Elfe zurück in das ihr bereits bekannte Haus, der Schmetterling hingegen flog weg, nachdem Shade diesen böse ansah. Die Wärme des Hauses war erfüllend, Idril öffnete ihr die Zimmertür und Shade setzte sich auf das Bett. Die Elfe kramte in den Schrank, nach weiteren Decken reichte es zu Shade. Shade rollte diese zusammen und legte Kijana vorsichtig hin.

"Es ist das erste Mal, dass unser Medium falsch lag." murmelte Idril dann, während Shade ihr kleines Mädchen ins Bett legte.

"Inwiefern?" sie schielte mit ihren goldenen Augen zu der Elfe.

"Sie hatte deinen Tod vorhergesehen bei der Geburt." gestand sie und Shade nickte langsam.

"Das war nicht der Tod, denn sie gesehen hatte. Sondern der Fluch." seufzte Shade leise aus, während Kijana in den Schlaf döste. Idril legte ihren Kopf schief.

"Euer Medium ist blind. Nicht wahr? Kijana auch. Deswegen sind ihre Vorhersagen zu diesem Moment verwaschen. Wahrscheinlich weil die Blutlinie eures Mediums ebenso verflucht wurde." erklärte Shade.

"Kijana.. ein schöner Name.." lächelte Idril.

"Du weichst meiner Frage wieder aus." seufzte Shade, die sich aufsetzte und zu der Elfe sah.

"Das Medium hat uns nie verraten, warum sie beide dasselbe Leid teilten." erklärte Idril dann.

"Wahrscheinlich war sie ursprünglich kein Medium."

"Willst du damit sagen, dass sie entgegen den Opfergaben diese Macht erhielten?" Idril zog eine Augenbraue hoch und Shade zuckte die Schultern.

"Möglich. Ich weiß nur, dass wenn man sich mit der Natur anlegt, diese sich rächen wird." Shade's Blick galt wieder Kijana, die eingeschlafen war.

"Nutz die Ruhe solange du noch kannst." Idril blieb im Torbogen stehen.

"Mach nichts auf eigene Faust." fügte sie hinzu und Shade rollte die Augen, die Tür schloss hinter der Elfe.

"Warum will jeder deiner Mami sagen, was sie zu tun und zu lassen hat. Lass dich bloß nie so herumscheuchen." sie küsste die Stirn von Kijana und legte sich dazu, sie konnte jeglichen Schlaf gut gebrauchen. Eine Tür wurde Stunden später zugeknallt und Shade saß kerzengerade im Bett, ihr Blick war auf die Tür gerichtet, die geschlossen war. Sie sah zu Kijana, die etwas die Augen zusammen kniff und weiter schlief. Auf leisen Sohlen schlich sie zur Tür und steckte ihren Kopf aus dieser. Eine Blutspur zog sich von der Haustür zum Küchentisch entlang, Idril kam aus einem Zimmer mit

Verbänden, Lappen und Tränken aller Art, die sie auf dem Tisch verteilte. Shade trat in die Küche, die Elfe schenkte ihr kaum Beachtung.

"Einar.." hauchte Shade irritiert aus.

"Weniger starren. Mehr helfen. Seine Vampirheilung kommt nicht hinterher." befehlte Idril scharf. Einar saß auf dem Stuhl und hielt eine Hand vor seinem rechten Auge, in seiner Schulter steckte eine silberne Klinge und selbst seine Beine waren mit Blut überströmt. Seine Atmung war hastig aber er war am Leben. Shade träufelte etwas von den Tränken auf einen Fetzen und reichte diesen der Elfe, sie schlug sanft seine Hand weg, damit er den Schaden darunter offenbaren konnte. Shade erstarrte. Seine rechte Augenhöhle war eigenartig zusammengewachsen, blutete und eiterte. Idril säuberte diesen während er scharf einatmete.

"Sei vorsichtiger." zischte er aus.

"Ich gebe mein Bestes." protestierte die Elfe knapp. "Kümmer dich um seine Schulter." ordnete sie Shade an. Shade trat um den Stuhl herum, die Bewegung funktionierte nahezu automatisch. Sie zog die Klinge vorsichtig aus seiner Schulter, er stöhnte vor Schmerz auf.

"Entschuldige.." hauchte Shade leise, säuberte die Wunder vorsichtig.

"Dein Vater scheint wohl kein Fan von deinem Schauspiel zu sein, was?" merkte Idril an, die ihm eine provisorische Augenklappe machte, damit er die Wunde schonte.

"Wie kommst du darauf." murrte er leise Zähneknirschend.

"Rechtes Auge. Ist eine Warnung und eine Enterbung. Aber ihr Vampire habt ja keine Erben." sie reichte Shade den Verband. Shade half ihm aus dem kaputten Oberteil, was teilweise an der Wunde klebte. Sie verband ihm die Schulter und schielte dann zu Idril.

"Er muss ihn als Erbe nicht akzeptieren, wenn er ihn tötet, oder?" meinte Shade dann und die Elfe zuckte die Schultern.

"Woher soll ich das wissen." entgegnete sie.

"Die Vampire akzeptieren den mit am meisten Stärke. Mein Vater führt diese Stadt mit Furcht und Schrecken. Ich muss etwas Besseres bieten, nachdem ich ihn töte." hustete Einar etwas und Shade nahm ihre Hände von seiner Schulter, bis er sich beruhigt hatte.

"Dann gibt es wohl doch Krieg." seufzte Shade aus und er nickte langsam.

"Früher oder später wäre es dazu gekommen. Den Rest übernimmst du. Männer sind sowieso nicht mein Typ aber aus Grundrespekt." Idril schielte zu Shade und sie schüttelte den Kopf. Die Elfe ging zurück in ihr Zimmer. Einar lehnte sich zurück und atmete tief durch.

"Warum bist du auch geblieben." murmelte Shade.

"Ich wollte sein Gesicht sehen.." hauchte er aus.

Shade klopfte ihm am Oberschenkel, worauf er leicht knurrte.

"Na sowas doch etwas Wolf in dir?"

"Werd nicht überheblich!"

"Schon gut, schon gut." entschärfte sie etwas schmunzelnd und half ihm aus der zerrissenen und blut überdeckten Hose. Die Wunden darunter verheilten langsam von selbst, weswegen sie diese kurz darauf säuberte.

"Warum müssen es immer Verletzungen sein, wenn wir uns gegenseitig die Kleider vom Leib reißen.." seufzte Einar aus und Shade verdrehte etwas die Augen.

"In der Hinsicht bist du aber selbst Schuld." entgegnete sie.

"Wie geht es Kijana?" fragte er dann nach, um das Thema zu wechseln, nachdem Shade ihm neue Klamotten reichte.

"Sie träumt vor sich hin.. wobei ich nichtmal weiß ob sie träumen kann." Shade zog einen Stuhl neben ihn und setzte sich, während er sich die Sachen überzog.

"Vielleicht fragst du die blinden Hexen, wie sie im Leben klar kommen." er zuckte leicht die Schultern, Shade sah zu ihm.

"Deine Ideen sind nicht immer grauenhaft." stellte sie fest und er verdrehte sein Auge.

"Aber ich bin erleichtert, dass du es überstanden hast." murmelte sie zusätzlich.

"Das ist die Art von Begrüßung, die ich eher erwartet hatte." schmunzelte er.

"Wenn du ja noch so viel Spaß haben kannst, kann es dir nicht so schlecht gehen." sie stand auf, spürte einen Griff an ihrem Handgelenk, ehe sie zurückgezogen wurde und auf seinem Schoß landete.

"Du hast keine Ahnung, wie lange ich darauf gewartet hatte, nicht mehr beobachtet und belauscht zu werden." seufzte er leicht aus und legte seinen Kopf auf ihre Schulter.

"Streng genommen sind hier ausreichend Vampire." murmelte sie leicht, während ihr die Hitze ins Gesicht stieg und die rote Farbe sich auf ihren Wangen bemerkbar machte.

"Die können es ruhig wissen. Der einzige, der davon nichts erfahren durfte, war Inot." hauchte er aus, was an ihrem Nacken etwas kitzelte.

"Mh du nennst ihn immer häufiger beim Namen." stellte sie etwas leiser fest.

"Er ist nicht mein Vater, nicht der Mann, der mich aufgezogen hat, nicht der Mann, der um die Hand meiner Mutter anhielt." stellte er trocken fest.

"Umso besser er wäre ein unmöglicher Großvater für Kijana." scherzte Shade etwas und Einar schmunzelte.

"Kyle wanderte zum ersten Mal wieder unter Sonnenlicht. Er hatte sich gefreut wie ein kleiner Junge." erzählte Shade, während sie ihren Kopf gegen seinen lehnte.

"Überrascht mich nicht. Er mochte sein Menschenleben, so kleine Dinge vermisst er eben." entgegnete Einar, während seine Arme sie sanft umschlungen.

"Wir sollten den Krieg so früh wie möglich hinter uns bringen. Selen meinte Kijana erwartet eine normale Kindheit." aber mehr als ein mulmendes Mhm erhielt sie nicht. Shade hob ihren Kopf und schielte zu seinem gesunden Auge, er war wirklich am schlafen. Sie dachte, er schlief nie. Sie schmiegte sich vorsichtig an ihn und schloss die Augen. Alle waren vorerst sicher an einem Ort.

26

Einar

Die vorgelegte Ablenkung von den Rebellen verkomplizierte die Sache ungemein. Einar handelte aus reinen Instinkten mit dem besten Gedanken, der ihm in den Sinn kam. Spätestens als er Bricriu am Tor von Umbra entdeckt hatte, war ihm klar, wer dahintersteckte. Weswegen er seinen Vater direkt aufgesucht hatte. Er verteidigte ihn vor den Angriffen, die lediglich für ein Theater dienten. Bis diese wieder in die Flucht geschlagen wurden. In Umbra kehrte Ruhe ein, Verletzte wurden versorgt und getötete Vampire wurden ins Sonnenlicht geworfen. Inot hatte angeordnet, Waffen gegen Vampire zu holen, um einen einfacheren Kampf zu haben. Zur Anwendung dieser Waffen kam es nie. Einar kam neben seinem Vater zum Stehen, Inot blickte zum großen Tor der Stadt.

"Was eine Schande.." seufzte Inot aus.

"Haben wir keinen einzigen erwischt?" Einar zeigte sich überraschter als er wirklich war.

"Zu meinem Bedauern." nickte sein Vater und setzte einen Schritt in Richtung Thronsaal, als Wachen aus einem Gang kamen.

"Lepores ist entkommen." gab einer der Wachen an, Inot verharrte in der Bewegung, sein Blick galt den Wachleuten, die ehrfürchtig zurückgingen. Einar beobachtete die Situation, während sein Vater nachdachte.

"Weißt du. Es kam mir damals schon nicht in den Sinn." Inot drehte sich zu Einar.

"Aber ich hatte wirklich gehofft, dass das Verschwinden deiner Mutter dir Vernunft einbringen würde." fuhr Inot fort.

"Verschwinden? Du meinst das Töten deiner eigenen Frau und das Vorführen auf der Mauer?" zischte Einar dann hervor, er konnte seinen Vater nicht weiterhin zum Narren halten. Er hatte Jana erwischt und setzte das Puzzle zusammen. Inot lachte eisig und klatschte langsam in die Hände.

"Du hast es so weit geschafft. Aber lass mich dir eines sagen. Irrelevant, wie sehr du es versuchst, die zukünftigen Goldblüter sind nichts weiter als blinde Hühner." er trat auf Einar zu, dieser wich aber nicht zurück, sondern blieb stehen.

"Das war nicht dein Plan. Du hattest mehr Glück als Verstand." murrte Einar aus. Inot zuckte theatralisch die Schultern und hob die Arme.

"Ich befürchte das wirst du nie herausfinden. Ich hoffe, ihr habt die Waffen dabei." Inot schielte zu den Wachen, die jeweils nickten. Bevor Einar ihn direkt angreifen konnte, musste er sich um die anderen drei Vampire kümmern. Das kostete ihn wenige Minuten, indem er einem das Messer aus der Hand trat. Der nächste wirkte ein Messer-Hieb, den Einar auf der Schulter erwischte, der dadurch etwas zurück stolperte. Seine Hand umgriff die Klinge, aber der Schmerz durchzuckte seine komplette linke Seite. Er ballte seine Faust und schlug den nächsten direkt auf die Brust, wo er das Herz vermutete, dieser flog einige Meter durch den Gang. Ein stechender Schmerz durchzuckte ihn, als etwas an ihm vorbei flog und den Oberschenkel erwischte. Er hob das Messer, das auf dem Boden lag, und schleuderte es in die Richtung des Schützen. Weitere Schritte, er drehte um und hielt seine gehobenen geballten Fäuste vor sich. Es war Selen, knapp hinter ihr Inot.

"Tu es." merkte sein Vater forsch an, Selen richtete ihre Zeige- sowie Mittelfinger auf ihn, sie zielte aber nicht auf sein Herz. Stattdessen schoss der kleine aggressive Feuerstrahl auf sein Auge zu, er rutschte einige Meter zurück, die Flammen brannten sich durch sein Auge und brannten die anliegende Augenhöhle aus, bis diese langsam zusammen schmolz. Einar schrie auf und versuchte das

Feuer aus dem Auge zu wischen, aber es war getan. Selen's Blick war gefüllt von Angst und Bedauern, aber davon sah er nicht mehr viel. Er verschwand aus dem Schloss und rannte aus Umbra hinaus, das Sonnenlicht störte ihn nicht. Darüber verlor er auch keine weiteren Gedanken, er lief und lief, bis seine Beine ihn nicht mehr in dieser Geschwindigkeit tragen konnten. Er hielt sich die Schulter, wo das Messer noch fest steckte und versuchte, sein rechtes Auge zu öffnen, keine Chance. Er schlurfte durch die Schutz-Barrikade von Slosa und humpelte nahezu automatisch zum Haus von Idril, wo er sich mühselig durch die Tür schleppte. Die Elfe wurde durch den Lärm wach und musterte ihn wenig begeistert über diesen Auftritt. Sie besorgte medizinische Utensilien. Hinter ihr zeigte sich Shade, Einar dachte nie das er dermaßen froh war ihr Gesicht zu sehen und es ging ihr gut, dass konnte er an ihrem Herzschlag erkennen, der kurz stoppte bei seinem Anblick. Instinktiv hielt er sich sein Auge zu, um es vor ihr zu verstecken, statt es vor anderen Einfluss zu schützen. Nachdem die Frauen seine Wunden versorgt hatten und Einar darauf bestand, die gewonnene Zweisamkeit mit Shade aufzuholen, döste er in ihrer Nähe weg. Er schlief nie, aber in ihrer Nähe fühlte er diesen Frieden, diese unerklärliche Wärme und Ruhe. Ihr Herzschlag hatte einen beruhigenden Effekt auf ihn. Auf einem Stuhl zu schlafen, wollte er nie wieder wiederholen. Er setzte sich auf und bemerkte, dass Shade gegangen war, die Tür zu ihrem Zimmer stand aber offen. Mühsam stand er auf und streckte sich etwas, wanderte in den nächsten Raum, wo Shade Kijana stillte und zu ihm schielte.

"Ich wollte dich nicht wecken." murmelte sie ruhig, aber Einar wank ab und setzte sich neben ihr aufs Bett.

"Nächstes Mal nehmen wir das Bett.." gähnte er aus und Shade schmunzelte etwas.

"Natürlich, das nächste Mal trage ich dich einfach wie eine Prinzessin ins Bett." scherzte die Goldblüterin.

"War das ein Angebot?" grinste er etwas und schielte zu Kijana.

"Ich bin froh wenn ich bald wieder mein eigenes Gewicht stemmen kann." gestand Shade, sie war außer Form geraten und musste wieder mit ihrem Training beginnen. Aber ihr Leben bestand nun aus zwei wichtigen Prioritäten, zum einen ihrer Pflicht als Mutter, was sie rund um die Uhr garantieren musste und zum anderen musste sie wieder fit werden für die anstehende Schlacht.

"Du musst das alles nicht mehr alleine tun, das weißt du, oder?" er sah wieder zu ihr auf, Shade seufzte etwas.

"Ich weiß.. aber es ist nun eben Gewohnheit." sie half Kijana beim Aufstoßen.

"Die Kleine braucht dringend Klamotten."

"Sie wächst doch, ich glaube, das lohnt sich nicht." sie legte das Mädchen wieder in den provisorisch abgetrennten Bereich vom Bett, damit Kijana nicht runter rollte.

"Du willst doch nicht Ewigkeiten in diesem Haus mit ihr verbringen, oder?" Einar sah sie fragend ab, Shade zuckte etwas unbeholfen die Schultern.

"Nein, definitiv nicht. Irgendwo lassen sich bestimmt Kinderklamotten finden, zur Not sind sie eben ein paar Nummern zu groß." er stand auf und sah in den amüsierten Ausdruck von Shade die sich ein Kichern verkniff.

"Was?"

"Du bist der geborene Vater." lächelte Shade, Einar verdrehte etwas die Augen und verließ das Haus. Er ließ seinen Blick durch das Dorf schweifen, die meisten Bewohner waren selbst erwachsen und besaßen keine Familie mehr, weswegen sie zu Rebellen wurden. Er stoppte bei den Feldern, bei ihrem letzten Besuch gab es durchaus ein Kind im Dorf. Der Nekromant. Einar schritt an den Häusern vorbei und studierte die Symbole, bis er das für die Nekromantie fand, ein Totenkopf mit einem Schimmer darunter in roter Farbe. Er klopfte gegen die Tür, der Junge war mittlerweile zwei Jahre älter geworden, dementsprechend gewachsen, aber seine Kleidung passte. Die roten Augen, die etwas verblasst waren, da er keine Magie nutzte, sahen zu dem eindeutig größeren Mann auf.

"Entschuldige. Du bist der Jüngste hier, nicht wahr? Hast du zufällig Kleidung, die dir zu klein geworden ist." forschte Einar in einem bemüht höflichen Ton nach. Der Junge legte seinen Kopf schief.

"Er versteht deine Sprache nicht." erklang eine Stimme hinter Einar, er drehte seinen Kopf etwas zur Seite und schielte zu der Person. Sie war die Zwillingsschwester von dem Medium, trotz ihres fehlenden Augenlichtes fand sie sich selbst sehr gut zurecht. Sie übersetzte seine Frage in eine alte Sprache, die häufig in Praaphia gesprochen wurde, die Insel aller Magier. Der Junge ließ die Tür offen und verschwand ins Haus, sie schritt die Treppen hoch und hing sich bei Einar ein.

"In Häusern bringt mir die Natur leider nichts, wenn du so freundlich wärst." lächelte sie und trat ein. Das Haus war in etwas Dunkelheit gehüllt, wenige Kerzen brannten, die sich nicht zu verbrauchen schienen. Der Junge steckte seinen Kopf auf einem Zimmer, erwartend dass man ihm folgte. Einar folgte dem jungen Nekromanten also in den Raum, während er die blinde Magierin als Übersetzerin mit führte. Der Junge hatte seine zu klein gewordenen Sachen auf dem Bett verteilt. Er sprach in schnellen Worten, auch wenn Einar die Sprache verstanden hätte, wäre es ihm wohl zu schnell gewesen.

"Er sagt, du könntest dir alles nehmen. Es ist alles Handarbeit, keine Magie." erklärte die Dame dann sanft, Einar sah den Jungen verwirrt an. Der wieder zur Magierin blickte und etwas sagte.

"Es gibt Wesen, die Angst haben, wenn ihre Kinder in Berührung von Nekromantie kommen. Deswegen hat er dieses Detail nicht ausgelassen." lächelte die Frau.

"Überrascht mich nicht, Nekromantie ist fast wie der Pakt mit dem Teufel selbst und das hat was zu sagen, wenn es von einem Vampiren kommt." Einar trat an das Bett heran und stöberte durch die Sachen. Die Farbwahl spielte keine Rolle, die Stoffe waren teilweise dick. Er hielt ein Kleidungsstück hoch, das einem Baby passte und sah fragend zu dem Nekromanten. Der Junge wurde etwas rot und erklärte sich in seiner fremden Sprache.

"Ah. Ja. Nero wurde von uns mitgenommen aus Praaphia. Es ist unvorstellbar, aber er war der geborene Nekromant, er spielte nicht mit unsichtbaren Freunde, er erschuf seine unsichtbaren Freunde.. seine Eltern hatten Angst vor ihm, nannten es einen Fluch. Deswegen nahm meine Schwester ihn auf." übersetzte sie und strich den Jungen sanft durchs Haar.

"Eltern, die ihre Kinder fürchten oder hassen.. sollten nicht Eltern werden." er packte ein paar Sachen zusammen, die für Kijana ausreichen sollten.

"Kinder benötigen nicht ihre leiblichen Eltern, um sich selbst zu finden und zu entwickeln." merkte die Frau ruhig an, Einar sah zu ihr.

"Da spricht jemand aus Erfahrung."

"Tun wir das nicht alle?" lächelte sie matt. Nero begann zu sprechen, weswegen Einar sich Mühe gab, den Worten zu folgen, die in seinem Kopf keinen Sinn machten.

"Ich weiß nicht, ob das so eine gute Idee ist, Nero." seufzte sie leicht aus, Einar blickte sie fragend an.

"Er meint, dass Nekromantie eine gute Möglichkeit ist, durch die Augen eines Quisque zu sehen." erklärte sie, aber Einar schüttelte den Kopf, worauf Nero verständnisvoll nickte.

"Er nennt diese Monster wirklich Krümmel?" fragte der Vampir irritiert und sie kicherte etwas.

"Für ihn sind es eben keine Monster, sondern die ersten Freunde, die ihn akzeptieren, wie er war." gestand sie. Nachdem Einar sich bei Nero und Ahmya bedankte, verließ er das Haus. Dieses Dorf war gefüllt mit Wesen, die nicht nur aus eigenem Mut für die richtigen Sachen kämpfen wollten, sie taten es grundlegend für sich selbst. Sie selbst wurden nicht gesehen oder geschweige akzeptiert. Ihr eigener Schmerz führte sie hierher an diesem Ort, wo jeder gleich war. Umbra hingegen ließ keine anderen Wesen nur in die Nähe der Mauern. Die anderen Arten waren automatisch weniger wert. Er kehrte in das Haus der Elfe zurück, sie war ebenso auf den Beinen und machte etwas in der Küche. Ihre grünen Augen sahen zu ihm, als er hinein trat, der Flur wurde vom Blut vom Vortag befreit. Einar musterte den Flur irritiert, das war seine nächste Arbeit, die er sich vorgenommen hatte nach der Beschaffung der Kleider.

"Hab ich schon sauber gemacht." entgegnete Idril und schielte zu den Klamotten, die er hielt.

"Du hast wohl Nero kennengelernt. Ein geborenes Naturtalent." sie wusch ihre Hände und Einar seufzte etwas aus.

"Oder eher ein verstoßener Sohn."

"Er hat seine Familie. Eine Familie, die ihn ausgesucht hat. Eine Familie, die ihn akzeptiert, wie er ist." sie verschränkte ihre Arme und musterte den Vampiren.

"Man ist nie zu alt seine leibliche Familie hinter sich zu lassen für die Familie, die dich wählt." fügte sie hinzu und nickte zu der offenstehenden Tür von Shade.

"Du hast keine Vorstellung, wie sehr ich es verhasst hatte, dass du immer richtig liegst." murrte er aus und sie lächelte unschuldig.

"Das ist so ein Elfen-Ding."

"Ohhh nein, das ist absoluter Unsinn. Du widersprichst allen

Gerüchten, die es über Elfen gibt." vermutlich übertrieb Einar darin, aber sie hatte durchaus Eigenschaften, die nicht arttypisch waren. Er schlenderte dann wieder ins Zimmer zurück, Kijana schlief auf dem Bett, eingekuschelt in einer guten Lage an Decken. Hingegen vernahm er die Dusche aus dem Bad, das Geräusch erinnerte ihn an die Sonnenfinsternis. Leicht schüttelte er den Gedanken weg und räumte einen Platz im Schrank frei, zog ein Stück heraus und legte es neben dem Mädchen ab. Es war ein wenig zu groß, aber es sollte ausreichen und zur Not konnte man die Leere mit einer Decke nochmal stopfen. Kijana hingegen hatte ganz andere Pläne, statt durch zu schlafen und wimmerte los. Einar starrte perplex zu dem kleinen Bündel was zappelte und dann zur Badtür, die Dusche ging recht schnell aus.

"Ich mach das.." das kam derart schnell über seine Lippen, obwohl er nicht wusste, was er mit einem Baby tun sollte. Shade nahm es hingegen hin und er hörte, wie die Dusche wieder anging.

"Ok Kijana, wir müssen uns verstehen." er hob die Kleine in seine Arme, die quengelte. Er war etwas unbeholfen, sie fand einfach keine Ruhe. Er wippte sie wenig in seinen Arm, in der Hoffnung, es bewirkte etwas. Vielleicht hatte sie Angst, umgeben von all der Dunkelheit, sie wusste nicht mal was geschah. Er nahm eine ihrer kleinen Hand und drückte es sanft auf seinen Brustkorb, wo man den Herzschlag ausmachen konnte. Kijana verstummte, griff etwas an seinem Oberteil.

"Na geht doch.. du musst es nicht sehen, wenn du es spüren kannst." hauchte er zufrieden aus. Die Badtür ging auf, Shade ruppelte ihr widerspenstiges Haar trocken, während sie die Winterklamotten dieses Dorfes trug, zumindest jene, die man im Haus tragen konnte, damit es nicht zu warm wurde.

"Du hast sie beruhigt." Shade schien überrascht, deswegen wirkte Einar etwas eingeschnappt.

"Natürlich, dachtest du, ich krieg das nicht hin?" er sah zu ihr ein wenig vorwurfsvoll.

"Nun. Du bist ein geborener Vampir, ich glaube nicht, dass du so viele Babys in deinem Leben gesehen hast, geschweige in deinen Armen gehalten hast." sie zuckte unschuldig die Schultern, schielte zu dem Bett, wo er einen Einteiler von Nero gelegt hatte.

"Wo hast du denn den gefunden?" sie war überrascht, es war auch fast die Größe von ihrem Mädchen.

"Stellt sich heraus, der Jüngste in diesem Dorf war von klein auf schon bei den Rebellen." erzählte er, Shade nahm im Kijana ab und probierte die Sachen an.

"Perfekt.." hauchte Shade aus.

27

Shade

Einar verstand sich mit Kijana und besser konnte es für Shade nicht laufen. Sie erholte sich von der Geburt schnell und Kijana wuchs schneller in die Klamotten von Nero als angenommen. Idril beschrieb, dass eine Lebensform durch Magie ihre eigenen Regeln besitzen konnte, also war es unklar, ob Kijana wie ein Mensch aufwuchs oder in einer schnellen Zeitspanne. Kijana erreichte die Größe eines Kleinkindes innerhalb einer Woche, so auch das Verständnis. Shade besuchte die blinden Zwillinge, nachdem Einar sie mehrmals darauf angesprochen hatte. Shade war es gewohnt, alles alleine zu regeln und hasste es auf andere angewiesen zu sein. Aber sie konnte Kijana nicht unterstützen, wenn sie nicht wusste, wie. Das Haus der Zwillinge wirkte einfach und barg einige Erinnerungen an ihre ehemalige Familie. Ahmya war noch in ihrer Blüte an Lebenszeit, während ihre Schwester Ashula graue Haare erhielt und Falten im Gesicht vorwies. Shade wusste nicht wirklich, wie sie sich verhalten sollte in der Nähe von blinden Wesen. Ahmya räusperte sich.

"Vielleicht zeigen wir dir wie wir jemand neuen kennenlernen." bot Ahmya an, Shade sah zu Einar, der zuversichtlich nickte. Er vertraute Ahmya, wobei er sich nicht sicher war bei Ashula. Shade gab Kijana zu Einar, während Ahmya zwei Stühle gegenüber stellte, sie klopfte auf den einen und setzte sich auf den anderen. Shade setzte sich.

"Schließ die Augen." merkte Ahmya dann an, Shade zögerte etwas. Sie musste es nicht tun, denn Ahmya sah es doch sowieso nicht. Aber die Frau versuchte, ihr die Welt einer Blinden zu zeigen, sie schloss ihre Augen.

"Gib mir deine Hände." die Stimme von Ahmya klang anders, wenn man sie nicht ansah, grundlegend wirkte die Umgebung anders. Shade streckte blindlings die Hände vor sich, bis sie die von Ahmya spüren konnte.

"Vielen ist es unangenehm, aber wir bevorzugen das Abtasten von dem Gesicht und den Händen der Personen. Versuch es. Vorsichtig." Ahmya führte die Hände von Shade an ihr Gesicht. Shade war alles andere als vorsichtig, etwas wie Feingefühl fehlte ihr weswegen ihre Hände etwas zitterten, weil sie es zu angestrengt versuchte.

"Ich bestehe nicht aus Porzellan, Shade. Stell dir einfach Einar stattdessen vor." schlug Ahmya dann vor, Shade verzog das Gesicht bei der Vorstellung aber versuchte es. Sie ertastete die Wangenknochen, arbeitete sich zu Mund und Nase, von der Nase aus wieder zaghaft unter den Augen entlang, an der Stirn fuhr sie ihre Hände wieder zusammen. Shade kannte das Gesicht von Ahmya, aber diese Art und Weise es zu entdecken war sehr schwierig.

"Sehr gut und nun die Hände." der Weg davon war nicht lang, Ahmya führte die Arme von Shade nahezu vollständig. Die Finger von Ahmya waren dünn und etwas knochig, man fühlte keine Schwielen und kaum Einbrüche in den Händen.

"Ich glaube.. ich verstehe es nicht.. wie macht ihr euch daraus ein Bild?" Shade öffnete wieder ihre Augen und Ahmya schmunzelte etwas.

"Kreativität. Wir lieben es, wenn unser Gegenüber beschreibt, was er trägt, welche Farbe das Haar hat, welche Augenfarbe er besitzt und wichtiger ist, mit welchem Objekt man es in der Welt vergleichen kann." beschrieb Ahmya.

"In Ordnung.. und wie findet ihr euch in der Umgebung zurecht?" Shade war neugierig, sie wollte diese Welt verstehen, indem ihre Tochter aufwachsen sollte.

"Erinnerung, wenn es in einem Gebäude ist. Die Natur, wenn es im Freien ist." Ahmya deutete auf ihre blanken Füße. Weder Shade noch Einar war dieses Detail aufgefallen, die Zwillinge liefen durch den Schnee mit blanken Füßen.

"Die Vibration der Erde verrät uns viel, es braucht viel Übung. Aber wenn man es einmal verstanden hat, ist es ein zuverlässiger Begleiter." Ahmya zeigte sich geduldig, das ehrliche Interesse von Shade tat den Zwillingen gut.

"Deine Tochter ist nicht beeinträchtigt. Ihr fehlt vielleicht ein Sinn, aber die anderen wirken dadurch viel intensiver. Wenn sie traurig ist und du sie beruhigen willst, nutze ihr Gehör und ihre Hände." nachdem Ahmya diesen Hinweis gab, sah Shade vielsagend zu Einar, der wissend schmunzelte. Immerhin hatte er dies selbst herausgefunden, als er versuchte, Kijana zu beruhigen. Daraufhin setzte er Kijana auf den Schoß ihrer Mutter ab.

"Kinder wirken immer aufgedreht und hektisch. Das liegt daran, dass die vielen Farben und Bewegungen sie aufregen. Es ist also total normal, wenn Kijana ruhiger wirkt als andere Kinder." erklärte Ahmya und ging auf Augenhöhe von dem kleinen Mädchen. Shade half Kijana eine Hand an das Gesicht der Magierin zu führen, Shade war durchaus besorgt, dass die Kleine etwas zu grob sein konnte, durch all die Energie, die sie in sich trug. Das war aber nicht so, Kijana erkundete das fremde Gesicht und lachte leicht aus, als Ahmya ihr gegen die kleine Hand pustete.

"Sie wird sich schnell zurecht finden." nickte Ahmya sicher. Die Zwillinge repräsentierten absolute Unterschiede, Ahmya war sanft geduldig und verständnisvoll, Ashula hingegen war dickköpfig entschlossen und weniger geduldig.

"Danke für eure Hilfe.." seufzte Shade aus, Ahmya wank leicht ab.

"Es ist mir eine Ehre. Sie ist schnell gewachsen in der kurzen Zeit." stellte Ahmya fest. Shade wirkte irritiert, woran man dies erkennen konnte.

"Ihre Hände sind zu groß für ein Neugeborenes, vergiss nicht, wir haben Nero aufgezogen." schmunzelte Ahmya.

"Ja, ihr Wachstum ist uns ein Rätsel." Shade strich die kleinen Strähnchen aus dem Gesicht von Kijana, die gewachsen waren, das weiße Haar zeigte sich langsam immer mehr.

"Die Sprünge werden von Baby zu Kleinkind, Kleinkind zu Kind, Kind zu Teenager, Teenager zu Erwachsener sein, danach läuft die Zeit im typischen Rhythmus, Jahr für Jahr:" die Worte stammten von Ashula, Shade sah zu der alt gewordenen Frau.

"Nichts für ungut, aber deine letzten Bilder waren irreführend, die die meinen Tod vorhersagten?" Shade beobachtete die Frau, ihr Auge zuckte etwas bei dieser Anschuldigung.

"Ich verstehe, woher das Misstrauen rührt, aber das sind Kalkulationen. Ihr wart nun eine Woche in diesem Dorf, mit diesem Sprung habe ich die nächsten berechnet. Seitdem ich mich geirrt habe, bin ich vorsichtiger mit der Zukunft." gestand Ashula. Nach den lehrreichen Stunden gingen Shade und Einar wieder ins Dorf. Shade wollte die Angelegenheiten für die anstehende Schlacht nicht ignorieren, geschweige verschieben. Sie trafen auf Bricriu, Draco und Kyle, sowie Rosa, die als rosa Papagei auf der Schulter von Draco saß. Shade konnte diesen Shapeshifter nicht leiden, sie wurde noch paranoid durch dieses Mädchen. Kyle saß mitten im Schnee, während er Kijana mit den ersten Schritten half.

"Umbra ist wirklich schwer in die Knie zu zwingen und wir haben unsere einzige Chance vernichtet, nachdem wir Shade und Kyle geholt hatten." erklärte Draco dann die Sachlage, Shade beobachtete den Umgang von Kyle mit ihrem Kind während sie den Worten lauschte.

"Ich denke, dass eine direkte Schlacht sinnfrei wäre. Wir könnten versuchen, es im Schatten zu machen und die gewählten Ziele ausschalten." merkte Einar an und sah dann zu Shade. Immerhin war dies ihr Spezialgebiet, sie atmete etwas aus, als sie in die Runde sah.

"Also, wenn ihr das wirklich so durchziehen wollt, ist viel Training und Vorbereitung gefragt." warnte Shade.

"Assassine haben es wirklich schwer, Krieger sind da etwas unkomplizierter. Also wenn es euch zu viel ist, könnt ihr immer noch aussteigen." bot Draco ein und es kehrte etwas Stille ein, nur das Gelächter von Kijana störte diese, während sie im Schnee landete. Shade sah böse zu Kyle, der dem Mädchen sofort wieder aus dem Schnee half und ein tonloses Entschuldigung mit den Lippen formte.

"Gut, ich sehe keine Rückzieher. Also starten wir mit dem Training morgen. Macht euch Gedanken, mit welchen Waffen ihr am besten seid, Messer, Schwert, Bogen, Armbrust, Speer, Hackebeil, Axt oder Magie. Wählt eines, worauf ihr euch vollständig fokussiert." Shade liebte diese neue Rolle, sie scheuchte die Männer nicht herum, aber sie fand Gefallen daran jemanden zu trainieren. Sie hatte ein aufmerksames Auge und ein Gespür für diese Details, weswegen ihr Talent hiermit nicht verschwendet wurde. Sie spürte, wie etwas an ihrem dick gefütterten Hosenbein zog, während Kijana versuchte, zu Shade hoch zu gucken. Kyle klatschte begeistert in die Hände, als sie ihren ersten Schritte tätigte und Shade hob sie auf den Arm.

"Tut mir Leid, Kijana. Aber du bist noch zu jung für diese Entscheidung. Aber ich verspreche dir, dass ich dir alles beibringen werde, was du wissen musst." sie tippte auf die Nase von Kijana, die etwas kicherte. Es war zu einem Alltag geworden. Shade hatte ihre Zukunft akzeptiert. Nicht nur war sie eine Mutter geworden, sondern bildete nun Männer aus für die schwierigste Mission, der sie je entgegenstand. Ursprünglich wollte Shade sich in der Ranghöhe der Vampire hoch arbeiten, von den Schwachen und Verstoßenen, zu den Kriegern und Kämpfern, zu guter letzt wäre die Regiae Familie dran gewesen. Aber es war ihr nicht neu, dass selten alles nach Plan lief. Ahmya passte auf Kijana auf, als Shade mit dem Training los legte. Sie unterrichtete die Vampire in dem Wissen ihrer eigenen Schwächen, was im Kampf effektiv war und geräuschlos, wenn notwendig. Sie präsentierte die Auswirkungen ihres puren goldenen Blutes, mit Hilfe von Bricriu der eine beeindruckende Schmerzgrenze besaß. Die goldenen Tropfen brannten in seine Haut ein. Shade beschrieb, wie wichtig es war, die Waffen mit purem silbernen Klingen auszustatten, die besten Beispiele lieferten Kyle und Einar, die jeweils ihre Messer am eigenen Leibe gespürt hatten. Selbst nach den Tagen erkannte man eine Narbe an Einar's Schulter, die nur langsam verschwand. Auch wenn die Vampire für diese Schlacht vorgesehen waren, mischten sich fremde sowie bekannte Gesichter dazu. Mitunter auch Jace, der als Werwolf selbst einige Hinweise geben konnte. Ein Biss von seiner ausgewachsenen Wolform konnte das Genick eines Vampires brechen. Was der Mann vorstellte, indem er sich in seine braune Wolfsgestalt verwandelte die größer wirkte als ein natürlicher Wolf. Die spitzen Zähne in seinem Maul sowie die Spannweite dieses, war tödlich für einen Vampir. Kyle sah noch nie einen Werwolf in seiner Form, mit großen Augen beobachtete er Jace. Dazu hatte der Mann der Truppe den Rücken gekehrt und ohne Scham die Klamotten abgestriffen die bei der Verwandlung nur ruiniert wurden.

"So effektiv es auch ist. Ist diese Variante zu auffällig. Ich hoffe du weist mehr Erfahrungen auf." merkte Shade an, worauf Jace sich zurück verwandelte und etwas die Schultern zuckte. Das Mondlicht schimmerte auf den Schweißperlen, die auf seinem blanken Oberkörper abperlten, der Prozess einer Verwandlung war mit viel Anstrengung und auch Schmerz verbunden.

"Ich hatte euch gebeten, eure liebste Waffe zu wählen. Es liegt an euch, die beste Waffe gegen Vampire zu kreieren. Denkt dran, pures Silber ist viel wert und auch leicht im Gewicht. Wenn ihr Hilfe braucht, gebt Bescheid." Shade sah in die Runde, alle waren motiviert, sie hoffte, es blieb dabei. Langsam löste sich die Ansammlung auf, kleine Gruppen bildeten sich, um die notwendigen Materialien zu sammeln und später zu formen. Ein schwerer Arm legte sich um ihre Schultern und Shade atmete tief durch.

"Das war ein langer Tag. Übernimm dich nicht." murmelte Einar und sie nickte langsam.

"Bis jetzt habe ich mir nur den Mund trocken gesprochen. Zudem weiß niemand, wie viel Zeit uns bleibt." seufzte Shade aus und lehnte sich an ihre neue Stütze in diesem Leben. Sie selbst hatte nie gedacht, sich in einen Vampir zu verlieben, jene Art, die ihr Leben und das Leben vieler anderer zerstört hatte. Ihre Bindung basierte auf unmöglichen, aber gemeinsamen Geschichten, die sie zusammen schweißten. Sie kehrten in das Haus von Ahmya und ihrer Schwester zurück, um Kijana wieder abzuholen. Die Magierin nutzte jede Gelegenheit, dem Kleinkind den Alltag zu erleichtern. Während Einar mit einem zufriedenen Lächeln das Mädchen entgegen nahm, trat Ashula aus ihrem Zimmer.

"Wir müssen mit euch reden." kündigte die alt wirkende Dame an. Shade runzelte etwas die Stirn, sie respektierte das Medium, aber ihre Worte wurden begleitet von Zweifel und Unsicherheit. Etwas, was nicht sein darf. Shade nahm am Küchentisch platz, Einar setzte die kleine Kijana auf seinen Schoß und auch die Zwillinge fanden einen leeren Stuhl. Es kehrte Stille ein, bis Ashula ihre Stimme erhob.

"Die letzten Visionen sind beunruhigend. Normalerweise teile ich diese nicht mit Anderen, wenn ich mir nicht sicher bin. Aber ich lag bereits falsch und ich möchte keine weiteren Fehler mehr riskieren." erklärte die Frau dann, sie saß gegenüber von Shade und legte ihre Hände mit dem Handrücken auf dem Tisch ab.

"Das Beschreiben dieser ist komplex. Deswegen zeige ich sie dir."

fügte die Schwarzhaarige hinzu, die von Tag zu Tag mehr graue Strähnen gewann. Shade zögerte, sie wusste um die Sorge von Ahmya, immerhin übernahm sich Ashula, die versuchte, mehrere Visionen von vielen der Rebellen gleichzeitig zu lesen und zu deuten, um die ständige Sicherheit von Slosa gewährleisten zu können. Ahmya nickte aber zuversichtlich, dieser Schritt war unumgänglich. Shade legte ihre Hände in die von Ashula, die leeren Augen leuchteten, was eine hypnotisierende Wirkung für Shade besaß. Langsam verschwamm die Sicht von Shade, es wurde schwarz und sie fühlte sich in einer hohen Geschwindigkeit zurückgezogen. Als riss man ihr die Seele aus dem Körper, so leicht fühlte sie sich darauf.

Shade erwachte aus dem Schlaf, durch Schreie und andere Geräusche, die sie nicht zuordnen konnte. Kijana, die mittlerweile den Körper einer 5 jährigen besaß, wurde wach durch den Lärm und schrie. Instinktiv griff sie nach dem Mädchen und sah aus dem Fenster, was auf einer Dorfseite stand. Es glich einem Massaker, die Felder brannten, wenige anliegende Häuser brannten. Mehrere Schatten, die durch das wilde Feuer geworfen wurden, kämpften oder liefen. Shade versuchte, Kijana zu beruhigen, aber selbst ihr Herzschlag raste. Mit dem Mädchen in den Armen, rannte sie in den hinteren Bereich des Hauses, öffnete ein Fenster. Ihre blanken Füße landeten im Schnee, aber sie spürte die Kälte nicht. Es gab für sie nur eine Priorität, Kijana. Sie rannte durch den Schnee zur Bergkette, bis sie auf den Boden gezogen, nein, geworfen wurde. Schützend schirmte sie Kijana ab, rollte sich ab und stand ungewollt wieder, als sie jemand am Hals packte. Sie spürte nichts. Nur wie man ihr Kijana entriss und sie Meter zurück stolperte, fiel sie in den Schnee, der sich langsam golden färbte. Es schmerzte nicht. Aber die Klinge ragte mit dem Griff aus ihrer Brust. Die Sicht verschwamm, es drehte sich, bis alles wieder schwarz wurde.

Dieselbe Vision. Diesmal wählte Shade aber einen anderen Weg. Sie riss den Schrank auf, stapelte die Klamotten und legte Kijana vorsichtig rein. Sie schloss die Schranktür, die durch einen minimalen Spalt genug Luft frei gab. Shade griff nach ihren zwei silbernen Messern und rannte durch das Haus zum Eingang. Es war ein einziges Schlachtfeld, wenige lagen regungslos im Schnee, das wilde Feuer wütete und nahm was es verspeisen konnte. Die Schatten waren schnell und tödlich. Vampire. Der erste, der an ihr vorbei zischte, erwischte sie mit ihrem Messer, wodurch dieser wenige Meter weiter rutschte und liegen blieb. Sie kämpfte, sie spürte nichts und machte weiter, bis ihr die Energie fehlte. Es wurden nicht weniger. Es war ein Dutzend. Hunderte. Zu viele. In dieser Vision gehorchte ihr Körper nicht mehr, sie kippte in den Schnee und versuchte, ihre Glieder zu bewegen, keine Chance. Der Schnee unter ihr färbte sich golden, ihr Blick verschwamm und das einzige, was sie noch sah, war, wie ein Schatten in das Haus verschwand und mit Kijana wiederkam.

Eine weitere Vision. Ein fremdes Haus. Shade wachte auf durch einen Knall, Kijana zuckte nur etwas und schlief weiter. Shade schlich auf leisen Zehen aus dem ihr fremden Raum, ein Schatten flog an ihr vorbei. Ihre Augen gewohnten sich langsam an die Dunkelheit, Einar lag regungslos auf dem Boden, eine Schwertklinge ragte aus seiner Brust. Shade schloss instinktiv die Tür, schob einen Schreibtisch vor. Mit einer Decke band sie Kijana auf ihren Rücken, zog ihre Messer und behielt die Tür im Auge. Etwas stemmte sich dagegen, der Schreibtisch rutschte wenige Zentimeter. Nochmal. Ein weiterer Zentimeter. Nochmal. Bis die Tür aufschlug, Shade schleuderte das erste Messer direkt auf den Fremden. Dieser stolperte Meter zurück und raus aus dem Raum. Ihre Aufmerksamkeit war auf höchster Gefahrenstufe, sie vernahm jedes Geräusch, sah jede Bewegung. Ein Schatten zischte in den Raum, sie hob ihr Messer und wog ab, wo dieser hin wollte. Ein Hieb auf Brusthöhe. Ein Treffer. Ihre Hand wurde aber umgriffen und der Vampir zog das Messer problemlos raus. Verdrehte ihr den Arm, packte Kijana grob, was sie am plötzlichen Schreien erkannte und knallte frontal gegen die Wand. Goldene Tropfen rannten dem Holz hinab, während ihr Körper zu Boden ging. Die Sicht verschwamm, alles wurde dunkel, die Schreie verstummten.

Jede Vision endete mit demselben Ergebnis. Shade überlebte es nicht und Kijana landete in der Gefangenschaft der Regiae Familie. Irrelevant, wie sehr ihre Mutter versuchte, diese Visionen zu überstehen. Mal gab es mehr Opfer, mal gab es weniger. Mal war der Tod friedlicher, mal war dieser barbarisch. In einem sah Kijana ihre eigene Mutter sterben, in den anderen wusste sie vermutlich nicht mal was geschah. Die Visionen endeten, Shade's Finger hatten sich in die

Handflächen von Ashula gegraben, ihr Gesicht fühlte sich feucht und geschwollen an. Erschrocken nahm sie ihre Hände weg.

"Entschuldige.. ich wollte nicht.."

"Es ist in Ordnung." unterbrach Ashula, während die blutenden Stellen an ihren Händen langsam verheilten. Einar sah beunruhigt zu Shade, die sich mit dem Handrücken die Tränen aus dem Gesicht strich.

"Ich verstehe das nicht.." hauchte Shade geschlagen aus.

"Was ist passiert?" Einar wusste nicht, womit man es zu tun hatte, Ashula zeigte die Visionen lediglich Shade. Weil viele dieser aus ihrem Augenwinkel stammten. Irrelevant wie häufig Ashula falsch lag, dieses Schicksal war eindeutig, nur wie es erfüllt wurde, war unklar. Shade schüttelte langsam und mehrmals den Kopf, sie konnte das nicht zu lassen.

"Ashula befürchtet das zwei Goldblüter an einem Ort, zu viel Aufmerksamkeit auf sich ziehen." erklärte Ahmya dann, die Augen von Einar weiteten sich.

"Was soll das heißen? Sie ist ihre Mutter, es spielt keine Rolle wo, aber sie gehören zusammen!" Einar sah fassungslos zu Shade, die langsam den Kopf schüttelte.

"Ashula hat Recht.. wo ich bin, ist sie in Gefahr, Einar." flüsterte Shade aus, ihre Augen brannten, sie tränten, ihr Herz schmerzte, so etwas hatte sie noch nie gespürt.

"Ich und Ashula werden in den nächsten Tagen aufbrechen, zurück nach Praaphia. Wir können Kijana mitnehmen. Diese Insel ist der sicherste Ort."

"Und elendig weit weg von hier." entgegnete Einar, der Ahmya unterbrach. Die Frau schwieg, Shade sah zu Kijana, die eine kleine gebastelte Puppe in den Händen hielt. Ihr Ausdruck war verzweifelt.

"Ich weiß es ist nicht optimal. Aber ich verspreche euch, ich werde Kijana mit meinem Leben schützen." murmelte Ahmya dann in einem ruhigen und aufrichtigen Ton. Shade war aus dieser Gefangenschaft entkommen, sie hatte Inot überlebt, aber unabhängig davon, trieb er sie immer noch in eine Ecke. Es war aussichtslos. Shade stützte ihre Ellbogen auf den Tisch und versteckte ihr Gesicht in ihren Händen, ihre Fingerspitzen gruben sich ins Haar. Einar hatte sie bereits oft am Boden gesehen, aber diese Frau brach in viele kleine Einzelteile. Auf der Welt gab es nichts stärkeres als die Instinkte einer

Mutter, die Verbindung zwischen ihr und dem Kind. Einar rutschte mit seinem Stuhl an Shade heran, legte einen Arm um ihre Schultern. Auch wenn Shade keinen Laut von sich gab, wusste Kijana um die Wahrheit, sie zog an den Ärmel ihrer Mutter, nachdem sie diesen gefunden hatte. Shade schielte zu ihrem Kind, in das kleine fröhliche Gesicht, das etwas eingefroren war, sie wirkte betrübt. Shade nahm Kijana in den Arm und schloss die Augen, sie atmete durch.

"Ich lass nicht zu, dass dieses Monster dich je erreichen wird.." hauchte sie leise aus. Die Entscheidung stand fest, Kijana wurde von Ahmya und Ashula nach Praaphia mitgenommen. Die Insel der Magie und Mächte. Shade verbrachte die letzten Tage einzig und alleine im Bett, behielt Kijana bei sich und mied jedes Training, so wie jeden Kontakt zu den anderen. Einar brachte ihr ausreichend zu Essen und erinnerte sie daran, dass sie ihre Kraft brauchte. Shade schlief nicht, dass verrieten ihre tiefen Augenringe. Das Gelächter von Kijana erfüllte stets den Raum, auch wenn ihrer Mutter nicht nach Lachen war, ließ Shade nicht zu, dass Kijana traurig wurde. Am Tag des Abschiedes hatte Shade Kijana in dicke Klamotten gepackt und ausreichend Kleidung in eine Tasche gestopft. Sie wartete vor dem Haus, während Kijana im Schnee spielte, das Mädchen lernte in den wenigen Tagen bereits das Laufen. Die Zwillinge traten aus ihrem Haus, Nero hatte entschieden zu bleiben, weswegen er die Frauen nacheinander umarmte. Ahmya erreichte Shade und ihr Kind.

"Wenn ihr nach der Schlacht uns aufsucht. Fragt nach den Unglücksschwestern." erklärte Ahmya. Shade nickte langsam und setzte sich neben Kijana in den Schnee, sie hielt das Mädchen für einige Minuten schweigend im Arm. Bis Einar eine Hand auf ihre Schulter legte und Shade in die Realität zurückholte.

"Wachs bloß nicht zu schnell, Kijana. Ich will dir dabei zu sehen.." hauchte Shade sanft aus, sie stand auf und überreichte Kijana zu Ahmya, die sanft lächelte.

"Sie ist sicher, das garantiere ich dir." versprach Ahmya wiederholt und Shade glaubte diesen Worten. Ihre goldenen Augen beobachteten wie die Zwillinge aus dem Dorf gingen, ihr Blick hing an Kijana, die eine Schneeflocke mit dem Hand auffing, es schneite.

28

Einar

Einar erinnerte sich an die Worte seiner Mutter. Sie beschrieb, wie schmerzvoll es war, als er aus Umbra verbannt wurde, sie aß tagelang nichts und verlor jeglichen Lebenswillen. Er war ein Teil von ihr, er war ihre Zukunft, ihr Glück, ihre Freude und so vieles mehr. Nach seiner Verbannung fühlte sie sich leer und verloren. Etwas ähnliches erkannte er in Shade, nach dem Abschied war kein Tag mehr wie zuvor. Früh am Morgen stand Shade auf, was er durch die Bewegung des Bettes verspürte. Sie band ihr weißes Haar in einen strengen Zopf, schlüpfte in die warmen Klamotten und verschwand ins Bad. Seitdem er mit ihr zusammen war und sich nicht mehr vor seinem Vater verstecken musste, hatte sich bereits vieles verändert. Er schlief wieder mehr, was er Shade zu verdanken hatte. Langsam richtete er sich im Bett auf und strich seine Haare aus dem Gesicht, Shade kehrte ins Zimmer zurück.

"Du bist früh wach." stellte er fest, Shade zuckte mit den Schultern.

"Solange Inot atmet. Werde ich nicht ruhen." sie ging aus dem Zimmer, Einar seufzte leise aus. Ihr Verhalten glich dem ihres ersten gemeinsamen Tages, indem sie sich geweigert hatte, mit Einar direkt zu sprechen, stattdessen war Kyle der Bote. Sie besaß wieder diese eisige Kühle an sich, die sie begleitete, wenn es in einer Jagd gefährlich wurde. Er stieg aus dem Bett und zog seinen Mantel über, folgte Shade keine Minuten später. Im Dorf wurde ein freier Platz für das Training genutzt, viele der freiwilligen Kämpfer hatten mit Hilfe anderer ihre Waffen aus Silber geschmiedet. Für das Training selbst wurden Stöcker in jeglicher Größe verwendet, um Verletzungen zu vermeiden.

"Ich zeige euch heute, wo die Schwachstellen sind." Shade deutete mit einem Finger auf ihr Herz und mit der freien Hand auf ihre Stirn, direkt zwischen ihren Augen.

"Eure einzige Chance, einen Vampir zu töten. Ohne Herz oder Gehirn ist ihr Körper nicht mehr überlebensfähig. Kyle, komm her." sie zeigte neben sich und nahm aus dem Schnee zwei kleine Holzstücke, schmiss ihm eines zu, was er auffing.

"Vampire sind schnell. Also bleibt euch keine Zeit zum nachdenken, ihr müsst handeln und das ausnahmslos." Shade wank Kyle zu sich, er zögerte erst. Auch wenn ihre Tonlage stark und dominant klang, war ihre Blässe dermaßen weiß, dass sie sich im Schnee verstecken konnte. Ihre tiefen Augenringe verrieten ihren verlorenen Schlaf, aber ihre Augen waren konzentriert. Kyle nutzte weder seine Geschwindigkeit noch seine Stärke als Vampir, er griff Shade mit dem Holz als Messerersatz an. Shade wich diesen aus, sein Hieb ging ins Leere und sie stoppte mit ihrem Stock an seiner Brust.

"Zu langsam. Es gibt Vampire, die deine Schnelligkeit locker überbieten, also streng dich an." ihre Worte klangen hart und sie wich einen Schritt zurück. Kyle nickte nur langsam. Er nutzte seine vampirischen Fähigkeiten, stieß einen Hieb in ihre Richtung aus, Shade packte seinen Arm, lenkte den Hieb um. Er landete kopfüber im Schnee, bevor er aufspringen konnte, spürte er die Holzspitze an seinem Hinterkopf.

"Nochmal." Shade trat Schritte von ihm weg, während er sich aus dem Schnee aufrappelte. Er klopfte sich den Schnee von seinen Klamotten, Shade hatte ihm den Rücken gekehrt. In einem Atemzug lief er auf Shade zu, sie packte seinen Arm und er zuckte etwas bei dem Handgriff zusammen.

"Falsche Seite." merkte Shade dann kühl an, damit meinte sie seine Waffe aus Holz, die nah an ihrer Brust ruhte, aber auf der falschen Seite, nicht dort wo ihr Herz war.

"Nochmal." sie stieß ihn wenige Meter von sich, Kyle sah

fassungslos zu Einar, dieser zeigte aber keine Reaktion. Niemand tat es. Keiner hatte vor, sich mit Shade anzulegen, ihr zu sagen, dass sie zu weit ging. Kyle knirschte mit den Zähnen und stürmte auf sie erneut zu. Sein Angriff saß besser, er erwischte sie an der Stirn aber wich instinktiv zurück, als er sie mit der Stockspitze geschnitten hatte. Einar's Ausdruck veränderte sich, aber Draco hielt ihn an der Schulter zurück. Shade rieb sich einen kleinen Tropfen ihres goldenen Blutes von der Stirn.

"Es gibt keine Gnade für diese Gegner. Kein Zögern. Kein Mitleid. Keine Barmherzigkeit. Dran bleiben, Kyle." Shade's Worte waren scharf wie Messerklingen. Kyle setzte sich in den Schnee, nachdem er das Spielzeug zu den anderen in den Schnee geworfen hatte.

"Jace. Du bist als nächstes dran."

"Soll ich mit Nodin kämpfen?"

"Ein Vampir bricht dir und Nodin in Sekundenschnelle das Genick, ohne viel Mühe. Beantwortet dir das die Frage?" Shade beobachtete den Werwolf, der langsam nickte.

"Deine Waffe?"

"Beil." antwortete er knapp.

"Damit bringen dir die Schwachstellen nichts. Konzentrier dich auf die Gliedmaßen, Arme und Beine. Mit viel Kraft und Glück, Nacken." sie wank ihn zu sich. Die Übungskämpfe waren hart, Shade sprach jede Kleinigkeit an und ließ keinen minimalen Fehler zu. Sie war forsch und eiskalt mit ihren Beurteilungen. Aber niemand beschwerte sich. Shade fand Frieden darin, sie fand eine Beschäftigung und eine Ablenkung. Einar gefiel es nicht, aber er wusste nicht, wie er ihr dabei helfen konnte, ihren Schmerz lindern konnte. Das Abendessen bei Idril lief schweigend ab, Shade stocherte in ihrem Essen und selbst die Elfe fand keine geeigneten Worte. Einar beobachtete die Frau, die er vor einigen Tagen noch Lachen sah, wie glücklich sie mit Kijana war trotz all der Umstände. Seine Hand verkrampfte sich um das Besteck, was er hielt. Gib ihr Zeit, hatte Idril wenige Minuten zuvor gesagt, während Shade eine kalte Dusche genommen hatte. Einar hatte ausreichend Zeit, aber er hatte Angst, dass sie sich selbst damit verletzte. Noch mehr litt, als sie es so schon tat. Dieser Anblick wog schwer in seinem Magen und er war absolut machtlos dagegen. Idril irrte sich, es war nicht Zeit, es war Rache. Shade wünschte sich nichts sehnlicher und das Ende von diesem

Schrecken. Das erkannte Einar nach den ersten Albträumen seiner Freundin, die sich im Bett wälzte und im Schlaf sprach. Er zog sie immer in seine Arme und hielt sie so lange fest, bis sie wieder Ruhe fand und weiter schlafen konnte. Es war die einzige Zuneigung, die sie zu ließ. Alles andere lehnte sie ab oder fand Ausreden, um diesen aus dem Weg zu gehen. Immerhin aß Shade was und ließ sich nicht gehen, der Alltag gab ihr etwas Halt und mehr konnte er nicht bieten. Der Kratzer an ihrer Stirn war minimal, aber es zeigte, wie nachlässig sie wurde, wenn sie sich in ihrem eigenen Rausch befand. Sie wollte diesen Mann tot sehen und alles, was sie einen Schritt näher brachte, gab ihr Sicherheit.

"Rosa hat vorgeschlagen, dass ihr das Haus der Zwillinge nehmen könnt." sprach Idril dann an, Shade sah von ihrem Teller zu der Elfe auf.

"Wir sind doch kaum hier, die meiste Zeit verbringen wir sowieso im Freien." entgegnete Shade, die keinen Sinn in dieser Entscheidung fand oder es einfach nicht sehen wollte. Idril schielte zu Einar, der sich aus dieser Diskussion hielt, weswegen die Elfe ihre Augen verdrehte.

"Natürlich. Aber ich will nicht weiter eure persönliche neutrale Partei sein." Idril sprach es direkt aus, Shade zog eine Augenbraue fragend hoch. Natürlich war es ihr nicht aufgefallen, wie auch.

"Also schmeißt du uns raus?" wiederholte Shade die Worte, wie sie diese selbst verstanden hatte.

"Nein. Ich sage, dass ihr zwei etwas Zeit für euch braucht und diese nutzen sollt." korrigierte die Elfe knapp.

"Na gut." murrte Shade aus, kaum begeistert über diese Worte. Einar hatte ein wenig Hoffnung, wenn Idril nicht weiterhin unter demselben Dach schlief, konnte er Shade vielleicht etwas eher erreichen. Der Umzug in das Haus war schnell erledigt, weder Shade noch Einar besaßen viel. Rosa wartete an der Tür, in ihrer kindlichen Form wippte sie von ihren Zehen zurück auf ihre Fersen, hielt ihre Arme hinter ihrem Rücken verschränkt. Einar kannte dieses Gesicht nicht, aber diese rosa Augen und ihr rosanes Haar erinnerten ihn an jemanden.

"Ich habe keinen Nerv für dich übrig, Rosa." murrte Shade genervt aus, alleine beim Anblick von Rosa.

"Ich weiß. Aber ich habe ein Geschenk für euch." sie trug ein breites Lächeln auf ihren Lippen.

"Keine Zeit. Training geht gleich los." Shade drängte sich an dem Mädchen vorbei ins Haus, die Tür stand weit offen. Wodurch Einar beobachten konnte, wie Shade stehen blieb. Die Einrichtung erinnerte an eine Hütte, vieles war aus dunklem Holz, einige Bilder hingen an den Wänden, die Einar nicht erkennen konnte, aber Shade tat es. Rosa trat einen Schritt hinter Einar, gleichzeitig drehte sich Shade zu den Beiden, ihr Blick war in Wut gedrängt.

"Was ist das?!" Shade's Stimme zitterte, während sie sich stark zurückhielt.

"Das Zuhause deiner Ur Ur Ur Großmutter.." gestand Rosa, die sich hinter Einar versteckte, der verwirrt zu dem Mädchen sah. Shade schnaubte aus, sie ging auf Rosa zu, aber Einar hielt sie an den Schultern fest.

"Es wird nicht schaden, etwas dein Zuhause nennen zu können, was nicht in Verbindung mit Inot steht." merkte er dann in einem ruhigen Ton, Shade's Blick durchbohrte Rosa, bis sie zu Einar aufsah. Rosa streckte ihre Hand hinter Einar hervor, in ihrer Handfläche lag ein goldener Kompass.

"Das ist das Geschenk." flüsterte Rosa, wobei ihr Talent zu Flüstern nicht vorhanden war, aber sie gab sich Mühe. Shade's Auge zuckte, sie war einen Millimeter davon entfernt, diesem Mädchen Manieren beizubringen.

"Der ist kaputt." merkte Shade dann trocken an, Einar runzelte die Stirn. Die Nadel zeigte nicht in den Norden, sondern in den Westen.

"Sein Ziel ist nicht der Norden.." murmelte Einar und Rosa klopfte ihm auf den Ellbogen, weil sie zu seiner Schulter nicht hoch kam.

"So ist es. Die Nadel zeigt auf Kijana. Damit werdet ihr sie finden und solange die Nadel konstant bleibt, geht es ihr gut. Sobald die Nadel sich wahnsinnig im Kreis dreht.. nun.. ich will es gar nicht aussprechen. Je schneller die Nadel sich dreht, desto kritischer wird ihr gesundheitlicher Zustand." beschrieb Rosa, die aus ihrem Versteck trat. Shade nahm den Kompass zögernd entgegen, schloss die goldene Abdeckung und hielt es nahe über ihrem Herzen.

"Ich weiß nicht, wie es ist, Mutter zu sein oder Eltern zu haben. Aber ich hoffe, es hilft euch über diese schwierige Zeit." Rosa neigte leicht ihren Kopf und machte an der Stelle kehrt. Einar sah dem Mädchen nach, die davon hoppte als bestünde ihr ganzer Weg aus einem Hüpfspiel. Er spürte ein Gewicht auf seiner Brust, er schloss ohne zu zögern die Arme um Shade, die sich wortlos an ihn schmiegte. Die Kälte wich langsam und sie suchte die Wärme, die Wärme, die ihr ständig angeboten wurde und sie Angst hatte, diese anzunehmen. Mit einem Fuß schloss er die Tür hinter ihnen, sperrte auch die letzte Kälte aus ihrem Leben aus. Shade zitterte ein wenig, worauf er das leise Schluchzen vernahm. Er strich ihr über den Rücken, bis sie sich beruhigte, es dauerte wenige Stunden. Shade saß am Tisch, sie bekam eine Decke von Einar, die sie um ihre Schultern trug, während er etwas Wasser aufkochte. Sie hatte den Kompass auf den Tisch gelegt und beobachtete, wie minimal die Nadel sich bewegte. Er goss den Tee auf und stellte diesen vorsichtig vor ihr hin, Shade lächelte schwach und ohne Worte. Einar brauchte keine Worte, um zu sehen, wie dankbar sie war. Er strich sanft über ihren Arm, während sie einen Schluck trank.

"Denkst du, sie wird den Schnee vermissen?" murmelte Shade und schielte zu ihm, er schmunzelte etwas.

"Wahrscheinlich. Aber ich habe gehört, sie haben dort tolle Strände." merkte er an und Shade nickte ein wenig.

"Das wird ihr sicher gefallen.." stimmte sie etwas leiser zu.

29

Shade

Das Problem an Visionen war, sie lagen häufig richtig. Tage später, nachdem Kijana von den Zwillingen aufgenommen wurde, erlitt Slosa einen Überraschungsangriff. Mitten in der Nacht, war es ein hoher Ton, der im Dorf ertönte und alle Rebellen warnte. Shade sprang aus dem Bett, wach gerüttelt von all den Visionen, die sie gesehen hatte. Diesmal war es aber anders, Einar hielt ihre Messer hin und war aufgestanden. Sie warf sich etwas über ihre Schlafsachen, schlüpfte in die erst besten Schuhe, die sie finden konnte und nahm ihre Waffen entgegen. Zusammen mit Einar trat sie aus dem Haus. Es war ein reinstes Chaos, an einer Front drangen mehr und mehr schwarze Gestalten ein, an der anderen kämpften Jace und Kyle.

"Zeit deine Superkraft auszuprobieren." schmunzelte Einar, Shade schielte zu ihm.

"Ich passe auf Kyle auf." versprach er zusätzlich. Ihre Augen leuchteten langsam golden und sie lächelte verschmitzt.

"Ich glaube, er hat sich gut im Griff." ihre Adern leuchteten langsam golden, sie rannte zu der anderen Front, während Einar bei Jace und Kyle aushalf. Idril hatte Jahre zuvor erwähnt, dass der Zustand ihrer goldenen Adern nicht von der Sonnenfinsternis abhängig sei. Shade hatte gelernt damit umzugehen, sie hatte jeglichen

Schmerz in ihrem Leben erlebt, was es ihr ermöglichte, diesen Zustand für sich zu nutzen und das gleichzeitig im Kampf.

"Das ist neu." merkte Bricriu an, als sie neben ihm zum Stehen kam.

"Es gibt keine Schwächen." sie zwinkerte ihm zu, mit jeder tickenden Sekunde, wirkte ihr Blut Wunder. Der Geruch setzte sich frei, ihr Herzschlag, der durch Adrenalin angetrieben wurde, war deutlich hörbar. Sie drehte ihr Messer in der Hand, als ein Schatten stehen blieb und seinen Kopf zu ihr drehte, die Augen pulsierten in einem roten Ton. Ein Indiz von Blutrausch. In einem Wimpernschlag stand dieser Vampir vor ihr, aber sie rammte ihr Messer in seine Brust, bevor seine Hände oder seine Zähne ihre Haut berühren konnten. Hinter ihr griff Bricriu einen weiteren ab, denn er mit seiner Hand am Kopf packte und mit nur einer Hand diesen zerquetschte. Shade duckte sich unter einem Hechtsprung hinweg, wovon Bricriu den Vampiren zu Boden riss und sie sein Herz mit dem Messer durchbohrte.

"Einer muss überleben.." atmete Shade aus, stand auf und wich zur Seite, lange spitze Fingernägel streiften ihren Hals, Bricriu packte die Vampirdame am Nacken und drückte sie in den Schnee.

"Alles gut?" er schielte zu der Goldblüterin die langsam nickte, während sie eine Hand an ihrem Hals hielt. Sie wartete wenige Sekunden, bis die Heilung dies übernommen hatte. Sie hörte ein Knurren etwas weiter entfernt, Shade sah zu Jace, der in seiner Wolfform kämpfte. Kyle hingegen hielt sich die Ohren zu mit beiden Händen. Kyle kämpfte mit seinem Blutrausch, was Shade realisierte, deswegen blieb ihr kaum Zeit mehr aus diesem goldenen Zustand zu holen. Sie mussten kurzen Prozess machen.

"Bricriu." atmete Shade leise aus, er verfolgte ihren Blick und runzelte die Stirn.

"Wie viel?"

"Eine Minute, maximal" hauchte sie und er nickte langsam. Sie nahm ihre Hand von ihrem Hals, ließ etwas Blut von ihrer Hand auf den Schnee tropfen. Bricriu hielt den Atem an, während mehr und mehr Gegner zum Stehen kam. Shade winkelte ihre Arme an, grub ihre Füße etwas in den Schnee und fokussierte sich auf die Schatten. Die Vampire ließen vom Rest ab und stürmten direkt auf Shade und Bricriu zu, der braune Wolf erkannte das Szenario und drückte Kyle zu Boden. Er fletschte knurrend die Zähne, während Kyle versuchte, den Wolf von sich zu schieben, seine Finger gruben sich in die Pfoten des Tieres. Bricriu versuchte die schnellen Vampire abzufangen und machte kurzen Prozess, wenige, die an ihm vorbei kamen, endeten bei Shade. Die wiederholt bewies, warum sie eine ausgezeichnete Jägerin war, kurze, schnelle und effektive Bewegungen. Sie dachte nicht nach, sie führte es einfach aus. Es kehrte Ruhe ein, ihre goldenen Augen normalisierten sich und auch ihre Adern verloren den goldenen Schimmer. Bricriu hielt einen Vampir an den Haaren fest, während sie umgeben von leblosen Untoten waren. Shade wischte sich das Blut vom Hals, Jace ließ von Kyle ab, als sein Blutrausch nachließ. Einar rannte zu Shade aber sie hielt einen Arm von sich, er blieb stehen.

"Eine Sekunde noch.." murmelte sie aus und wandte sich zu Bricriu, der den Vampiren dazu brachte Shade anzusehen.

"Richte Inot aus. Das wir ab sofort nur noch Köpfe zurücksenden." ihre Augen pulsierten goldlich und ihre Stimme nahm einen herrischen Tonfall an. Bricriu schleuderte den Vampiren aus dem Schutzzauberbereich, raus aus Slosa. Shade atmete aus und ließ ihren Arm wieder hängen, Einar umarmte sie dann wortlos.

"Du hast mir kurz einen Schrecken eingejagt.." murrte er aus.

"War nur ein Tropfen, nicht mehr, nicht weniger." schmunzelte Shade und sah entschuldigend zu Kyle, der sich bei Jace abstützen musste.

"Gab es Opfer?" Shade sah sofort zu Bricriu aber er schüttelte den Kopf.

"Sie kamen nicht mal in ein Haus.. Jace hatte sie schon Meter weit gerochen." hustete Kyle, worauf Jace ihm leicht auf den Rücken klopfte. Jace ertrug Wunden an den Armen, die aber übermäßig von Kyle stammten, was dem Mann nichts auszumachen schien, der den jungen Vampiren trotzdem unterstützte.

"Atmen, Kleiner. Atmen." erinnerte Jace.

"Ich denke es wird langsam Zeit euch immun gegenüber dem Goldblut zu machen." stellte Einar dann fest, der seinen Arm um Shade behielt.

"Das ist eine gute Idee." merkte Kyle etwas genervt an.

"Tut mir Leid, aber ich konnte das Risiko nicht eingehen." lächelte Shade schwach. Wenige Köpfe steckten sich aus den Türen, die prüften ob es nun wieder sicher war. Draco kam knapp hinter ihm folgte Nero, der mit einer Handgestik den Riesen erscheinen ließ, der die Leichen weiter weg vom Dorf stapelte.

"Ein Kind sollte so etwas nicht sehen." seufzte Shade leise aus, sie beobachtete Nero.

"Er sieht die Welt mit anderen Augen, Shade." erklärte Draco, während er mit seiner Blutmagie die restlichen Spuren vom Kampf entfernte, als seien sie nie gewesen. Shade musterte die Anwendung dieser Magie.

"Wie schwer ist es?" fragte Shade nach, Draco sah irritiert zu ihr.

"Du musst deinen Blutfluss gut kontrollieren können und du hast stets das Risiko, zu weit zu gehen, im schlimmsten Fall blutet man durch falsche Nutzung aus." beschrieb der Vampir und zog eine Augenbraue hoch.

"Du hast doch nicht vor, es mit deinem Blut zu versuchen, oder?"

"Es ist wie dafür gemacht." lächelte Shade ein wenig und lehnte ihren Kopf an Einar's Schulter.

"Dann brauchst du aber einen vernünftigen Mentor." Draco schob etwas Schnee über die Spuren. Er bemerkte die Augenpaare, die ihn direkt anstarrten, mit unter Shade, Einar, Bricriu selbst Kyle, dem die Wunden versorgt wurden nebenbei, sah entgeistert zu dem Vampir.

"Was?"

"Schon gut. Ich denke, es war eine aufregende Nacht. Etwas Schlaf klingt jetzt sehr verlockend." hauchte Shade schief lächelnd aus. Im Hintergrund wurde der Berg an Leichen verbrannt, aber der Geruch von verbranntem Fleisch, Knochen und Haaren kam nicht im Dorf an. Dieser Angriff wurde von schwachen Kämpfern aus Umbra ausgeführt, vermutlich die Vorhut, dass Ortschaften auskundschaften sollten und zu übermütig wurde, was zu diesem Angriff führte. Shade würde es nicht überraschend finden, wenn Inot von diesem Vorfall noch überhaupt nichts wusste. Denn er hatte seine Männer nicht dermaßen im Griff, wie er es sich vorstellte. Wie sie einst zu Kyle sagte, lassen sich Vampire nicht kontrollieren. Nach dieser Nacht gab es keine weiteren Überfälle, was wohl an den neuen Rebellen lag, die in Slosa eingetroffen waren. Shade beobachtete wie die Fremden die Schutzkuppel mit weiteren Zauber verstärkten, Idril gab die Nachricht weiter das ein Verlassen des Dorfes abgesprochen werden muss, da ein Eintreten als Vampir ohne eine Freigabe tödlich enden konnte.

Einar übernahm das Training, welches bis zu diesem Tage von Shade angeleitet wurde. Ihre Entscheidung stand fest, sie wollte es mit Blutmagie versuchen. Weswegen Draco sie zu seinem Haus einlud, eines der wenigen Häuser, die weder Geräusche noch Gerüche nach innen oder nach außen dringen ließ. Sein Haus war überraschend, eine Mischung aus feinem Gestein und dunklem, edlen Holz. Shade strich über eine Kommode, die Holzart war ihr fremd.

"Holz aus Ishidon. Es ist sehr wertvoll, die Elfen lassen das Fällen der Bäume nur dann zu, wenn diese befallen sind oder in ihren Worten im Sterben liegen." beschrieb der Vampir und Shade zog eine Augenbraue hoch.

"Du stammst aus dem Westen?" die Frage von Shade war nicht unberechtigt, die Mehrheit an Vampiren kam in Umbra unter, wenige verschwanden auf die Schatteninsel, deren Namen Shade nicht kannte. Vampire mieden den Süden, der rein aus Wüste und purer Sonnenhitze bestand und sie waren nicht überall willkommen.

"Eden, ja. Das erste Königreich, das von Menschen bewohnt wurde und jede Art ohne Grenzen zu ließ."

"Und das funktioniert?" Shade sah überrascht zu ihm und er zuckte leicht die Schultern.

"Damals hat es. Ich war lange nicht mehr dort. Das Königshaus von Eden glaubt an eine verdiente zweite Chance, insofern diese missbraucht wurde, wurde man aus Eden verbannt. So herrscht Harmonie. Jeder entscheidet über seine Zukunft selbst." er öffnete eine Tür, nachdem er ein Symbol im Schloss gedreht hatte.

"Dafür, dass du jeden Vampiren auslöschen wolltest, sind deine Fakten nicht alle vollständig." er schielte zu ihr und Shade seufzte etwas aus.

"Ich verfolgte die Mehrheit, die Klischees alles andere hätte sich vermutlich noch ergeben." sie zuckte die Schultern und trat an ihn heran, sie sah einen langen Gang aus Stein, der in einigen Meter Abständen mit Fackeln ausgestattet war.

"Wohin führt das?"

"In eine Arena." schmunzelte er und ging vor, Shade folgte ihm unsicher. Diese Art von Magie war mächtig, das Erschaffen von einem viel zu großen Raum in einem so kleinen Haus. Der Gang wurde allmählich größer, eine riesige Arena erstreckte sich aus steinernen Boden, Wänden und sogar Decken. Der Raum wurde erleuchtet von einer unentdeckten Quelle, die ein wenig an ein Sonnenlicht erinnerte, wobei es kein Loch gab, was jenes hindurchdringen lassen konnte.

"Blutmagie ist an sich schon schwer zu kontrollieren. Aber mit deinem goldenen Blut, weiß ich nicht, was die Auswirkungen sein können. Hier kannst du nichts kaputt machen und hier wird uns keiner stören." er drehte sich im Schritt und lief rückwärts, während er zu Shade sah, die ihren Blick über die hohe Decken schweifen ließ.

"Um etwas zu kontrollieren, was normalerweise durch deinen Körper kontrolliert und transportiert wird, musst du es verstehen. Also fangen wir einfach mit der Heilung durch Blutmagie an, stell dir vor, dein Blut ist deine eigene Armee, du befehligst sie, sie gehorchen dir. Wenn du dich verletzt, herrscht pures Chaos, wie verlorene Kinder verirrt sich dein Blut und du blutest. Es liegt an dir, ihnen den richtigen Weg zu zeigen, zurück in deinen Körper. Erst wenn du diesen Schritt beherrschst, können wir weitermachen. Blutmagie gibt dir viele Möglichkeiten. Aber solange du dein eigenes Blut nicht wieder in deine Adern kriegst, ist alles andere umsonst." er präsentierte seine Erklärung, indem er in seinen Daumen biss, wenige Tropfen von seinem Blut tropften von seiner Fingerspitze, die mitten in der Luft hingen blieben. Langsam spielte sich alles rückwärts ab, die Tropfen schwebten wieder zurück zu seinem Daumen und die Wunde schloss sich. Er zeigte ihr den Finger, der keine Narbe oder andere Hinweise auf die kleine Wunde zeigte.

"Nichts leichter als das." merkte Shade an, ihr Blut heilte von Natur aus besser. Aber sie unterschätzte es. Dadurch, dass ihr Blut anders funktionierte als das typische eines Menschen oder eines Vampiren, war die Bändigung ihres eigenen Lebens Saftes nicht so einfach. Sie schnitt sich leicht an den Finger, ließ das Blut an ihren Finger entlang laufen, während sie der Beschreibung von Draco lauschte. Bevor sie aber überhaupt etwas Magie provozieren konnte, schloss sich die Wunde und sie murrte entnervt aus. Es war ihr vierter Versuch und jedesmal war ihre Regeneration schneller. Draco hatte mit sowas bereits gerechnet.

"Du kannst dich nicht alleine auf das Blut konzentrieren, was herausrinnt. Du musst all dein Blut kontrollieren." stellte er dann fest, Shade sah irritiert zu ihm.

"Und wie genau soll ich mehrere Liter Blut an verschiedenen Stellen in und außerhalb meines Körpers gleichzeitig kontrollieren?"

"Ich habe nie gesagt, dass es einfach wird." entgegnete er und Shade verdrehte etwas die Augen. Sie war es nicht gewohnt, mit etwas überfordert zu sein, sie lernte Schießen in jungen Jahren, sie perfektionierte den Messerkampf in einem Jahr ohne einen Mentor. Die Tatsache, dass es etwas auf dieser Welt gab, was selbst für sie als pure Herausforderung endete, war ihr schlichtweg neu.

"Versuch es mit Meditation. Spür es, verfolge die Bewegungen, die Geschwindigkeit, die Richtungen. Lerne deine Armee kennen, bevor du mit Befehlen um dich wirfst." er verschränkte seine Arme, Shade war nicht überzeugt. Ganz im Gegenteil, sie behielt ihre Ruhe in stressigen Situationen, aber etwas wie Meditation war ihr selbst zu viel. Zudem war ihr Kopf voller Sorgen und Gedanken, es gab so vieles was sie noch erledigen musste und für die Meditation war ein leerer Kopf oder das aussperren dieser Probleme wichtig.

"So schwer ist es nicht, suche dir einen ruhigen Ort, am besten alleine, konzentrier dich erst auf deine Umgebung und dann auf dich, deine Atmung, deinen Herzschlag. Lass deine Gedanken kreisen bis du darin deinen Frieden findest, wenn dein Unterbewusstsein soweit ist, konzentrierst du dich wieder auf deinen Herzschlag, stell dir vor wie dein Blut durch die Adern fließt, welche Stellen an deinem Körper am meisten davon abhängig sind, an welchen Stellen es langsamer fließt oder schneller." beschrieb er, Shade dachte bei dem Wort Mediation an was anderes. Aber Draco beschrieb es anders, sie musste keine ruhige Person sein, um zu meditieren, sie musste nur Frieden in sich selbst finden und von dort an tiefer graben. Es war keine Leichtigkeit, aber machbar für eine Frau, die in wenigen Jahren in verschiedenen Bereichen etwas perfektioniert hatte. Das Training wurde dementsprechend aufgehoben, bis Shade diese Aufgabe löste. Dabei war ihr noch nicht klar geworden, was für eine Herausforderung diese kleine Aufgabe noch darstellen würde. Shade war eine Frau, die direkt oder mit Gewalt gut klar kam, aber ihren eigenen inneren Frieden zu finden oder auf ihren Körper zu hören, war etwas ganz Neues.

30

Einar

Einar kannte Shade nahezu drei Jahre, seit dem Aufeinandertreffen unter der eingefallenen Kirche. Aber zum ersten Mal war die Frau überfordert, Draco hatte ihr aufgetragen etwas zu meditieren, weil sie sonst keine Fortschritte in der Blutmagie machen konnte. Dabei beobachtete Einar, wie sie verzweifelt versuchte, einen Ort zu finden und schlussendlich aufgab und eines der freien Zimmer frei räumte. Sie schob alle Möbel zu den Wänden, damit der Raum in der Mitte völlig frei und offen war. Einar lehnte sich an den Türbogen seitlich, hatte seine Arme verschränkt und beobachtete, wie Shade sich trotzig im Schneidersitz auf den Boden setzte. Ihre goldenen Augen sahen zu ihm.

"Was ist?" sie klang genervt und war definitiv nicht begeistert von ihrem Beobachter.

"Nichts, ich wollte nur sicherstellen, dass du das Zimmer ganz lässt." nachdem sie feststellte, dass er nicht geplant hatte zu gehen, kehrte sie ihm den Rücken zu. Sie schloss ihre Augen, hielt in den Händen den geschlossenen Kompass, der ihr helfen sollte, sich von dem leisen Geräusch der Nadel ihrem Blut zu widmen. Einar spitzte die Ohren, ihr Herzschlag verlangsamte sich, was bei ihr nicht untypisch war. Das hatte sie gelernt, um bei Vampiren nicht aufzufallen. Der Raum war in Stille gehüllt, nichts weiter als der leise metallische Klang der Nadel, die nur ein wenig zuckte und das schlagende Herz von Shade. Die optimale Umgebung zumindest empfand Einar dies. Aber irrelevant, wie ruhig, entspannend es war, Shade fluchte leise aus.

"Hör auf mich so anzustarren. Das macht mich wahnsinnig." zischte sie aus und Einar zog eine Augenbraue hoch.

"Ich sehe darin kein Problem." schmunzelte er und Shade seufzte leise.

"Es hilft mir gerade aber nicht." murrte sie und drehte ihren Kopf leicht zur Seite, damit sie zu ihm schielen konnte.

"Ok ok. Ich geh ja schon." er hob abwehrend die Hände und machte kehrt, er ging aus dem Haus. Die letzten Tage hatte er Shade um wenige Proben ihres Blutes gebeten, damit andere wie Kyle sich daran gewöhnen konnten. Shade meinte die Wahrscheinlichkeit, dass ein Vampir davon immun wurde, wäre gering, aber er wollte es versuchen. Es reichte aus, wenn das goldene Blut nicht weiterhin als Köder für die Rebellen fungierte. Der Prozess war aber alles andere als angenehm. Jedes Mal, wenn der Blutrausch alleine durch den Geruch oder den Anblick aktiviert wurde, gab es nur eine Variante, den Rausch zu unterbrechen. Schmerz. Am Trainingsplatz zeigte sich dieses Unterfangen. Seitdem Einar es bei Bricriu versucht hatte und das Ergebnis sich sehen ließ, hatte Einar diese Methode für die restlichen Vampire freigegeben. Wobei bei Bricriu die Hälfte der Arbeit erledigt war, er hatte viele Jahre hinter sich und fastete sich selbst bis zur Hungersnot, sein letzter Blutrausch musste Jahrzehnte zurückliegen. Was wiederum bedeutete, die jungen Vampire hatten es schwer. Kyle saß auf einem großen Stein, während Bricriu den Vorrat der Proben sicher hielt. Nero stand nahezu zwischen den beiden Männern, knapp hinter ihm der Riese, der eingreifen konnte, wenn es aus dem Ruder lief. Kyle's Gesicht wies wenige eingebrannte Wunden auf, die mit der Zeit verheilten, er grub seine Finger in seine Oberschenkel.

"Wenn du mir nochmal sagst, dass ich atmen soll. Dreh ich hier noch durch." knirschte Kyle durch zusammengebissene Zähne, Bricriu verschränkte seine Arme und schien unbeeindruckt.

"Wenn du auf mich hören würdest, wäre all das schon erledigt." entgegnete der Ältere.

"Scheiß drauf.." Kyle stand auf und hielt vor Einar, den er erst gerade bemerkt hatte.

"Stimmt was nicht?" forschte Einar nach, Kyle knirschte leicht mit den Zähnen.

"Unmöglich. Es ist unmöglich." Kyle schüttelte mehrmals den Kopf.

"Erinnerst du dich, wie erleichtert du warst, als die eine Frau überlebt hatte? Der erste Mensch, den du nicht getötet hast, weil du dem Rausch widerstanden hast." Einar rief diese Erinnerung bewusst hoch. Kyle hatte enorme Schwierigkeiten als Vampir und es hatte ihn zwei Jahre gekostet, um dem Rausch zu widerstehen, aber er hatte es geschafft. Ohne dass er von Einar oder Bricriu aufgehalten wurde, stoppte er sich von selbst aus.

"Das ist anders.." murmelte Kyle.

"Nein ist es nicht. Willst du das Leben von Shade riskieren oder Kijana?"

"Natürlich nicht."

"Dann denk an diese Frau." Kyle schielte zu Bricriu zurück, der geduldig wartete und zurück auf die kleine Ampulle, die er in der Hand hielt, gefüllt mit der tödlichen goldenen Flüssigkeit. Der jüngere Vampir ging zurück, setzte sich auf den Stein und atmete tief durch.

"Nochmal." murmelte er dann, Bricriu nickte langsam, öffnete die Ampulle und hielt es wenige Zentimeter vor Kyle. Einar beobachtete das Geschehen, die braunen, nahezu orangenen Augen von Kyle kämpften mit dem roten Farbton. Man merkte den inneren Kampf von Kyle, in seinen Augen, die sich wechselhaft normalisierten und wieder rot färbten. Seine Nägel gruben sich in seine Oberschenkel, bis seine Arme etwas zitterten. Nero musterte das Schauspiel, was sich mittlerweile zum hundertsten Mal wiederholte, während seine Augen auf Kyle aufmerksam ruhten. Eine falsche Bewegung und er würde ihn in die Schranken weisen. Aber es geschah nichts, Kyle atmete durch, schloss kurz die Augen und atmete durch die Nase ein. Aber er blieb ruhig, öffnete die Augen wieder, das Orange in seinen Augen blieb konstant.

"Na geht doch. Das wiederholst du jetzt täglich, bis du dich nicht mehr absolut zurückhalten musst, sondern es auch im Kampf problemlos nebenbei funktioniert." Bricriu schloss die Ampulle und klopfte auf Kyle's Schulter, reichte ihm eine Ampulle, womit er üben konnte.

"Denk dran, es wird nicht probiert." erinnerte Einar etwas streng. Alleine schon die Menge abzuschätzen, die nicht tödlich war, war eine Kunst für sich. Kyle besaß zwar das Wissen der Kalkulation, die Einar einst aufgesagt hatte, aber wie diese alleine auf seinen Körper abgestimmt war, konnte keiner außer Shade festlegen.

"Wie sieht es bei Shade aus? Hat sie die Götter schon erreicht?" Bricriu erkannte keinen wirklichen Unterschied zwischen Meditation und dem Beten, auch wenn es grundlegend was ganz anderes war. Er sah in beiden Dingen eine gewisse Ähnlichkeit.

"Die Verbindung zwischen Himmel und Erde ist aktuell etwas schlecht." gestand Einar etwas amüsiert über diesen Vergleich.

"Ah deswegen wurdest du wohl rausgeworfen." schmunzelte Kyle, der einen bösen Blick von Einar erntete. Kyle traf ins Schwarze, was aber nicht bedeutete, dass er mit dieser Aussage um sich werfen durfte.

"Sei vorsichtig mit solchen Worten. Wenn es dich mal erwischt, wirst du genauso herum gescheucht." Bricriu zuckte die Schultern. Er hatte nie über seine Vergangenheit gesprochen, aber Einar merkte, dass er aus Erfahrung sprach. Jedem frischen Vampir wurde früh bewusst, dass eine Beziehung mit einem Sterblichen schmerzhaft war. Viele entschieden entweder einsam zu leben oder sich eine Untote zu suchen, mit dem Risiko, nie eigene Kinder zu haben. Dennoch waren sie nicht sicher vor diesen starken Gefühlen, wenn es echt war, konnte kein Vampir diese stoppen. Einar hatte es versucht. Ab dem Tage an wo er in Shade eine interessante Frau fand, unabhängig von ihrem wunderschönen Aussehen, machten ihre körperlichen und seelischen Narben sie umso attraktiver. Sie war eine starke und selbstbewusste Frau, die den Kampf nicht aufgab, so zwecklos es auch schien. Selbst wenn sie auf ihren Knien war, fand sie einen Weg wieder aufzustehen. Es erwischte Einar so plötzlich, als er es realisierte und dann war es zu spät. Zurück in Umbra schwor er sich, Shade zu helfen, um dann getrennte Wege zu gehen, aber nach dem Tod seiner Mutter gab es nichts mehr in dieser Stadt. Die Entscheidung danach war eindeutig.

"Ich habe nicht vor, mich zu verlieben." merkte Kyle an.

"So etwas plant man auch nicht." seufzte Einar etwas aus, er bereute seine Entscheidungen nicht, aber es gestaltete vieles eben komplizierter als zuvor.

"Das erwischt dich eiskalt wie ein geschossener Pfeil aus einer Hütte im Dunkeln." schmunzelte Bricriu etwas, Kyle kniff etwas die Augen zu bei dieser Erinnerung.

"Im schlimmsten Fall schmerzt es mindestens genauso viel." stimmte Einar dem größeren Vampiren zu.

"Ok, ich will nicht weiter über das Thema reden." der Jüngste sprang auf und streckte die Hände in die Luft.

"Wir sind für heute fertig Nero." sprach Bricriu zu dem Jungen, in seiner Muttersprache, der Riese verschwand mit einem Puff ins Nichts.

"Du sprichst seine Sprache?" Einar sah verwundert zu dem Schwarzhaarigen, der etwas nickte.

"Praaphisch kommt einem nützlich, wenn man nach talentierten Magiern sucht. Viele Zauber sind neben dem Latein auch auf Praaphisch." erklärte er, was durchaus Sinn ergab. Seine Feuermagie nutzte er kaum mit gesprochenen Worten, aber in seltenen Fällen nutzte er fremde Begriffe.

"Wenn das alles vorbei ist, erinnere mich daran, dich als Berater hinzuzuziehen." murmelte Einar, die Zukunft lag zwar noch weit vor ihnen, aber Einar dachte schon darüber nach. Wenn Inot gestürzt wurde, wollte er wieder etwas Ordnung in Umbra schaffen. Er war nicht scharf auf diese Position, wenn es einen besseren Kandidaten dafür gab, würde er die Rolle ohne Widerworte übergeben. Aber er wollte nicht zulassen, dass ein weiterer Tyrann in die Fußstapfen von Inot trat.

"Die Wachen werden dich nicht akzeptieren, geschweige der Rat." sprach Kyle an und deutete auf sein rechtes Auge.

"Die Wachen werden sich mit dem zurechtgeben, was sie kriegen und der Rat wird ebenso vernichtet." entgegnete Einar, ohne zu zögern.

"Zudem besteht die Chance, dass er so ein Glasauge bekommt." grinste Bricriu etwas amüsiert über diese Tatsache.

"Eigentlich hatte ich das nicht vor. Shade stört es nicht und mich schränkt es auch nicht wirklich ein." Einar zuckte die Schultern.

"Frauen finden Narben heiß." Bricriu zwinkerte verstohlen zu Kyle, der etwas die Augen verdrehte.

"Darum geht es gar nicht, ach vergesst es." Einar wank ab,

nachdem er sah, dass die Beiden sich darüber amüsierten. Ihm war es nicht peinlich, ganz im Gegenteil, er war sogar eher stolz auf diese Entwicklung zwischen ihm und Shade. Aber Bricriu und Kyle entdeckten nun eine Kleinigkeit, womit man ihn ärgern konnte. Einar war sonst für solche Späße unerreichbar.

"Aber es tut gut, dich mal anders zu erleben. Neben dem strengen Trübsal blasenden Schwarzmaler." merkte Bricriu dann ernst an, was Kyle mit einem Nicken bestätigte.

"Ich hab nie schwarz gemalt!" protestierte der Braunhaarige.

"Meint er das ernst?" Kyle sah fassungslos zu Bricriu der ahnungslos die Schultern zuckte.

"Ihr spinnt doch." Einar schüttelte den Kopf und schritt vom Trainingsplatz, das Dorf war wie immer belebt. Der letzte Angriff hatte die Rebellen nicht eingeschüchtert, ganz im Gegenteil, sie wollten sich revanchieren. Slosa besaß noch einen weiteren Vorteil, den Umbra noch nicht realisiert hatte. Der gefälschte Vorrat an goldenem Blut. Shade hatte von diesem Geschehen nach der Flucht aus Umbra berichtet, womit Einar nicht gerechnet hatte. Aber somit besaßen die Vampire dort keine starken Mittel, um ihre Fähigkeiten über das Maximum zu steigern. Im besten Falle wirkte dieses Mittel gegen Insekten, ebenso schädlich für Vampire oder schwächten sie minimal. So oder so, war es ein Gewinn für die Rebellen.

31

Shade

Meditation war ihre meist verhasste Praxis. Es war einfach nicht ihr Ding, weswegen sie sich schwer damit tat. Es führt kein Weg daran vorbei. Sie fand einen geeigneten Platz und erhielt die Ruhe, die sie benötigte. Ihre Atmung wurde langsamer, sie lauschte dem leisen Zittern der Nadel vom Kompass, den sie in ihren Händen hielt. Innerlich zählte sie, wie viele Rhythmus-Schläge sie ausmachen konnte, bis sie sich auf ihr Blut konzentrierte. Mit ihren geschlossenen Augen stellte sie sich die Blutbahnen vor, wie das seltene Blut durch jede kleinste Vene wanderte, um lebenswichtige Organe zu versorgen. Wie das Blut für eine gesunde Durchblutung sorgte an jeder Stelle ihres Körpers. Sie atmete durch die Nase ein und durch den Mund wieder aus. Folgte in ihrer Vorstellung dem Blut durch ihre Adern, erkundete die Wege auf eine ganz neue Perspektive. Im Grunde hatte sie ihr Blut schon immer kontrolliert, indem sie sich beruhigte, ihren Herzschlag kontrollierte und damit das Blut verlangsamte. Die Realisierung folgte, sie riss die Augen auf und hielt sich mit einer Hand die Stirn.

"Ich bin so ein Dummkopf.." hauchte sie leise zu sich selbst aus. Sie stand auf, klopfte sich etwas Dreck von ihren Klamotten, sie schob den Kompass in ihre Hosentasche und schnappte ihre Jacke beim vorbei gehen. Es war Zeit, Draco einen Besuch abzustatten, sie war soweit. In einem derart belebten Dorf zu leben, war eine Umstellung für Shade. Sie war es gewohnt, alleine zu reisen und zu überleben, aber das hege Treiben war erfrischend. Sie begegnete Einar, der sich vom Übungsplatz abgewendet hatte.

"Schon fertig oder hast du aufgegeben?" fragte er nach und sie rollte ein wenig die Augen.

"Wann hab ich jemals aufgegeben." lächelte sie verschmitzt, womit sie ihm eine Antwort gab.

"Übertreibt es aber nicht." erinnerte er, was Shade nur mit einem dezenten Nicken entgegennahm. Daraufhin ging sie zu Draco's Haus, wo sie mit guten Manieren klopfte und geduldig wartete. Der Schwarzhaarige öffnete die Tür und wirkte etwas überrascht.

"Du bist früh hier." stellte er fest.

"Aber ich bin bereit." entgegnete sie, worauf er beiseite trat, damit sie eintreten konnte. Er betätigte das Schloss an der Tür, um die Arena zu aktivieren, sie folgten den langen Gang, um wieder in der steinernen Arena anzukommen.

"Die erste Aufgabe kennst du.."

"Erledigt." Shade stach mit ihrem Daumennagel in ihren Zeigefinger, dass Blut tropfte zu Boden, bevor es aber den Stein erreichen konnte, schwebte es wieder zurück. Sie hielt ihren Finger hoch, der nicht direkt verheilte. Draco zog eine Augenbraue hoch und verschränkte die Arme vor seiner Brust.

"Du solltest es entspannt angehen. Blutmagie ist kein Scherz." erinnerte er in einem etwas strengen Ton.

"Entschuldige.. wir haben nur so viel Tage verloren durch diese lästige Meditation Sache.." seufzte Shade aus.

"Ich versteh das. Aber du kannst dir damit wirklich keine Fehler leisten, also alles mit der Ruhe." erinnerte er. Shade sollte ihr Blut materialisieren, zwar fügte sich das Blut langsam zu einer kleinen Klinge zusammen, aber fiel zu Boden. Frustriert fluchte sie etwas Unverständliches vor sich hin, während das verloren gegangene Blut wieder zum Besitzer zurückkehrte.

"Du hast bereits deine eigenen Waffen geschmiedet. Nutz das Wissen, diese Erfahrung." beschrieb Draco. Shade nickte langsam und versuchte es nochmal, sie schuf eine Klinge und konnte diese für wenige Sekunden materialisieren. Ihre Augen weiteten sich, damit konnte sie so viel mehr erreichen.

"Du hast wirklich Talent."

"Ich bin sicher nicht die erste Goldblüterin, die diesen Weg gefunden hat."

"Nein, bist du nicht. Gerüchte besagen, dass deine Familie die Blutmagie erst richtig entdeckt hatte." erzählte Draco. Shade sah ihn entgeistert an, er teilte ihr dies erst jetzt mit?

"Oh. Ja. Ich wollte es dir erzählen, aber es gab keinen passenden Moment." er rieb sich etwas den Hinterkopf. Draco war häufig etwas verloren, er versuchte so vieles gleichzeitig zu machen, dass er teilweise die einfachsten Dinge verbockte oder vergaß. Dabei reichte seine Erfahrung an die von Bricriu, was in den Berechnungen von Shade bedeutete, dass er uralt sein musste.

"Was weißt du noch über das Goldblut?"

"Ich kann es dir zeigen." bot er an, was Shade mit einem eifrigen Nicken akzeptierte. Er wirkte seine Blutmagie, formte einen Zirkel auf dem kalten Stein unter ihren Füßen. Seine freie Hand hielt er ihr hin, ohne zu zögern, griff sie nach dieser und die Symbole leuchteten auf.

Sie konnte sich nicht bewegen, sie konnte sich nicht umsehen. Aber alles um sie herum hatte sich verändert und sie bewegte sich ohne ihren Willen. Es war eine Erinnerung. Langsam konnte sie ausmachen, wo man war. In einem Wald, mit hohen Bäumen, die bis in die Wolken reichten. So traumhaft dieser Anblick auch war, gab es verstörende Geräusche, denen sie sich widmen musste.

"Helft uns. Etwas stimmt mit ihr nicht." eine ältere Frau, mit grauen Haaren, tiefen Falten und kaputten Klamotten rannte auf sie zu. Shade blickte zurück, woher die Dame kam. Eine Kutsche. Die zwei eingespannten Pferde trugen ein rotes Wappen am Geschirr, eine Wache in schwerster Rüstung hielt die Zügel, während sein Kamerad an der Ladefläche hantierte. Bevor Shade etwas tun konnte, bewegte sich der Körper, indem sie fest steckte, selbständig zur Kutsche. Der Mann versuchte vergeblich, eine schwer blutende Wunde bei einer Frau zu stoppen. Sie hatte schwarzes Haar, was anteilig von ihrem Blut befleckt war, aber es war nicht rot, sondern golden.

"Was ist das für ein Hexenwerk?" die Stimme erklang, es kam von Shade, aber es klang nicht nach Draco. War es eine fremde Erinnerung, die er erhalten hatte?

"Sie kam so bei uns an. Aber unsere Heiler sind überfordert." beschrieb die alte Dame. Shade stieg auf die Kutsche, die Wache gab ihr etwas Platz. Mit geschickten Handgriffen rissen große raue Hände die Klamotten auf, um die Wunde freizulegen. In ihrer Hüfte steckte ein Messer, was den Heilungsprozess stoppte.

"Wir hatten es nicht gewagt, die Klinge zu ziehen, ihr Blut.. wenn es Blut ist, hörte einfach nicht auf." beschrieb die Wache. Leicht knirschte der Mann mit den Zähnen, als er das Messer ziehen wollte.

"Dieses Blut brennt mehr wie die Flammen eines Drachen." fluchte der Mann etwas aus.

"Wie ist das möglich? An meinen Händen fühlte es sich sogar eisig an." entgegnete die Wache, dessen Hände im goldenen Blut getränkt waren, weil er versuchte, die Blutung zu stoppen. Dennoch griffen die Hände zum Messer, er zog es aus der Wunde, obwohl sich das Blut in seine Hände einbrannte. Die Wunde verheilte vor ihren Augen.

"Erstaunlich..." hauchte die alte Dame aus, die über die Schultern des vermeintlichen Vampirs sah. Die Schwarzhaarige hustete etwas, sie kam wieder zu Bewusstsein, sie schlug ihre Augen auf, die golden leuchteten. Er wischte das Blut an seinem dunklen Mantel ab, während die alte Dame der Frau etwas Wasser gab.

"Wer seid ihr?" fragte die unbekannte Stimme.

"Sulphur.." hauchte die Schwarzhaarige aus, nachdem sie etwas Wasser trank.

"Schwefel?" wiederholte die alte Frau entgeistert, die Schwarzhaarige nickte langsam.

"Was hat man dir angetan?" forschte die fremde Stimme weiter nach, Sulphur sah zu ihm und runzelte die Stirn.

"Amüsant. Ihr wart es." antwortete sie knapp. Die alte Dame blickte mit einem vorwurfsvollen Blick zu ihm.

"Das ist unmöglich. Meine Pflichten liegen hier in Ishidon. Zudem habe ich sie noch nie gesehen. Sie stammen nicht von hier." entgegnete die unbekannte Stimme.

"Ihr habt das Gleichgewicht gestört. Die Götter haben eure Bestrafung erwählt." die Schwarzhaarige stand auf, sie schwankte ein wenig und ließ sich durch eine Wache von der Kutsche helfen.

* * *

"Als nächstes folgt Vork." die Umgebung hatte sich geändert, Shade sah direkt zu einer weißhaarigen kleinen Frau, mit goldenen Augen, die ihre Rüstung anzog.

"Dort wurde eine Ansammlung von Vampiren gesichtet." nannte die Stimme, sie klang wie die von dem Mann, der Sulphur entdeckt hatte. Wiederholt eine fremde Erinnerung, woran sich Draco bediente.

"Ich ließ dem König eine Nachricht zukommen. Der Bereich wurde in dieser Stadt gesichert." erklärte die Frau, die ihre Haare hochband.

"Lasst mich mitkommen."

"Nein. Es ist zu riskant, wenn du ebenso Schaden nimmst, würde ich mir nie verzeihen, Amare." ein sanftes Lächeln umspielte ihre Lippen.

"Was suchst du in meinem Haus!" eine neue Erinnerung, wiederholt eine weitere Generation des Goldblutes. Die Frau trug ebenso weißes Haar, was sie kurz hielt und goldene Augen, die hervor leuchteten. Während sie ihr Schwert aus ihrem Blut Shade vor das Gesicht hielt.

"Verzeiht mir. Es hieß, dass dieses Haus verlassen sei." diesmal erkannte Shade die Stimme von Draco, es war seine erste Begegnung mit einer Goldblüterin, die bereits Blutmagie benutzte.

"Was ist das?" die Frau nickte zu ihm, der Blick schwankte runter zu seiner Hand, es waren geschnitzte Figuren, Tiere aller Art in einem Korb gesammelt.

"Geschenke für die Waisen. Dieses Haus sollte ein Waisenhaus werden, deswegen bin ich hergekommen." gestand Draco. Die Weißhaarige ließ ihr Schwert sinken.

"Aber du bist ein Vampir."

"Das ist korrekt."

"Warum hilfst du dann Menschenkinder?"

"Weil ich weiß wie es ist ein Waise zu sein."

Die Umgebung veränderte sich erneut. Es war tief in der Nacht und Shade fand sich auf einem Schlachtfeld wieder, es klirrte Metall aufeinander, man konnte Kampf oder Schmerzschreie vernehmen. Shade konnte in der Ferne eine starke goldene Lichtquelle ausmachen. Jemand in goldener Rüstung, schwang eine Peitsche herum aus purem goldenen Blut, was sich bewegte wie tödliche Wellen. Damit tötete sie problemlos die Vampire, die sie anfielen. Der Körper, in dem Shade feststeckte, wich Schritte zurück, bis er vom Feld flüchtete.

Langsam spürte sie, wie sie wieder in ihren Körper gezogen wurde, ein wenig drehte sich alles und sie atmete tief durch. Shade erkannte Draco vor sich, der den Zirkel wieder aufräumte, indem sein Blut zurück zum Besitzer schwand.

"Wie viele Generationen hast du erlebt?" murmelte Shade etwas außer Atem.

"Alle. Bis auf jene, die in Umbra eingesperrt wurden. Zugegeben, die ersten Generationen hat mein Mentor erlebt." antwortete der Schwarzhaarige, Shade sah fragend zu ihm.

"Der Mann, der mich zu einem Vampir gemacht hat." erklärte er. Langsam weiteten sich die Augen von Shade, als sie die Puzzleteile zusammen fügte. Draco war ein Mensch. Wahrscheinlich war er ein Waisenkind, bevor er verwandelt wurde.

"Wie kannst du auf die Erinnerungen deines Erschaffers zugreifen?"

"Er hat sie mir überlassen. Er sagte immer, dass es unsere Pflicht sei, die Goldblüter zu ihrem Erfolg zu unterstützen." murmelte er, seine Stimme wurde leiser. Shade hatte einen wunden Punkt getroffen.

"Tut mir Leid.. ich wollte keine alten Wunden öffnen." entgegnete sie sofort, aber er schüttelte leicht den Kopf.

"Es ist hundert Jahre her, Shade." lächelte er matt.

"Aber die erste Goldblüterin sagte, es sei eure Strafe." murmelte Shade.

"Sie hat die Nachricht der Götter missverstanden. Es ist keine Strafe, sondern es soll wieder für Gleichgewicht sorgen." erklärte er.

"Natürlich.. deswegen gibt es immer so wenige von uns.. wir verbringen unsere Lebenszeit mit der Jagd auf Vampire, aber werden es nie schaffen, sie auszulöschen. Stattdessen herrscht dadurch wieder ein Gleichgewicht." sie griff sich etwas an die Schläfe. Im Grunde war es ihre Strafe, sie jagte einem Ziel hinterher, was unmöglich war. Leicht sank sie auf den Boden und setzte sich.

"Vergiss aber nicht, dass all deine Taten trotzdem eine wichtige Rolle spielen, Shade." merkte der Vampir ernst an. Aber die Worte erreichten sie nur dumpf, ihr Kopf schmerzte.

"Es ist alles, aber umsonst." hauchte sie aus.

"Nein. Ist es nicht. Die Generationen davor haben großes geleistet, befallene Dörfer von Vampiren gerettet, die aktuell wahrscheinlich von Vampiren frei blieben und du bist auch dabei etwas zu verändern. Du willst einen bösartigen Vampiren stürzen und hast den zukünftigen König an deiner Seite, der alles zwischen Vampiren und Goldblütern ändern kann." Draco hockte sich vor ihr hin, bis sie zu ihm sah.

"Nichts ist umsonst. Alles hat seinen Zweck. Lass dich nicht von diesem Eindruck täuschen. Manchmal fühlt es sich so an, als wären wir nur Spielfiguren für die Götter, aber ohne uns gäbe es keine Welt, kein Spiel." er zwinkerte ihr zu, Shade dachte etwas über diese Worte nach.

"Bist du deswegen den Rebellen beigetreten?" sie beobachtete seine Reaktion, er zögerte aber wich ihrem Blick nicht aus. Er schien selbst die Antwort zu suchen, die dieser Frage gerecht werden konnte.

"Ich verdanke deiner Familie einiges.. ich möchte meine Schuld begleichen und Rosa ist mit der Auswahl der Anhänger sehr wählerisch." er seufzte etwas und stand auf, reichte ihr die Hand, half ihr beim Aufstehen.

"Heißt das du wurdest ursprünglich nicht aufgenommen?" fragte sie verwirrt. Draco lachte ein wenig, was Shade selten sah.

"Eher das Gegenteil, sie hat mich mit Anfragen, Nachrichten, Geschenken bombardiert. In der Hoffnung, mich mit etwas ködern zu können. Aber sie musste mir lediglich sagen, dass es um die Befreiung deiner Familie ging, dann war ich schon sofort einverstanden."

"Mir ist aufgefallen, dass Rosa durchaus Schwierigkeiten hat mit sozialen Interaktionen.." überlegte Shade laut.

"Entweder liegt das an ihrem Alter oder an ihrer Art. Leider habe ich keinen Vergleich, Shapeshifter sind genauso vom Aussterben bedroht wie Drachen." er zuckte etwas die Schultern.

"Sind Drachen nicht schon ausgestorben?"

"Das weiß niemand. Aber diese Wesen sind dickhäutig und sturköpfig, ich bezweifle, dass sie ausgestorben sind."

"Hast du einen Drachen gesehen?" Shade's Augen wurden ganz groß. Es war eine Seltenheit, dass die Goldblüterin großes Interesse an etwas zeigte oder sich sogar wie ein kleines Kind über etwas freute.

"Natürlich. Sie lebten einst im Westen." erzählte er.

"Aber ich bin auf keinem geflogen." fügte er hinzu, worauf Shade ihren Mund wieder schloss.

"Warum?"

"Weil die Bindung zu einem Drachen etwas Besonderes ist, es ist kein Pferd, wo jeder mal drauf reiten kann." erklärte der Schwarzhaarige.

"Natürlich.. dennoch darf man wohl träumen." hauchte Shade leise aus. Das tat sie kaum, träumen. Sie griff stets nach dem erreichbaren, aber nie nach dem Unerreichbaren.

"Wenn all das ein Ende findet, kannst du mal eine Reise in den Westen unternehmen und dein Glück versuchen." schlug er vor, aber Shade schüttelte den Kopf.

"Sobald Einar die Kontrolle über Umbra an sich gerissen hat, werde ich bei ihm bleiben. Die Stadt muss mit Vorräten versorgt werden, damit die nach dem Sturz von Inot nicht anfangen, irgendwelche Dörfer zu überfallen." Shade legte ihre Pläne offen.

"Du willst doch nicht mit Kijana nach Umbra ziehen." Draco musterte sie, ob sie dies ernst meinte, aber nichts in ihrem Gesicht verriet, dass sie scherzte oder sich unsicher war.

"Es ist am sichersten. Kijana wird lernen müssen, diese Verantwortungen selbst irgendwann zu tragen. Es ist dann allein ihre Entscheidung, ob sie weiterhin in Umbra bleibt oder sich ein eigenes Zuhause sucht. Insofern Umbra weiterhin mit goldenem Blut beliefert wird, ist alles in Ordnung." Shade hob leicht ihre Schultern und sank sie wieder.

"Aber dann seid ich doch wieder nur Gefangene."

"Nein. Es braucht nicht viel Blut, um die hungrigen Mäuler in Umbra zufriedenzustellen und bei Kraft zu halten. Der Luxus von frischem warmen Blut wird es nicht mehr geben, aber wir genießen unsere eigenen Freiheiten." Shade drehte sich zu dem Ausgang.

"Es ist deine Entscheidung." bestätigte Draco, während die beiden wieder zurück ins Haus gingen.

"Wenige der Vampire benötigen noch das Training gegen dein Blut. Dann sind alle bereit für die Schlacht." murmelte er, Shade dachte etwas nach.

"Denkst du sie kriegen eine unauffällige Mission hin? Ich möchte gerne alles so gut es geht im Schatten machen. Da wir nicht wissen, womit wir es bei Inot zu tun haben." sie schielte zu ihm nach hinten, der etwas schwieg.

"Viele sind impulsiv.. es kann deinen Plan von rein und raus schleichen ruinieren.." gestand er dann etwas leiser.

"Das hatte ich befürchtet. Ich spiele schon seit Tagen mit dem Gedanken, eine Handvoll guter Leute mitzunehmen. Wenn man scheitern sollte, kann man sich zurückziehen und die Offensive versuchen." erklärte sie.

"Ich stehe hinter dir irrelevant, welche Entscheidung du fällst." entgegnete er, worauf Shade etwas nickte. Sie erreichten wieder das Haus, Draco schloss die Tür und drehte das Schloss, damit es wieder zu einem einfachen Zimmer wurde.

32

Einar

Shade und Draco kamen aus dem Haus, Einar folgte ihren Schritten mit den Augen, sie bewegten sich auf dem Übungsplatz zu. Weswegen auch Einar entschied, dazu zu stoßen. Bricriu und Kyle trainierten dort noch, aber sie unterbrachen ihr Training. Kyle wischte sich etwas Schweiß von der Stirn und sah zu Shade, die nach den richtigen Worten suchte und kurz zu Einar schielte.

"Wir werden morgen bei Nachteinbruch aufbrechen, nur wir. Es soll unauffällig, leise aber schnell funktionieren. Je mehr uns begleiten, umso auffälliger." erklärte Shade dann. Es gab ein einheitliches Nicken, es gab keine Widerworte in dieser Angelegenheit.

"Wer sind unsere Ziele?" fragte Kyle dann nach.

"Inot und die Ratsmitglieder sind die höchste Priorität. Wir schleichen in Umbra, werden die Ziele beobachten und auf den besten Moment abwarten. In zweier Teams.." Shade unterbrach ihren Satz, Einar verkniff ein Schmunzeln und Kyle zählte die Anwesenden, indem er mit seinem Finger auf jeden kurz zeigte.

"Fantasiert sie schon wieder?" fragte Bricriu amüsiert und Shade schnaubte etwas eingeschnappt aus.

"Nein. Aber wir finden schon noch einen sechsten für diesen Auftrag, am besten jemand, der nicht impulsiv ist und im Schatten agieren kann."

"Idril fällt dann schon mal raus, sie ist der lebende Inbegriff von impulsiv." merkte Einar an.

"Die anderen Vampire kommen nicht in Frage.." murmelte Draco.

"Jace fällt auch raus.. die Vampire würden ihn Kilometer gegen den Wind bemerken.." seufzte Kyle etwas enttäuscht, er hatte sich am meisten auf eine Zusammenarbeit mit Jace gefreut.

"Aber du kannst dich frei in Umbra bewegen." Shade sah dann zu Draco, der leicht nickte.

"Dann bildet der Rest jeweils ein Zweierteam und du kannst offen durch die Straßen laufen. Im besten Falle uns Informationen zu spielen." schlug Shade vor.

"Ist kein Problem." entgegnete Draco.

"Perfekt. Dann sehen wir uns morgen, kleidet euch schwarz, denkt an die Silberwaffen und ihr bekommt von mir noch einen kleinen Vorrat an goldenem Blut, was nur in absoluter Notwendigkeit benutzt werden soll." erinnerte Shade ernst, während sie sich bei Einar im Arm einhing. Er schielte zu ihr und schmunzelte wissend.

"Also der restliche Tag frei?"

"Der restliche Tag frei." nickte Shade etwas. Freie Zeit war eine nette Abwechslung, neben dem täglichen Training und dem täglichen Grübeln. Zumal die Liebe zwischen Shade und Einar noch dermaßen frisch war, dass alles, was ihre Zweisamkeit störte, lästig war, bis auf Kijana. Shade hatte zu Anfang Schwierigkeiten sich auf Einar einzulassen, was er erkannte und auch respektierte. Nachdem diese Mauer aber gefallen war, war ihr miteinander nahezu bedingungslos. Sie konnten selten die Hände voneinander lassen und in der Öffentlichkeit waren es die Augen, die sie nicht voneinander lassen konnten. Für Einar war es ein ganz ungewohnter Rausch, er war nahezu besessen von dieser Frau. Je mehr er von ihr erfuhr und entdeckte, umso aufregender wurde sie. Beide nutzten die freie Zeit also für sich, es war eine Weile her, als sie ihre Zweisamkeit genießen konnte. Einar war zwar geduldig, aber seine Geduld hatte eine Grenze. Was Shade zu spüren bekam, als sie zurück ins Haus kamen, ungestört von all den anderen. Shade schaffte es kaum in das Zimmer, um ihre gemachte Unordnung zu beseitigen, sondern wurde von Einar aufgehalten. Er griff nach ihrer Hand, nachdem die Haustür ins Schloss fiel, drehte sie mit einem Ruck in seine Arme. Shade machte

Anstalten, ihren Mund zu öffnen, um etwas zu sagen, vermutlich um eine Ausrede zu finden, aber er drückte seine Lippen auf die ihren. Sie schmolz wenig dahin, legte ihre Arme über seine Schultern, ihre Hánden verankerten sich etwas hinter seinem Nacken. Shade erwartete eine eisige Kälte, die von seiner Haut ausging, aber dem war nicht so. Er gab ihr eine ganz andere Art von Wärme, die nicht von seiner Körperwärme ausging. Einar löste den Kuss, nachdem er seine Hände an ihren Hüften positioniert hatte.

"Schwacher Versuch, mich zum Schweigen zu bringen." hauchte Shade etwas aus und er schmunzelte.

"Ist das eine Herausforderung?" entgegnete er und sie zuckte ein wenig die Schultern. Einar und Shade holten die verpasste Zeit wieder auf, in denen sie weder ungestört waren noch einen Raum zum Atmen hatten. Der Abend war angebrochen, Shade schlüpfte in tiefschwarze Klamotten, verdeckte jeden Millimeter ihrer blassen Haut. Sie hatte ihr weißes Haar zu einer praktischen Frisur geflochten, damit sie die Strähnen problemlos unter einer Kapuze verstecken konnte. Unter dem Umhang versteckte sie ihre silbernen Messer, wovon sie eines hinter ihrem Rücken befestigte und das andere in den hohen Stiefel verschwinden ließ. Wenige Minuten zuvor hatte sie Einar gebeten, ihr bei der Portionierung von ihrem Blut zu helfen, was sie den anderen später mitgeben wollte. Einar bediente sich ebenso an dunklen Klamotten, er musste nicht viel von sich verbergen. Vampire gab es wie Sand am Meer, weswegen er sich keine Mühe mit einer Verkleidung geben musste. Er hatte Shade darum gebeten, dass sie bei ihm blieb, alleine ihre Augen konnten ein Indiz werden, was die ganze Mission verkomplizieren konnte. Grundlegend wollte er bei ihr sein, falls die Situation eskalierte. Draußen warteten Bricriu, Kyle und Draco auf die zwei. Sie alle hatten sich die Worte von Shade zu Herzen genommen und trugen schwarze Klamotten. Draco und Bricriu verdeckten ihre Gesichter nicht, da sie in Umbra entweder positiv bekannt waren oder absolut fremd waren. Shade verteilte jeweils eine Ampulle mit ihrem goldenen Blut, sie achtete auf die Dosierung. Kyle erhielt lediglich 3 Tropfen, hingegen Bricriu sowie Draco 4 Tropfen erhielten. Die Dosierung basierte oft auf dem Alter des Vampiren und dem derzeitigen Gesundheitszustand. Ein geschwächter Vampir konnte an einer einfachen Dosis von 2 Tropfen sterben.

"Wir kümmern uns um Inot. Einar hatte euch die Ratsmitglieder beschrieben, das ist eure Aufgabe. Findet sie, schaltet sie aus, am besten im Dunkeln." erklärte Shade dann. Um in die halbe Festung der Regiae Familie zu gelangen, brauchten sie ihre volle Aufmerksamkeit. Weswegen die anderen drei sich um den Rat kümmern mussten.

"Wenn ihr auffliegt, verlässt umgehend Umbra. Kommt nicht auf direktem Wege hierher, macht einen Umweg, bis ihr sicher seid, dass ihr weder verfolgt wurdet noch Spuren hinterlassen habt." fügte Einar hinzu, was wichtig war, um Slosa sicher zu halten. Obwohl Kyle vollständig vermummt war, erkannte Einar die Sorge in seinen Augen, er war neben Shade und ihm ebenso in einer gefährlichen Situation. Sobald eine Wache ihn erkennen würde, wäre seine Deckung aufgeflogen.

"Keine verzweifelten Versuche, denkt nach, bevor ihr handelt." bat Shade, was von ihrem Training etwas abwich, was aber eher daran lag, dass sie versuchten im Schatten zu bleiben. Der Aufbruch nach Umbra geschah in Vampirgeschwindigkeit, Einar legte einen Arm um Shade's Hüfte, um es ihr so angenehm wie möglich zu machen. Ihre letzte Reise in dieser Geschwindigkeit endete in einer Übelkeit. Die Wege trennten sich, während Bricriu und Draco durch das Stadttor gingen. Kyle erklomm die Mauern östlich von der Stadt, wo Bricriu auf ihn wartete, der jüngere Vampir diente dem Größeren als Schatten. Einar und Shade erreichten den geheimen Gang, aus dem sie viele Tage zuvor entkommen waren. Wie erwartet war dieser zugemauert, aber in einem sehr billigen Zustand. Shade atmete leise durch, nachdem sie wieder festen Boden unter den Füßen hatte, während Einar die eingesetzten Steine abtastete. Er sah zu ihr, aber sie schüttelte leicht den Kopf, unnötigen Lärm wollte sie vermeiden, also blickte er die Mauer hoch. Nickte in die Höhe, worauf auch Shade hoch sah. An der Spitze dieser Mauer drohten spitze Speere aus Holz, jegliche Eindringlinge aufzuhalten. Shade nickte dann wortlos, Einar ging etwas in die Hocke, damit sie auf seinen Rücken klettern konnte, ihre Beine legten sich eng um seine Hüfte, um sich festzuhalten, ihn aber nicht zu stark einzuschränken. Dasselbe tat sie mit ihren Armen um seinen Hals. Mit einem guten Sprung kletterte er der Mauer entlang und sprang über die Speere, Shade's Blick galt kurz einem Frauenkopf, der ihr bekannt vorkam. Jana. Einar war beschäftigt einen sicheren Weg zu finden, weswegen es ihm nicht aufgefallen war, aber er wusste um die Wahrheit. Aber Shade wusste, wenn all dies ein

Ende fand, verdiente diese Frau einen ehrenvollen Abschied und eine schönere Variante eines Andenkens. Denn Jana hatte alles richtig gemacht, wenn es um Einar ging, dass erkannte man daran, dass er seinem Vater kein Stück glich. Sie landeten in der Stadt, er ließ Shade sanft wieder runter und sie scannte den Bereich mit ihren Augen ab. Die Festung war nicht weit, sie mussten nur noch einen Weg hinein finden ohne direkt aufzufallen. Der Gedanke war einfacher als das Vorhaben selbst, da dieses Haus vor Wachen wimmelte. Mit dem Rücken an der Wand tasteten sie sich also einen Weg entlang, Einar ging voran, da er das Gebäude in und auswendig kannte. Als Kind war er hin und wieder aus dem Haus geschlichen, durch ein Fenster aus seinem Zimmer. Das war ihr Ziel. Er öffnete das Fenster vorsichtig und stieg durch dieses, half daraufhin Shade. Sein Zimmer hatte sich nach all den Jahren nicht verändert, seine Mutter ließ es wie es war und Einar war zu selten Zuhause, um es selbst umzuräumen. Für Shade hingegen war es eine ganz neue Welt, ihre goldenen Augen musterten das verwahrloste Bett, zum Kleiderschrank, der halb offen stand, weiter zu dem Schreibtisch, der mit Papier und Büchern übersät war. Einar öffnete die Tür leise und beobachtete jede Bewegung im Gang, während Shade über das Chaos auf seinem Tisch strich. Es waren Arbeiten rund um das Goldblut, offensichtlich war nicht Inot das Genie, sondern viele Einfälle stammten von seinem Sohn. Sie grub ein Stück aus, wo er die typischen Merkmale in einer Skizze abgezeichnet hatte. Portraits von ehemaligen Goldblütern, bis zu der heutigen Zeit, in denen die goldenen Augen und weißen Haare nahezu unumgänglich waren. Ihre Finger glitten über die letzte Zeichnung, ihr eigenes Abbild. Schritte vom Gang, rissen Shade wieder in die Realität zurück, Einar schielte zu ihr und hielt einen Finger vor den Mund. Sie schlich zu ihm, damit die beiden hinter der Tür standen. Von der Anzahl an gleichzeitigen Schritten mussten es mindestens 2 sein und man hörte leicht metallische Geräusche bei jedem Schritt. Vermutlich Wachen. Allmählich wurden die Schritte leiser und Einar sah nochmal in den Flur hinaus und nickte ihr dann zu. Sie schlichen aus dem Raum, in den nächsten, dass seiner Mutter. Von dort aus gab es geheime Gänge, die weit vor der Regiae Familie entstanden waren. Shade blieb an der Tür, während Einar den Schrank beiseite schob, dahinter verborgen war ein dunkler Weg. Es war ein düsterer Pfad, der Boden war uneben, es gab keine Lichtquelle und die Luft war dick. Shade schob ihr schwarzes Tuch über Mund und Nase und versuchte mit Einar Schritt zu halten, der den Weg auswendig wusste. Sie bewegten sich zwischen den Mauern des Hauses, also war es nicht unüblich, dass die ein oder anderen Geräusche zu ihnen drangen, wie das Geschwätz zwischen den Bediensteten oder die Diskussionen zwischen den Wachen. Einar kam zum Stehen und hielt eine Hand vor ihr, damit sie nicht in ihn rannte. Eine bekannte Stimme erklang von der anderen Seite, Inot.

"Das Verschwinden ist natürlich bedauerlich. Aber ich bin mir sicher, dass sie wiederkommen." merkte Inot an, der im Raum nicht allein zu sein schien.

"Ich hoffe es nicht." so wenig Worte, aber die Frauenstimme, weckte in Shade etwas. Ihre Augen weiteten sich, sie lehnte ihren Kopf seitlich gegen die Wand.

"Ich dachte, das freut dich. Immerhin versteckt sie deine Enkelin vor dir." setzte Inot fort.

"Du bist zu weit gegangen Inot." entgegnete die Frau.

"Unsinn. Du bist so oft gescheitert, dass ich einsehen musste, dass eure Blutlinie einfach nicht mehr fruchtbar ist. Also hab ich die Sache selbst in die Hand genommen, ihr solltet mir dafür dankbar sein." antworte Inot in seiner herablassenden Tonlage. Die Frau war verstummt, die Worte schmerzten sehr, selbst Shade war etwas zusammen gezuckt bei der Erinnerung. Einar schielte zu ihr, sie war auf die Knie gesunken und hatte sich das Tuch aus dem Gesicht gezogen, um Luft zu kriegen. Er ging ebenso in die Knie, legte seine Finger unter ihr Kinn, hob dieses sanft. Ihre Augen waren glasig, nachdem sie realisierte, zu wem diese Stimme gehören musste. Ihrer Mutter. Einar wollte den Plan verschieben, aber Shade ließ das nicht zu, sie brauchte wenige Minuten, bis sie wieder auf den Beinen stand. Einar zögerte, Shade war aber entschlossener denn je zuvor. Sie verfolgten den geheimen Gang bis zum Zimmer von Inot, zumindest vermutete Einar, dass es dort war. Er lehnte sich gegen den großen Schrank, der nur langsam nachgab. Shade half ihm und sie landeten im Schlafzimmer von Inot. Wobei man es wohl kaum ein Schlafzimmer nennen konnte. Es wirkte wie eine halbe Bücherei, es gab kein Bett, da dieser Mann nicht schlief. Stattdessen gab es einen großen Schreibtisch in der Mitte des Raumes und die Wände waren ausgestattet mit Regalen, die eine große Menge an Büchern präsentierten. Einar bewegte den Schrank soweit zurück, dass man zur Sicherheit schnell hindurch schlüpfen konnte, falls die Lage zu eng wird. Shade zog ihren Mundschutz wieder hoch, schob die Kapuze weit über ihre Stirn und nickte Einar zu, der sich rücklings hinter der Tür an die Wand stellte. Dasselbe tat sie auf der anderen Seite der Tür und sie warteten.

33

Shade

Ein dicker Kloß steckte in ihrem Hals fest, als sie die Stimme wiedererkannt hatte. Aber sie war sich sicher. Dabei war ihre Mutter damals dermaßen erkrankt, dass sie nicht überlebt haben konnte. Oder hatte sich Shade einfach geirrt? Das Zimmer von Inot war genau so wie sie sich es vorgestellt hatte. Ihre Hände schwitzten unter den schwarzen Handschuhen, sie war noch nie so angespannt. Seit Jahren jagte sie Vampiren hinterher, wartete auf diese entspannt in einer Nische, bis die Falle zuschnappte. Das war aber was komplett anderes. Der Knauf an der Tür drehte sich, instinktiv hielt sie ihren Atem an und drückte sich rücklings an die Wand. Die Tür schwang auf, aber es war nicht der kurze schwarze Schopf, der sich ihr präsentierte oder eine breit gebaute Figur in teuren Stoffen. Stattdessen waren es weißblonde Haare, eine blasse Haut und eine zarte Figur, die ins Zimmer trat und auf den Tisch zusteuerte. Einar schloss die Tür, worauf die Frau ihn ohne zu zögern angriff in einer üblen Geschwindigkeit, ihn an die Kehle packte und gegen die Wand drückte.

"Mutter?" hauchte Shade irritiert aus, die Frau sah zu ihr und der Griff um Einar lockerte sich langsam, bis er sie etwas zurück stieß. Einar räusperte sich kurz, während Shade den Stoff aus dem Gesicht zog.

"Tarja.." ihre Mutter umarmte sie etwas zu hastig, dass Shade erschrak. Sie war eiskalt, schnell und stark. Aber diese Details ignorierte die Tochter und schloss die Umarmung, sie kniff kurz die Augen.

"Du darfst nicht hier sein." flüsterte ihre Mutter aus.

"Was redest du da? Jemand muss dieses Monster stoppen.. was hat er aus dir gemacht.." Shade löste sich und sah ihrer Mutter in die Augen, das ozeanblau blitzte türkis auf. Sie war ein Vampir. Ihre Mutter sah zur Seite, um den Blick auszuweichen.

"Eine weitere Sache, die auf seiner Liste nun erledigt ist." murmelte Einar, worauf die Frauen zu ihm sahen.

"Ich verstehe das nicht.." hauchte Shade verwirrt aus. Warum sollte Inot dies tun, er hatte keinen Vorteil darin.

"Inot dachte, mit etwas Magie kann er aus mir einen Hybriden machen.." erklärte Yeona.

"Es hat also nicht geklappt?" fragte Shade, aber ihre Mutter schüttelte den Kopf.

"Stattdessen bin ich gestraft mit einem ewigen Leben als Diener für diesen grausamen Mann. Nichts für ungut." Yeona schielte zu Einar.

"Wo befindet er sich grade?" kam Einar dann zum Punkt.

"Im Thronsaal, wieso?" ihre Mutter sah zwischen den beiden hin und her, als sie langsam das Vorhaben bemerkte.

"Das ist Selbstmord, Tarja." entgegnete sie sofort aber Shade seufzte leise aus.

"Es muss getan werden und das weißt du ganz genau." entgegnete Shade und wandte sich zur Tür.

"Tarja, ich bitte dich. Geht, reist so weit weg von hier wie möglich und kommt nie wieder zurück." Yeona hielt Shade am Arm fest und sah sie flehend an. Shade blickte in die Augen ihrer Mutter, aber sie hatte ihr eigenes Kind zu schützen. Sie schob die Hände ihrer Mutter weg.

"Ich muss meine eigene Tochter schützen. Besonders du solltest es verstehen." hauchte Shade aus, während Einar an der Tür auf sie wartete.

"Ihr wisst nicht, wozu er fähig ist!" Yeona's Stimme zitterte aber Shade ignorierte es, sie wusste nur zu gut wozu Inot fähig war. Das untypische Duo verließ das Zimmer, um in den Thronsaal zu gehen. Der Flur war leer, der Weg zum Saal war frei, Einar zögerte nicht und stieß die breiten Türe auf. Shade blieb direkt hinter ihm. Inot saß auf dem Thron, alleine, keine Wachen waren im Raum. Shade runzelte etwas die Stirn, aber Einar stürzte nach vorne. Blieb aber wie angewurzelt stehen, als Selen hinter dem großen Thron hervor trat.

"Ist es nicht toll, wenn alle Probleme sich von selbst lösen, Selen?" diese abgehobene Tonlage in Inot's Stimme ließ die Wut in Shade hoch kochen. Sie trat neben Einar und ihre Augen leuchten golden.

"Ich würde das nicht tun." unterbrach Inot, bevor Shade überhaupt ihr goldenes Blut benutzt hatte. Wenige Schritte kamen hinter den Beiden zum Stehen, Shade drehte sich um und sah ihre Mutter.

"Ich sehe, warum das zwischen euch beiden so gut funktioniert. Ihr hört beide nicht auf eure Eltern." Inot stand auf.

"Entsorgt Beide." bevor Einar seinen Vater aufhalten konnte, verschwand er aus dem Thronsaal und Selen stand in seinem Weg. Yeona's Augen hingegen waren rot, die Sanftheit zuvor war verschwunden.

"Was soll das. Warum hörst du auf ihn?" Shade sah ihre Mutter irritiert an, aber sie erhielt keine Antwort. Stattdessen griff ihre eigene Mutter sie an, Shade wich aus mühsam.

"Warum bist du hier. Ich habe dir einen Gefallen getan, in dem ich verfehlt habe, mehr kann ich nicht tun." sprach Selen zu Einar, der mit seinem Auge rollte und auf sein fehlendes Auge zeigte.

"Das meinst du Gefallen?"

"Du lebst noch und warst frei. Zum zweiten Mal." entgegnete die Magierin.

"Unterbrech die Verbindung zwischen Shade's Mutter und meinem Vater." er trat einen Schritt auf die Lilahaarige zu.

"Du weißt, ich kann das nicht. Er hat sie verwandelt, wenn sie sich aus dieser Bindung nicht selbst befreit, kann es niemand." sie hob ihre Hände als eine Art Warnung.

"In Ordnung." Einar verschwand aus dem Nichts, die großen Türe knallten zu und versperrten ihm den Weg, Selen's Augen leuchteten lila.

"Keine Chance." drohte sie. Währenddessen versuchte Shade ihrer Mutter ins Gewissen zu sprechen, aber die Frau, die sie einst kannte, war tief vergraben in all dem Schmerz und Leid. Shade war machtlos dagegen, ihre Ausrüstung und Angriffe basierten auf Schwächen eines Vampires, sie wollte aber ihrer Mutter nicht schaden.

"Einar!" sie sah kurz zu ihm, in einer Sekunde stieß er ihre Mutter von ihr weg. Selen wandte sich ihnen zu und Shade grub ihren Fingernagel in ihren Daumen, dass goldene Blut schoss auf die Magierin zu und fesselte ihre Hände. Shade's Augen leuchtete golden, hinter ihr bemerkte Yeona das Blut, aber konnte Shade nicht erreichen, weil Einar sie gegen die Wand drückte.

"Blutmagie. Beeindruckend.." murmelte Selen, die goldenen Fesseln zogen sich enger und sie knirschte mit den Zähnen.

"Der nächste Zauber auf mich oder Einar, kostet dich beide Hände." Shade's Stimme klang eisern. Selen lachte leise.

"Wenn ich euch helfe. Bin ich Tod." entgegnete die Frau trocken.

"Nicht wenn wir ihn davor töten!" warf Einar ein, der Mühe hatte, Yeona festzuhalten, indem er sie an den Schultern gegen die Wand presste. Die Mutter von Shade war nicht mehr zu erkennen, ihre Augen waren tiefrot, sie fauchte mit ihren spitzen Zähnen und benahm sich wie ein halbes Tier.

"Das wird Yeona töten." Selen sprach dermaßen leise, dass Shade zu ihr trat.

"Was?"

"Wenn Inot stirbt, stirbt auch deine Mutter." wiederholte Selen.

"Du lügst!" Shade zischte aus, worauf die Fesseln sich zu zogen.

"Nein tut sie nicht. Sie weiß es nur nicht besser." korrigierte Einar, Shade schielte zu ihm, die Fesseln lockerten sich wieder etwas.

"Inot sagt immer, alle Vampire, die von ihm gewandelt wurden, sterben bei seinem Tod. Das ist Unsinn. Nur in seinen Augen überlebt kein verwandelter Mensch ohne seinen Oraculi. Aber Kyle hat es ohne seinen Erschaffer geschafft." erzählte der Mann, der seinen Vater nur zu gut kannte.

"Wo ist Inot?" fragte Shade dann und sah wieder zu Selen, aber sie zuckte leicht die Schultern.

"Ich weiß es nicht." gestand sie ehrlich. Shade zischte leise aus, dass goldene Blut verschwand und die Lilahaarige rieb sich ihre wunden Handgelenke.

"Dann wirst du es jetzt herausfinden." murmelte Shade, ihre Augen normalisierten sich, worauf auch Yeona etwas ruhiger wurde. Einar lockerte den Griff um ihre Schultern, aber ließ sie nicht los.

"Geht vor." befehlte Einar knapp den Frauen. Shade sah warnend zu Selen, die leicht nickte und die Türe öffnete sich. Sie traten in den Flur, kurz darauf folgte Einar, er knallte die Tür zu und schob den Riegel zu. Sperrte Yeona in den Raum, die keine Sekunde später gegen die Tür sprang und versuchte, diese aufzubrechen.

"Er wird sich irgendwo hinter den Wachen verkriechen.. er hat schon lange nicht mehr gekämpft." murmelte Einar.

"Ich kann euch sagen, wo, aber ich kann nicht mit euch kommen." gab Selen kleinlaut von sich.

"Das ist in Ordnung." warf Einar ein, bevor Shade was dagegen sagen konnte, die Goldblüterin sah entgeistert zu dem Vampir. Selen nickte langsam und schloss die Augen.

"Was soll das?" hauchte Shade zu ihm aus.

"Sie wird aus Umbra fliehen. Wie du, gibt es eine Familie, die sie mit ihrem Tun beschützt." flüsterte Einar leise, und Shade sah wieder zu Selen.

"Er ist unter uns.. aber definitiv nicht alleine.." murmelte Selen dann und öffnete ihre Augen.

"Im Kerker.. dass ist ungewöhnlich. Warum da und keine ganze Show daraus machen?" Einar runzelte die Stirn.

"Weil niemand weiß wer ihn dann wirklich besiegt hat." hauchte Selen aus. Einar rollte die Augen und seufzte.

"Dieser Mann ist wirklich verzweifelt." gab Shade entgeistert von sich.

"Er ist ein paranoider alter Mann." Selen zuckte etwas die Schultern und schielte zu Einar, der langsam nickte.

"Viel Glück." die Magierin rannte den Gang runter zum Ausgang.

"Dann lassen wir seinen größten Albtraum beginnen." schmunzelte Einar. Für Shade war es eine böse Erinnerung. Die Treppe hinunter unter die Erde fühlte sich endlos an und je mehr Stufen sie hinab stiegen, umso mehr erdrückte sie dort die Luft. Shade wankte etwas, als sich ihre Atemwege zu schnürten, sie stützte sich an der Wand ab. Einar blieb stehen und sah zu ihr, obwohl sie vermummt war, erkannte er den Schmerz in ihren Augen.

"Hey.. Dir passiert hier unten nichts.. es ist alles gut.." er ging zu ihr und legte eine Hand auf ihren Rücken. Sie kniff die Augen zu und fokussierte sich auf seine Stimme, sie drängte die Erinnerungen an diesen Ort zurück. Ihre Atmung wurde langsam wieder etwas flacher.

"Du musst nicht mitkommen." hauchte er leise aus, aber sie schüttelte den Kopf.

"Ich lass dich nicht alleine." murmelte sie und lächelte matt. Sie erreichten den Kerker, wenige Fackeln spendeten ausreichend Licht. Es war niemand zu sehen, Einar folgte dem Gang, Shade direkt hinter ihm. Sie erkannte die Gitter aus teilweise rostigen Eisen, die beim Öffnen dieses unangenehme Geräusch von sich gab. Plötzlich drückte er Shade beiseite, als etwas an ihnen vorbei schoss und der Angriff fehlschlägte. Sie kehrte Einar den Rücken zu und zog ihr Messer hinter ihrem Rücken hervor. Der Vampir rannte auf sie zu, sie hob die Klinge und wehrte die Attacke ab. Hinter ihr hörte sie nur, wie Einar selbst kämpfte, nachdem etwas Schweres gegen Eisen knallte. Shade stach auf den Vampir ein, der etwas zurückwich und auf sie sprang, sie stolperte einen Schritt zurück. Sie beobachtete die Bewegung ihres Konkurrenten, dessen Augen rötlich pulsierten. Kaum tätigte er einen Schritt, rammte sie die silberne Waffe in sein Herz. Der Schrei prallte an den dicken Steinwänden ab und verstummte in der Sekunde, als der Vampir zu Boden fiel. Sie drehte um, Einar riss dem anderen Vampir das Herz aus, Shade wirkte kurz überrascht.

"Es ist erschreckend, dass ich es liebe dich kämpfen zu sehen.." hauchte sie irritiert aus, Einar schmunzelte etwas belustigt.

"Dann weißt du, wie ich mich immer fühle."

34

Einar

Sie schlugen sich den Weg frei, hin und wieder stolperten sie über Vampire, die sie problemlos beseitigten. Langsam erreichten sie das Ende des langen Flures, der je an den Seiten mit einzelnen Zellen bestückt war. Ob diese leer oder belegt waren, hatte Einar nicht beachtet. Wobei er diese vor einiger Zeit bereits durchsucht hatte, als er nach seiner Mutter gesucht hatte. Am Ende des Ganges breiteten sich die Steinwände aus und gaben einen großen Raum frei.

"Du bist wirklich ein verdammter Feigling." stieß Einar aus, während er im Ein- und dergleichen Ausgang stehen blieb, so auch Shade. Inot war umgeben von einigen Wachen, wenige hatten ihre Bögen gespannt und richteten diese direkt auf das Paar.

"Ich nenne es eher vernünftig." entgegnete Inot herablassend. Einar schob sich ein wenig vor Shade, wobei diese Holzpfeile mit einer silbernen Spitze für ihn eindeutig am tödlichsten waren.

"Du hast dich verkrochen wie ein verwundetes Tier. Warum?" murrte Einar genervt aus, dieses Fang- und Versteckspiel ging ihm auf die Nerven. Aber Inot schwieg.

"Er weiß wie es endet.." hauchte Shade leise aus, Einar schielte kurz zu ihr.

"Sie hat Recht. Ich kenne das Ende." das breite Lächeln auf den

Lippen von Inot war beunruhigend, aber Einar ließ sich davon nicht beirren.

"Vielleicht wäre aufgeben dann die beste Variante." gab Einar von sich.

"Ich will mir ehrlich nicht die Tragödie ansehen, von deinem verzweifelten Versuch, alles gerade zu biegen, um daraufhin gänzlich zu scheitern." Inot hob die Hand, die Pfeile schossen auf sie zu. Shade blockte diese ab indem ihr goldenes Blut vor Einar schoss und die Pfeile sich kurz rein bohrten, bis alles direkt vor Einar zu Boden fiel. Er schoss nach vorn, riss dem ersten Vampir den Bogen aus der Hand und trat diesen in die nächste Wand. Shade entriss dem nächsten seine Waffe, indem sie eine Peitsche aus ihrem goldenen Blut erschuf. Mit einem Hieb brannte sich die Waffe aus ihrem Blut in die Haut des Vampiren ein, der etwas aufschrie bei dem Schmerz. Ohne Schwierigkeiten entledigten sie Inot von seinen Wachen, einer nach dem Anderen fiel, wie eine Bahn aus Dominosteinen. Nach dem letzten rannte Einar auf Inot zu, der aber auswich und ihn von sich weg schleuderte. Shade sah unsicher zu Einar, der etwas hustete, aber aufstand. Sie schwang ihre Waffe auf Inot zu, der mit seiner Vampirgeschwindigkeit ausgewichen war und vor ihr zum stehen kam.

"Ich werde dafür sorgen. Das ich dir in Erinnerung bleibe." grinste er verschmitzt, Shade zog ihr Blut zurück, was sich zu einem Schwert änderte und stach es in seine Richtung, er drehte sich zur Seite, die Klinge striff ihn am Oberkörper, aber er schien unbeeindruckt davon. Einar stürzte von der Seite auf ihn zu und verwickelte ihn in einen direkten Kampf, während Shade die beiden nicht aus den Augen ließ. Obwohl Einar durchaus vorbereitet war, war Inot nach wie vor doppelt so alt wie er selbst, was sich im Kampf zeigte. So musste sie mit ansehen, wie Inot seinen Sohn am Kragen packte und quer durch den Raum schleuderte. Die kurze Pause nutzte Inot, der eine Ampulle aus dem Mantel zog und die goldene Flüssigkeit runter schluckte. Einar's Sicht war verzerrt und verschwommen, er stand mühsam auf, aber sein Stand war nicht fest. Inot rannte auf ihn zu, sein Schlag verfehlte knapp und die Faust grub sich etwas in die Steinsäule.

"Er hat goldenes Blut genommen.." rief Shade aus, wobei die Chance bestand, dass er eine falsche Ampulle erwischt hatte. Einar entging dieses Detail, aber er holte etwas Abstand zu seinem Vater ein, zog auch eine Ampulle, die er zögernd hielt. Sein Blick galt Shade, die aber zuversichtlich nickte, sie vertraute ihm und er benötigte jeden Vorteil, den er kriegen konnte. Einar leerte seine Ampulle mit einem Schluck, seine Augen färbten sich rot, im passenden Zeitpunkt stürzte Inot auf ihn. Shade hatte Schwierigkeiten den Kampf zu verfolgen, da es sich in purer Vampirgeschwindigkeit abspielte. Langsam schritt sie rückwärts zum Ausgang und bot den Männern mehr Platz, um nichts dazwischen zu geraten. Inot wurde in die nächste Wand geschleudert, aber Einar gab ihm keine Sekunde Zeit durchzuatmen. Er packte ihn an der Kehle, bis Inot ihn weg trat und Einar Meter über den Boden weg rutschte. Inot wischte sich sein Blut aus dem Gesicht und sein Blick richtete sich zum Ausgang.

"Wie immer pünktlich." Inot hatte sich zu Shade gewidmet, die einen Schritt von ihm weg trat, er flitzte auf sie zu. Instinktiv hielt sie das silberne Messer vor sich, aber er lief an ihr vorbei. Ihre goldenen Augen versuchten die Bewegungen des Mannes zu verfolgen, der grundlegend einfach zu schnell war. Sie erkannte sein Ziel. Ihre Mutter war aus dem Flur getreten, sie hatte es aus dem Thronsaal geschafft. Statt dass aber eine Unterhaltung folgte, stieß Inot seine Hand in ihren Oberkörper und zog ihr Herz aus diesen. Shade's Augen weiteten sich, als er das sensible Organ herausriss und zwischen den Fingern mühelos zerquetschte.

"Nein!" der Schrei von Shade hallte in Einar's Ohren wieder, der langsam wieder zu sich kam, nachdem er von seinem Vater weggeschleudert wurde. Seine verschwommene Sicht wurde langsam klarer. Inot stand über dem leblosen Körper von Yeona, hingegen Shade wenige Meter entfernt stand, geschockt und eingefroren. Die Adern von Shade pulsierten Schlag auf Schlag golden, ihre Augen leuchteten auf, sie schrie wiederholt aus als ihr Blut um sie schwebte, sich zu mehreren Pfeilen formten und auf Inot zuschoss. Der Mann behielt sein Grinsen auf den Lippen, als er von den meisten durchbohrt wurde und nach hinten zu Boden kippte. Auch wenn Inot niedergestreckt wurde, konnte Shade nicht aufhören. Sie war wie eingefroren, ihr Blut raste in den Adern, was Einar auf ihrer Haut erkannte. Sie lockte die Vampire in Umbra an.

"Shade.." Einar trat vorsichtig auf sie zu, sie reagierte nicht. Sie befand sich in einer Art von Trance. Er kniff die Augen zu für eine

Sekunde, ihr Herzschlag dröhnte in seinen Ohren, ihr Blut roch derart stark, dass er es auf der Zunge schmecken konnte. Was alleine gefährlich war, weil er es zuvor geschmeckt hatte. Die Versuchung war bedrohlicher nach dem ersten Tropfen. Er biss die Zähne zusammen, fokussierte sich auf seine Schritte, er zog sie in seine Arme, umarmte sie. Ihr Körper bebte, ihr derart nah zu sein, machte ihn schwach, er war Zentimeter davon entfernt herauszufinden, wie lecker dieses Blut warm war. Er lehnte seinen Kopf an ihren, schloss seine Augen und zählte in Gedanken, versuchte sich abzulenken von dieser Versuchung. Langsam erschlaffte Shade in seinen Armen, sie sank nahezu auf die Knie, aber er hielt sie, ihre Atmung brach in einem erstickenden Wimmern aus. Einar öffnete seine Augen wieder, ihre Adern hatten sich normalisiert und ihr Gesicht war durchnässt von Tränen, die ihre Wangen herunter liefen. Er vernahm Schritte aus dem Gang, zu ihrem Glück waren es Bricriu und Draco, die wohl eher Kyle verfolgt hatten. Kyle war aber nicht in seinem Rausch, er kam aus Sorge. Shade grub ihr Gesicht in Einar's Schulter, der sie weiterhin hielt und zu den dreien schielte. Draco trat mit dem Fuß gegen Inot, der reglos lag und nickte beeindruckt. Aber es war nicht die richtige Zeit für Lob. Shade wurde leiser, aber nicht weil die Traurigkeit aus ihr gewichen war, sie wischte sich die Augen trocken. Ihr Gesicht besaß diese Kühle, die er schon so häufig bei ihr beobachtet hatte.

"Die Ratsmitglieder?" fragte Shade forsch.

"Erledigt." entgegnete Bricriu und schielte fragend zu Einar, der leicht den Kopf schüttelte.

"Verbrennt sie alle. Vor diesem verdammten Haus." hauchte Shade aus und trat über den gestürzten König von Umbra. Sie verließ den Raum.

"Was ist los?" Kyle sah irritiert zu Einar, der zu Yeona blickte.

"Vor seinem letzten Atemzug, hatte er ihre Mutter zum zweiten Mal getötet. Diesmal.. endgültig.." seufzte Einar aus.

"Verbrennen wir erst die Wachen und Inot für die Symbolik und dann kümmern wir uns darum." bot Draco an, Einar stimmte mit einem schweigenden Nicken zu. Das Verbrennen der Leichen war relevant für den Prozess, Einar wollte Umbra nicht mit Furcht führen, aber für den Anfang musste dieses Zeichen gesetzt werden. Ursprünglich war es Shade's Idee, falls Inot sich wie ein Feigling verstecken sollte. So stapelten sich vor dem Haus der Familie Regiae die Leichen der Wachen und zuletzt wurde Inot's Körper drauf geworfen. Eine kleine Ansammlung von Vampiren hatte sich vor dem Haus eingefunden, einerseits wegen dem goldenen Blut, was vor Minuten aggressiv alles und jeden angelockt hatte und andererseits wegen den Eindringlingen. Einar trat aus dem Haus, er hatte sich nicht umgezogen, er war blutverschmiert vom Kampf, die Stoffe waren anteilig zerkratzt.

"Inot Regiae. Ist tot." gab Einar dann in einer lauten Stimme von sich. Erst herrschte Stille, diese nutzte der Mann.

"Ab dem heutigen Tage wird sich einiges ändern, hier in Umbra! Ob es euch gefällt oder nicht." fuhr er fort. Man hörte das Getuschel unter den anwesenden Vampiren, Draco, Bricriu sowie Kyle standen an seiner Seite und beobachteten die gemischten Gefühle bei den Bewohnern.

"Die Ratsmitglieder. Sind ebenso tot." merkte Einar an, worauf wieder Stille herrschte.

"Es wird für Ersatz gesorgt. Die restlichen 7 Plätze liegen in eurer Hand. Stimmt ab. Ihr habt in Umbra gelebt und überlebt, also seht es als Chance an. Für einen Neustart." er sah zu Bricriu und nickte, der Mann schnippte mit den Fingern und die gestapelten Leichen brannten. Einige der Bewohner wichen weg von dem Feuer, aus Ehrfurcht. Es war das Feuer für eine neue Ära in dieser Stadt voller Vampire. Es war noch ein langer Weg, aber Einar war nicht alleine. Zwar war der Sieg eindeutig, aber es bestand noch die Möglichkeit, dass es Anhänger von Inot gab, unter allen Bewohnern. Einar ging zurück ins Haus, der Rest folgte kurz danach, nachdem die Tür geschlossen wurde, atmete er aus.

"Dramatik. Wunderbar." merkte Draco an, der seine Arme verschränkte.

"Ich hab nie vor einem Volk gesprochen, was erwartest du?" seufzte Einar aus.

"Ich denke, die Nachricht ist angekommen und darum ging es doch." Bricriu zuckte die Schultern.

"Dann räumen wir das hinterlassene Chaos auf." murmelte Einar. Damit sprach er nicht nur von Inot, der bereits vor sich hin brutzelte, sondern auch über die Erinnerung zur Gefangenschaft der Goldblüter. Das ganze Gebäude musste gereinigt und geprüft werden.

35

Shade

Sie war geflüchtet. In den einzigen Raum, denn sie in und auswendig kannte in diesem verdammten Gefängnis. Sie trat durch die Tür, schloss diese hinter sich und rutschte langsam auf den Boden. Die Erinnerung schmerzte, aber sie akzeptierte diesen Schmerz, sie wollte sich daran erinnern. An die Frau, die sie einst kannte, an die Mutter, die sie beschützt hatte vor jeder schlimmen Kleinigkeit. Dieser Vampir war nicht ihre Mutter. Das sagte sie sich ständig wieder. Sie hatte damals mit dem Gedanken abgeschlossen, dass ihre Mutter gestorben war. Aber diese kurze Begegnung warf alles durcheinander. Sie verkrampfte ihre Hand zur Faust und hielt diese über ihrem Herzen, während ihre goldenen Augen den Raum absuchten. Der große Küchentisch, wo ihre Geburtstage die besten Tage im Jahr waren, die Stockbetten, an denen sie ihr was vorgesungen hatte, wenn sie Angst hatte, die Wand an den kleine Malereien gekritzelt wurden, wo ihre Mutter sie zur Kunst überredet hatte. Sie stieß ihren Hinterkopf leicht gegen die Tür hinter sich und atmete tief durch, drängte die Tränen zurück. Selbst nachdem dieses Monster tot war, fügte er ihr Schmerzen zu und er wusste dies. Von dem Moment an, als er sie breit angegrinst hatte, hatte er es bereits gewusst. Eigentlich sollte sie dabei sein, wenn Einar vor dem Volk von Umbra trat, aber sie konnte es nicht. Die Tür stieß etwas gegen ihren Rücken, sie zischte leise aus.

"Entschuldige.." die Stimme von Einar war nicht wirklich beruhigend. Sie stand langsam auf und trat von der Tür weg, sie verschränkte wortlos ihre Arme, während Einar die Tür aufmachte.

"Ich wusste nicht, dass du bei all den Orten diesen hier wählen würdest.." murmelte er ruhig, aber sie rollte die Augen.

"Du bist sauer.." stellte er fest.

"Natürlich. Warum hast du mich aufgehalten?!" sie sah ihn an, mit einem wütenden Funkeln in ihren Augen.

"Aufgehalten wobei? Als du Vampire wahllos in eine tödliche Falle locken wolltest?" fragte er irritiert nach.

"Wahllos?! Diese Vampire sind nicht anders als ihr Herrscher, das weißt du ganz genau! Du denkst du könntest diese Stadt und deren Bewohner retten, dass sie sich ändern könnten!" fauchte sie aus, es brach aus ihr heraus. Der Gedanke, denn sie beide teilten.

"Wow. Ok." er hob abwehrend die Hände. Ihm fehlten die Worte, natürlich bestand das Risiko, dass alles umsonst war, aber es gab Vampire, die es wert waren, an diese Hoffnung zu glauben. Aber Einar hatte das Gefühl, dass Shade dies aktuell nicht sehen konnte. Sie war geblendet von Hass und Wut.

"Für die ganze Welt wäre es besser, diese Stadt samt Bewohner niederzubrennen." sie trat an das Fenster und sah hinaus. Das Fenster war mit Gittern ausgestattet, wie ein Gefängnis.

"Das stimmt nicht.." seufzte er dann leise aus.

"Sie ernähren sich von Unschuldigen und finden es amüsierend, das Leben anderer zu zerstören." warf sie ihm vor.

"Nicht alle." entgegnete er knapp.

"Auf alle 100 Vampire folgt ein warmherziger. Glückwunsch! Willst du dafür eine Medaille?" sie sah ihn wutentbrannt an.

"Das ist nicht fair." merkte er ehrlich an.

"Nicht fair?" sie breitete ihre Arme aus und deutete auf alles, was um sie herum stand.

"Inot war ein Monster. Aber das bedeutet noch lange nicht, dass dasselbe für die Vampire von Umbra gilt." auch wenn Shade voller Hass sprach, musste er ihr die Wahrheiten ins Gesicht sagen. Bevor sie ihre Entscheidungen oder Taten am Ende bereute.

"In Ordnung. Ein Fehler." sie hielt ihren Zeigefinger in die Höhe.

"und wir unterbrechen dieses Experiment." dass Wort Experiment kam derart giftig von ihren Lippen, dass Einar durchaus etwas zusammen zuckte. Sie ging an ihm vorbei und verließ den Raum. Es war ihr zu viel, sie konnte nicht mit ihm in einem Zimmer sein. Er war immer noch der Sohn von dem Mörder ihrer Mutter. Selbstredend wusste sie, dass er nicht Schuld daran war, aber sie brauchte einfach Zeit. Zeit, um all das zu verdauen, das Auftauchen ihrer Mutter und dann den direkten Tod danach, war einfach vieles auf einmal. Sie schlenderte Gedankenverloren durch den Flur, sie hatte sich nie derart frei in diesem Haus bewegt. Die Möbelstücke waren edel und wertvoll, die Bilder zeigten Ortschaften, die aus einem Traum zu stammen schien. Es gab keine Wachen mehr, die sich im Gang tummelten, stattdessen waren es die Bediensteten, die meisten Räume standen offen. Die Wandlung in Umbra war bereits in vollem Gange. Erinnerungen an die Herrschaft von Inot wurden vernichtet, jeder Hinweis auf die Besessenheit des goldenen Blutes wurde ausradiert. Sie blieb vor einem Bild stehen, ein Gemälde, das Jana zeigte und ein kleiner Junge, derselbe Junge aus ihrer Vergangenheit, der ihr Stofftier zerriss. Damals war er eine kleine Version von Inot aber das hatte sich verändert, wahrscheinlich durch Jana selbst. Auf dem Bild wirkte sie nicht wie ein herzloser kaltblütiger Vampir, sondern wie eine Mutter, die alles tun würde, um ihren Sohn zu schützen, und das tat sie. Sie nahm die Schuld auf sich, weil sie bemerkte, wie wichtig Einar dies war. Shade holte den Kompass aus ihrer Hosentasche, klappte diesen auf und beobachtete die Nadel, die sehr langsame Kreise zog. Sie runzelte die Stirn. Rosa beschrieb, dass die Nadel aufwies, wie es Kijana gesundheitlich erging, da sie sich langsam bewegte konnte, es was kleines banales sein, wie Husten oder etwas Fieber. Sie schloss den Kompass und hielt diesen an ihr Herz und atmete tief durch. Was sie geben würde, um das Lachen von ihr wieder zu hören, was ihr Herz höher schlagen ließ.

"Sie war wirklich eine besondere Frau." Shade schielte hinter sich, sie war etwas überrascht, Selen wiederzusehen. Die im Grunde flüchten wollte, falls sie Inot nicht stürzen konnten, wollte sie den Vorsprung haben.

"Ich dachte daran, ihr einen angemessenen Abschied zu bieten, nachdem Inot sie dermaßen respektlos behandelt hatte.." murmelte Shade, worauf Selen etwas lächelte.

"Ich weiß das sie immer eine Meerbestattung haben wollte, damit sie eine letzte Reise unternehmen kann." die lila Augen blickten zu dem Bild auf.

"Wieso bist du noch hier?" fragte Shade dann etwas ruhiger.

"Nach dem Feuer und Aufruhr wollte ich nachsehen, ob es wahr ist." Selen zuckte die Schultern.

"Ja. Dieser Mann ist nun Geschichte."

"Und Yeona?"

"Da lagst du auch richtig." antwortete Shade trocken.

"Es bereitet mir keine Freude, richtig zu liegen, Tarja. Aber irrelevant, wie oft ich diese Zukunft aufrief, endete sie immer gleich." seufzte Selen.

"Deswegen wusste er auch um seine Chance.." erkannte Shade, was die Magierin mit einem Nicken bestätigte.

"Es tut mir Leid, aber ich hatte euch gewarnt." Selen schielte zu der Goldblüterin.

"Wir halten nicht viel von euren Visionen." gestand Shade.

"Nachvollziehbar. Es ist übrigens kein Fieber. Sondern das Fehlen der Mutter." Selen erhielt einen verwirrten Blick von Shade, sie blickte dann auf den Kompass, denn Shade immer noch hielt.

"Es ist ungewöhnlich."

"Mh?"

"Rosa's Magie. Es gibt keine andere.. sie nutzt sie nur derart selten. Sowas wie Mitgefühl ist ihrer Art aber nicht möglich. Deswegen ist all das ungewöhnlich." erklärte Selen.

"Gibt es etwas, was ihr Magier nicht wisst?" Shade verschränkte die Arme und Selen schmunzelte etwas amüsiert.

"Wir finden alles heraus, was die Natur weiß." sie zwinkerte ihr zu.

"Meinst du, man kann Umbra retten?" Shade sah wieder zu dem Gemälde.

"Ich würde lügen, wenn ich kommentarlos zustimmen würde. Es wird immer Vampire wie Inot geben, irrelevant wie sehr du versuchst es zu unterbinden. Aber der Rest hat eine Chance verdient." Selen's Worte klangen aufrichtig und ehrlich. Weswegen Shade sie beim Wort nahm und etwas nickte.

"Manche Wesen erscheinen uns.. nun.. wir behaupten, sie haben das Leben nicht verdient, sie wären das Leben nicht wert.. aber wer sind wir, um so etwas zu entscheiden?" setzte die Magierin fort und Shade lächelte etwas matt.

"Ich hatte gehört, dass Bewohner aus Praaphia abgehoben seien." merkte Shade an.

"Sind wir auch. Aber selbst wir können die Wahrheit nicht ignorieren." lächelte Selen scheinheilig.

"Einar meinte, du würdest deine Familie schützen.."

"Mhm.. Inot wollte die mächtigste Hexe für sich haben. So war sein Wortlaut. Ursprünglich sollte es meine Mutter sein.. aber sie praktiziert keine Magie mehr seit.. einem Unfall." erzählte Selen und pausierte etwas, ehe sie fortfuhr.

"Also ging ich an ihre Stelle, insofern ich tat was Inot wollte.. würde er nicht nach Praaphia aufbrechen, um eine weitere Zelenski zu versklaven.. du musst wissen, unsere Männer sind nicht wirklich gesegnet mit Magie.. das ist eine Familienkrankheit, wir verlieben uns in jene mit am wenigsten Magie.. um einen Ausgleich zu finden.." Selen lächelte etwas verträumt in der Erinnerung, in der sie schwelgte, während sie davon erzählte.

"Dann wäre also deine Tochter als nächstes dran.." stellte Shade entgeistert fest und Selen's Lächeln schwand langsam.

"Gut beobachtet.." seufzte die Lilahaarige aus.

"Ich warte auf das nächste Schiff, das mich nach Hause bringen wird. Ich fragte mich ob ich den Unglücks Zwillingen etwas mitteilen soll." erklärte die Magierin dann und wandte sich vollständig zu Shade. Shade dachte etwas nach, war es sinnvoll, Kijana schon zurückzuholen, obwohl die Lage in Umbra noch unklar schien. Andererseits wollte sie keine weiteren Tage getrennt voneinander akzeptieren.

"Warum nennt man sie so?" forschte Shade nach, um grundlegend etwas Zeit in Anspruch zu nehmen, bevor sie eine Entscheidung fällen konnte.

"Ein Medium wird geboren, ausgewählt von den Geistern und der Natur, von Beginn an. Es ist nichts, was man erzwingen sollte. Das hatten ihre Eltern aber nicht akzeptiert, ihre Familie hatte kein Medium mehr seit Jahrzehnten. Sie betrachten es als Schande. Weswegen sie vor der Geburt der Zwillinge es mit Magie versuchten zu lenken und zu provozieren. Aber wie du selbst herausgefunden hast, verlangt die Natur immer einen Preis. Leider tragen die Zwillinge diesen Preis, weswegen man sie Unglücks Zwillinge nennt. Nicht aus ihren eigenen Taten, sondern weil sie im Grunde Unglück hatten." Selen seufzte leise aus.

"Es ist erschlagend, wie die Mehrheit aus den Fehlern der Geschichte nicht lernen.." murmelte die Magierin.

"Sagt die Hexe, die neues Leben provoziert hat, mit Magie."

"Ich hatte keine Wahl, selbst sowas erkennt die Natur an." Selen schielte zu Shade erneut.

"Du verzeihst es mir immer noch nicht, was?" die Stimme klang etwas erschüttert für die sonst so zuversichtliche Magierin.

"Es ist.. kompliziert." gestand Shade, "Einerseits ist es ein Geschenk, aber andererseits hat Kijana eine faire Chance verdient."

"Der Preis von einen Sinn.. es ist nichts erschütterndes.. Tarja.. Kijana kann dennoch Großes erreichen und das wird sie.. wie ihre Mutter.. und die Mutter davor.. und so weiter.." Selen machte kehrt.

"Ich denke, es wird Zeit, dass du mit ihr wieder vereint wirst. Du solltest sehen, wie einfach es Kijana fallen wird dennoch zu Lachen und zu Leben." die Lilahaarige schielte nochmal zu Shade bevor sie ging.

36

Einar

Nachdem Shade rausgestürmt war in ihrer puren Wut, atmete Einar durch. Er wollte sie schlichtweg in den Arm nehmen, irrelevant wenn sie auf ihn einprügelte bis sie sich ausgetobt hatte. Aber er wollte ihr diese Last von den Schultern nehmen, sie ließ es jedoch nicht zu. Deswegen zeigte er sich geduldig, wobei Geduld aktuell nicht sein größtes Talent war. Er strich sich durch das Haar und sah sich um, er wollte diesen Raum als erstes leeren. Aber war es wirklich die richtige Entscheidung, immerhin war dies eine Entscheidung die er nicht alleine treffen konnte. Die Idee verschob er vorerst. Er kehrte in den Thronsaal zurück, wo Kyle und Bricriu über etwas stritten. Es war lediglich eine verbale Auseinandersetzung, weswegen Einar nicht eingriff. Wenige Wortfetzen hatten ihn noch erreicht, bevor er entdeckt wurde.

"Ich halte das einfach für keine gute Idee, was, wenn die Rebellen ausgenutzt werden?"

"Aber es wäre die Chance Frieden zwischen den zwei Seiten zu garantieren, Einar und Shade sind das lebende Beispiel, dass es nicht nur schwarz und weiß gibt."

"Das sind große Worte für jemanden, der vor Tagen nicht mal seinen Rausch unter Kontrolle hat."

"Du willst lediglich nicht mehr unter Vampiren leben, weil dich deine eigene Art ankotzt!" zischte Kyle, er war der Erste, der Einar entdeckte, weswegen er schwieg. Bricriu schielte zu dem Torbogen, worauf Einar fordernd eine Augenbraue hob.

"Kyle denkt, es sei eine gute Idee Slosa und Umbra zu verbinden, oder in anderen Worten denen die Chance zu geben die eine haben möchten." erklärte Bricriu dann.

"Es wäre ein Versuch wert." entgegnete Einar.

"Sicher, dass die Bewohner von Umbra schon bereit sind?" Bricriu war definitiv gegen diese Entscheidung.

"Wer kann das schon sicher sagen. Wir probieren es, wenn es eskaliert, kann man immer noch den Schritt zurück gehen. Zumal geben wir den Rebellen eine ehrliche Einschätzung. Damit sie die Risiken kennen." Einar warf die Kompromisse ein, die Bricriu hören musste. Der Große nickte langsam.

"So betrachtet ist es umsetzbar. Na gut. Dann versucht es, aber vergesst nicht, dass beide Seiten zustimmen müssen." erinnerte der Älteste.

"Ich sehe, die Pläne werden hier schon fleißig geschmiedet." die Frauenstimme, zog die Aufmerksamkeit der drei Männer auf sich. Einar wusste, dass Selen das Festland nicht verlassen hatte, er hatte ihre Anwesenheit gespürt.

"Du hast deine Pläne stattdessen über Bord geworfen?" entgegnete Einar.

"Nein. Ich habe deiner Freundin zu besseren Gedanken verholfen. Zusätzlich wollte ich noch einen Dienst anbieten." die Lilahaarige lächelte.

"Wenn Magier von einem Dienst sprechen, krieg ich immer ein ungutes Gefühl bei der ganzen Sache.." hauchte Kyle leise aus, Bricriu sah irritiert zu dem Jüngsten, der im Grunde mit einer Magierin befreundet war, mit Hope.

"Ein dauerhafter Zauber über Umbra, gegen die Sonne. Ihr könnt damit die Mauern senken, müsst nicht mehr im Schatten leben. Es kann eure Idee, Wesen zu vereinen, unterstützen, keine Trennung der Arten durch Tageszeiten." erklärte Selen.

"Ich warte auf das aber." merkte Bricriu an, worauf Einar nickte der dasselbe gedacht hatte in jenem Moment.

"Es gibt kein aber. Mit Magie wollte ich anderen immer helfen, Frieden schaffen oder den Armen und Schwachen helfen. Seitdem ich hier in Umbra bin, tat ich das Gegenteil, oft ungewollt. Es ist das Mindeste, was ich tun kann, um eine Zukunft zu unterstützen, die ich selbst den Untoten wünsche." gestand die Frau mit ruhigen Worten.

"Aber.." begann sie. Bricriu murrte aus, als hätte er es gewusst und Einar verkniff sich ein Lachen.

"..wenn mir zu Ohren kommt dass du deiner Freundin oder deiner Tochter nicht treu und loyal bist, hetze ich dir einen ewigen Fluch auf." die lila Augen starrten zu Einar, dem das Lachen verging. Kyle hingegen schmunzelte belustigt über diese Ansage.

"Ich hatte nicht vor irge.."

"Sehr gut.. dann mach ich mich mal an die Arbeit, ich muss noch ein Schiff zeitig erreichen." sie hob unschuldig die Hand zum Abschied und ging, bevor Einar sich rechtfertigen konnte, über etwas, was er nicht getan hatte.

"Was eine Frau.." seufzte Kyle aus.

"Denk nicht dran. Sie ist verheiratet und dreifache Mutter.." merkte Einar an.

"Drei Kinder? Was für eine Frau.." stimmte Bricriu zu und Einar lachte ein wenig.

"Ihr zwei spinnt doch." Einar schüttelte lachend den Kopf.

"Ein Umbra ohne Mauern.. wäre eine nette Abwechslung." murmelte Kyle, der ausgezeichnet das Thema wechselte.

"Was aber weniger Kontrolle bedeutet." warf Bricriu ein.

"Wir werden nicht morgen die Mauern abreißen, das benötigt eine gute Vorbereitung. Wir sehen erst, wie die Zusammenführung funktioniert, wie die Bewohner von Umbra auf die neue Führung reagieren." schloss Einar die kleine Idee.

"Wie steht es um die Vorbereitungen in der Thematik Abschied für die Mutter deiner Freundin?" Kyle erwähnte das letzte Wort in der genauen Tonlage von Selen vorhin.

"Heikles Thema.. ich kannte Yeona kaum und aktuell weiß ich nicht, was Shade will.." murmelte Einar.

"Probleme im Paradies?" forschte Bricriu nach.

"Nicht unbedingt.. aber Inot hat einen Tsunami auf sie losgelassen bevor er starb." Einar rieb sich etwas die Schläfen, er versuchte in den letzten Minuten, den Moment ständig wieder abzuspielen.

"Sie ist hart im nehmen. Du machst dir umsonst einen Kopf." Kyle zuckte etwas die Schultern.

"Wir rollen das Gespräch erneut auf, wenn du in denselben Schuhen steckst, Kleiner." seufzte Einar aus, der sich ungern etwas von dem Jüngeren sagen ließ, der wohl kaum etwas von dieser Art von Liebe verstand. Zumal die Emotionen als Vampir so intensiver waren als die eines Menschen.

"Dennoch hat er Recht, das Mädchen ist stark." warf Bricriu beiläufig ein.

"Verdammt nochmal das weiß ich doch." seufzte Einar aus.

"Aber du weißt nichts mit dir anzufangen, weil du nicht untätig dabei zusehen willst." brachte Bricriu es auf den Punkt, Einar schielte zu ihm etwas eingeschnappt. Natürlich hatte er Recht, aber es derart laut auszusprechen, ließ ihn hilflos da stehen.

"Dann schaff ihr ein vernünftiges Zuhause in diesem Gebäude." merkte Kyle Schulter zuckend an. Einar und Bricriu sahen überrascht zu dem Jüngsten, der einen guten Punkt nannte.

"Ich bin mir nicht mal sicher, ob sie hier bleiben will.." seufzte Einar aus.

"Das will sie. Zumindest laut Draco." merkte Bricriu an.

"Apropos Draco."

"Der macht seine Geschäftsmann Dinge in der Stadt." beantwortete Kyle die Frage, bevor Einar diese überhaupt zu Ende stellen konnte.

"Ich wollte nach Slosa aufbrechen um dort Bescheid zu geben das es vorbei ist." Bricriu sah zu Einar der ein wenig nickte.

"Ist gut. Wegen der Zusammenführung warten wir ab, was Umbra dazu sagt, aber du kannst dich trotzdem umhören, was die Rebellen davon halten." stimmte Einar zu, worauf der Größere aus dem Thronsaal trat. Kyle sah erwartungsvoll zu dem anderen, er wollte eine Aufgabe erhalten. Dabei wusste Einar selbst noch gar nicht, wo man anfangen sollte. Er schob seine Hände in die Hosentaschen.

"Du kannst jetzt tun und lassen, was du willst. Sobald alles ins Rollen gebracht wird, wirst du kaum Zeit für dich haben." Einar klopfte ihm auf die Schultern. Sein eigenes Ziel war das Zimmer seines Vaters, er wollte nachsehen, was davon wirklich brauchbar war. Bei all den Dokumentationen und teilweise barbarischen Plänen, graute es ihn ein wenig davor. Er wollte diesen Raum zu einer Bibliothek umfunktionieren, sein Vater besaß ein gutes Dutzend Büchern und warum sollte man dies nicht nutzen. Einar schob den Schrank wieder an den ursprünglichen Platz, um den Geheimgang zu verbarrikadieren. Darauf setzte er sich in den Stuhl hinter dem Schreibtisch, um sich durch die Papiere zu arbeiten. Neben wenigen Plänen, die durchaus barbarisch klangen, gab es den ein oder anderen Einfall, der nicht schlecht war. Alleine die Grundidee, den Zauber für eine Schwangerschaft bei Vampiren mit Glück und Gesundheit zu verstärken, klang nach etwas Positivem. Wenn Einar nicht wüsste dass für diese Theorie Shade zur Praxis missbraucht wurde. Ein zartes Klopfen zog ihn aus seinen Gedanken, worauf Shade eintrat.

"Ich dachte mir, dass ich dich hier finden würde." sie schloss die Tür, indem sie sich rücklings dagegen lehnte.

"Du hast nach mir gesucht?" er sah sie fragend an.

"Kann man so sagen." sie zuckte etwas unbeholfen die Schultern.

"Dann muss ich mir ab sofort wohl bessere Verstecke suchen." er blickte wieder auf die Pläne, die er ordentlich sortierte von hilfreich zu absolut unnötig.

"Soll ich wieder gehen?" sie zog eine Augenbraue irritiert hoch.

"Was? Nein!" er schüttelte etwas zu schnell den Kopf, dass Shade etwas schmunzeln musste.

"Ich wollte mit dir über die wichtigen Dinge sprechen. Wie. Was wünscht du dir für deine Mutter. Ich habe eine Vorstellung, was wir für meine Mutter tun können. Welches Zimmer ist wohl am besten für Kijana geeignet? Nur um die offensichtlichen Punkte anzusprechen." Einar war etwas überfordert mit den Thematiken, die Shade ansprach.

"Uhm.. dass überlasse ich gerne dir.. Moment du willst Kijana her bringen?" er erstarrte kurz.

"Natürlich.. findest du, es ist zu früh?" sie trat an den Schreibtisch heran.

"Nun, das ist deine Entscheidung, aber das Haus ist nicht wirklich kindersicher. Was, wenn die Vampire einen Aufstand planen? Oder wenn es Vampire gibt, die uns schaden wollen?" Einar konnte ein weiteres Dutzend an Risiken aufzählen, aber Shade lächelte.

"Was?" er stoppte seine Aufzählungen.

"Ich glaube, ich habe mich erneut in dich verliebt." seufzte sie leise aus, schob den unaufgeräumten Stapel an Papieren beiseite und setzte sich auf den Tisch.

"Das ist was Gutes, richtig?" er verschränkte seine Arme auf den Tisch und sah zu ihr auf.

"Möglich." lächelte sie unschuldig. "Was machst du damit?" sie deutete auf die Stapel, die er auseinander sortierte.

"Ich sehe, ob etwas davon nützlich ist, neben dem typischen, wie macht man die besten Sklaven aus einer anderen Art, Pläne." seufzte er etwas aus, ihn scheint es eher zu deprimieren statt zu erfüllen.

"Kann es sein, dass du dir irgendeine Arbeit gesucht hast, nur um beschäftigt zu sein?" sie hob ein Papier auf und musterte die Beschreibung dieser.

"Nein. Das ist eine sehr wichtige Arbeit!" protestierte er.

"Sicher. Nicht dass jemand die bösen Pläne deines Vaters findet und ausführt." schmunzelte sie amüsiert und legte etwas wieder weg.

"Streng genommen ist das wirklich ein großes Problem. In den falschen Händen könnte alles wieder von vorne starten." er lehnte sich im Stuhl zurück.

"Stimmt." eine kurze Stille trat ein, indem Shade ihn etwas beobachtete, während er etwas Gedankenverloren in den Raum starrte.

"Es tut mir Leid.. was ich gesagt hatte.. ich hatte es wirklich nicht so gemeint." murmelte Shade dann, worauf er wieder in ihre Augen sah.

"Ich weiß." lächelte er sanft. "Tatsächlich möchte Kyle einen Versuch starten, die Vampire zwischen anderen Wesen dazu zu kolonisieren."

"Glaubst du das funktioniert?" sie legte ihren Kopf etwas schief.

"Schwierig einzuschätzen. Vampire können sich sehr gut anpassen zwischen anderen Wesen. Aber wie es mit mehreren aussieht, weiß ich nicht." gestand er ehrlich.

"Ich mag seinen Optimismus. Es ist ein schöner Gedanke." gab sie zu und ließ ihren Blick über die Bücherregale schweifen.

"Es wäre schön, einfach nur ein ruhiges Leben zu haben, mit dir und Kijana, keine Widersacher, keine Weltprobleme. Nichts außer ein einfaches gemeinsames Leben." er stand auf, während Shade ihn beobachtete.

"Das wäre zu einfach, wo bleibt da die Herausforderung." schmunzelte sie.

"Du bist meine Herausforderung." lachte er leicht aus.

"Ok, das tat weh." entgegnete sie etwas eingeschnappt.

"So war das doch gar nicht gemeint." protestierte er und stemmte seine Hände jeweils rechts und links von ihr auf dem Tisch ab. Sie wich seinem Blick erst aus, wobei der Atem an ihrem Ohr etwas kitzelte.

"Ich hab dich klar und deutlich gehört, du findest, ich bin eine Herausforderung für dich." wiederholte sie seine Worte.

"Wenn du einfach wärst, würde ich dich wohl kaum interessant finden." hauchte er aus, worauf sie doch etwas Schmunzeln musste. Ihren Kopf wieder zu ihm drehte, um zu realisieren, dass er wenige Millimeter entfernt war. Sie küsste ihn, was er ohne zu zögern erwiderte. Während sie ihre Arme um seinen Hals schlang und ihn zu sich zog. Er liebte es, wenn sie durch sein Haar fuhr, genauso wie er es mochte, dass sie derart schüchtern sein konnte, wenn es um Zärtlichkeiten ging. Sie war eine wütende Naturkatastrophe, wenn es darauf ankam, aber nicht bei ihm, nicht wenn sie alleine waren. Sie schmolz dahin, er lehnte sich über sie, was sie dazu veranlasste, sich rücklings auf den Tisch zu legen.

37

Shade

Die ersten Tage in Umbra waren ein stetiges Auf und Ab. Einar wollte, dass Shade in den meisten Entscheidungen ein Mitspracherecht erhielt, wobei ihre Meinung oft seiner ähnelten. An diesem Tag hatte sie einen engen Zeitplan, am Morgen traf sich der neu erwählte Rat. Wie Einar vorgeschlagen hatte, wurden 7 Ratsmitglieder aus Umbra erwählt, unabhängig von Reichtum oder Macht. Es war überraschend, wie unterschiedlich die Mitglieder waren und dass auch Frauen darunter waren, freute besonders Shade. Die Tafel war wie gemacht für so viele Anwesende. Einar saß wohl eher, er stand an einem Ende, weil er keine Ruhe fand, um sich zu setzen. Shade saß rechts von ihm, Bricriu links von ihm, dann folgten Draco sowie Kyle. Die restlichen Gesichter waren fremd für Shade, aber es spielte vorerst keine Rolle.

"Umbra unterliegt einem neuen dauerhaften Zauber. Innerhalb der Stadtgrenze könnt ihr euch auch unter der Sonne frei bewegen. Die Bereiche in der Stadt, die von der kaputten Mauer und deren fehlenden Schatten nicht ausreichend geschützt waren, gehören nun der Geschichte an." begann Einar die Sitzung, es war eine erfreuliche Nachricht. Er startete immer mit einer erfreulichen Nachricht.

"Dazu gibt es den Vorschlag, die Tore für andere Vampire und auch Wesen zu öffnen. Bis jetzt fühlte sich das Leben in den Mauern wie ein Gefängnis an, so viele Regeln und ihr durftet die Stadt nicht verlassen. Ich möchte daran erinnern, dass ihr befugt seid zu kommen und zu gehen, wann ihr wollt. Wenn aber ein schlechtes Wort zu uns durchdringt, wird euch dieses Recht schneller entzogen als ihr laufen könnt. Das bedeutet keine Massen-Massaker, keine Versklavungen, keine Serienmorde. Ihr bekommt nach wie vor eure Mengen an Blut, wenn ihr selbst euch ein Kaninchen jagen wollt, nur zu. Ich warne, im Süden ist das Wolfsgebiet. Legt euch nicht mit ihnen an, wir können auf so unnötige Streitigkeiten verzichten. Wir eröffnen für heute die Abstimmung, ob Umbra andere Wesen als Bewohner akzeptiert oder nicht. Reicht das Wort weiter, jede Stimme zählt." da war der Ausgleich. Einar versuchte mit einer guten Nachricht, die komplizierte Nachricht zu verschönern. Aber die Gesichter am Tisch schienen unterschiedlich, manche dachten darüber nach, andere rümpften augenblicklich die Nase und wenige nickten verständnisvoll. Es spielte sowieso keinen Unterschied, was sie alleine davon hielten, da diese Abstimmung für ganz Umbra galt.

"Da goldenes Blut ein seltener Luxus ist, möchten wir es so behalten. Draco arbeitet an Handelswegen, um an einfaches, problemloses Blut zu kommen ohne Unschuldige zu verletzen. Wie bereits gesagt, steht es euch zu selbst jagen zu gehen, insofern ihr die Grenzen kennt, wenn nicht weisen wir euch in die Schranken." dieses Thema sprach Bricriu nochmal an, er eröffnete eine Anlaufstelle für Vampire, die Problematiken mit ihrem Blutrausch hatten.

"Es wird hier keine Tage geben, an dem alle Schlange stehen werden, um mit uns zu sprechen, wenn ihr ein Anliegen habt oder die Bewohner aus Umbra. Sprecht es direkt an, wenn es dringend ist, sofort, wenn es Zeit hat, nutzt dafür die Stunden an diesen Tisch." setzte Einar fort, Shade beobachtete ihn gerne dabei, wie er seine Rolle als Herrscher ernst nahm. Eine Hand hob sich aus dem Rat.

"Wenn Ihr die Tore öffnen wollt, könnte Chaos ausbrechen."

"Das ist ein guter Punkt. Euch ist bestimmt aufgefallen, dass die Wachen an die Mauern versetzt wurden, viele werden in diesem Haus nicht mehr gebraucht. Die Wachen sind der Schutz für das Volk. Wir beobachten alles so gut es uns möglich ist, deswegen arbeitet mit uns zusammen, damit wir nichts übersehen." merkte Einar an.

"Noch Fragen oder offene Themen?" sein Blick glitt über den Tisch, eine Frau hob ihre Hand, ihr Gesicht kam ihm bekannt vor.

"Was geschieht mit den ehemaligen Gesetzen, heraufbeschworen wurden durch Inot?"

"Daran arbeite ich noch. Vieles davon wird hinfällig, aber ohne Gesetze funktioniert eine Stadt nicht, also seht es mir nach, wenn manches streng erscheint. Aber etwas wie Geburtsrecht muss man sich erbetteln, werden definitiv gestrichen." Einar sah zu der Frau, die etwas lächelte. Sie war die Frau, die vor seinem Vater um dieses Recht kämpfte, aber Inot hatte es abgelehnt, weil sie es nicht wert war. Nach dieser Sitzung traten die neuen Ratsmitglieder wieder aus dem Raum und Einar ließ sich auf den Stuhl fallen.

"Das wäre hiermit erledigt. Wir können die anderen Zeremonien dann heute Abend beginnen." seufzte Einar aus und Shade stand auf.

"Bis jetzt scheint alles reibungslos zu funktionieren." merkte sie an. Darauf folgte ein teilweise abgestimmtes aufstöhnen, weil Shade es mit diesen Worten herausgefordert hatte. Sie sah irritiert zu Bricriu und Draco, die etwas die Augen verdrehten.

"Das sind nur Worte, entspannt euch mal." sie schüttelte etwas den Kopf.

"Also gehen wir die Asche eurer Mütter verstreuen." so taktlos Bricriu dies auch erwähnte, nahm ihm dies keiner übel. Shade wollte den Abschied ihrer Mutter klein halten und den letzten Wunsch von Einar's Mutter ehren, denn sie erfuhr dank Selen. Einar schloss sich dieser Idee an für Jana. Weswegen es ohne Schwierigkeiten in einem Zug erledigt werden konnte. Zuvor erwarteten sie aber eine andere Art von Besuch. Die Tür des Esszimmers schwang auf.

"Sie haben Besuch." gab die Bedienstete etwas Kleinlaut von sich.

"Lasst sie rein." gab Einar zu verstehen. Ahmya trat ein, knapp hinter ihr erkannte Shade die weißen Haare, sie war gewachsen. Mittlerweile musste Kijana die Größe einer 7-Jährigen erreicht haben, sie trug einen praktischen schwarzen Einteiler, ihre Füße waren blank und ihre Haare trug sie in einem Zopf. Shade fühlte sich beraubt, von ihrer Zeit beraubt, in der sie ihrer Tochter beim Wachsen zusehen konnte.

"Was ein Triumph. Wobei Selen sicherlich etwas übertrieben hat, mit all diesen schicken über dramatischen Details." Ahmya hatte sich in der kurzen Zeit kaum verändert, aber sie reisten ohne Ashula. Was beunruhigend war, Shade kam den beiden entgegen.

"Wie konnte ich nur die erste Hälfte ihrer Kindheit verpassen." Shade fühlte sich miserabel, Ahmya schielte zu Kijana, die etwas nervös an ihren Fingern spielte.

"Du hast nicht viel verpasst, es war nahezu ein Wimpernschlag." lächelte Ahmya dann. Aber es half nicht wirklich, Shade bedauerte diese Entscheidung nach wie vor. Dieses Mädchen kam ihr derart fremd vor.

"Wie die Mutter so die Tochter, ihr zwei seid grauenhaft.." Ahmya seufzte aus, schob Kijana zu Shade, zumindest in die Richtung, wo sie sie vermutete, nachdem sie gesprochen hatte. Shade wusste nicht, wie sie ihrer Tochter gegenübertreten sollte, sie war bereits alt genug, um vernünftige Worte mit ihr zu wechseln, und das machte selbst Shade nervös.

"Hast du alles vergessen was ich dir in Slosa beigebracht hatte, Shade?" Ahmya gab ihr Bestes, es den beiden so leicht wie möglich zu gestalten. Shade sah erst irritiert zu der Magierin, sie versuchte, sich an den Moment zurück zu erinnern. So ging die Goldblüterin leicht in die Knie, auf Augenhöhe des Mädchens, Kijana hielt ihre Hand etwas vor sich. Nachdem sie die Wange ihrer Mutter spürte, umspielte ein sanftes Lächeln die Lippen des Kindes. Es kribbelte wenig auf ihrer Haut, während Kijana die Umrisse des Gesichtes abtastete und sich daran erinnerte. Kijana schloss ihre Augen, mit denen sie sowieso nicht sehen konnte und erinnerte sich an die letzten gemeinsamen Momente zurück.

"Du riechst immer noch nach einem halben Schlachtfeld." schmunzelte Kijana dann, Shade sah sie entgeistert an und Einar bemühte sich nicht los zu lachen.

"Es freut mich auch, dich wieder zu sehen." entgegnete Shade, die nicht wusste, ob sie eingeschnappt sein sollte oder darüber lachen konnte. Kijana lächelte unschuldig und umarmte ihre Mutter wortlos, Shade schloss die Arme um das junge Mädchen.

"Es tut mir Leid, dass es so kommen musste.." hauchte Shade aus und strich vorsichtig über das Haar des Kindes, ohne die Frisur zu ruinieren.

"Ich lass mich kein weiteres Mal mehr wegschicken!" entgegnete Kijana, Shade schmunzelte etwas.

"Hab ich verstanden.." Shade sah zu Ahmya, die zufrieden schien.

"Das Haus ist zu riesig, um sich hier zurechtzufinden." beschwerte sich Kijana dann, nachdem sie die Umarmung gelöst hatte.

"Nichts was Nut nicht lösen kann." erwähnte Ahmya.

"Nut?" Shade sah irritiert zwischen den zwei Frauen, Kijana trug einen Beutel um ihre Schultern, womit sie ihr persönliches Hab und Gut transportierte. Ein kleiner Kopf streckte aus diesen beim wiederholten nennen seines Namens ein schwarzes Eichhörnchen. Es kletterte auf die Schulter von Kijana und sah sich etwas im Raum um. Shade richtete sich auf und beobachtete das Tier verwirrt.

"Nut, das ist meine Mutter. Leute, das ist Nut." Kijana hielt ihre Hand vor ihrem kleinen Freund. Shade runzelte etwas die Stirn, weil Kijana sich gezielt an alle richtete.

"Das Tier ersetzt ihr fehlendes Augenlicht." erklärte Ahmya und Shade weitete die Augen.

"Das ist wunderbar." merkte Shade an.

"Kijana hat eine ausgezeichnete Verbindung zur Natur. Weswegen ihr dieser Weg ermöglicht wurde. Sie verlässt sich aber nicht vollständig nur auf Nut." fügte die Magierin zu und Kijana lächelte etwas stolz.

"Also siehst du alles?" hauchte Shade aus, Kijana sah zu ihr und nickte.

"Alles was Nut sieht und er hat einen unglaublichen Rundumblick. Niemand kann sich an mich heranschleichen!" erzählte das Kind stolz. Shade trieb es wenige Tränen in die Augen, als sie sah, wie froh Kijana darüber war. Einar legte eine Hand auf ihre Schulter ab und sie schielte kurz lächelnd zu ihm, sie war erleichtert.

"Dann ist meine Aufgabe hiermit erledigt." Ahmya schüttelte Kijana die Hand, sie vermied es direkten Kontakt zu Kijana zu haben, grundsätzlich weil sie Shade nicht zu Nahe treten wollte. Die Magierin verabschiedete sich und wurde aus dem Haus begleitet.

"Wo ist mein Zimmer?" Kijana sah zu ihrer Mutter, die in dieser Hinsicht aber vorbereitet war. Sie reichte dem Kind ihre Hand, auch wenn sie sah, wohin sie trat, fühlte es sich so richtig an. Kijana nahm diese ohne zu quengeln, worauf Shade ihr das Zimmer zeigte. Es lag direkt neben dem von Shade und Einar, zur Sicherheit, weil niemand wusste, wie sicher es in Umbra war. Es war nichts besonderes, ein großes Bett, ein Kleiderschrank, ein Schreibtisch und ein anschließendes eigenes Bad.

"Du kannst darin machen was auch immer du willst." merkte Shade an während Kijana etwas durch das Zimmer ging und sich auf das Bett fallen ließ, kurz bevor sprang Nut auf dieses und hüpfte auf und ab.

"Mir gefällt es so, wie es ist." seufzte Kijana leise aus, "Ich bin froh, endlich wieder bei euch zu sein.. Ahmya und Ashula sind nett.. aber eben nicht meine Familie." Shade rührten diese Worte, sie setzte sich neben ihrer Tochter aufs Bett.

"Hat Ahmya dir erzählt warum wir das getan haben?" forschte Shade nach.

"Damit ich sicher bin." entgegnete Kijana, was Shade ruhig stimmte.

"So ist es. Aber ich muss dir ehrlich gestehen, dass diese Stadt voller Vampire ist, es kann alles mögliche passieren." Shade wusste nicht, ob es das passende Alter war, um über so etwas zu sprechen. Aber damals hätte sie es sich von Yeona gewünscht, etwas mehr Klarheit über die Wahrheiten zu gewinnen.

"Damit komm ich schon klar." Kijana setzte sich auf.

"Umso besser. Wir haben später noch etwas Wichtiges zu erledigen, willst du uns begleiten oder dann eine Weile hier bleiben?" es war ungewohnt, dass Shade nun solche Fragen stellen musste, ansonsten tat sie stets, was gut für Kijana war. Aber sie musste das Mädchen erst richtig kennenlernen.

"Was Wichtiges?" sie sah fragend zu Shade, sie versuchte die richtigen Worte zu finden.

"Wir haben wichtige Personen verloren.. Familie.. wir wollten ihre Asche über das Meer streuen." erklärte Shade.

"Sie sind auch meine Familie, richtig?" Kijana erhielt ein Nicken von Shade, was Nut beobachtete.

"Dann würde ich gerne mitkommen, wenn es niemanden stört." lächelte Kijana.

"Du störst nie, Kijana." Shade strich über die Wange des Kindes und lächelte sanft. Die letzten Tage führte Shade einen eigenen inneren Kampf, aber nun waren ihre Liebsten wieder bei ihr. Irrelevant was kam, sie konnte sich damit jeder Herausforderung stellen.

"Sind wir jetzt so etwas wie Könige?" hauchte Kijana aus.

"So etwas in der Art." schmunzelte Shade, sie hatte nie darüber nachgedacht, aber im Grunde war es so. Ihr Vorgänger war lediglich ein Tyrann, man konnte ihn kaum als König betiteln. Am Abend trafen die Frauen auf die Jungs am Ausgang. Kyle musterte das Eichhörnchen auf der Schulter des Mädchen argwöhnisch.

"Du weißt, dass ich dein Starren auch spüren kann?" Kijana lächelte ihn verschmitzt an, sie erkannte den jungen Vampiren, der hin und wieder auf sie aufgepasst hatte. Kyle wandte seinen Blick ab, mit leicht roten Wangen, Shade schielte verstohlen zu Einar der das ganze eher misstrauisch beobachtete. Kijana hing sich bei den Jüngsten im Arm ein.

"Sie hat ein lebendiges Temperament." stellte Einar etwas Zähneknirschen fest, Shade klopfte ihm an die Schulter.

"Entspann dich, sie ist noch ein Kind." schmunzelte Shade. Sie traten den Weg durch Umbra an, die Stadt war an wenigen Stellen belebt, viele der Bewohner waren noch verunsichert. Deswegen waren argwöhnische Blicke zur Normalität geworden. Außerhalb von Umbra ging es in den Norden, das Meer zeigte sich während der Mond sich darin spiegelte. Es hatte etwas Nostalgisches an sich, Einar trug die wenige Asche, die man von Jana's Überresten erhalten konnte, während Shade die andere Schatulle unter den Arm geklemmt hatte. Die Stille der Nacht lag über der Gruppe, nichts weiter als das Schlagen der Wellen, was gegen die Schlucht schlug. Einar öffnete die Box und ließ die Asche im Wind verwehen, es benötigte keine Worte. Shade fragte sich ständig, wie er dabei so stark bleiben konnte, ihre Hände zitterten, während sie versuchte, die Schatulle zu öffnen, Einar half ihr. Der Schmerz holte sie wieder ein, nur diesmal wurde sie daran erinnerte wie knapp es war, Yeona hätte auf Kijana treffen können, aber es kam nie dazu. Shade verstreute die Asche und hielt ihre Tränen zurück, sie hatte viel geweint, nach diesem Tag, nie vor anderen bis auf Einar. Shade beobachtete wie die Asche im Wind verflog, sie trat ihre letzte Reise an wie auch Jana. Sie spürte eine kleine Hand, die sich in ihre legte, sie schielte zu Kijana, die ebenso ins Meer hinaus sah und drückte ihre Hand sanft. Zwar war ihr Kijana so fremd, aber ihre Nähe fühlte sich vertraut an, es war beruhigend. Shade hatte ihre Mutter verloren, Einar hatte beide seiner Eltern verloren und dennoch stand sie hier, mit ihrer Familie. Dem Mann, dem sie hoffnungslos verfallen war, seitdem die erste Mauer durchbrochen wurde, ihre Tochter mit ihrem feurigen Temperament und ihre Freunde, die sie auf diesem steinigen Weg begleiteten.

38

Einar

Es war friedlich. Zumindest hatte es den Anschein. Nach dem Abschied der Verluste wurde das Leben in Umbra eine Normalität. In der großen Festung der Regiae Familie gab es mehr und mehr Bewohner, Einar bot den Ratsmitgliedern die Chance selbst zu entscheiden, ob sie in diesem Haus mit ihrer Familie leben wollten oder nach wie vor in der Stadt. Aus den eigenen Reihen zog Bricriu selbst in die Stadt, hingegen entschieden sich Kyle und Draco dagegen. Obwohl Einar vorgeschlagen hatte, Kijana ein Bett in das gemeinsame Zimmer von ihm und Shade zu stellen, war bei dem erneuten Aufeinandertreffen klar geworden, dass das Mädchen wirklich ihr eigenes Zimmer brauchte. Kijana war weder ein Baby noch ein Kleinkind, sondern ein Mädchen und selbst Einar war ein wenig überrumpelt mit dieser Situation. Die Stimmen von Umbra wurden zusammen gesammelt, es ging um die Öffnung der Tore dieser Stadt. Einar kam in die Bibliothek, indem sich Bricriu zurückgezogen hatte, um die Stimmen auszuwerten, Kyle musterte die Auswahl an Büchern.

"Und wie sieht es aus?" Einar sah zu dem Älteren, der langsam nickte.

"Überwiegend gute Stimmen.. es gibt selbstverständlich auch

Stimmen dagegen, aber du hast selbst gesagt, dass die Mehrheit entscheidet. Draco ist auf dem Weg zu Slosa und teilt Rosa die Neuigkeiten mit." informierte Bricriu über den aktuellen Stand.

"Haben wir überhaupt ausreichend Schlafplätze?"

"Die Aufbauarbeiten wurden gestern abgeschlossen, durch den Einzug von wenigen Ratsmitgliedern und ihren Familien gibt es auch wieder freie Häuser." murmelte Kyle, der einen guten Überblick darüber besaß.

"Klingt gut. Was steht heute noch an, außer die Auswertung zu verkünden?" auf Einar's Frage ruhten die jeweiligen zwei Augenpaare auf ihn. Weswegen er etwas die Augenbraue hoch zog.

"Ist es dir etwas zu ruhig?" schmunzelte Bricriu, Einar schüttelte aber den Kopf.

"Nein. Aber seit Tagen habe ich immer das Gefühl, etwas zu vergessen." Einar zuckte unbeholfen die Schultern.

"Wie wäre es mit einer vernünftigen alten Art von Zusammenführung?" überlegte Kyle laut, während er ein Buch hoch hielt. Auf dem Buchtitel wurde von einer Masquerade gesprochen, grundlegend war es eine Art Feier und ein Ball. Bricriu rümpfte etwas die Nase, er mochte dieses hohe Getue nicht, aber Einar empfand die Idee nicht als vollkommen schlecht.

"Es wäre eine nette Abwechslung, wir müssen es auch nicht so streng nehmen, wir können den Thronsaal dafür nutzen, der ist riesig und jeder ist eingeladen. Als eine kleine Erinnerung, dass es sich zu leben lohnt." Einar schielte zu Kyle, der eifrig nickte.

"Und wer genau soll das planen, geschweige organisieren?" seufzte Bricriu aus, die drei waren nicht wirklich geeignet für diese Art von Planung.

"Die Frauen natürlich." schmunzelte Einar.

"Teile das bitte in genau der Tonlage Shade mit. Die macht dich einen Kopf kürzer." merkte Bricriu an und Einar nickte langsam, da konnte er wahrlich richtig liegen. Aber unabhängig davon, war es ein guter Einwurf den Frauen diese Idee vorzuschlagen. Der Vorschlag wurde gemacht, nachdem Draco aus Slosa wieder zurückgekehrt war. Im Speisesaal, wo grundlegend selten gegessen wurde, bis auf Shade und Kijana, die den Raum täglich nutzten, wurde es häufiger für Besprechungen verwendet.

"Woah, so ein richtiger Ball?" besonders Kijana war aufgeregt, die selten mitreden durfte, wenn es um die Angelegenheiten der Stadt ging. Aber mit dieser Thematik war selbst Shade einverstanden.

"Es würde ein anderes Licht werfen neben all dem Trübsal und diesem riesigen Schatten über dieser Stadt." gestand Shade.

"Hat irgendjemand überhaupt eine Vorstellung, wie das funktionieren soll?" seufzte Draco aus.

"Bist du nicht in einem wohlhabenden Königreich nahezu aufgewachsen?" Shade schielte verstohlen zu ihm.

"Erinnere mich daran nie wieder meine Vergangenheit mit euch Goldblütern zu teilen." seufzte der Vampir aus, worauf Kijana gespielt die Backen aufblies.

"Frech!" merkte Kijana eingeschnappt an.

"Aber ja.. ich kann euch erzählen, wie sowas in Eden ablief. Aber ich möchte daran erinnern, dass die Bewohner von Umbra nicht wirklich die besten Manieren besitzen." dabei hatte Draco keineswegs unrecht. Einar beobachtete das Geschehen während er am einen Ende saß, das Ziel war so viele wie möglich mit dieser Feier zu erreichen und das war die wahre Schwierigkeit dahinter.

"Und was wollt ihr damit feiern?" Bricriu war nach wie vor nicht einverstanden damit, er dachte daran, dass es zu riskant war.

"Ein neues Zeitalter für Umbra?" warf Kyle ein.

"Zusammen mit den neuen Bewohnern, sollen sie sich so auf eine andere Art kennenlernen." nickte Einar langsam.

"Sich einmal besonders fühlen!" fügte Kijana hinzu und Shade lächelte etwas.

"In anderen Worten erhalten alle Gäste einen königlichen Luxus für einen ganzen Abend." fasste Shade es zusammen. Ein teures Unterfangen aber die Gäste waren leicht zufrieden zu stimmen, zumindest wenn es um die Vampire ging. Diese Aufgabe wurde Shade übertragen, die Draco und Kijana hinzu zog, wobei auch Kyle seine Hilfe anbot. Einar würde sowieso allem zustimmen, was seine Freundin in dieser Thematik bestimmte. Bricriu hingegen verabschiedete sich aus der Runde, er versuchte die Bewohner von Umbra zu beobachten und bot Hilfe für den Blutrausch an, was zu Beginn nicht derart gut ankam, aber er war stur.

"Also doch ein Maskenball, damit es keine Trennung gibt." murmelte Shade, worauf Draco etwas nickte.

"Da die meisten eurer Gäste Vampire sind, ist guter Alkohol unerlässlich neben dem ein oder anderen aufgebauschten Blutgetränk." fügte er hinzu.

"Uuuuund leckeres Essen!" seufzte Kijana aus, Shade schielte zu ihrer Tochter.

"Damit du davor und danach alles verputzen kannst?"

"Was wieso davor oder danach? Ich will da auch mit!" protestierte Kijana.

"Vergiss es. Das ist nichts für Kinder." Shade schüttelte den Kopf.

"Ich kann auf sie aufpassen und wenn sie müde wird, bring ich sie aufs Zimmer." schlug Kyle vor.

"Ich brauch keinen Aufpasser.." schmollte Kijana.

"Zwischen all den Vampiren, die durchaus Hitzköpfe sein können, doch." seufzte Shade leise aus und wurde von drei Männern fragwürdig angestarrt.

"Seht mich nicht so an, ihr wisst, ich habe Recht." Shade verdrehte die Augen.

"Darf ich gehen, wenn ich dem Kompromiss mit Kyle zustimme?" murmelte Kijana dann kleinlaut. Shade schielte zu Einar der leicht den Kopf schüttelte, aber Shade legte ein wenig ihren Kopf schief. Einar kannte diesen Blick, der Ausdruck, zu dem er nicht Nein sagen konnte.

"Nur wenn du dich benimmst." fügte Einar dieser Abmachung hinzu und Kijana lächelte scheinheilig.

"Das tu ich doch immer!" entgegnete das Mädchen.

"In ein paar Tagen ist der Halbmond, da sind die Gemüter häufig ruhig, also sollten wir es an diesem Abend ansetzen." wechselte Draco auf die Thematik zurück.

"Kriegen wir bis dahin alles organisiert?" Shade schielte zu ihm, der etwas nachdachte, er kümmerte sich um die Handelswege, dementsprechend lag vieles an ihm.

"Kein Problem. Was macht ihr mit den Bannern.. die etwas unvorteilhaft sind." dabei sah Draco zu Einar.

"Hängt sie ab, verbrennt sie, tut damit, was ihr wollt." Einar war es schlichtweg egal was damit passierte.

"Dann braucht Umbra ein neues Wappen." stelle Shade fest, dabei sah sie aber in ratlose Gesichter.

"Die meisten Königreiche, Städte oder Dörfer symbolisieren oft etwas, was ihre Dorfbewohner mit Stolz tragen." murmelte Draco.

"Zum Beispiel?" forschte Einar nach.

"Praaphia hat eine schwarze Katze auf dunklen lila Stoffen." warf Kijana ein.

"Slosa hatte doch ein Chamäleon an den meisten Häuser." merkte Kyle an.

"Richtig. Eden hat den goldenen Löwen auf rotem Samt, Ishidon hat eine weiße Eule auf Samtbraun." fügte Draco hinzu.

"Es ist schwierig. Fledermaus ist das erste, was mir in den Sinn kommt, es steht zumindest für uns Vampire." entgegnete Einar.

"Auch wenn Umbra die Pforten öffnet, ist es immer noch ein Zuhause für die Vampire. Also ist eine Fledermaus angebracht." da es von Shade kam, wogen diese Worte besonders viel.

"Dann eine schwarze Fledermaus auf einem grauen Banner." nickte Kyle.

"Ich setze die Stoffe mit auf die Liste." Draco schrieb nebenbei die wichtigsten Dinge auf, die benötigt wurden für diese kleine Festigkeit.

"Gibt es Vampire, die Berufe ausüben?" Shade sah zwischen den Männern hin und her.

"Sicher, aber worauf willst du hinaus." Einar runzelte die Stirn.

"Lasst die Banner von ihnen nähen und wenn wir schon dabei sind, gibt es bestimmt viele, die nicht angemessene Kleider besitzen, geschweige Masken." murmelte Shade.

"Du willst also die Bewohner mit einspannen?" Draco wirkte irritiert.

"Wenn wir alles von auswärts holen, fühlen die Bewohner sich nutzlos und auf Hilfe angewiesen." entgegnete Shade.

"Du sprichst immer noch von Vampiren." seufzte Draco.

"Es gibt Vampire, die nach Arbeit suchen und nach einem Ziel in ihrem Leben, um den Grund ihres Lebens zu erfahren." mischte sich Kyle ein, was Shade mit einem Nicken bestätigte.

"Draco zieh das in Betracht. Frag Bricriu, er hat einen guten Einblick, er kann dir sagen, wer solche Interessen verfolgt. Wer weiß vielleicht gibt es geschickte Hände, dann kann Umbra dadurch eine weitere finanzielle Quelle aufbauen." murmelte Einar, er hatte den Dreh langsam raus.

"Das ist ein verdammt schlauer Geschäftssinn.." stellte Draco fest und Shade zuckte lächelnd die Schultern.

"In Ordnung, was braucht man noch?" als wäre die Liste nicht schon lang genug, so klang auch die Stimme von Einar.

"Unterhaltung." murmelte Kyle.

"Musik!" fügte Kijana hinzu.

"Man findet sicherlich das ein oder andere Talent." lächelte Shade.

"Nun denn, ich kümmere mich um die Beschaffungen und ihr übernehmt das Gespräch mit Bricriu und den Bewohnern." Draco deutete auf Shade, während er aufstand.

"Ich weiß nicht, ob das so eine gute Idee ist." Shade schielte zu Einar.

"Du gehst nicht alleine, keine Sorge. Aber es würde nicht schaden, sie müssen verstehen, dass du keine Gefangene in dieser Stadt mehr bist." lächelte Einar zuversichtlich.

"In Ordnung.." Shade war nicht wohl dabei, aber früher oder später musste sie den Schritt wagen. Sie konnte sich in Umbra nicht vor den Vampiren verstecken.

"Gut, dann ist das ja geklärt. Morgen gehen wir das tolle Volk besuchen für eure kleine Feier." Einar fand zu viel Spaß in der ganzen Sache und erntete einen bösen Blick von Shade.

"Ich will mit!" protestierte Kijana.

"Nein." immerhin waren sich Shade und Einar in dieser Sache einig.

39

Shade

Die Vorbereitungen zu diesem Ball klangen zu Anfang einfacher, dabei gab es so viel, was dabei beachtet werden musste. Nachdem Kyle versprach, ein Auge auf Kijana zu halten, entschied Shade, es hinter sich zu bringen und der Stadt einen Besuch abzustatten. Bricriu war total in seinem Element, nachdem Einar darum gebeten hatte, Shade eine kleine Führung durch die Stadt zu bieten. Der Älteste war durch und durch begeistert von dieser Idee, die Bewohner in die Zukunft mit einzuspannen. Shade wartete vor dem großen Regiae Anwesen auf ihn, Einar bot an mitzukommen, aber Shade lehnte es ab, sie wollte nicht, dass die Vampire wegen ihm sich anders verhielten. Bricriu war gut gelaunt, was sie ihm ansah, bevor er überhaupt ein Wort gesprochen hatte.

"Vor Tagen wolltest du unbedingt in Slosa bleiben, aber dabei geht es dir hier sehr gut." merkte Shade lächelnd an und er zuckte die Schultern.

"Vielleicht hatte ich mich damals geirrt."

"Nein, ich glaube du hast deinen Lebenssinn wieder in etwas gefunden." murmelte Shade, sie war ein wenig stolz darüber.

"Möglich also bereit meinen Lebenssinn kennenzulernen?" er reichte ihr seinen Arm, sie hatte nie daran gedacht, dass er derart gute

Manieren besaß. Aber grundlegend hatte sie immer Schwierigkeiten, sich mit Bricriu zu verständigen, er war eher in sich gekehrt. Shade hing sich bei ihm ein und ließ sich in die Stadt entführen.

"Ich hatte meine Zweifel wegen eurer Idee. Aber seitdem Einar mir davon erzählt hatte, dass ihr die Vampire mitmachen lassen wollt. Gefällt mir die Idee schon viel besser." gestand er.

"Kyle ist ein lebendes Beispiel dafür. Er hat Talent, er ist ein Künstler, unabhängig davon, was er geworden ist. Also gibt es sicher auch andere, die sich in ähnlichen Interessen verloren haben." erklärte Shade, was er mit dem Nicken bestätigte.

"Ich weiß auch schon, wenn ich dir vorstellen werde." schmunzelte er, Shade mochte diese Seite von Bricriu, er strahlte vor sich hin, was ihn lebendiger machte. Er steuerte auf ein Haus zu, einige der Konstrukte benötigten einen Wiederaufbau, worum sich Kyle gekümmert hatte. Aber die Arbeiten begannen von außen nach innen, weswegen es nach wie vor Häuser gab, die einen ärmlichen Zustand besaßen. Auch dieses, wohin Bricriu sie führte, die Tür hing etwas halb von den Scharnieren und im Inneren gab es Möbelstücke die teilweise kaputt oder brüchig waren.

"Hey, ich weiß die Tür ist kaputt, aber ein wenig Anstand ist doch wohl nicht zu viel ve.." die Frau blieb wie angewurzelt stehen und starrte Shade an, ihr Blick schwankte verwirrt zu Bricriu.

"Amanda. Ich möchte dir Shade vorstellen, sie sucht aktuell vergessene Talente und ich denke, bei dir ist sie genau richtig." Bricriu stellte die Damen einander vor. Amanda trug schulterlanges schwarzes Haar, was sie offen ließ, ihre kupferfarbenen Augen ließen sie noch blasser wirken. Trotz ihres Hauses trug sie ein elegantes aber praktisches schwarzes Kleid, was ihre Figur betonte. Amanda sah sich etwas unsicher um, "Bist du wahnsinnig.. was wenn Jason euch hier sieht?" sie sprach leise, worauf Shade eine Augenbraue hochzog.

"Jason hat eine Schicht an der Mauer. Zudem ist es unser kleines Geheimnis." merkte Bricriu an.

"Ich nehme an, das Kleid ist selbst geschneidert?" lächelte Shade dann, sie versuchte, diese alarmierten Worte zu ignorieren. Die Frau nickte langsam und wirkte verlegen.

"Früher war ich eine Schneiderin.. Jason mag es nicht, wenn ich mich mit so belanglosen Dingen beschäftige.. aber es ist ein Teil von mir." erklärte Amanda.

"Jason arbeitet als Wache, richtig?" Shade sah zu Bricriu der nickte.

"Eine Beförderung würde seine Gemüter bestimmt beruhigen." die Goldblüterin sah verschmitzt zu Amanda, die ihre Augen weitete.

"Das würdet Ihr für mich machen?"

"Natürlich. Ich werde mit Kyle darüber sprechen, er wird Jason erzählen, dass du Kleider für mich gemacht hast und sie haben mir so sehr gefallen, dass wir deine Arbeit in Anspruch nehmen wollen. Im Gegensatz zu deiner gestohlenen Zeit erhält er eine Beförderung, wo er ein paar Wachen herum scheuchen kann." versprach Shade. Amanda besaß ein schönes Lächeln, was Shade erkannte, als die Frau erleichtert schien. Sie griff aufgeregt nach dem Arm der Goldblüterin und zog sie in einen versteckten Raum. Amanda's stolze Ansammlung von Kleidern aller Art, von einfach praktisch bis zu wertvoll edel. Shade strich über die Werke und schielte zu Bricriu der zufrieden an der Tür stand.

"Sie hat wirklich Talent." hauchte Shade aus und sah dann zu Amanda, die etwas errötete.

"Bei Halbmond wird ein Maskenball im Hause Regiae veranstaltet.. das ist deine Chance damit zu prahlen. Natürlich wird deine Arbeit nicht umsonst sein und nach dem Ball können wir darüber sprechen, deine Werke in die Welt hinauszubringen. Du erhältst deinen gerechten Anteil." schlug Shade vor und reichte der Vampir-Dame ihre Hand. Amanda zögerte ein wenig.

"Selbst wenn Jason nicht zufrieden mit dieser Vereinbarung ist. Dann machen wir es einfach hinter seinem Rücken. Dein Talent ist zu wundervoll, um es zu verstecken." fügte Shade hinzu, worauf Amanda den Handschlag erwiderte.

"Ah, bevor ich es vergesse.. wenn ich dir die Maße für ein Mädchen gebe, kannst du dann eine kleinere Variante bis zum Halbmond vorbereiten?" Shade sah die Vampirin nahezu flehend an und Amanda nickte.

"Kein Problem." damit war eine Sache von der Liste abgehakt. Der Tag von Shade war durchgeplant, deswegen konnte sie nicht lange bleiben. Shade fand Amanda durchaus reizend, sie besaß ein kreatives Köpfchen obwohl ihre Worte zu Jason beunruhigend waren.

"Warum tut man nichts gegen Jason?" forschte Shade dann bei Bricriu nach, seitdem sie das Haus verlassen hatten und weiter gegangen waren.

"Es ist etwas komplizierter. Wenn wir einen Menschen verwandeln, können sie stark von uns abhängig werden, emotional, psychisch oder seelisch. Es ist eine Verbindung, woraus sie sich nur selbst befreien können. Wenn ein dritter sich einmischen würde, könnte alles eskalieren." erklärte er ruhig, Shade schwieg etwas und sah nachdenklich nach vorne.

"Ich weiß du willst allen und jedem helfen. Es gibt aber Dinge in dieser Welt, die man nicht verhindern kann. Das letzte Mal, als ich versucht hatte, einem Inceptor gegen seinen Oraculi zu helfen.. endete es darin das er sie selbst getötet hatte.." seufzte Bricriu aus und Shade runzelte die Stirn.

"Aber ich beschaffe dir wieder etwas gute Laune." fügte er schmunzelnd hinzu. Diesmal war es kein Haus, sondern er führte sie in eine Gasse. Normalerweise mied Shade diese Bereiche, besonders in einer Stadt voller Vampire. Aber er steuerte auf einen Mann, der einen schäbigen Stand aufgebaut hatte. Er präsentierte Instrumente aus aller Welt, nicht im besten Zustand, aber es war dennoch faszinierend. Der Mann besaß graues Haar und trug leicht zerrissene Stoffe, sein Blick war träge und müde.

"Oh Nein. Nein. Nein. Nein." gab der Mann augenblicklich von sich, als er Bricriu erkannte, aber Bricriu grinste breit.

"Oh doch! Owid, ich wette du kannst dieses Ding nicht spielen." Bricriu zeigte auf ein breites Stück Holz, was sehr komplex wirkte im Aufbau und wenige Seiten aufwies.

"Wissen Sie. Dieser Mann belästigt mich jeden einzelnen Tag mit dieser lächerlichen einfachen Aufgabe." beschwerte Owid sich bei Shade, die etwas Schmunzeln musste.

"Nun können Sie denn die Wette halten?" fragte Shade amüsiert.

"Natürlich.. ich kann jedes dieser Instrumente spielen!" prahlte der alte Mann, der das gewählte Instrument in die Hände nahm und eine zarte Melodie auf den Seiten spielte. Bricriu schielte verschmitzt zu Shade die etwas die Augen schloss und der Musik lauschte. Als das Lied zu einem Ende kam, klatschte Shade etwas, worauf Owid seinen Kopf etwas neigte.

"Owid. Sie müssen unbedingt bei Halbmond im Hause Regiae spielen!" bat Shade und Owid sah sie argwöhnisch an.

"Oh, für diesen alten Knacker spiele ich keine Lieder." entgegnete

Owid.

"Ah, nein. Es wird einen Maskenball geben, die Musik soll für alle sein." lächelte Shade, worüber der Mann etwas nachdachte.

"Gibt es was gutes zu trinken?"

"Nur das Beste." schmunzelte Bricriu worauf Owid etwas nickte.

"In Ordnung. Ich werde da sein holde Maid, Sir." Owid lebte nicht bedingt in dieser Gasse, so viel verriet Bricriu ihr, nachdem sie aus dieser Seitengasse getreten waren.

"Er ist ein wenig verrückt muss ich zugeben. Aber sein Musikgeschmack ist gut." stellte Shade fest und Bricriu nickte.

"Das Vampirleben kann einen durchaus verrückt machen, aber er ist da noch normal im Gegensatz zu anderen." erklärte er.

"Wie lösen wir das Problem mit den Masken?" forschte Shade nach und er überlegte.

"Da bin ich überfragt, aber weißt du, wer stattdessen ein Händchen dafür hat?" er kam zum Stehen und Shade sah ihn neugierig an.

"Nero." Shade blinzelte irritiert.

"Eigentlich hatte er immer Masken für seine Monsterfreunde gebastelt, aber er hat echt ein Talent dafür." erklärte Bricriu.

"Aber er wird doch nach Praaphia zurückkehren." stellte Shade verwirrt fest.

"Nicht unbedingt. Er stimmte zu nach Umbra zu ziehen für eine Zeit. Wenn er für den Ball einige Masken zur Verfügung stellt, besteht die Chance, dass jemand der Vampire sein Interesse darin findet." schlug Bricriu vor, worüber Shade etwas nachdachte. Es war durchaus eine Möglichkeit.

"Wir können ihn fragen, nachdem er hier ankommt." nickte Shade dann.

"Sehr gut. Noch etwas auf deiner wundervoll kurzen Liste?" scherzte Bricriu, sie sah ihn selten herumalbern, das war eine nette Abwechslung.

"Mh etwas besonderes.. Draco muss noch die Stoffe besorgen, aber es geht um die neuen Banner für Umbra." zwar war es nicht unbedingt auf der Liste von Shade, aber wenn sie schon mal dabei waren, konnte es nicht schaden nachzufragen.

"Stimmt die Fledermausgeschichte.." rief er sich wieder ins Gedächtnis, was Shade nickend bestätigte.

"Vielleicht gibt es da noch jemanden.."er führte sie wieder zurück in die Stadtmitte. Die Straßen von Umbra waren an wenigen Stellen belebt, es lag noch Unsicherheit in der Luft, weswegen der Ball die Rettung sein konnte. Wenn es aber Bewohner gab, die sich nach draußen wagten, musterten diese Shade eher misstrauisch. Bricriu hingegen wurde vollständig aufgenommen und akzeptiert, sie war deswegen nicht neidisch. Vielleicht benötigte Umbra einfach etwas mehr Zeit. Dieses Haus war in einem sehr guten Zustand, Bricriu klopfte an die Tür und wartete geduldig. Die Tür schwang auf und eine kleingewachsene Frau blickte zu ihrem Besuch auf, sie runzelte die Stirn, was ihrem Gesicht noch mehr Falten bot. Ihr braunes Haar wurde in eine komplexe Frisur geflochten, die Kleidung war streng.

"Wir hatten heute keinen Termin." merkte die Frau recht schnippisch an und Bricriu nickte etwas.

"Ich weiß. Entschuldige die Störung, Stacey. Es geht um eine andere Angelegenheit." gestand er ruhig. Bei all den anderen Vampiren zuvor war er aufgedreht und direkt, aber bei dieser Dame war er respektvoll und distanziert. Stacey musterte Shade argwöhnisch, mit demselben Blick, den schon andere Vampire ihr zugeworfen hatten.

"Die Banner werden ausgetauscht. Ich habe schon einige Werke gesehen und ich bin mir sicher, dass die Aufgabe bei dir richtig aufgehoben wäre." erklärte Bricriu, Shade überließ ihm das Reden, weil die Frau ihr sowieso nicht über den Weg traute.

"Warum sollte ich bei diesem Aufruhr unterstützen?" die Stimme von Stacey klang streng und etwas giftig.

"Weil ich weiß das du das Richtige für Umbra willst. Ein gerechter Zufluchtsort für Vampire, deswegen glaube ich, dass die Idee einer Fledermaus statt einer sich selbst fressenden Schlange dir besser gefallen würde." beschrieb er, worauf die Frau etwas schwieg und nachdachte.

"Angenommen ich stimme diesem zu. Was wird es bringen. Es ist nur ein Tier." merkte sie forsch an.

"Intuition, Initiation, das Enthüllen von Geheimnissen und die Übergänge. Eine Fledermaus ist nicht nur ein Tier, sondern ein Symbol." schritt Shade ein, Stacey musterte sie erneut von Kopf bis

Fuß. Es war wirklich schwer, etwas im Gesicht dieser Frau zu erkennen.

"Von mir aus. Bringt mir die Stoffe und den gewollten Faden, ich näh euch diese Symbolik." diese Worte klangen nach wie vor giftig, aber sie hatte zugestimmt. Mehr konnte Shade erstmal nicht verlangen, sie konnte nicht alle Vampir-Herzen erreichen. Bricriu und Shade traten den Rückweg zum Haus Regiae an, es war ein erfolgreicher Tag, zumindest empfand es Shade so. Die wenigen Stunden konnte sie beobachten, wie gut es Bricriu in dieser Stadt erging und sie sah wenige Ansichten von Vampiren.

40

Einar

Aus Slosa stießen wenige dazu, es gab keine Bestätigung darüber, ob sie in Umbra bleiben wollten, aber der Versuch alleine war viel wert. Einar beobachtete vom Flur aus, wie der Thronsaal dekoriert wurde, die Banner mit der roten Schlange wurden ausgetauscht, das neue Wappen der schwarzen Fledermaus glänzte nun auf grauer Farbe. Ein langer Tisch wurde aufgestellt, der mit Gläsern bestückt wurde, wenige Teller und Schüsseln, die im späteren Verlauf des Tages mit Naschereien und Flüssigkeiten gefüllt werden. Der Thron wurde abgedeckt, während auf einer Seite Platz gemacht wurde für die beschaffene Unterhaltung. Einige der ausgestellten Instrumente waren ihm völlig fremd. Selbst die Bediensteten erhielten neue Kleidung, der Anblick alleine entführte ihn in eine weitere fremde Welt. Shade stand zwischen dem organisierten Chaos, sie kommandierte alle herum und prüfte auf einem Blatt Papier in ihrer Hand, ob etwas fehlte. Sie war derart konzentriert, dass er etwas schmunzeln musste. Wenn Shade sich in einer Aufgabe verlor, gab es in diesem Moment nichts anderes, was ihre Aufmerksamkeit erhaschen konnte, was er zu seinem Bedauern häufig festgestellt hatte. Die Aufregung lag aber in der Luft, man war nervös, wie der Abend beginnen und enden würde. Eine Antwort darauf hatte absolut niemand, es war ein Risiko, was man eingehen musste.

"Ein Ball also? Weiß deine Dame, dass du überhaupt nicht tanzen kannst?" erklang eine Stimme neben ihm, er schielte zu der Ursache.

"Und woher willst du das wissen, Idril?" Einar war nicht überrascht die Elfe hier zu sehen, sie gehörte zu jenen Bewohnern aus Slosa, die freiwillig hergekommen war.

"Eine Vermutung außer deine Mutter hat es dir beigebracht." schmunzelte die Blondhaarige und er verdrehte sein Auge.

"Ich kann durchaus tanzen, aber das wird nicht notwendig sein." seufzte er aus.

"Shade ist vielleicht keine typische Frau, aber in diesem Punkt gebe ich dir den Rat, diese Entscheidung zu überdenken." fügte sie hinzu.

"Ich kam bis hierhin gut ohne Beratung klar. Danke." entgegnete er ein wenig allergisch.

"Sicher. Wie lange hat es gedauert, bis es dir aufgefallen war? Wie lange hat es gedauert, bis du die Frau verstanden hast?" sie schielte verstohlen zu ihm und er murrte kommentarlos aus.

"Solltest du dich nicht um eine eigene Begleitung kümmern?" murmelte er.

"Wer weiß." sie zuckte die Schultern und machte auf den Stand kehrt, um wieder aus dem Haus zu treten, er sah ihr nach und schüttelte etwas den Kopf. Diese Elfe hatte ein Talent dafür, im unpassendsten Zeitpunkt aufzutauchen und ihm ständig auf sämtliche Nerven zu gehen. Er schätzte ihre Hilfe damals in Slosa, aber er war sehr häufig genervt von dem Verhalten, weil er es grundlegend nicht leiden konnte, wie oft sie Recht behielt.

"Ich hab dir deinen Anzug übrigens auf das Bett gelegt." teilte Shade mit, die zu ihm ging. Seine grünen Augen sahen zu ihr, ihr Gesicht war etwas gestresst durch all die Dinge, die sie beachten musste. Dabei hatten so viele ihre Hilfe angeboten, sie hatte es schlichtweg abgelehnt, weil sie behauptete, dass sie nicht jedem hinterherlaufen könnte. Wobei sie das sowieso tat. Sie war durch und durch eine Perfektionistin. Aber Einar dachte nie daran dass ihr eine derartige Beschäftigung gefallen könnte.

"Wie? Reicht das nicht, was ich trage?" er sah irritiert an sich herunter, er trug ein blankes weißes Hemd, mit einer schwarzen Hose und einfachen schwarzen Schuhen. Shade zog eine Augenbraue hoch.

"Ernsthaft?" fragte sie und sah ihn entgeistert an. Einar rieb sich etwas den Hinterkopf und schüttelte den Kopf.

"Nein, schon gut. Ich werde es tragen. Ausnahmsweise. Für dich." lächelte er dann matt.

"Nicht nur für mich, Dummkopf. Du hast einen Ruf zu wahren, dann kannst du nicht wie der letzte Halunke bei einem Ball in deinem Hause ankommen." stellte sie streng fest und sah wieder in den Thronsaal.

"Heißt das, dass ich dich endlich in einem Kleid sehen werde?" schmunzelte er dann amüsiert über diesen Gedanken. Shade trug ständig praktische Klamotten, die im Kampf hilfreich erscheinen oder einen schützen. Aber in einem Kleid hatte er sie noch nie gesehen. Shade verengte ihre Augen, als sie zu ihm sah.

"Gewöhn dich nicht dran!" entgegnete sie sofort.

"Du hast es selbst gesagt. Ich muss einen Ruf wahren. Was, wenn ich das als eine Norm festlege?" er verschränkte provokant die Arme. Shade funkelte ihn bösartig an.

"Das würdest du selbst nicht ertragen!" merkte sie scharf an.

"Ist das eine Herausforderung?" er schmunzelte verschmitzt und sie zischte leise aus.

"Vergiss es. Umbra unterliegt streng genommen keiner absoluten Monarchie." lächelte Shade, die sich in diesen Dingen informiert hatte. Was selbst Einar etwas überraschte, der etwas die Stirn runzelte, hatte Shade durchaus Recht. Er herrschte nicht alleine über Umbra, mit den Ratsmitgliedern, die größtenteils vom Volk bestimmt wurden, glich es einer parlamentarischen Monarchie.

"Das kann ich problemlos ändern und niemand würde dagegen angehen." hauchte er aus und Shade verdrehte die Augen.

"Weil du auch so scharf drauf bist, alles alleine zu stemmen." sie schielte zu ihm, ihm fiel kein weiteres Argument ein, weswegen sie stolz davon schritt. Es war das erste Mal seit langer Zeit, dass das Haus Regiae Gäste in Empfang nahm. Ansonsten blieben diese großen Pforten geschlossen und es gab nur private Veranstaltungen. Das Angebot wurde aber gut angenommen, kaum wurden die Tore offiziell geöffnet, der Flur wurde belebt wie auch der Thronsaal. Viele Bewohner kamen aus reiner Neugierde, wenige, um sich zu amüsieren. Owid war früh angekommen, obwohl er sich zur Wehr setzte, erhielt er einen entspannten Anzug geschenkt von Shade. Die

Stunden damit verbracht hatte, den alten Mann zu überreden. Dieser Pflicht mussten nahezu alle nachkommen die Shade nahe standen, niemand war davor sicher. Einar selbst war davor auch nicht sicher. Er stand vor dem Spiegel und richtete den dunkelgrünen Anzug, der seinem Haar und seinen Augen schmeichelte. Es gab eine feine Einstickung am Ärmel, die jene Fledermaus repräsentierte, das Hemd war schwarz wie auch die dazugehörige Hose. Die schwarzen Schuhe waren poliert und spiegelten jede Reflexion. Er kam sich etwas närrisch vor. Nach all der Zeit hatte er glatt vergessen, was einen großen Unterschied schicke Klamotten machten. Das Klopfen an der Tür riss ihn aus den Gedanken, Draco streckte seinen Kopf rein.

"Ich bin so froh zu sehen das ich nicht der einzig Gestrafte bin.." atmete der ältere Vampir aus und Einar rollte sein Auge.

"Da wir alle sowieso Masken tragen, ist es halb so schlimm." er hielt seine schwarze Maske hoch, die lediglich seine Nase und alles um seine intensiven Augen verdeckte.

"Machen wir uns nichts vor. Jeder weiß wer dahintersteckt." entgegnete Draco, der eintrat, seine Anzugjacke war in einem tiefen rot getränkt, mit den schwarzen Kontrasten seines Hemdes, der Hose und seinen Schuhen.

"Wo steckt sie überhaupt?" Einar sah wieder zurück zum Spiegel, richtete seinen Kragen.

"Bei Kijana. Zumindest wartet Kyle vor der Tür wie ein verlorener Welpe." antwortete Draco.

"DAS HAB ICH GEHÖRT!" da Kijana's Zimmer direkt nebenan lag, konnte man den Protest von Kyle laut und deutlich hören. Einar trat mit Draco zurück in den Gang, Kyle trug eine graue Anzugjacke mit eingestickten roten Akzenten an Ärmel und Kragen. Zudem hatte er sein Haar unter Kontrolle gebracht und es glatt frisiert.

"Erste Regel einer Dame, Männer immer warten lassen." der ungewöhnlich laut angeschlagene Ton in Shade's Stimme hinter der geschlossenen Tür verriet, dass sie es bewusst ansprach. Einar verschränkte seine Arme und schüttelte den Kopf.

"Deswegen habe ich entschieden, ohne Begleitung zu gehen." schmunzelte Draco amüsiert.

"Damit du mit einem halbleeren Glas tanzen kannst?" grinste Kyle, der einen unsanften Schlag auf den Hinterkopf von Draco kassierte. Die Tür ging auf, für Einar fühlte es sich wie eine halbe

Ewigkeit an. Aber ihm blieb kurzzeitig der Atem weg. Shade hatte ihr wildes Haar geflochten und in eine hohe Frisur gesteckt, was ihr Haar noch länger wirken ließ. Ihr Kleid war im selben dunkelgrünen Ton wie sein Anzug, die Akzente an Saum, Kragen und Ärmel waren golden bestickt. Der Stoff umrundete ihre Figur, während der Saum nahezu bis zum Boden reichte. Ihre goldenen hohen Schuhe verhinderten, dass das Kleid am Boden schleifte. Er verliebte sich erneut in diese Frau, in diese Schönheit die einer Göttin glich. Kijana hingegen trug ein hellgrünes Kleid, das ihr über die Knie reichte, ihre Füße blieben blank für ihre Orientierung. Ihr Haar wurde zu einem seitlichen Zopf geflochten, worin sich wenige grüne Blumen zeigten. Nut, ihr kleiner Kamerad, sprang von ihrer Schulter zu Kyle der misstrauisch zu dem Tier sah. Aber er hatte angeboten, auf das Mädchen acht zu geben, also musste er auch diesen kleinen Freund akzeptieren. Wie viele Tage zuvor hing sich Kijana bei Kyle ein, derart entschlossen.

"Dann auf zur Feier!" Kijana freute sich auf diesen seltenen Abend. Shade schielte zu Einar, der etwas den Kopf schüttelte und wieder in die Realität zurückgekehrt war. Ihre goldenen Augen sahen ihn herausfordernd an, als wollte sie ihm damit sagen, dass er es genießen sollte, es würde davon keine Wiederholung geben. Er reichte ihr dann wortlos einen Arm, den sie mit leichten Augenrollen annahm. Die Musik spielte bereits, es herrschte eine angenehme Atmosphäre. Es gab wenige Paare, die tanzten, mal zurückhaltender, mal etwas freier. Es bildeten sich kleine Gruppen um kleine Tische oder platzierte Stühle um diesen. Der kleine Einfall war durchaus ein voller Erfolg, der Saal war gut gefüllt und belebt. Nachdem auch die Nachzügler an Shade, Kijana, Kyle, Draco und Einar eingetroffen waren, suchte Kijana den Weg zu den Leckereien. Sie war nach wie vor ein junges Mädchen, ihre Prioritäten waren schlichtweg andere. Draco mischte sich unter das Volk. Während Shade ihren Blick über das Treiben schleifen ließ, sie trug eine goldene Maske, die ihre Augen mehr hervorstechen ließen. Sie war durchaus aufgeregt, was Einar an ihrem Herzschlag bemerkte. Shade war es nicht gewohnt, in solchem Stil unter Massen zu treten, ihre schwarzen dicken Klamotten waren wie eine extra Schutzschicht, die sie nicht nur warm hielten, sondern auch sicher. Einar legte seine freie Hand auf ihren Arm, der in seinem ruhte, sie sah zu ihm auf und lächelte schwach.

"Mir geht es gut." hauchte sie aus.

"Sicher?" er erwiderte ihren Blick, bis sie wieder in die Masse sah, sie nickte langsam.

"In Ordnung. Zwei Möglichkeiten. Ein Tanz oder ein Glas. Damit entspannst du dich bestimmt schnell." bot er dann ruhiger an.

"Andere Reihenfolge.." lächelte sie und er nickte. Er besorgte zwei Gläser mit Wein, nachdem er sicherstellte, dass es die blutfreie Variante war. Einar reichte ihr das Glas, sie stand am Rand und beobachtete das Geschehen wenige Meter vor ihr. Sie nippte an dem Glas, ihr Herzschlag nach wie vor im Wettlauf gegen die Zeit. Einar hatte nie darauf geachtet, aber Massen schienen sie durchaus aufzuregen. Er beobachtete ihre zitternden Hände, in denen sie das Glas hielt und es vorsichtig an ihre Lippen führte, ohne etwas zu verschütten. Der Alkohol hatte minimalen Einfluss auf Shade, aber es half ein wenig. Nachdem sie ihr Glas geleert hatte, stellte Einar diese Gläser beiseite und hielt ihr schmunzelnd die Hand hin.

"Ich werde dir die Füße platt treten." stellte Shade irritiert fest, aber er zuckte leicht die Schultern.

"Ich habe schon Schlimmeres erlebt." entgegnete er ruhig, Shade legte ihre Hand in die seine. Er führte sie an eine freie Stelle in die Mitte des Raumes, zog sie anschließend etwas näher an sich heran. Einar wollte, dass sie an etwas anderes dachte als all die Augenpaare, die auf ihr Ruhen konnten. Ihre Hand hielt er, während er seine freie Hand an ihre Hüfte legte. Ihr Herz raste und das lag eindeutig nicht an ihm.

"Schließ deine Augen." bat er hauchend in ihr Ohr.

"Ich kann nicht meine Augen schließen." merkte sie etwas irritiert an, wie konnte sie sonst etwas sehen.

"Vertraust du mir etwa nicht?" er sah ihr forschend in die Augen, sie zögerte, ihr Blick wich an eine Seite, an ihm vorbei und an die Andere.

"Natürlich tue ich das." entgegnete sie knapp. Einar musterte sie eindringlich, sie seufzte leise aus und schloss dann die Augen. Einar war nicht der beste Tänzer, die Vampire in Umbra hatten diesen Anteil ihres Lebens lange verbannt und dabei waren ihre Festigkeiten unübertreffbar. Aber er führte die Frau, die er so sehr liebte, vorsichtig über den schwarz glänzenden Boden. Shade legte ihre freie Hand auf seine Schulter, um etwas Halt zu gewinnen. Im Rhythmus der Musik drehten sie sich und Shade's Herzschlag beruhigte sich langsam. Sie lehnte ihren Kopf an seine Schulter. Einar war es bereits aufgefallen, dass sie seine Nähe suchte, wenn sie nicht wusste, ihre Nervosität zu verstecken. In Slosa hatte sie keine Schwierigkeiten, vor einer kleinen Masse zu sprechen, aber hier war es schlichtweg anders. Auch wenn Shade behauptete, dass sie keine Angst vor den Vampiren hatte, war sie sehr vorsichtig, was zu ihrer Nervosität führte. Einar erinnerte sie aber daran, dass Vampire nur ihr Leben genießen wollten, wie alle anderen Wesen auch. Nach dem ein oder anderen Tanz wollte Shade sich noch etwas zu trinken holen, sie war etwas ausgelassener und sie begann den Abend langsam zu genießen. Er stellte sich an einen leeren Tisch und beobachtete den Trubel, zwischen all den teilweise Fremden, erkannte er etwas am Rand Kyle, der Kijana mit einer Hand drehte, ihr schien der Abend auch zu gefallen. Kijana fiel durch ihren kleinen Körper ein wenig auf, aber sie hatte Spaß zwischen all den Vampiren, mehr als ihre Mutter es überhaupt konnte. Das war der Vorteil, wenn sie nicht in Gefangenschaft oder Gewalt aufgewachsen war, herbeigeführt bei diesen Vampiren. Einar's grüne Augen entdeckten Draco der durchaus seine Einsamkeit zu verstecken wusste, wenn Einar nicht komplett daneben lag war es Idril die ihn mit etwas Gesellschaft beschenkte. Bricriu selbst blieb am Rand stehen, aus welchen Gründen auch immer unterhielt er sich mit den Mann, wenn Einar versuchte hinzuhören, ging es nur um die Arbeit an der Mauer und die Problematiken, die gelöst werden mussten. Aber der Schwarzhaarige beschäftigte sich selten mit solchen Diskussionen. Ansonsten schien die Mehrheit sich zu amüsieren, es gab wenige, die sich unter das Volk mischten, Vampire aus Slosa wurden vollständig in Umbra mit rein integriert und bis hierhin gab es dabei keine Schwierigkeiten. Einar empfand, dass diese kleine Idee ein voller Erfolg war. Eine weitere kleinere Silhouette machte ihn aufmerksam, es war keine große Kunst, ihre rosa Haare und Augen verrieten ausreichend. Oder lag es an der Energie, die von ihr ausging. Ihr Blick traf auf seinen, mit einem verschmitzten Lächeln. Es war seine Chance, die Antworten zu erhalten, die er damals in Slosa gesucht hatte. Bevor er einen Schritt tätigen konnte, verschwand sie an den Tisch voll mit den Verpflegungen und kam mit zwei Gläsern wieder, sie stellte eines neben ihn ab. Der Geruch in seiner Nase verriet, dass es Alkohol mit gemischtem Blut war.

"Du hungerst. Wieso?" das Mädchen schielte zu ihm und er

runzelte die Stirn, wieso wusste dieses Kind alles. Seit dem Kampf gegen Inot, indem Einar gezwungen war Shade's Blut zu nutzen, stand er häufiger an der Grenze, seine Kontrolle zu verlieren. Einar war kein Vampir, der leicht seine Kontrolle verlor, er besaß viel Selbstbeherrschung aber das war was ganz anderes. Er liebte diese Frau, war nach ihr besessen und ihr Blut schmeckte besonders.

"Abnehmen, hab etwas zugenommen." er zuckte die Schultern und Rosa kicherte etwas.

"Blut ist kein Fettanbau, Einar." entgegnete die Frau und er verdrehte etwas die Augen.

"Ich sag es dir, wenn du mir sagst, woher ich dich kenne." merkte er an.

"Ah schlau. Sehr schlau." sie hob ihren Zeigefinger und schmunzelte amüsiert.

"Also?" Einar musterte sie prüfend, ihre rosa Augen funkelten, als sie zu ihm aufsah.

"Du weißt es. Warum also diese Frage." stellte sie fest.

"Du weißt auch warum ich faste. Warum also diese Frage." warf er zurück und sie schmollte etwas.

"Um mich herum beschweren sich Personen, dass ich nicht auf üblichen Wege an meine Informationen komme. Also versuche ich den üblichen Weg." sie zuckte etwas die Schultern.

"Wie wird aus einem unscheinbaren Vogel ein Mensch?" forschte er dann nach und Rosa lächelte breit.

"Ich kann alles sein, was du willst. Ein Vogel, ein Schmetterling, ein Wyvern. Die Drachenform bereitet mir Probleme, aber ansonsten habe ich keine Grenzen." beschrieb sie etwas stolz. Einar runzelte die Stirn, er hatte kaum etwas über Shapeshifter gelesen, aber sein Vater hatte ein Kapitel niedergeschrieben über Gestaltwandler.

"Wie.. woher.. warum?" er sah noch verwirrter als zuvor zu Rosa.

"Ich musste es mit meinen eigenen Augen sehen. Aber nachdem jemand entschieden hatte, es ist sicherer, wenn ich frei bin, war der Plan hinfällig." lächelte sie unschuldig und er murrte etwas aus.

"Es war sicherer." protestierte er und sie zuckte die Schultern.

"Vergessen und Verziehen." sie zwinkerte ihm zu und leerte ihr Glas an Alkohol mit einem guten Schluck.

41

Shade

Shade hatte nie daran gedacht, dass solche Ansammlungen sie nervös stimmten. Der Alkohol half ihr ein wenig, aber Einar hatte die meiste Anspannung gelöst. Die Goldblüterin holte sich ein weiteres Glas, es wirkte wie Balsam. Ihre goldenen Augen beobachteten das Treiben, mit all den schicken Klamotten und den Masken wirkte es wie ein einfacher Ball. Es gab kaum Anzeichen darauf, dass es Vampire waren. Schlichtweg ein Volk, was sich amüsierte mit guter Musik und teuren Alkohol.

"Ein voller Erfolg, nehme ich an." erklang eine Stimme, Shade schielte zu dem Mann. Er trug einen vollständig schwarzen Anzug mit einer dunkelroten Maske, die seine orangenen Augen hervorstichen ließ. Sein braunes Haar wies einige graue Strähnen auf, die streng nach hinten frisiert wurden. Shade war sich sicher dass sie diesen Vampiren noch nicht kennengelernt hatte.

"Sieht so aus." gestand sie etwas knapper als beabsichtigt.

"Das ist doch alles, was ihr wolltet, oder nicht? Frieden und Harmonie in Umbra." die Worte klangen etwas spöttisch. Sie musterte ihn, aber sein Blick war auf die Masse gerichtet, er beobachtete die rhythmischen Bewegungen der Menge zu der sanften Musik.

"Ist es nicht, was die Bewohner von Umbra wollen?" fragte

Shade etwas verwirrt und er lachte etwas.

"Wir sind die Gefangenen der Nacht, gezwungen zu töten, um zu überleben und du glaubst wirklich, dass dieses lächerliche Fest etwas ändert?" seine Worte klangen scharf, aber Shade verstand es.

"Es ist ein kleiner Schritt in die richtige Richtung. Niemand kann euren Fluch brechen, die Sonne wird immer euer Feind bleiben, die Ewigkeit wird immer euer anstrengender Begleiter sein. Aber ihr seid nicht gezwungen zu töten, es gibt so viele andere Möglichkeiten, um an Blut zu kommen. Das ist eure freie Entscheidung." entgegnete sie, worauf er etwas nickte.

"Du hast Recht. Es ist meine freie Entscheidung und das neue Verbot, dass es kein goldenes Blut mehr geben wird, stinkt mir gewaltig." er schielte zu ihr, Shade zog eine Augenbraue hoch.

"Die Einnahme ist gefährlich. Daran können Vampire sterben, wenn es übertrieben wird." murmelte sie.

"Aber wenige Tropfen versorgen eine ganze Stadt, wie willst du das kleinreden?" sein Blick ruhte vollständig auf ihr.

"Das ist richtig, aber wollt ihr wirklich immer auf uns angewiesen sein?" seufzte sie aus. Eine Antwort erhielt sie nicht, stattdessen verschwamm ihre Sicht. Sie kniff ihre Augen zu und schüttelte leicht den Kopf, es drehte sich alles, das konnte sie spüren. Wenige Schritte taumelte sie zurück, knallte an den Tisch, aber wurde aufgefangen von einem groben Griff um ihre Schultern.

"Lass das mal unsere Sorgen sein, Tarja." hauchte die fremde Stimme ihr zu. Danach wurde alles um Shade herum schwarz. Ihre Sinne waren benebelt, bis sie bewusstlos wurde. Das Gespräch war das einzige, was ihr im Gedächtnis geblieben war, nachdem sie in einem ihr fremden Raum aufwachte. Ein stechender Schmerz durchzog ihren rechten Arm, während ihre Sicht langsam klarer wurde. Der Raum war düster, ihre Augen gewohnsten sich zögernd an diese Dunkelheit. Ihre blanken Füße spürten den eisigen Steinboden, ihr Versuch, aufzustehen, wurde durch Seile vereitelt, die ihre Hände am Stuhl festbanden. Sie zischte zwischen zusammen gebissenen Zähnen und schielte zu ihrem Arm, in diesem wurde eine Nadel um ihren Arm festgebunden, die in der Vene steckte und durchgehend an Blut abzog. Shade kniff ihre Augen zu und atmete durch, in der Hoffnung, dass dieser Albtraum damit ein Ende fand. Aber es war die Realität, sie zog an den Seilen und versuchte, den Stuhl umzustoßen, ohne Erfolg. Die Stuhlbeine waren fest verankert im Boden. Jede einzelne weitere Bewegung schmerzte oder wurde mit Schwindel bestraft, was wohl eher an dem ständigen Blutverlust lag. Der Raum selbst war leer, es gab nichts weiter als den Stuhl in der Mitte, wovon sie saß und das grauenhafte Gerät, das an ihrem Arm hing und durchgehend Blut pumpte und in ein großes Gefäß füllte. Shade schielte zu der Teufelsmaschine und versuchte mit ihren freien Füßen dieses umzustoßen. Bis ein fahles Licht sie etwas blendete, eine Tür schwang auf, sie verengte ihre Augen und versuchte, die Person auszumachen.

"Ich dachte, ich hätte mich klar ausgedrückt, als ich sagte, dass du nicht wiederkommen sollst." die Stimme ihres Vaters jagte eine Gänsehaut über ihren Nacken.

"Wie.." hauchte Shade irritiert aus.

"Du bist für den Tod deiner Mutter verantwortlich. Eigentlich sollte ich dir dasselbe antun, diesem Kerl einen Pfahl durchs Herz rammen oder vielleicht statte ich deinem Monsterkind einen Besuch ab." er trat in den Raum, Shade zog wiederholt an den Fesseln und knirschte leicht.

"Halt dich fern von ihnen!" schrie sie aus und ein amüsiertes Schmunzeln zierte seine Lippen.

"Aber warum? Ich hab doch wohl das Recht dazu, meine eigene Tochter zu besuchen." entgegnete er, Shade's Augen weiteten sich.

"Was?"

"Oh.. ich sehe schon.. dein falscher Freund hat es dir nicht erzählt." er lachte etwas, "Typisch.. diese wandelnden Leichen lügen mit jedem Atemzug. Traurig genug, dass du diesen traust." er ging zur Maschine und musterte die gesammelte Menge an goldenen Blut.

"Warum machst du das.." hauchte Shade aus.

"Einfach. Damit du endlich deine Aufgabe erfüllst als Goldblüterin." er richtete sich auf und sah sie an.

"Damit Umbra von einem fähigen Mann geführt wird."

"Fähiger Mann? Sprichst du von dem Feigling, der du bist?" zischte Shade aus, worauf er mit einem Auge zuckte und ihr eine Ohrfeige mit seiner Rückhand verpasste. Shade knirschte schmerzerfüllt und hielt ihren Blick auf den Boden gesenkt.

"Du bist genauso naiv wie deine Mutter. Goldblüter wurden

geschaffen, um die Vampire zu kontrollieren. Aber weder deine Mutter noch du hattet den Mut, es wirklich zu tun!" beschrieb er scharf, während er seinen Handrücken rieb.

"Vampire lassen sich nicht kontrollieren.. sie sind keine Tiere.." flüsterte Shade mit zitternder Stimme aus.

"Da liegst du falsch. Versprich ihnen goldenes Blut und sie entwickeln sich zu Haustieren. Wie sonst kann halb Umbra für mich arbeiten? Wie sonst wärst du hier gelandet?" lachte er aus. Ihr Vater war verrückt geworden, aber sie wagte es nicht ihm dies ins Gesicht zu sagen.

"Das praktische, wenn du alt und grau wirst, kann deine Missgeburt deinen Platz einnehmen." auch wenn Shade entschieden hatte zu schweigen, brannten diese Wunden. Sie knirschte und trat mit ihren freien Füßen in seine Richtung, er murrte auf.

"Spar dir deine Kraft. Deine Existenz alleine ist nur noch dafür vorgesehen." zischte er aus, nachdem er einen Schritt von ihr weg trat, als sie ihm gegen das Knie getreten hatte.

"Einar wird dir das nicht verzeihen." hauchte Shade bissig aus.

"Vermutlich. Aber ähnlich wie sein Vater.. wenn man den Vater nennen kann, die können sich nicht mal fortpflanzen.. kann auch Einar problemlos gestürzt werden und Umbra ist nicht zufrieden mit seinen Herangehensweisen." erklärte ihr Vater trocken.

"Du machst einen großen Fehler.." murmelte Shade, aber sie stieß auf taube Ohren. Haldis war wahnsinnig geworden und sie erkannte kein bisschen mehr in diesem Mann.

"Entschuldige mich. Ich habe noch wichtige Organisationen zu treffen. Sei so gut und bleib hier." er grinste verschmitzt, immerhin hatte sie keine Wahl. Er verließ den leeren Raum und schloss die Tür hinter sich, Shade wurde wieder von der Dunkelheit umhüllt. Sie schielte zu dem Gefäß mit ihrem goldenen Blut, sie versuchte, sich zu konzentrieren. Aber ihre Blutmagie funktionierte nicht, sie lehnte sich zurück und atmete durch. Denk nach, Shade. Denk nach. motivierte sie sich selbst in Gedanken. Ihre goldenen Augen sahen wieder zu ihrem Arm, sie riss daran, bis die Nadel aus ihrem Arm fiel und sie schmerzerfüllt knirschte. Das goldene Blut zog sich aus ihrer Wunde und durchtrennte ein Seil. Mit ihrer befreiten Hand band sie die anderen Fesseln los und rieb sich etwas die Handgelenke, während ihre Verletzung verheilte. Sie stand auf und wollte an die Tür greifen, kurz bevor ihre Hand brannte, die das Eisen berührte, sie schrie in Schmerz auf und wich zurück. Ihre Haut war etwas verkohlt, sie heilte langsam. Shade sah sich im Raum um, aber es gab weder ein Fenster noch eine andere Öffnung. Sie sank knapp vor der Tür auf die Knie und griff sich an die Stirn. Es schien ausweglos, erneut. Shade stand erneut mit dem Rücken gegen eine Wand, mit keinem anderen Ausweg. Ihr blieb nichts als zu hoffen, dass ihr Fehlen bemerkt wird und man nach ihr suchen würde. Andererseits wollte sie nicht gerettet werden, wenn Haldis die Wahrheit sprach, war Umbra kein sicherer Ort für Einar und auch nicht für Kijana. Warum hatte sie die Sorge von ihrem Freund ignoriert, als sie ansprach, dass ihre Tochter nach Umbra kommen würde. Warum war sie derart naiv und dachte wirklich, dass es funktionieren würde.

42

Einar

Der Maskenball war ein voller Erfolg, die kleine Unterhaltung mit Rosa gab wenig Einblick in seine Vergangenheit, die er teilweise verdrängt oder vergessen hatte. Die Feier fand ein Ende, viele kehrten nach Hause zurück und wenige blieben noch eine Weile. Kyle hatte Kijana für wenigen Stunden ins Bett getragen, nachdem sie sich müde getanzt und gegessen hatte. Während Draco zurückgekehrt war, nachdem er Idril zu ihrem neuen Zuhause begleitet hatte, sie war nach wie vor eine Fremde in einer Stadt voller Vampire, weswegen er kein Risiko einging. Bricriu gesellte sich zu Einar der etwas in Gedanken versunken war.

"Ist Shade schon schlafen gegangen?" forschte der Größere nach und Einar schielte irritiert zu ihm.

"Ich weiß nicht.. ich gehe davon aus. Sie war aufgedreht und nervös unter so vielen Vampiren.." murmelte Einar, worauf Bricriu verständnisvoll nickte.

"Ich werde dann mal gehen." merkte Bricriu an und verabschiedete sich, um selbst nach Hause zu gehen. Kyle im Gegenzug kam wieder, nachdem er das Mädchen ins Zimmer gebracht hatte, er streckte sich etwas gähnend.

"Gar nicht so leicht, was?" schmunzelte Einar belustigt, Kijana konnte einem die Energie rauben, sie war so ein lebhaftes Mädchen, das selbst ein Vampir an seine Grenzen stoßen konnte.

"Ach was, ein Kinderspiel." wank Kyle ab und Einar zog eine Augenbraue hoch.

"Wenn du das sagst." Einar zuckte belustigt die Schultern, er ließ seinen Blick durch den Saal schweifen. Die beiden verließen den Raum nachdem er sichergestellt hatte, dass niemand zurückblieb. Kyle bog in die andere Richtung, während Einar selbst in sein Zimmer zurück ging. Er zog die Anzugjacke aus und schleuderte diese über den nächsten Stuhl. Solche öffentlichen Veranstaltungen waren mit viel Stress und Arbeit verbunden, weswegen Einar froh war, als es vorbei war. Nebenan hörte er den flachen, ruhigen Herzschlag von Kijana und schmunzelte zufrieden, aber Shade war weder im Bett noch im Bad. Er runzelte die Stirn und rieb sich etwas den Nacken, er versuchte sich zurück zu erinnern. Sie wollte ursprünglich etwas zu trinken holen und seitdem hatte er sie nicht mehr gesehen. War die Ansammlung ihr zu viel? Er setzte sich aufs Bett und dachte nach. Shade zog sich selten wirklich zurück, aber wenn sie es tat, rannte sie stets von ihm weg. Weswegen er gelernt hatte, ihr den Raum zu geben, denn sie benötigte. Auch wenn es Einar nicht gefiel, atmete er durch und entschied am Morgen der Sache auf den Grund zu gehen.

"Wie kann man unter all den Vampiren die einzige Goldblüterin verlieren und NIEMANDEN ist es aufgefallen?" die Worte stammten von Draco. Sie hatten sich im Thronsaal eingefunden, Einar, Bricriu, Kyle, Draco und auch Idril, keiner sprach ein Wort. Einar war wie in Trance, ihm war nicht aufgefallen, dass Shade fehlte, er hatte sie aus den Augen verloren. Sie hatten Stunden damit verbracht das ganze Haus auf den Kopf zu stellen, Bricriu fragte in Umbra aber keiner hatte Shade gesehen. Einar fühlte sich schuldig, dass er nicht für sie da war und es so spät bemerkt hatte.

"Ihr Verschwinden wurde organisiert.. vielleicht von ihr selbst?" murmelte Idril, die etwas leise sprach, Draco sah entgeistert zu der Elfe.

"Sie würde Kijana nicht zurücklassen." entgegnete Kyle sofort, was Einar mit einem Nicken bestätigte.

"Dann hat sie jemand mitgenommen." warf Draco in seiner bissigen Tonlage ein.

"Aber wer? Inot ist Tod." merkte Bricriu an und Einar schielte zu ihm.

"Bist du dir sicher, dass es in Umbra keine weiteren Inot Anhänger gab?"

"Natürlich bin ich mir da nicht sicher. Aber dann hätte ich was gehört." antwortete der Größere.

"Warum sollte man Shade mitnehmen? Ich dachte, in Umbra wäre alles friedlicher gestimmt." Idril sah zu Einar, der aber schwieg.

"Im Grunde ist es auch so. Aber irgendwas haben wir übersehen." murmelte Kyle der ständig an seinem Ärmel Knopf spielte.

"Na gut. Dann besorgt euch eine Magierin, die hilft, Shade zu finden." schlug Idril vor.

"Wir haben keine Zeit für einen Ausflug." zischte Draco aus.

"Dann werdet ihr euch diese Zeit nehmen! Das alles bringt hier doch sowieso nichts oder wollt ihr jeden Stein im Umkreis umdrehen?!" entgegnete die Elfe streng, es kehrte Stille ein.

"Bricriu und Idril.. hört euch weiter in Umbra um, vielleicht findet ihr was raus. Draco, wir besuchen Praaphia. Und Kyle." Einar richtete sich an den jüngsten Vampir.

"Ich passe auf Kijana auf.." murmelte Kyle, worauf Einar nickte.

"Und was ist mit den Angelegenheiten zu Umbra?" merkte Bricriu an.

"Es liegt bei euch in guten Händen." entgegnete Einar knapp, der keine Widerworte zu ließ. Keiner konnte diesem widersprechen und man wollte es auch nicht direkt, Einar's Prioritäten waren eindeutig, auch wenn Bricriu dies ein wenig missfiel. Da Umbra ebenso wichtig war. Aber Bricriu respektierte diese Entscheidung trotz alledem. Bricriu und Idril kehrten in die Stadt zurück, sie durften kein Aufsehen erregen, weswegen sie ihrem typischen Alltag folgen sollten. Draco und Einar hingegen bereiteten sich auf die Reise vor, sie warteten bis der Abend anbrach und wanderten zum Hafen. Sie wechselten kein Wort miteinander, Draco war wütend und Einar hatte das Gefühl, dass er auf ihn sauer war. Dabei war Einar wütend auf sich selbst, er war nachlässig geworden. Der Hafen war ein notdürftiger Steg, wo Schiffe selten anlegten. Draco kannte die Handelsrouten und Zeiträume, die gesondert für die Vampire aus Umbra angepasst wurden, damit die Lieferungen problemlos stattfinden konnten. Ein kleines Handelsschiff lag an und der Kapitän dieses Schiffes blickte irritiert zu den Männern.

"Wir müssen nach Praaphia." merkte Draco an, der Mann runzelte die Stirn.

"Das ist Selbstmord." entgegnete der Mann, Einar schielte irritiert zu Draco.

"Uns ist bewusst, dass Praaphia keine Vampire auf ihr Land lässt. Wir müssen es trotzdem versuchen." murmelte Draco.

"Von mir aus. Ich kann euch dort aber nicht helfen." der Mann stellte sicher, dass er sie lediglich über das Meer bringen konnte, aber keine Macht darüber besaß was auf fremden Land geschah.

"Das Risiko müssen wir eingehen." stimmte Einar dann zu. Minuten später wurde das Segel gesetzt, Einar war noch nie auf einem Schiff unterwegs. Er beobachtete, wie der Wind in die Segel blies und das Schiff damit das Wasser überquerte. Die Reise nahm Tage in Anspruch, weswegen er zu Draco unters Deck ging. Der Schwarzhaarige saß an der Wand und hatte die Augen geschlossen, aber er schlief nicht, das erkannte Einar an seinem lebhaften Herzschlag. Einar setzte sich wortlos gegenüber auf die andere Seite und beobachtete Draco.

"Starr mich weiter an und ich sorge dafür, dass du Shade nie wieder sehen wirst." zischte Draco aus, der seine Augen öffnete und ihn feindselig ansah.

"Ich bin nicht dein Feind, verdammt nochmal." entgegnete Einar irritiert.

"Ich habe darauf vertraut, dass du sie sicher hälst!" murrte Draco.

"Niemand hatte es geahnt! Oder, warum hast du es nicht aufgehalten?" merkte Einar ernst an, Draco schwieg.

"Du hast in diesem Moment dich mit Idril auf der Tanzfläche amüsiert. Aber wirfst mir vor, dass ich Shade nicht wie ein kleines Kind im Auge behielt?! Sie ist kein Kind, sondern eine eigenständige Frau." setzte Einar fort, Draco biss die Zähne zusammen.

"Ich gebe mir auch die Schuld, Draco. Glaub mir. Aber dass wir uns hier gegenseitig anfeinden, bringt uns kein bisschen weiter und dreht die Zeit auch nicht zurück!" schloss Einar ab und lehnte seinen Kopf rücklings gegen die Wand, während er an die Decke starrte. Es herrschte Stille, die Wellen schlugen gegen das robuste Holz.

"Es ist nur.. wir waren auf so vieles vorbereitet, haben bereits so vieles überstanden.. wie kann sowas passieren und dann haben wir keinen einzigen Hinweis." seufzte Draco auf.

"Meinst du, wir haben es mit jemandem mächtigeren als Inot zu tun?" Einar sah zu ihm.

"Nicht unbedingt, aber vielleicht mit stärkeren Komplizen.." gestand Draco ruhig.

"Denkst du man wird uns in Praaphia überhaupt anhören?" aber Draco lachte ein wenig, was nahezu als Antwort ausreichte.

"Es kommt drauf an."

"Worauf?"

"Welcher Magier uns als Erstes entdeckt." schmunzelte Draco etwas.

"Das ist beruhigend.." seufzte Einar aus.

"Versuch einfach dich zu benehmen, sei nett und respektvoll." beschrieb Draco und verschränkte seine Arme hinter dem Kopf.

"Was passiert einem Vampiren im schlimmsten Fall?" vielleicht hätte Einar diese Frage nicht stellen sollen, aber er wollte vorbereitet sein.

"Ah, sie sind nicht darüber hinweg gekommen, als es die Hexenverbrennung Zeiten gab." Draco zuckte etwas die Schultern, Einar blinzelte verdattert.

"Aber keine Sorge, ich bin mir sicher, du überzeugst mit deinem Charme, wie bei Shade." grinste Draco etwas und Einar rollte sein Auge.

"Kannst du das nicht mit Charme übernehmen.." seufzte Einar aus.

"Ja, das könnte ein Problem sein. Man hat mir gesagt das ich Praaphia nie wieder betreten soll." murmelte Draco mit einem unschuldigen Ausdruck.

"Was? Warum hast du nichts gesagt?!" Einar saß kerzengerade und sah zu dem Schwarzhaarigen.

"Weil niemand anderes besser geeignet war." entgegnete Draco knapp. Einar schüttelte etwas den Kopf und lehnte sich wieder entspannt zurück. Die Tage auf dem Meer liefen ruhig ab, es gab kein Unwetter und dementsprechend war auch die Reise in Ruhe getränkt. Praaphia war eine Insel im Norden, die Natur und das Gras dort wirkte dunkel und düster, aber es wuchs dennoch fröhlich dahin. Der Hafen besaß an gewisser Klasse, es gab vernünftig konzipierte Stege und das Gebäude erinnerte ein wenig an eine fremde Zeit, weit in die Zukunft. Zumindest stellte Einar sich so die Zukunft vor. Es war Abend und er beobachtete neben Draco, wie das Schiff einlief in den Hafen.

"Als wären wir in einer anderen Welt.." hauchte Einar aus.

"Willkommen in Praaphia." schmunzelte Draco, sie gingen über den Steg, es wirkte ruhig und friedlich.

"Wie ignorant kann man sein." seufzte eine Stimme aus, Draco hielt Einar zurück, indem er einen Arm von sich streckte.

"Nia.." Draco's Stimme wurde unterbrochen, als er leise fluchte und sich den Kopf hielt. Aus dem Schatten trat ein blondhaariges Mädchen, mit leuchtend gelben Augen, sie trug trotz der fortgeschrittenen Zeit von Praaphia Klamotten einer Wilden, die aus einem Dschungel stammen konnte. Sie trug wenige Leopardenmuster und unter ihrem dicken Haar blitzten dezente Leopardenohren hervor. Einar trat einen Schritt nach vorn, aber ihr Blick schwank auf ihn um.

"Untersteh dich." fauchte sie aus, was dem Knurren einer großen Katze glich.

"Nia.. lass.. es.. mich.. erklären.." knirschte Draco hervor, die Frau schielte zu den Vampiren, sie legte ihren Kopf schief.

"Erklären? Ich bin deine Erklärungen leid!" knurrte sie aus.

"Bitte. Wir brauchen Hilfe.." mischte sich Einar ein, die gelben Augen ruhten auf dem fremden Mann, ihre Ohren zuckten etwas.

"Du bist eines der wenigen Wunderkinder.." hauchte sie aus, Draco atmete aus, als der Schmerz in seinem Kopf nachließ. Nia trat vor Einar und griff ihn ohne Scham am Kinn und drehte seinen Kopf grob, ihre Augen weiteten sich.

"Was ein Werk.." flüsterte sie und lächelte dann breit.

"Wie zu erwarten von Selen.. Gott bin ich neidisch auf ihre Familie.." seufzte Nia aus und ließ Einar los, der etwas sein Kinn rieb, was durch die Berührung etwas schmerzte.

"Nein, mit dir spreche ich nicht." Nia sah zu Draco, der zu Wort ansetzen wollte, aber er schloss seinen Mund wieder. Die Leopardenfrau hing sich bei Einar unter und lächelte charmant.

"Wobei genau brauchst du Hilfe?" fragte sie zuckersüß.

"Meine Freundin ist verschwunden und wir brauchen Hilfe bei der Suche." merkte Einar irritiert an, Nia's Mundwinkel verzogen sich und sie ließ ihn wiederholt los.

"Verstehe.." nuschelte sie aus und seufzte dann.

"Peru kann euch dabei helfen.. er schuldet mir noch etwas.. aber was kriege ich stattdessen?" sie verschränkte ihre Arme und sah die Männer fordernd an. Einar blickte unbeholfen zu Draco, der etwas nachdenklich schien. Draco kannte dieses Mädchen, also musste er ein Angebot unterbreiten, was die Blondhaarige nicht ablehnen konnte.

"Nun, seine Freundin ist eines der letzten Goldblüter." merkte Draco an und Nia zog eine Augenbraue hoch.

"Warum habt ihr das nicht gleich gesagt!" sie drehte auf einen Fuß um und schritt aus dem Hafen, Einar schielte irritiert zu Draco, der etwas die Schultern zuckte. Sie folgten dem Mädchen die barfuß über die dunkle Erde schritt, die als Wege dienten.

"Wieso genau mag sie dich nicht?" flüsterte Einar, aber Draco musste nicht antworten, Nia drehte im Schritt und ging rückwärts während sie zu den Männern sah.

"Er ist mein Exmann." lächelte die Frau ungeniert. Einar weitete überrascht die Augen und Draco nickte leicht.

"Lange Geschichte." gestand Draco etwas matt und Nia rollte die Augen.

"Für dich vielleicht.." fauchte sie leise aus und wandte sich wieder den Weg zu. Praaphia bestand aus einem großen Dorf, Häuser und Anwesen aus verschiedenem Material oder in verschiedenen Farben, mitten auf dieser Insel gab es eine hochgewachsener schwarzer Turm, der als Magieschule diente. Das Haus, das Nia zusteuerte, glich einem Baumhaus, ein nahezu schwarzer Baum trug auf stämmigen Ästen ein aus schwarzem Holz erbautes Baumhaus, das winzig schien. Die Leopardenfrau sprang elegant die 3 Meter zum Ausgang hoch und landete auf ihren Zehen, bevor sie zaghaft an der Tür klopfte. Sie wartete geduldig, während eine weiße Eule ihre Kreise um den Baum und die Fremden zog. Einar beobachtete das Tier, welches zwei verschiedene Augenfarben besaß, eines war rot, das andere blau, sehr seltsam. Nia entdeckte das Tier und knurrte. Die Eule schoss in die Höhe, verschwand in die Baumspitze der dunkelgrünen Baumkrone. Die Tür schwang auf und ein Mann mit schwarzen, struppeligen Haaren musterte Nia. Einar fiel auf, dass dieser Mann ebenso ein rotes und blaues Auge besaß.

"Peruuu." lächelte Nia in ihrer lieblichen Stimme, womit sie sicher viele Männer um den Finger wickelte.

"Nein." entgegnete der Mann knapp und Nia schmollte.

"Du weißt doch gar nicht, worum es geht!" protestierte das Mädchen, worauf besagter Peru zu Einar und Draco sah.

"Spielt keine Rolle. Ich führe keine Aufträge für Vampire aus." er zuckte die Schulter, unbeeindruckt von dem Schauspiel, was Nia ihm darbot.

"Du schuldest mir aber etwas.." lächelte sie scheinheilig und Peru knirschte etwas mit den Zähnen.

"Ich. Werde. Keinen. Vampiren. Helfen." wiederholte er trotzig.

"Ach komm schon es ist für das Goldblut, nicht für die Blutsüchtigen!" ihre Stimme wurde flehend.

"Warum besteht deine Begleitung dann aber aus dem und nicht dem Goldblut?" fragte er forsch.

"Weil sie verschwunden ist." flüsterte Nia, als sei es ein Geheimnis.

"Du ziehst mich immer wieder in deine persönlichen Dramen.." seufzte Peru aus und schielte dann wieder zu den zwei Vampiren.

"Das wird Spaß machen!" protestierte sie.

"Deine Art von Spaß endet immer in Problemen, Nia." Peru verschränkte seine Arme, als er seinen Blick wieder auf die Leopardenfrau richtete.

"Peruuu.." Nia quengelte nahezu wie ein verwöhntes Kleinkind.

"In Ordnung! In Ordnung. Ich machs." seufzte Peru dann und hob abwehrend die Hände, er ging wieder ins Haus. Nia lächelte zu den zwei Männern und deutete auf die Tür.

"Nach euch die Herrschaften." lächelte das Mädchen verschmitzt. Das Haus barg einen Zauber, der alles darin größer werden ließ. Demnach war der Flur riesig und führte direkt in das Wohnzimmer, eine offene Küche, wo viele Kräuter von der Decke herab hingen, es gab sogar eine Treppe, die in das nächste Stockwerk führte. Peru hatte sich auf einen Sessel gesetzt, der einem Sofa zugewandt war. Nia setzte sich plump auf den Teppich, der alle Sitzgelegenheiten verband. Draco und Einar nahmen auf dem Sofa Platz. Peru hatte seine Arme auf seinen Oberschenkeln abgelegt und sich etwas nach vorne gebeugt.

"Was genau habt ihr mit dem Goldblut vor?" er war misstrauisch, aus guten Gründen.

"Hör zu. Ich weiß dass alles sieht sehr schlecht für uns aus. Aber es ist nicht so, wie du denkst. Shade ist verschwunden nach einem Ball in Umbra.. oder mittendrin.. wir sind uns dabei nicht sicher.. in Umbra wartet ihre Tochter auf sie und ich mache mir ebenso Sorgen, weil diese Frau mir verdammt wichtig ist und das nicht wegen ihrem Blut. Dank Shade hab ich meine Menschlichkeit wieder gefunden, wo es einst hieß, dass ich keine besäße." erklärte Einar dann aufrichtig, Peru musterte ihn. Nia schmolz bei dieser Beschreibung und griff nach ein Kissen, das sie umarmte.

"Rührend." Peru richtete sich auf und seufzte dann. "Nia. Karte." Wie auf Kommando sprang das Mädchen auf und schritt zu einem Schrank, aus dem sie eine Karte zog, diese breitete sie auf dem Küchentisch aus. Peru stand auf und ging zum Tisch.

"Worauf wartest du. Wenn du der Frau so nah stehst, brauch ich dein Blut hier." Peru schielte zu Einar, der aufstand und zu den beiden an den Küchentisch trat.

"Tropfe etwas dort, wo ihr sie zuletzt gesehen habt." Peru besaß einen Befehlston, der stark an Hope erinnerte, was Einar etwas missfiel. Aber er wollte Shade finden, also beschwerte er sich nicht. Er biss auf seinen Finger, hielt diesen über Umbra an der Stelle wo das Haus seiner Familie stand. Die Wunde an seinem Finger schloss sich darauf. Peru hielt eine Hand knapp darüber, seine unterschiedlichen Augen begannen zu leuchten. Er sprach in einem schnellen Praaphisch, Einar gab sich nicht mal die Mühe es zu verstehen. Stattdessen beobachtete er den Blutstropfen, der sich zögernd bewegte. Peru runzelte etwas die Stirn und hörte auf.

"Was? Was ist los?" Einar sah ihn irritiert an.

"Das ist eigenartig.." gestand Peru und Nia beugte sich über den Tisch.

"Oh. Seine Magie funktioniert nicht. Er ist nicht stark genug." lächelte Nia taktlos, worauf Peru sie böse anfunkelte.

"Nicht stark genug? Was bedeutet das?" Einar sah zu Nia, die keine Probleme damit hatte, die Dinge direkt anzusprechen.

"Das mächtige Magie im Spiel ist, wo deine Freundin festsitzt. Aber das Gute ist, sie ist nach wie vor in der Nähe von Umbra." Nia zuckte etwas die Schultern und schlenderte durch den Raum.

"Kann man nichts dagegen tun?" mischte sich Draco ein, der aufgestanden war.

"Man kann sie zumindest nicht mit Magie aufspüren." entgegnete Peru.

"Aber ein Schnüffler kann es." Nia drehte sich etwas im Kreis und sah zu den Männern.

"Ein Werwolf?" fragte Einar irritiert nach und Nia nickte.

"Einen Wolf in Umbra rein schleusen? Unmöglich!" entgegnete Draco.

"Dann müsst ihr einen anderen Weg finden. Ich kann nicht weiterhelfen." merkte Peru an.

"Es spielt doch keinen Unterschied, wenn ihr sie findet, wird euch der Magier dort das Leben zur Hölle machen." murmelte Nia.

"Was nicht heißt, dass wir aufgeben." warf Einar schnippisch ein.

"Ist nicht Selen die mächtigste Magierin von Praaphia?" forschte Draco nach und Nia kicherte.

"Das ist Jahre her. Selen wurde schon lange überholt, ihre Glanzzeiten als die Stärkste sind leider vorbei." antwortete Nia.

"Und wer sind aktuell die mächtigsten Magier?" Einar sah zu Nia, die etwas die Schultern zuckte, daraufhin zu Peru, der seine Augen verengte.

"Solche Informationen teilen wir nicht mit Vampiren." gab Peru forsch von sich.

43

Shade

Gefangen in Dunkelheit, barg das Risiko, dass man das Zeitgefühl verlor. Shade wusste nicht mehr, ob es Tag oder Nacht war. Ihr Vater kehrte nach einer gefühlten halben Ewigkeit zurück, sie setzte sich schnell auf den Stuhl und versuchte, das ganze Szenario zu rekonstruieren. Aber vieles davon war einfach nicht möglich. Haldis trat ein und musterte Shade.

"Bist du lernresistent?" murrte er entnervt aus, Shade knirschte mit den Zähnen, sprang auf, aber bevor sie ihn erreichen konnte, knallte er die Tür zu. Ihre Hand verbrannte auf dem Eisen und sie schrie kurz auf, wich instinktiv zurück.

"Lanatel. Ich benötige Hilfe hier unten." rief Haldis aus. Shade pustete etwas Luft auf ihre verbrannte Hand, die langsam verheilte. Sie starrte an die Tür, sie war bereit. Sobald diese wieder aufschwang war sie bereit. Die Tür bewegte sich, bevor sie aber auf sie stürzen konnte, wurde sie zu Boden gedrückt von Nichts. Haldis trat ein, knapp hinter ihm eine blasse Frau mit schwarzem Haar, was nahezu bis zum Boden reichte, ihre Augen brannten wie ein Feuer.

"Ich sagte, dass diese Laschen Seile nicht halten werden." merkte die Fremde kühl an. Sie machte eine Handbewegung, wodurch Shade zurück in den Stuhl gepresst wurde. Shade versuchte, sich von diesen unsichtbaren Händen loszureißen, aber sie war nicht stark genug. Was es auch war, war zu stark für die Goldblüterin.

"Schon gut. Gib mir eine Minute, stell sicher, dass sie bereit ist." Haldis verschwand aus dem Raum. Die zwei Frauen waren alleine, Shade musterte Lanatel, die ihr keinen Blick würdigte.

"Warum hilfst du ihm?" hauchte Shade aus, aber Lanatel hatte nicht ansatzweise vor darauf zu antworten. Stattdessen bereitete sie die Maschine wieder vor, griff grob nach dem Arm von Shade und stach die Nadel in ihre Vene. Sie sprach fremde Worte, worauf das Gerät wieder zu arbeiten begann. Shade versuchte die Nadel wieder raus zu reißen, aber ihre freie Hand wurde auf die andere Armlehne niedergedrückt, von einer unsichtbaren Kraft.

"Du machst damit einen riesigen Fehler." knirschte Shade. Aber Lanatel gab keine Reaktion auf die Worte, irrelevant welche Shade von sich gab. Zu ihrem Bedauern kehrte ihr Vater zurück, diesmal waren es schwere Ketten, die als ihre Fesseln dienen sollten.

"Spar dir deinen Atem. Lanatel spricht nicht mit jedem." merkte Haldis eisig an, während er Shade's Arme und Beine am Stuhl festkettete.

"Du wirst leiden.. ist dir das eigentlich klar?" zischte Shade und Haldis schmunzelte amüsiert.

"Ich bezweifle das. Weißt du warum? Deine ach so große Liebe hat vor Tagen das Festland verlassen." ihr Vater richtete sich auf nachdem er fertig war und Lanatel's Augen normalisierten sich, so schwand auch die unsichtbare Kraft die Shade in Schach hielt. Shade sah den Mann entgeistert an, sie hatte Schwierigkeiten zu erkennen, ob er die Wahrheit sprach.

"Er wird kommen.. und dann wirst du auf Knien um Vergebung flehen.. aber du wirst sie nicht erhalten.." zischte Shade, worauf Lanatel etwas kicherte. Shade sah irritiert zu der Frau, die vorhin keine einzige Reaktion zeigte. Haldis schielte zu der Magierin, die augenblicklich darauf verstummte.

"Das werden wir ja sehen." entgegnete er knapp. "Da du ja entschieden hast, dich zusätzlich zu wehren, werde ich wohl mal deiner kleinen Brut einen Besuch abstatten."

"Nein!" Shade versuchte, sich von den Ketten loszureißen.

"Dann benimm dich. So schwer ist es nicht. Bleib still sitzen und entspann die Ruhe." merkte Haldis dann forsch an. Shade musterte ihn, würde er sein Wort überhaupt halten?

"Wenn ich mich nicht wehre, lässt du Kijana in Ruhe?" knirschte Shade dann, worauf ihr Vater nickte.

"Sowieso." grinste Haldis ungeniert. Shade senkte ihren Blick auf den Boden.

"In Ordnung.." hauchte sie aus.

"Wie war das?" er hielt eine Hand an sein Ohr und tat so, als hätte er es nicht gehört. Shade biss die Zähne zusammen, bevor sie ihn weitere Beleidigungen um die Ohren warf.

"Ich werde tun, was du von mir verlangst, solange du Kijana in Ruhe lässt." wiederholte Shade in einem giftigen Ton.

"Wunderbar. Wobei. Dein Wort spielt sowieso keine Rolle." lachte er dann leicht und trat zur Tür, schielte zu Lanatel, die er zuerst raus bat.

"Ich tu so oder so, was mir in den Sinn kommt, Tarja." er schielte zu Shade und schloss die Tür hinter sich. Shade atmete aus, sie schloss ihre Augen. Wie konnte es soweit kommen und warum war ihr Vater derart wahnsinnig geworden?

Haldis war ein Mann, der selten kämpfte. Shade beobachtete dies, als ihre Mutter täglich zur Blutabnahme ins Labor gebracht wurde. Haldis fand häufig einen Weg, diese zu umgehen. Im Grunde musste Yeona halb Umbra mit ihrem Blut versorgen, weil ihr Mann bessere Verhandlungsmöglichkeiten mit den Vampiren besaß. Er hatte nur eine Aufgabe, dafür zu sorgen, dass seine Frau schwanger wurde und die Arbeit hatte er erfolgreich gelöst, als Shade zur Welt kam. Damals war es ihr nie aufgefallen, aber Haldis war zwar nach wie vor ein Gefangener, aber musste eindeutig weniger ertragen. Selbst als weitere Versuche zur Schwangerschaft fehlgeschlagen waren, hatte Haldis nicht mal den Anstand, Yeona zu trösten. Ihre Mutter war am Boden zerstört, aber ihr Vater hatte nichts besseres zu tun, es mit ihr erneut zu versuchen, immer und immer wieder. Wenn Shade zurück dachte, waren die Wachen ab einem gewissen Punkt nicht mehr notwendig. Der Zwang, dass er erfolgreich sein musste, hatte das Beste in ihm ausgelöscht. Das er Yeona dazu nötigte und dabei keine Rücksicht auf ihren Schmerz gab. Shade hatte es ignoriert, verdrängt und vergessen, aber sie hatte es täglich beobachtet. Haldis war ein schwacher, aber auch verlorener Mann, der in seiner einzigen Aufgabe den Lebenssinn fand. Weswegen er Grenzen übertrat, die er nicht rückgängig machen konnte. Nicht nur vergewaltigte er Yeona im wahrsten Sinne des Wortes, sondern verlor sein Temperament ständig in ihrer Nähe. Wurde gewalttätig, wenn Yeona in seinen Augen zu emotional oder sensibel war. Schubste sie durch den Raum und benutzte sie wie ein Werkzeug, er hatte lange vergessen, dass er diese Frau versucht hatte zu lieben. Yeona erzählte einst, wie sie aufeinander trafen. Haldis wurde von Inot aufgespürt und es entstand eine Zwangsbeziehung, die im Grunde nur darauf basierte, weitere Goldblüter zu produzieren. Haldis war ursprünglich ein Poet, ein Mann, der mit Worten andere Herzen schmelzen konnte. So war er auch, als er zum ersten Mal auf Yeona traf, aber diese Gefangenschaft hatte ihn verändert. Die Angst und Furcht vor den Vampiren hatte ihn gebrochen, es tat dies, was ihn in seinen Augen am Leben hielt.

Der ständige Zug in ihrem Arm machte Shade wahnsinnig, sie schielte zu ihrem Arm und knirschte leicht mit den Zähnen. Ihr Glück war es, dass ihr Heilprozess derart aggressiv war, dass sie nicht wirklich nah am Blutverlust ran kam. Dennoch fühlte sich ihr Arm taub an, es gab kein Licht, aber sie behauptete zu sehen, wie dieser langsam blau wurde. Sie lehnte ihren Kopf zurück an die Stuhllehne und starrte an die Decke. Diese bestand nicht aus demselben Stein wie es die Wände und der Boden taten. Shade drehte ihren Kopf etwas schräg und verengte ihre Augen zu Schlitzen. Es wirkte erdig. Etwas Licht dran im Raum wieder ein, die Tür ging wieder auf und Lanatel trat ein, sie wechselte die Behälter aus, um sicherzustellen, dass kein Tropfen verschwendet wurde. Da Shade nicht vor hatte, einen weiteren Versuch zu starten, musterte sie die Decke.
"Denk nicht mal dran." ihre Stimme klang rauchig, als hätte die Frau Nächte lang geschrien und ihre Stimmbänder überstrapaziert.
"Woran soll ich gedacht haben?" zischte Shade etwas feindselig aus.
"Ob etwas Gutes übrig ist in deinem Vater. Ob dein Arm abfallen wird. Wie du entkommen kannst. Ob du durch die Decke graben kannst. Ob du anhand der Decke erkennen kannst, wo du bist." dabei zählte Lanatel nur einen Anteil der Gedanken von Shade auf, die Goldblüterin schielte irritiert zu ihm.
"Bleib aus meinem Kopf." knirschte Shade.

"Geht nicht." Lanatel zuckte die Schultern und wandte sich wieder der Tür zu.

"Warum?"

"Damit es keine Überraschungen mehr gibt. Überraschungen bedeuten für mich mehr Unannehmlichkeiten und darauf kann ich verzichten." entgegnete die Magierin knapp.

"Wenn du dich raushalten würdest, müsstest du nicht mehr für ihn arbeiten." murmelte Shade.

"Du glaubst, alles ist immer so einfach. Alles lässt sich mit Worten lösen. Armselig." Lanatel ließ die Tür hinter sich zu knallen. Shade zuckte etwas zusammen. Vielleicht hatte Lanatel Recht, Shade hatte in letzter Zeit ihre Worte ihrer Gewalt vorgezogen. Sie war zu nett geworden und dabei vergaß sie, mit wem sie es zu tun hatte.

44

Einar

Nia und Peru waren eine Sackgasse, selbst wenn sie wussten, welche Hexenblutlinie aktuell am stärksten war, würde niemand der beiden dies je verraten.

"Wo wohnt Selen?" forschte Draco nach.

"In dem teuersten, größten, schönsten Anwesen auf Praaphia." prahlte Nia, wobei sie nicht mal selbst in diesem Anwesen wohnte.

"Dann fragen wir einfach dort nach." entgegnete Einar, was Draco mit einem Nicken bestätigte.

"Ich erspare euch den Umweg." erklang eine Stimme von der Tür. Peru hielt seinen Blick auf den Boden gerichtet, während Nia an die Decke starrte.

"Welcher Umweg?" Einar sah zur Tür, seine Augen weiteten sich langsam.

"Was?"

"Verdammt nochmal! Guck sie nicht an!" rief Darco aus, der zu Einar sah und demnach seinen Rücken zur Tür gekehrt hatte.

"Was, wieso.." Einar sah verwirrt zu Draco.

"Weil ich deinen schlimmsten Albtraum verkörpere." erwähnte die Stimme.

"Das erklärt einiges.." seufzte Einar aus, der nahezu einen Schock erlitten hatte, als er Inot in der Tür stehen sah. Dabei klang die Stimme aber weiblich.

"Ihr werdet hier nicht finden, wonach ihr sucht. Ich rate euch zu gehen, solange es euch noch möglich ist." sprach die fremde Stimme weiter.

"Heißt das, dass es keine andere Möglichkeit gibt?" murmelte Einar der sich närrisch dabei fühlte nicht das Wesen anzusehen womit er sprach.

"Wenn das Herz eines Magiers schwarz wurde. Gibt es nur die Möglichkeit, wieder etwas Licht in dieses dunkle Loch zu bringen." antwortete die Stimme.

"Und woher wissen wir warum dieses Herz schwarz geworden ist?" seufzte Draco, der seinen Blick starr in die entgegengesetzte Richtung behielt.

"Mehr kann ich euch nicht verraten. Aber diese mächtige Magie ernährt sich von düsteren Emotionen. Wenn ich eine weitere Runde durch Praaphia gezogen habe und ihr nach wie vor auf diesen Boden seid, werdet ihr es bereuen." die Haustür fiel ins Schloss und Einar schielte zu der geschlossenen Tür.

"Was war das?" Einar sah irritiert zu Peru, der wieder zu den Vampiren sah.

"Sie wird Albtraum genannt. Sie hat keinen Namen, aber sie hält Praaphia sicher." erklärte Peru knapp.

"Sie kann einem richtig Angst einjagen.." flüsterte Nia, die den restlichen Tag über sonst so aufgeregt war, hatte selbst Nia Respekt vor diesem gesichtslosen Wesen.

"Aber eine gruselige Erscheinung alleine macht sie sicher nicht so angsteinflößend." merkte Einar an.

"Du willst nicht rausfinden, was sie wirklich angsteinflößend macht." gab Peru zu verstehen.

"Also zum zweiten Mal. Geht und kommt nie wieder zurück." Nia stemmte ihre Hände in die Hüfte und sah dabei streng zu Draco.

"Du weißt, dass ich sowas nicht beeinflussen kann." entgegnete Draco.

"Doch. Kannst du. Du willst es nur nicht." fauchte Nia aus.

"Was ist so schlimm daran?" merkte Einar irritiert an.

"Weil manche Magier nicht so zahm sind wie Nia." Peru wurde

böse angefunkelt von Nia.

"In anderen Worten, manche Magier setzen dich erst in Brand und stellen dann Fragen." beschrieb Draco.

"Dann sollten wir eventuell gehen." murmelte Einar, was Draco mit einem hastigen Nicken bestätigte.

"Endlich ein Vampir, der sein Köpfchen benutzt." schwärmte Nia.

"Ich habe immer noch eine Freundin." merkte Einar ernst an.

"Ach, ich bin geduldig." lächelte sie frech und Draco verdrehte die Augen.

"Das ist es nicht wert." Draco schob Einar aus der Tür.

"Beehren Sie uns bald nie wieder." rief Peru nach.

"Gastfreundschaft, nicht weit verbreitet unter Magiern." seufzte Draco aus, während er mit Einar zurück zum Hafen ging.

"Wir haben im Grunde nichts." stellte Einar erschlagen fest.

"Nun wir können es immer noch mit einem Wolf versuchen." schlug Draco vor.

"Vergiss es.. dass würde alles ins Chaos stürzen." Einar schüttelte etwas den Kopf, auch wenn er jede Chance in Betracht ziehen wollte. Konnte diese Entscheidung, besonders Shade, in noch mehr Gefahr bringen.

"Wir können nur hoffen das Bricriu und Idril erfolgreicher waren." seufzte Draco dann. Alleine diese Reise nahm zu viel Zeit in Anspruch, Einar wurde ungeduldig und das merkte Draco an seinem unruhigen Verhalten. Draco kannte diesen Mann nicht wirklich, sie teilten wenige Momente aus Slosa und noch weniger aus Umbra. Einar war aber stets gefasst und wusste, was zu tun war, wenn es um Umbra ging zumindest. Aber zurück auf dem Schiff wirkte er verloren und verzweifelt, trotz des wackeligen Untergrunds drehte er seine Bahnen unter Deck. Die Sonne stand wieder am Himmel, weswegen beide sich im sicheren Bauch des Schiffes versteckten. Draco fand seinen Platz wieder rückwärts lehnend an der Wand und beobachtete, wie Einar seine Fußstapfen im Holz verewigte. Der Schwarzhaarige konnte ihm Worte zu werfen, dass man Shade finden würde, dass es ihr gut gehen würde, dass sie zu stark war um aufzugeben, dass er deswegen auch nicht aufgeben konnte, aber all das waren nur Worte, Worte denen Draco selbst kaum Glauben schenkte.

"Es war ein Fehler, sie bei mir zu behalten." hauchte Einar dann aus, der sich plump auf den Boden setzte.

"Das war ihre Entscheidung, sie wollte dich damit nicht alleine lassen." entgegnete Draco irritiert.

"Ich hätte sie zur Vernunft bringen können. Umbra ist kein Zuhause für sie." murmelte der Braunhaarige, er hatte nicht unrecht. Zwar war Shade keine Gefangene mehr in dieser Stadt, dennoch fühlte sie sich verantwortlich Einar zu unterstützen, im Grunde war Umbra für sie ein einzig großer Haufen an Arbeit, sicher kein Ort den sie ihre Heimat nennen wollte.

"Nein. Du weißt, wie stur diese Frau ist." Draco war sich sicher, dass es keinen Unterschied gemacht hätte. Wenn Shade etwas entschied, meißelte sie es in Stein und vergrub diesen tief unter der Erde, damit es nicht verloren ging.

"Sicher, aber ich hätte es versuchen müssen.." seufzte Einar aus. Darauf wusste Draco keine Antwort mehr, er war nicht sonderlich gut darin, jemanden wieder aufzubauen oder Hoffnungen in jemanden zu wecken. Aber er hatte viele Goldblüter in Not gesehen, sie fanden stets einen Weg sich herauszufinden, irrelevant ob mit Hilfe oder ohne und Shade war gewiss nicht auf sich allein gestellt. Die Rückfahrt war mit angenehmem Wetter gesegnet, wobei Einar eine unbekannte Übelkeit verspürte, was wohl kaum am Reisemittel lag. Er fragte sich, wie es Shade erging, ob man sie bereits gefunden hatte oder ob es eine Spur gab. Er sprang vom Schiff, während Draco sich beim Kapitän bedankte. Die beiden Männer wanderten im Schutze der Nacht die wenigen 100 Meter zurück zur Stadt. Die Mauern, die bestanden, wurden verschlossen mit dem großen Tor, das ursprünglich offen gelassen wurde, seitdem Einar übernommen hatte. Einar runzelte die Stirn und schielte zu Draco, dessen Augen sich langsam verengten. Irgendwas stimmte nicht und das spürten sie. An wenigen Stellen fiel die Mauer ein, daran wurden keine Reparaturen unternommen, da man sowieso vor hatte, diese hohen Mauern niederzureißen oder zu senken. Draco schlüpfte durch das Loch, kurz darauf folgte ihm Einar, sie befanden sie um düsteren Bereich der Stadt. Die Häuser waren schwarz wie die Nacht, grundlegend aus schwarzem Stein und sehr dunklem Holz, das aus den abgestorbenen Wäldern umliegend aus Umbra stammte. Davon gab es wenige, vereinzelte Bäume oder Baumstümpfe waren im nahezu nährlosen Boden verankert, da Inot damals die Fällung frei gab und dabei nicht darauf achtete, der Natur die Chance für einen Wiederaufbau zu geben. Viele Entscheidungen von Inot führten zu größeren Plagen, die über Umbra lagen. Draco schlich durch die Gasse und blieb im Schatten des Hauses hinter sich stehen, Einar war nicht wohl bei der Sache, dass er sich durch seine eigene Stadt schleichen musste. Es war eine völlig verdrehte Welt. Der Schwarzhaarige hielt einen Finger über seinen Lippen, worauf Einar sein Gehör verschärfte. Wie auf Knopfdruck konnte er Stimmen wenige Meter weiter ausmachen, es war ein reines Stimmengewirr.

"Ihr habt es uns versprochen, aber seit Tagen sehen wir nichts davon!" erklang eine ihm fremde Männerstimme.

"Eure Geduld wird noch belohnt! Aber da mein Meister euch nicht vertrauen kann, bleiben diese Mittel sicher verwahrt. Er will nicht das aufgrund euren naiven impulsiven Verhaltens alles zu Grunde geht." die Stimme klang rauchig, Einar hatte Schwierigkeiten auszumachen, ob es ein Mann oder eine Frau war.

"Naiv?! Wir sind keine Narren! Wir haben deinem Meister alles gewährt und gegeben, was er verlangte und wir verlangen nun unseren Preis!" rief eine weitere Männerstimme aus, der kurz darauf schwer hustete, als wäre er am ersticken.

"Erhebt das Wort mir gegenüber nochmal und ich sorge dafür, dass Ihr keinen weiteren Atemzug tätigt!" drohte die rauchige Stimme.

"Verzeiht das Verhalten meines Mannes.. es ist nur.. die Regiae Familie hat sich ins Haus verkrochen und die Tore wurden geschlossen, unser Blutvorrat neigt sich dem Ende.." erklärte eine Frau mit zitternder Stimme.

"Wenn Ihr weiterhin nichts unternommen hättet und wie angeordnet im Schatten geblieben wärt. Wäre es nicht so weit gekommen. Das habt ihr euch selbst zu verdanken, dass ihr das Haus gestürmt habt. Obwohl ich euch ausdrücklich gesagt hatte, NICHTS zu unternehmen. Erwartet kein Mitleid von uns für eure eigene Dummheit!" die rauchige Stimme erklang streng und Einar schielte zu Draco. Umbra war ein einziges Chaos geworden in den wenigen Tagen, offensichtlich gab es einen Aufstand oder einen Versuch davon. Darauf hatten die restlichen ihrer Freunde reagiert, Einar hoffte, dass sie wohlauf waren.

"Wir haben euch so viel Vertrauen im Voraus gegeben und

nichts haben wir daraus erhalten!" merkte eine weitere tiefe Stimme an.

"Es gibt ausreichend für alle, damit könnt ihr davon ziehen oder in Umbra bleiben für ein Jahrzehnt. Aber ihr wisst, dass sich nichts ändert, wenn diese grauenhafte Familie nicht ein für allemal ausgelöscht wird. Wir zählen auf euer Wissen und eure Kraft, wenn es soweit ist." entgegnete die rauchige Stimme.

"Ihr wollt also eine Armee?" stellte eine hohe Stimme fest und ein Stimmengewirr brach los.

"So ist es! Mein Meister hat eure Wünsche und Rufe erhört! Also zeigt ihm etwas mehr Respekt und vor allem Geduld, er möchte, dass alles reibungslos funktioniert. Keine weiteren Fehler mehr. Ich werde nun gehen, sieht zu das in Umbra wieder Normalität einkehrt. Wenn es sein muss, stellen sich die Unruhestifter, damit kein weiteres Aufsehen geweckt wird." verabschiedete sich die rauchige Stimme, worauf wieder ein Stimmengewirr losbrach. Draco griff instinktiv nach den Arm von Einar und zog ihn zurück zur Gasse, als wenige Vampire an dieser vorbei gingen. Die Lage war kritischer als sie angenommen hatten, sie schlichen am Rand der Stadt, bis eine Haustür aufschwang. Ein schneller Schatten riss Einar und Draco mit ins Haus, es ging derart schnell das beide nicht die Möglichkeit hatten zu agieren. Die Tür fiel ins Schloss und zarte zitternde Hände deckten ihre Münder ab, während Einar und Draco gegen eine Wand im Haus gedrückt wurden. Kupferfarbene Augen blickten panisch zu einem Fenster, wo Vampire vorbei schritten. Sie besaß kurzes, aber schulterlanges schwarzes Haar, diese Beschreibung kam Einar bekannt vor. Sein Blick galt einem Tisch, wo teure Stoffe lagen, die für ein Kleid zurechtgeschnitten wurden. Bevor Einar ein Wort von sich geben konnte, schwang die Hintertür erneut auf und eine große Gestalt in einem schwarzen Umhang trat ein. Er zog seine Kapuze ab, Bricriu. Einar entspannte sich und atmete aus, Draco's rot gewordene Augen normalisierten sich, aber Bricriu deutete mit einem Blick zur Tür. Die Frau ließ Draco los, der zur Tür ging und mit seiner Blutmagie ein Symbol an diese zeichnete, dieses leuchtete rot auf.

"Verzeiht mir." hauchte die Frau augenblicklich aus, als das Haus mit der Magie von Draco abgesichert wurde. Sie ließ auch Einar los, der seine Klamotten richtete.

"Was soll das?" merkte Draco etwas bissig an und Bricriu

verschloss die Türen und zog die teilweise kaputten Vorhänge zu.

"Weißt du wie viel Amanda für euch gerade opfert?! Pass deine Tonlage an oder entspann dich!" murrte Bricriu aus. Einar's Augen schwanken zu Amanda, die etwas auf den Boden sah, während eine Hand nervös über ihren Arm auf und ab fuhr. Shade hatte von der Schneiderin erzählt, die unter ihrem Oraculi litt. Draco räusperte sich etwas und setzte sich wortlos.

"Was ist passiert?" fragte Einar dann ruhig.

"Zwei Tage nach eurer Abreise stürmten sie das Haus. Amanda hat es uns anvertraut Stunden zuvor. Wir waren gut vorbereitet. Aber halb Umbra gegen uns, da hatten wir keine Chance." erklärte Bricriu.

"Kijana?" atmete Einar besorgt aus.

"Ihr geht es gut, Kyle ist bei ihr. Sie haben sich im Kerker verbarrikadiert, als wir angegriffen wurden. Viele Überlebende aus Slosa haben dort auch Unterschlupf gefunden. Aber das Haus wurde vollständig verbarrikadiert, sodass niemand rein kann. Sie erwarten dich dort zu finden." Bricriu schielte zu Einar der sich an der Wand abstützte.

"Das können wir nutzen." stellte Draco fest, woraufhin der Größere nickte.

"Gibt es noch etwas, was wir wissen sollten, Amanda?" Einar schielte zu der Frau, die schüchtern ihren Blick hob.

"Es tut mir Leid.. ich kann wirklich nicht.." hauchte die Frau aus. Draco runzelte die Stirn, aber Bricriu schüttelte warnend den Kopf.

"Wir finden einen anderen Weg." merkte Einar vorsichtig an, Amanda schien erleichtert bei den Worten.

"Ich gehe davon aus, dass Jason mehr weiß. Aber er ist nie allein, die meisten Wachen hören auf seine Befehle." beschrieb Bricriu.

"Es war ein Fehler, diesem Mann so viel Macht zu geben. Nichts für ungut, ich weiß es war für einen guten Zweck." gestand Einar, als Amanda etwas den Kopf gesenkt hatte.

"Habt ihr Shade denn gefunden?" Bricriu sah zwischen den beiden, aber Einar schüttelte den Kopf.

"Sie haben Hilfe.. ein mächtiger Magier."

"Magierin.. es ist eine Frau." hauchte Amanda aus, während sie Draco bei der Erklärung unterbrach.

"Weißt du mehr über diese Frau?" Einar sah hoffnungslos zu der Schwarzhaarigen. Amanda verschwand in ihrem Zimmer, was nicht größer als eine Besenkammer war und kam mit einem dicken Buch wieder, sie blätterte durch dieses und hielt Einar eine Seite hin. Das Bild wies eine Blutelfe auf mit federlosen Flügeln, die lediglich aus Haut zu sein schien, Elfen Spitze Ohren, schwarzes Haar, orange Augen, die Farbe füllte selbst die weißen Bereiche ihrer Augen aus und zwei Hörner, je an ihrer Stirn. In der Schrift stand der Name verzeichnet, Lanatel. Draco stolperte vom Stuhl auf und riss nahezu der Frau das Buch aus der Hand.

"Verdammt wie ist das möglich.." Draco sah irritiert zu Bricriu aber der zuckte die Schultern.

"Lanatel ist keine Elfe, keine Magierin. Sie ist eine verdammte Gottheit für Blutmagie, sie zieht ihre Kraft aus dem Fleisch anderer." erklärte Draco.

"Die Frau sieht etwas anders aus.. aber wenige Details stimmen überein, die Haut, das Haar und die Augen." flüsterte Amanda.

"Also ist es nicht Lanatel?" Einar runzelte die Stirn.

"Vermutlich eine Nachahmerin. Sie bedient sich dem Glauben an Lanatel und zieht daher ihre Energie.. was aber auch bedeutet, dass sie denselben Weg wie diese Göttin einschlägt." Draco griff sich an die Stirn.

"Lanatel hat sicherlich Schwächen." warf Einar ein und Draco begann etwas zu Lachen.

"Hast du vor deine Emotionen abzustellen?" Draco sah zu Einar, der etwas die Augen weitete.

"Nein!"

"Dann gibt es keine Schwäche. Sie bedient sich am Fleisch von Männern, verliebten Männern, um genau zu sein. Sie wird sich an jegliche verbotene Zauber bedienen, der Todeszauber, der Bessenheitszauber, der Folterzauber und vieles mehr.." Einar hatte Draco noch nie so besorgt gesehen, er wirkte nahezu verzweifelt.

"Ich kann das übernehmen." warf Bricriu ein und Einar schielte zu dem Großen und schüttelte mehrmals den Kopf.

"Du fastest an einen verdammten Vollmond, du glaubst doch nicht, dass du mit dieser Beherrschung deine Emotionen an und ausschalten kannst." seufzte Einar.

"Dann wissen wir immerhin, was die Hexe stoppen kann.. wie finden wir nun Shade?" Draco sah von jedem Gesicht der Anwesenden zum nächsten.

"Können wir Jace aufspüren?" murmelte Einar und Draco sah entgeistert zu ihm.

"Hattest du die Idee nicht selbst abgelehnt?"

"Die Umstände haben sich verändert. Die Bewohner sind gierig geworden.. ich war zu nachlässig, zu nett." Einar zuckte die Schultern.

"Das Land der Wölfe ist in greifbarer Nähe." merkte Bricriu an.

"Wir können nicht zu einem Rudel spazieren und einen darum bitten, in eine Stadt voller Vampire zu spazieren.." seufzte Einar.

"Es gibt einen Wolf, der häufig in der Nähe von Umbra jagt." hauchte Amanda. Die Augen der Männer ruhten auf ihr, worauf sie sich etwas klein machte.

"Du bist ein sehr junger Vampir.." stellte Einar mit geweiteten Augen fest.

"Sie kann ihn aufspüren." führte Draco den Gedanken von Einar fort.

"Wann war es das letzte Mal dass du diesen Wolf gespürt hattest?" fragte Bricriu sanft und Amanda dachte nach.

"Letzte Nacht.. er verschwand Richtung Osten, glaube ich.." antwortete die Frau.

"Da ist nichts mehr, vielleicht hat er dort Unterschlupf gefunden." murmelte Einar der zu Draco sah der langsam nickte.

"Dann holen wir uns wohl ein Hündchen." schloss Einar ab.

45

Einar

Die Umstände in Umbra hatten sich drastisch verändert. Einar, Bricriu und Draco waren getrennt von dem Rest, der sich im Hause Regiae versteckt hielt. Aber sie hatten eine Spur erhalten, sie wussten mit wem sie es zu tun hatten und arbeiteten an einer Lösung. Bricriu verblieb in der Stadt, auch wenn er vorsichtig sein musste, gab es Vampire, denen er trauen konnte, mit unter Amanda. Die aber selbst gewisse Grenzen besaß, die sie nicht übertreten konnte, aus Angst vor Jason. Einar und Draco hingegen schlichen wieder aus Umbra, jede weitere Minute war ein Risiko in dieser Stadt. Außerhalb der Mauer sah Einar in den Himmel.

"Wie sicher sind wir, dass es Jace ist?" forschte er nach und Draco sah ihn fragend an.

"Überhaupt nicht. Aber wer würde sich sonst so nah an Umbra ran trauen? Zudem ist Jace gut befreundet mit Kyle." entgegnete Draco. Daran hatte Einar nicht gedacht, dabei fiel ihm auf, dass er so viel nicht wusste. Er war so damit beschäftigt, seinen Vater zu stürzen, Shade vor ihm sicher zu halten und die beste Umgebung für Kijana zu gestalten. Das eine war schnell erledigt, aber im Rest hatte er kläglich versagt.

"Wie nett wird er dann zu uns sein bei einem Vollmond?" Einar und Draco hatten besondere Gene als Vampire, Draco war schlichtweg derart alt das solche Naturgewalten ihn nicht mehr beeinflussten und Einar war streng genommen kein üblicher Vampir.

"Nun. Hoffentlich nett, sonst haben wir ein Problem." antwortete Draco mit Schultern zucken und ging vor. Der Osten von Umbra erstreckte sich nur wenige Meter, graue Erde, die kaum Pflanzen am Leben erhalten konnten, hohe Klippen, die das Land vom Meer abgrenzten. Wenige verbliebene Bäume oder Überreste die verrieten was für edles Holz in dieser Gegend einst gewachsen war. Einar schob seine Hände in seine Jackentaschen und folgte Draco. Ein Kampf zwischen Vampir und Werwolf war häufig ungerecht, im Schutze der Nacht hatten Vampire einen Vorteil, bei Tag waren es die Wölfe. Aber eine Ausnahme gab es. Der Vollmond war ein Heiligtum für die Werwölfe, aber ein Fluch für die Vampire. Ein Kampf zu dieser besonderen Nacht war für jeden Vampiren unmöglich, irrelevant, wie mächtig oder wie alt. Es gab durchaus Umstände, die diesen unfairen Unterschied ausgleichen konnten, aber dafür fehlten ihnen einfach die Mittel. Draco ging in die Hocke und deutete auf den Boden, es waren Wolfspuren. Alleine diese Pfotenabdrücke waren größer als seine eigene Hand, in ihrer Bestienform war ihre Größe wahrlich ein Problem.

"Sollen wir bis zur Morgenstunde warten?" Einar schielte zu dem Schwarzhaarigen, der etwas nickte.

"Mit Jace kann man sich unterhalten, Nodin hingegen.." Draco stand auf und atmete aus. "Tötet jeden Vampir ohne Fragen zu stellen."

"Aber sollten die zwei nicht ein Ziel verfolgen? Ich meine er und Nodin müssen miteinander klarkommen jeden Tag, zu jeder Stunde." Einar verwirrte diese Verbindung zwischen Wolf und einem Mann.

"Wenn du wirklich in Umbra herrschen möchtest. Musst du anfangen, deine Nachbarn kennenzulernen, nachdem du dein eigenes Volk unter Kontrolle bekommst." seufzte Draco aus.

"Wie gut, dass wir ausreichend Zeit haben." Einar nickte in den Himmel und Draco runzelte die Stirn.

"Ich weiß auch nicht alles, vielleicht sparst du dir deine Fragen für Jace auf?"

"Wir sind uns nicht mal sicher, ob es Jace ist. Abgesehen davon wird er mir sowas nicht anvertrauen."

"Doch wird er. Er gehört keinem Rudel an, sein Rudel wurde von deinem Vater ausgelöscht. Er würde sicherlich alles tun, um dafür zu sorgen, dass er sich nicht wiederholt." Draco blickte zu einem Baum, der ausreichend Schatten bieten sollte.

"Da wäre ich mir nicht so sicher." seufzte Einar aus der sich unter den Schatten setzte. "Immerhin sind die Bewohner aus Umbra das lebende Beispiel, all der Schaden, der durch meinen Vater angerichtet wurde, wird selbst mir die Schuld zugeschoben."

"Natürlich nicht. Du bist die Brut eines Monsters, du musst lediglich beweisen, dass sie falsch liegen. Keiner sagte, dass es einfach wird." gestand Draco, der sich ebenso auf den Boden setzte.

"Es ist nie einfach. Wir haben ihnen eine Chance gegeben und womit danken sie es. Indem sie uns derart in den Rücken stechen." Einar hatte zu Beginn Hoffnung für das Volk aus Umbra, aber alleine diese Situation bewies, wie stark er sich getäuscht hatte. Er war derart naiv geworden und verlor sich in einem Optimismus, einer Wunschvorstellung.

"Das passiert, wenn man blind vor Liebe ist." Draco zuckte die Schultern und Einar sah ihn böse an.

"Keine Sorge, das passiert nicht nur dir und abgesehen davon kann man es auch nicht aufhalten. Außer man entscheidet sich schlichtweg auf sowas wie Liebe, sich nicht mehr einzulassen, aber selbst das Leben wird einsam." Draco wandelte lang genug auf diesem Planeten, um aus eigener Erfahrung zu sprechen.

"Ich will nur diese kurze Zeit, die mir mit Shade bleibt, genießen." murrte Einar aus und Draco schmunzelte etwas.

"Du bist wahrlich kein bisschen egoistisch. Andere in deinen Schuhen würden Shade versuchen zu verwandeln. Aus ihrem eigenen Egoismus heraus, damit sie eine Ewigkeit zusammenbleiben." beschrieb Draco und Einar rollte die Augen.

"Das würde sie nicht wollen. Also respektiere ich das, so schwer es mir auch fällt." entgegnete Einar.

"Das erspart dir viel Ärger.." murmelte Draco. Einar schielte zu dem Schwarzhaarigen, der etwas Gedankenverloren in den Himmel starrte.

"Das klingt nach Reue." merkte Einar an und Draco nickte langsam.

"Ich habe den Fehler gemacht und da gab es keine Liebe mehr. Ich habe ihr Leben zerstört und das machte sie mehrere 100 Jahre deutlich. Bis ich meinen Fehler richtig gestellt habe." erzählte Draco.

"Richtig gestellt? Im Sinne von?"

"Gepfählt. Ja." unterbrach Draco, der zu Einar sah. Einar runzelte die Stirn, ihm war nie aufgefallen, dass Draco dermaßen viel erlebt hatte. Er war nicht nur Jahrzehnte auf diesem Planeten, sondern bereiste diesen. Einar hingegen steckte auf demselben Festland fest.

"Wie genau kamst du dann zu Nia?" die Frage hebte die Stimmung von Draco, der etwas lachen musste bei der Erinnerung.

"Nia.. weißt du es gibt unentdeckte Länder. Ich war auf dem Weg nach Feylas und das Schiff geriet in einen schweren Sturm. Ich wachte eingegraben im Sand auf." erzählte Draco, der einen fassungslosen Blick von Einar erhielt.

"Die Sonne hatte einige Stellen an meinem freigelegten Körper verbrannt, Nia hat mich gefunden und hatte mich im Sand vergraben, während sie versuchte, mit ihrem eigenen Schatten meinen Kopf vor der Sonne zu schützen." das klang durchaus nach der Leopardenfrau, die Einar gesehen hatte.

"Nachdem ich also wieder zum Bewusstsein kam und versuchte der Fremden zu erklären das es gereicht hätte mich in einen Schatten zu ziehen, erspare ich ihr die Arbeit mich wieder auszugraben und um Zeit zu sparen hatte ich sie unter den nächsten Baum in Vampir Geschwindigkeit getragen. Wusstest du, dass Mischwesen glauben, dadurch, dass man sie in Armen trägt, es als eine Art von Antrag gilt?" Draco verkniff sich etwas das Lachen und schüttelte den Kopf.

"Deswegen Exmann!" Einar schüttelte fassungslos den Kopf.

"Richtig. Irrelevant, wie oft ich ihr versucht habe, das Prinzip von Liebe und Ehe zu erklären, habe ich es schlichtweg irgendwann aufgegeben." merkte Draco an, was Einar nachvollziehen konnte.

"Wie kam sie dann nach Praaphia?"

"Die Pflanzen, die du dort gesehen hast, die oft etwas untypisch schienen oder sehr.. gewollt. Ist ihre Arbeit. Mischwesen, besonders halb Mensch, halb Tier, haben eine enge Verbindung zur Natur, Nia war aber einzigartig. Ihre Verbindung war die stärkste, die mir je untergekommen war. Also habe ich ihr von dem magischen Ort erzählt, wo sie etwas Kontrolle über ihre Magie gewinnen könnte. So kam sie nach Praaphia, ihr neues Zuhause." antwortete Draco.

"Sind Mischwesen nicht grundlegend Gestaltwandler?" Einar

dachte daran an Rosa, die durchaus einsam schien, da es niemanden ihrer Art gab.

"Mischwesen entscheiden nicht frei über ihr Aussehen oder ihre Verwandlungen. Nia hat ihre menschliche Form, aber auch eine Leopardenform, in der ihre Augen ihre menschliche Form behalten. Rosa, im Gegensatz, verwandelt sich in alles, was sie sich vorstellen kann und was lebt und atmet. Ein weiterer Unterschied, Rosa besitzt keine Klamotten, wenn sie menschlich wird, sind ihre Klamotten wie ihre zweite Haut. Nia hingegen ist nackt nach der Verwandlung, aber dafür spürt sie keinen direkten Schmerz, wenn man ihr die Kleider vom Leib reißt, hingegen Rosa Schmerz spüren würde, als würde man ihr die Haut abziehen." Draco's Wissen war beeindruckend, Einar war ein wenig neidisch darüber aber es war ebenso motivierend.

"Wenn wir schon dabei sind, wie klappt das dann überhaupt bei Jace?"

"Jace und Nodin, sind zwei unterschiedliche Wesen, ein Mensch und ein Wolf. Das zeichnet sich im Aussehen und auch in den Charakterzügen wieder. Deswegen sind seine Verwandlungen so rein und schnell und ohne Probleme. Wobei es körperlich anstrengend ist, das war es aber auch schon." Draco zuckte wiederholt die Schultern.

"Bedeutet, wenn Nodin zickig ist, ist Jace machtlos?"

"Hatte ich dir nicht gesagt, dass du diese Fragen ihm stellen sollst?"

"Ein Versuch war's wert." schmunzelte Einar, worauf Draco die Augen verdrehte.

"Als ich dich zum ersten Mal sah, hatte ich nicht damit gerechnet, dass du so viel weißt und erlebt hast." gestand Einar.

"Das ist mein Vorteil. Unterschätzt zu werden macht einem das Leben sehr viel einfacher." merkte Draco an. Die Nacht fand sein Ende nachdem die Sonne aufgegangen war, Draco nutzte seine Blutmagie um problemlos unter der Sonne zu laufen. Dasselbe tat er für Einar, der etwas zufrieden zur Sonne hoch sah. Einar war ein geborener Vampir, er war nie wirklich unter der Sonne, ohne dass diese seine Haut verbrannte oder seine Adern austrocknete.

"Dann finden wir mal den verlorenen Wolf." Draco folgte den Wolfsspuren, die bis zur Klippe führten. Einar verschränkte die Arme und musterte die Umgebung. Weit unter der Sicht der beiden, gab es einen Klippenvorsprung, der in eine Höhle führte, die Existenz bemerkte Einar, als er an die Klippe trat und zum Meer blickte, um die Höhe abzuschätzen. Ohne Draco zu warnen, sprang er auf den Vorsprung.

"Warte.." Draco sah verdutzt in das verschmitzte Gesicht von Einar, der zu ihm hoch sah.

"Keine Sorge, ich lasse mich nicht von einer verrückten Katzenlady in Sand einbuddeln." scherzte Einar und ging in die Höhle, Draco schüttelte seufzend den Kopf und sprang ihm hinterher. Einige Meter führte die Höhle, es war dunkel und auch etwas kalt. Ein Feuer am Ende erleuchtete den großen Raum, warf wenige Schatten an die Wände und die Decke.

"Ich habe euer Kaffeekränzchen nicht unterbrochen, aber ihr unterbrecht mein Frühstück?" murrte Jace aus, nachdem die Vampire in seine Sichtweite traten.

"Du warst eingeladen." entgegnete Draco.

"Nodin wollte die Einladung auch zu gerne annehmen." schmunzelte der Braunhaarige etwas und schielte zu Einar.

"Und Nein. So gerne Nodin auch bestimmen möchte, wo es lang geht, respektiert er meine Entscheidungen, außer es geht um seine Partnerin oder mein eigenes Leben. Dann kann ich ihn nicht aufhalten." Jace tippte auf sein Ohr und wies darauf hin, dass er durchaus gut hören konnte. Er briet einen Hasen über dem Feuer, das brutzeln von Fleisch erfüllte, die kurze Stille, die eingebrochen war.

"Dennoch hätte er euch ohne Warnung getötet, wenn ihr weiter gegangen wärt.." hauchte Jace aus. Einar schielte fragend zu Draco, der auf seine Brust tippte, wo das Herz war, Einar weitete die Augen.

"Genug davon. Was verschafft mir die Ehre? Ich habe Draco bereits mitgeteilt, dass ich nicht in einer Stadt voller Vampire leben werde, außer ihr wollt jeden Vollmond ein Massaker erleben." Jace widmete seine braunen Augen wieder den zwei Männern.

"Shade wird von einer Hexe und vermutlich Vampiren festgehalten und wir wissen nicht wo. Ein Zauber konnte uns auch nicht mitteilen wo." erklärte Einar.

"Sie ist noch in Umbra." merkte Jace irritiert an.

"Das wissen wir, aber Umbra ist groß und da die Hexe bewusst weiß wie sie eine Goldblüterin unter hunderten von Vampiren verstecken kann, dachten wir, dass du uns helfen kannst." fügte Draco hinzu. Jace runzelte die Stirn.

"Habt ihr mir vor wenigen Minuten nicht zugehört? Ich werde keinen Fuß in diese Stadt setzen." seufzte der Werwolf aus.

"Um Shade zu finden, brauchst du Nodin nicht, richtig? Für den Schutz sorgen wir." merkte Einar an und Jace lachte etwas.

"Schutz? In der Stadt, die dir aus den Händen gerissen wurde? Ihr seid verlorener als ich dachte." seufzte Jace wiederholt.

"Was sollen wir sonst tun." Einar setzte sich ans Feuer, ihm gingen die Auswege aus.

"Das, was von Anfang an von Rosa verlangt wurde." stellte Draco fest und Jace schielte zu dem Schwarzhaarigen.

"Sie sagte, es wird einen Krieg geben." nickte Jace und Einar sah ihn irritiert an.

"Aber unser Plan hatte funktioniert, wir haben Inot aufgehalten." entgegnete Einar.

"Es ging nie um Inot. Dieser Mann hat den Geist vieler Vampire dermaßen verdorben, dass der alleinige Sturz von Inot nichts gelöst hat." erklärte Jace und Einar griff sich ins Haar, frustriert.

"Warum hat das niemand gesagt?" Draco begann bei den gewählten Worten von Einar zu lachen.

"Niemand? Idril sprach von einem Krieg, Ahmya und Ashula sprachen von einem Krieg, Rosa sprach von einem Krieg, ich benutze das Wort auch oft genug." erinnerte Draco.

"Aber Shade wollte keinen Krieg." fügte Jace hinzu. "Und jetzt zahlt sie den Preis für den Versuch, gutmütig zu sein."

"Wie kannst du es wagen!" zischte Einar aus und Jace knurrte instinktiv.

"Er hat aber Recht!" mischte sich Draco ein, bevor alles eskalieren konnte.

"Shade hat es auf ihrem Weg versucht. Das macht sie nicht zu einem Monster, dass sie als Goldblüterin, Sklavin von Vampiren, ihre Gutmütigkeit fand, um eine weitere Chance ihren Peinigern zu geben, ist etwas, was ich auf ewig respektieren werde. Aber es hat leider nicht funktioniert, also zurück zum ursprünglichen Plan." seufzte Jace dann, worauf Einar etwas entspannte.

"Mit welcher Armee.." hauchte Einar aus.

"Slosa." grinste Jace etwas, Einar sah ihn verwirrt an.

"Das Dorf existiert noch, mit jenen, die nicht nach Umbra

gezogen sind und die zweite Front ist bereits in Umbra." stellte Draco fest, worauf Jace nickte.

"Aber wir haben keinen Kontakt zu ihnen." entgegnete Einar.

"Natürlich haben wir das." protestierte Jace und nickte zu einer etwas dunklen Ecke, wo nahezu aus dem Nichts Rosa erschien, wohl eher aus einer rosa Spinne, Rosa in ihrer Kindergestalt wurde.

"Rosa's Anwesenheit entfällt jedem Vampir, jedem Magier, jedem Wesen." erklärte Jace.

"Nur weil ich meine Magie verstecke." Rosa zuckte die Schultern, kurz darauf durchzog die drei Männer eine enorme Präsenz. Einar atmete scharf ein, diese Art von magischer Präsenz war erdrückend, besonders auf einen Schlag. Der Druck schwand wieder, so schnell dieser entstanden war.

"Hat 3 Jahrzehnte gedauert." merkte das Mädchen beiläufig an.

"Also kannst du den Kontakt aufrecht erhalten.." räusperte sich Einar, nachdem er sich nach diesem Angriff erholt hatte.

"War sowieso meine Absicht." entgegnete die Rosahaarige.

"Kannst du mit deiner Magie nicht einfach Shade aufspüren und raus holen?" murmelte Einar.

"Diese Frau bedient sich an schwarzer Blutmagie. Ich mag stark sein, aber das kann ich nicht überbieten." Rosa sah zu dem Vampir, der seinen Kopf sank.

"So sehr du versuchst sie zu schützen, diese Vampire haben ihre Wahl getroffen. Du hast ihnen die Chance gegeben und sie haben sie versaut." erinnerte Draco.

"Es gibt nur zwischen all diesen üblen Vampiren die, die es nicht verdient haben.. Amanda zum Beispiel." merkte Einar an.

"Sie ist schlau genug, sich rauszuhalten, wenn es so weit kommt." entgegnete Draco sicher.

"Wenn wir Umbra stürmen, suchen wir darauf Shade." versprach Jace.

"Solange Einar die Armee anführt und Umbra beweist zu was er fähig ist, wird alles klappen." lächelte Rosa.

46

Einar

Die Vorbereitung für diese Schlacht war nervenaufreibend für Einar. Er war der Meinung das es einen anderen Weg gab, außer die Vampire abzuschlachten die ihn behindern würden. Aber irrelevant, wie lange er sich den Kopf darüber zerbrach, fand er keine andere Möglichkeit. Draco und Jace waren für diesen Krieg, genauso Slosa. Sie waren in das Dorf zurückgekehrt, kurz danach war Rosa nach Umbra aufgebrochen, um die Überlebenden im Hause Regiae zu informieren. Viele der Rebellen hatten sich vor ihren Häusern versammelt, sie wollten keine Zeit mehr verlieren. Waffen aus Holz und Silber wurden verteilt, wenige trugen dicke Klamotten oder Rüstungen, die aber leicht im Gewicht waren. Draco half dabei, die Waffen zu verteilen, während Jace seine Arme hinter seinem Kopf verschränkte und neben Einar stand, der etwas mürrisch dem Treiben zusah.

"Dafür, dass wir deine Freundin retten gehen, wirkst du sehr unzufrieden." stellte Jace fest und schielte zu Einar.

"Ich habe festgenommen, nicht den Weg meines Vaters zu wählen. Krieg ist genau sein Weg." seufzte Einar.

"Verständlich. Aber du hast es mit Worten versucht. Danach folgen eben Taten." entgegnete der Braunhaarige knapp.

"Ein Blutbad ist nicht meine Definition von Taten." murrte Einar aus.

"Dann bist du ein kaputter Vampir." stellte Jace fest.

"Nein. In deinen Augen genießt ein Vampir ein Blutbad, das gilt aber nicht für alle. Oder markierst du jeden Ort, den du als dein Revier ansiehst?" Einar erhielt nur ein kurzes Knurren von Jace, was seine Behauptung aber bestätigte. Es waren Klischees, Gerüchte, aber nicht die Wahrheit.

"Bitte bringt euch nicht vor der Schlacht um." Draco sah zu den Beiden und Einar hob unschuldig die Hände.

"Er wollte es nicht wahrhaben." entgegnete Einar und Jace verdrehte die Augen.

"Es macht keinen Unterschied." Jace zuckte die Schultern. Draco zeichnete ein Symbol auf seinem Handrücken mit seiner Blutmagie und trat dann zu Einar.

"Wozu, Umbra hat doch einen Sonnenschutz-Zauber?" merkte Einar an und Draco seufzte.

"Denn Zauber unterbrechen wir. Deswegen greifen wir am Tag an." Draco hielt fordernd seine Hand hin, Einar ließ es zu.

"Das wird sie alle in die Schatten der Häuser scheuchen.." stellte Einar fest.

"Darauf hoffen wir." murmelte Jace.

"Es ist absolut in Ordnung, wenn du nicht mitkommst." erklärte Draco dann und musterte Einar.

"Wir wollen nicht, dass du Zweifel hegst und uns Probleme bereitest." fügte Jace etwas forsch hinzu.

"Nein. Ich zieh das durch!" protestierte Einar eisig. Slosa wartete auf die Rückkehr von Rosa, sie warteten, dass der Rest der Rebellen in Umbra bereit waren. Die erwähnte Person landete als rosa Vogel auf einem Zaunpfahl, Einar erkannte das Tier wieder, bevor sie sich in ihre Kindergestalt zurück verwandelte. Aber er hatte ihre Worte nie wirklich angezweifelt.

"Sie sind bereit." kündigte das rosahaarige Kind an und schielte zu Einar, er atmete durch und trat vor den Anwesenden.

"Vampire, die euch angreifen, können getötet werden, Vampire, die euch nicht angreifen, werden verschont. Mir ist bewusst, das klingt kompliziert, aber im Grunde ist es ganz einfach. Wir versuchen sie einzukesseln und treiben sie in die Mitte der Stadt zusammen."

Einar gab sein Bestes laut und deutlich zu sprechen, aber die Worte brannten wie scharfer Alkohol auf seiner Zunge.

"Es gibt eine Gefahr, mit der ihr euch nicht anlegen solltet. Ihr Aussehen gleicht Lanatel, ohne Hörner, Flügel oder spitze Ohren. Aber ihre Kräfte sind genauso stark, wenn niemand von den anwesenden Vampiren vor hat, seine Gefühle abzuschalten, sollte man sie meiden." fügte Draco dann hinzu, dieser nickte Einar zu. Der Marsch nach Umbra war nicht unauffällig, aber die Tore waren geschlossen, spätestens wenn diese aufgebrochen wurden, brauchte man sich nicht mehr zu verstecken. Einar war nervös, je näher sie dem Gemäuer kamen, umso schneller schlug sein Herz. Der alte Mann mit dem Ziegenbart erschuf einen dämonischen Riesen, der mit einem Tritt die große Doppeltür ohne Mühe auftrat. Gleichzeitig übermalte Draco das hinterlassene Siegel von Selen, um den Tageszauber zu lichten. Es benötigte kein Kampfgeschrei, keine Warnung, der Krieg wurde mit dem Aufbrechen der Tore und dem Brechen des Zaubers begonnen. Von einer Sekunde auf die andere veränderte sich alles, Umbra wurde gestürmt, Vampire, die viel von sich hielten, versuchten den Angriff aufzuhalten. Es war ein reines Gemetzel, gemischt aus Kampfgeschrei und Schrei vor Schmerz, die trostlose Stadt von grau und schwarz wurde in einer weiteren Farbe getränkt, blutrot. Dabei fiel Einar etwas auf, die Anwesenden Vampire, die in der Stadt waren, erreichten nicht mal die Hälfte an bekannten Bewohnern. Er holte Jace ein, der mühelos mit seinem silbernen Beil den Kopf eines Vampires abtrennte.

"Kannst du Vampire im Untergrund aufspüren?" forschte Einar halblaut nach, Jace schielte zu ihm, während er einen Hechtsprung von einem Vampiren auswich.

"Klar. Glaubst du sie verkriechen sich unter der Erde?"

"Ich bin mir fast sicher." nickte Einar und schleuderte den nächsten Vampiren zwei Straßen weiter.

"Nodin du hast ihn gehört, lass uns die feigen Ratten finden." Jace's braune Augen leuchteten pulsierend auf. Er nickte Einar zu und sprang auf eines der Dächer, Einar folgte ihm, Jace blieb kurz stehen und versuchte die kämpfenden Vampire an der Oberfläche auszuschließen. Kaum erhielt er eine Spur, landete er zurück in einer Gasse und arbeitete sich durch wenige vampirische Hindernisse, Einar hatte durchaus etwas Schwierigkeiten Schritt zu halten, weil er nicht einschätzen konnte wo Jace hin wollte. Jace blieb vor einem Haus stehen, wenn man es Haus nennen konnte, das Dach war eingefallen, aber die Tür war ganz geblieben.

"Was?" Einar hatte ihn eingeholt.

"Diese Hexe.. ist bestimmt da drin." murmelte Jace mit gerümpfter Nase.

"Wieso? Hast du Leichenteile gerochen?"

"Irgendwas in diese Richtung.." zischte Jace genervt aus. Einar stieß die Tür auf und hielt sich etwas die Nase zu, ein strenger Geruch kam ihnen entgegen. Das Innere des Hauses bestand aus kaputten, durcheinander geworfenen Möbel und eine Tür hing halb aus den Scharnieren, führte aber in den Keller, wovon der Gestank kam.

"Ich werde versuchen sie rauszuscheuchen.. sorge dafür dass ein angemessenes Begrüßungskomitee vor der Tür wartet." befahl Einar ihm, Jace runzelte die Stirn.

"Du gehst da sicher nicht alleine runter!"

"Sicher?" Einar schmunzelte und verschwand in seiner Vampirgeschwindigkeit in den Keller, Jace würde ihm nicht runter folgen. Die Treppen führten tiefer, es wurde dunkel aber am Ende der Stufen erkannte er etwas Licht. Er kannte diesen Ort nicht, es zog sich weit in die Länge, der Gang besaß mehrere Türen, die in Räume führten, die ihm unbekannt waren. Aus dem ersten trat der Gestank heraus, diese Tür mied er aber den Rest riss er auf und nutzte seine Geschwindigkeit, unabhängig davon, ob jemand hinter der Tür war. Er wollte Lärm machen, auf sich aufmerksam machen und mit etwas Glück dröhnte selbst die Geräuschkulisse des Krieges hinunter. Anteilig funktionierte seine Idee auch, er sah im Augenwinkel, wie einige Vampire aus dem Keller rannten, flüchteten oder prüfen wollten, was los war. An einer Tür verharrte er, kaum ruhte seine Hand, auf dem Türgriff ging eine enorme Hitze davon aus, er zog seine Hand zurück und fluchte leise.

"Das tut mir aber Leid.. hast du dich verbrannt?" die Stimme kam ihm bekannt vor, er drehte sich um und bemerkte eine blasse Frau mit schwarzen Haaren, die bis zum Boden reichten, ihre orangen Augen brannten wie eine Flamme, sie trug anzügliche schwarze Klamotten.

"Du musst Lanatel sein. Oder zumindest das billige Duplikat." hauchte Einar aus und ein zufriedenes Schmunzeln zierte ihre Lippen.

"Dann überspringen wir die Vorstellrunde.. Einar.." obwohl ihre

Stimme derart rauchig war, hatte sie etwas Zauberhaftes an sich.

"Was versteckst du hinter dieser Tür?" fragte er, bemüht forsch.

"Oh.. ich verstecke sie nicht, zumindest nicht vor dir. Ich öffne dir gerne die Tür." lächelte sie und trat auf ihn zu, er wich instinktiv einen Schritt von ihr weg.

"Niedlich.. na gut.." sie schnippte mit den Fingern, die Tür schwang auf. Einar schielte in den Raum, da war sie. Shade.

"Jetzt zu dem Preis meiner Gehorsamkeit." hauchte eine Stimme in sein Ohr, er griff aus der Richtung wovon sie sprach aber sie kicherte, Einar sah wieder zu Lanatel die am selben Ort stehen blieb und sich nicht gerührt hatte.

"Stimmt etwas nicht?" sie legte ihren Kopf schief.

Sie spielt mit mir.. Einar verengte die Augen und trat rückwärts in den Raum.

"Hey Tarja. Sieh mal wer es geschafft hat, dein Ritter in der weißen Rüstung.. obwohl.. so weiß ist sie gar nicht mehr.." rief Lanatel aus, Einar zog eine Augenbraue hoch und sah an sich herunter, er war durchaus in Blut getränkt. Das Rot wechselte aber langsam zu Gold, er weitete die Augen und knirschte.

"Das ist nicht echt.." hauchte er leise aus.

"Mh.. aber es wird echt.." schmunzelte Lanatel, die in dieser Zeit vor ihm aufgetaucht war. Einar knurrte leise aus und umgriff ihren Hals, beim nächsten Wimpernschlag hatte sie mit Shade den Platz getauscht. Einar ließ erschrocken los und stolperte Schritte zurück, worauf seine Sicht sich wieder normalisierte und Lanatel ihm zu zwinkerte.

"Was ist es, Neid? Hat man dir nie Aufmerksamkeit geschenkt oder deine Liebe nicht erwidert?" murrte Einar aus und Lanatel zuckte geheimnisvoll die Schultern.

"Tut mir Leid, aber ich kann nicht weiter mit euch spielen.. Mein Meister hat Probleme." die Tür knallte zu, Einar versuchte sie aufzumachen und fluchte leise, als er sich verbrannte.

"Was machst du hier.." hauchte Shade aus, Einar schielte zu ihr. Er befreite sie von der Maschine, die ihr ständig Blut aus der Vene pumpte.

"Nein warte.." bevor er sie von den Ketten befreien konnte, sah er sie an.

"Silber.." sie schielte auf die Ketten. Er ließ seine Arme senken und musterte Shade, sie wirkte schwach, aber die Farbe kehrte zurück, nachdem ihr kein Blut mehr entzogen wurde.

"Was ist das für ein Lärm?" murmelte Shade und er seufzte aus.

"Wir mussten Umbra angreifen.. die Vampire waren nicht wirklich auf unserer Seite.." erklärte er, so kurz es ihm möglich war.

"Mein Vater hat ihnen bessere Versprechen gegeben.." entgegnete Shade, er sah sie irritiert an.

"Dein Vater?" er dachte, dieser Mann hatte die Gefangenschaft bei Inot nicht überlebt aber Shade nickte etwas.

"Aber einen Angriff übersteht ihr nicht.. Haldis hat ausreichend goldenes Blut, um die ganze Stadt zu versorgen.." Shade nickte zu dem großen Gefäß, das mit ihrem goldenen Blut gefüllt war.

"Zweifel mal nicht an uns." schmunzelte er und musterte die Ketten.

"Ich kann versuchen, den Stuhl kaputt zu machen." bot er dann an und Shade nickte. Er brach vorsichtig die Armlehnen und dann die Stuhlbeine. Zumindest war Shade ein wenig frei, bis sie einen Weg fanden, die Ketten zu brechen. Ausreichend, dass er sie in die Arme schloss und er durchatmen konnte.

"Du kannst ihn nicht töten.." flüsterte sie aus, Einar runzelte die Stirn.

"Aber er ist eine Gefahr für dich.. für Kijana.."

"Er ist die letzte Familie, die mir neben Kijana bleibt.." hauchte sie. Aber sie verlangte etwas Unmögliches, wie konnte er den Mann verschonen, der sie eingesperrt hielt und ihr Blut nahm für egoistische Zwecke.

"Shade.. das geht nicht.. wirklich.." murmelte Einar sanft, aber sie schüttelte den Kopf mehrmals.

"Wir unterbrechen eure Zweisamkeit nur ungern." die Tür schwang auf, Einar zog Shade instinktiv hinter sich. Haldis stand in der Tür, knapp hinter ihm Lanatel.

"Nimm deine dreckigen Pfoten von meiner Tochter." seufzte Haldis genervt.

"So behandelst du also deine Kinder?" Einar sah den Mann fassungslos an.

"Sie wollte nicht hören, sie ist selbst Schuld. Aber noch weniger lasse ich zu, dass sie mit jemandem wie dir verkehrt." Haldis trat beiseite und gab Lanatel Platz. Die Schwarzhaarige tätigte einen Schritt in den Raum und lächelte.

"Du schuldest mir immer noch etwas, Einar." schmunzelte Lanatel, ihr Aussehen schwand abwechselnd zwischen ihrem eigenen Aussehen und dem von Shade. Einar schüttelte leicht den Kopf, als versuchte er, damit Lanatel aus seinem Kopf zu schütteln. Das half ihm aber kein Stück, er erinnerte sich an die Worte von Draco. Lanatel zog ihre Energie aus den Emotionen ihres Gegenübers, sie spielte mit seinem Kopf, weil er es zuließ. Er schloss seine Augen und griff nach Shade's Hand, er drückte diese fest aber dennoch zaghaft.

"Was ist? Was machst du?" flüsterte Shade irritiert aus, aber sie erhielt keine Antwort. Einar schloss seine Gefühle aus, was schwer auszumachen war, aber spätestens im Verhalten auffällig wurde. Er stürzte wortlos auf Lanatel, die damit nicht gerechnet hatte. Ihre Augen flammten auf, aber er wich nicht zurück, seine Hände erfassten ihren Hals, er drückte zu und sie schnappte nach Luft, krallte ihre Finger in sein Handgelenk.

"Verstehe.." hustete sie und sie sah an ihm vorbei, er wurde aus dem Nichts nach hinten gerissen und Lanatel rieb sich etwas ihren Hals. Shade rannte zu ihm, aber er sprang wieder auf und griff Lanatel erneut an. Die Goldblüterin hatte Einar noch nie so erlebt, er sah nichts weiter als seinen Gegner, seine Augen besaßen einen gelben Stich und seine spitzen Zähne zeigten sich. Haldis wich zur Seite, während Einar die Magierin durch den Raum schleuderte.

"Du kommst mit mir.." murrte ihr Vater aus, Shade taumelte Schritte von ihm weg.

"Vergiss es." knirschte Shade, aber mit den silbernen Ketten an Armen und Beinen war sie nicht beweglich wie sonst. Stattdessen knallte Lanatel gegen Shade, irritiert sah die Goldblüterin zu Einar.

"Töte ihn endlich." befehlte Haldis eisig zu Lanatel, die Frau stand auf und knirschte leicht mit den Zähnen während sie sich Blut von ihrem Mundwinkel wischte.

"Warum kümmerst du dich nicht um ihn und ich bringe deine reizende Tochter hier weg." fauchte Lanatel aus.

"Er ist ein Vampir, wie soll ich.." Haldis stoppte und Shade blickte zu ihrem Vater, der gegen das Gefäß mit ihrem goldenen Blut trat.

"Nein.. du verdammter Feigling." zischte Shade aus, aber Lanatel fasste sie am Arm.

"Ruhe.." sie zog Shade aus dem Raum, während Einar mühelos über die Stellen sprang, die mit goldenem Blut bedeckt waren. Haldis hatte sich mit dem goldenen Blut bedeckt, was ihm selbst nichts ausmachte. Aber ihr Vater war kein geschickter Kämpfer, er besaß diese Erfahrungen nicht, weswegen Einar ihn problemlos gegen die Wand presste. Shade beobachtete nur wie Einar seine Hand in die Brust ihres Vaters tauchte und das Herz raus riss. Dieser Moment kam ihr bekannt vor, Inot hatte denselben Ausdruck im Gesicht, als er das Herz ihrer Mutter herausriss. Shade weitete die Augen, als sie die Ähnlichkeiten erkannte, aber Lanatel zwang sie weiter durch den Gang, aber weit kam sie nicht. Einar holte die Frauen ein und trat die Magierin bis zur Treppe, Lanatel hustete etwas. Shade schenkte er keine wirkliche Beachtung, aber bevor er zu Lanatel gelangen konnte, war sie aus dem Keller geflüchtet.

"Einar, das reicht!" schrie Shade aus, er blieb stehen und schielte zu ihr. Sie erkannte in seinen Augen nur noch die Rachlust, verzweifelt versuchte sie, etwas anderes in seinem Gesicht zu erkennen, aber es gab nichts.

"Nicht solange dieses Miststück am Leben ist." entgegnete er kalt und verließ in seiner Vampirgeschwindigkeit den Keller. Shade blickte ihm fassungslos hinterher und versuchte die Ketten von ihren Armen zu ziehen. Sie biss sich auf ihre Unterlippe und zwängte ihre Hände aus den silbernen Ketten, sie brach ihre Daumen, um ihre Hände darauf zu ziehen. Die Heilung setzte den gebrochenen Knochen langsam wieder zusammen, während ihr das Herz nahezu bis in den Hals schlug. Einar hingegen war auf der Jagd, er hatte seit Jahren nicht mehr seine Emotionen abgestellt und ab diesem Moment hatte er nur eines im Sinn. Das Töten. Lanatel war entkommen, er hatte sie verletzt, weswegen er ihr Blut riechen und aufspüren konnte. Er ignorierte Jace, der mit wenigen von Slosa die anderen Vampire aus dem Keller aufgehalten und getötet hatten. Die Stimmen waren dumpf um ihn herum, die entfernten Schreie waren ihm gleichgültig. Solange diese Hexe aber noch am Leben war, wollte er nicht aufhören. Shade rannte aus dem Haus und atmete durch, als der Gestank nachließ. Sie hatte Einar um wenige Sekunden verpasst, aber umso überraschter war sie in Jace und wenigen der Rebellen gerannt zu sein.

"Na sowas, da hast du dich also versteckt." schmunzelte Jace.

"Ich habe mich nirgendwo versteckt." knirschte Shade.

"Wo ist Einar hin?" fragte sie dann, aber sie sah in fragende Gesichter, niemand wusste, wohin er gelaufen war.

"Er ist der Magierin hinterher.." antwortete Jace und musterte ihre Beine, aus diesen silbernen Ketten hatte sie sich noch nicht befreit. Er entzweite das Material, als bestünde es aus Papier.

"Ich muss ihn finden.." murmelte Shade flehend. Jace sah sich um, der Krieg war im vollen Gange, selbst wenn er versuchte, die Spur von Einar aufzunehmen, konnte er dieser nicht lange folgen.

"Geh zum Haus der Regiae Familie.." bat Jace, er legte beschwichtigend eine Hand auf ihre Schulter und Shade schüttelte leicht den Kopf.

"Nein, ich kann euch helfen."

"Geh zurück ins Haus." wiederholte Jace streng und Shade knirschte wiederholt mit ihren Zähnen, aber gab es auf, fürs Erste. Einar kannte Umbra eindeutig besser als Lanatel, er schnitt ihr den Weg ab. Sie konnte die Tore der Stadt nicht erreichen, das wollte er schlichtweg nicht zulassen.

"Ok, ok. Ganz langsam.. ich habe lediglich getan, was man mir gesagt hat." gestand Lanatel und hob abwehrend ihre Arme, während sie Schritt für Schritt von ihm weg trat.

"Ich falle auf deine Tricks nicht erneut rein." zischte Einar aus.

"Das ist kein Trick." murmelte sie, bis sie gegen die kalte Wand stieß. Sie konnte nicht mehr weiter, sie musste an ihm vorbei kommen.

"Lügnerin.. du hast mehr als genug Leben genommen." knurrte er aus und trat einen Schritt auf sie zu.

"Nicht mehr, als du es in deinem ganzen Leben getan hast." protestierte sie lächelnd.

"Wahrscheinlich." er übersprang den Abstand zu ihr und schnürte ihr die Luft mit seinen Händen ab. Er musste sie töten, sie war eine allgemeine Gefahr und hatte zu viel Schaden angerichtet. Einar hatte vergessen, wie gut es sich anfühlte, zu jagen und dabei erfolgreich zu sein. Der Adrenalin war wie ein Rausch und eine Sucht, ein Rausch, den er nicht unterbrechen wollte. Es ließ ihn mächtig und unantastbar fühlen. In Umbra herrschte nach wie vor Krieg, aber die

Zahlen an Vampiren hatten sich ausgedünnt und der Plan, sie in die Mitte zusammen zu scheuchen, hatte geklappt. Auch wenn Jace ihr ausdrücklich gesagt hatte, sich zurückzuziehen, blieb Shade in der Nähe des Zentrums. Die Rebellen hatten die letzten Vampire wie Schafe zusammen gepfercht, Draco und Bricriu hatten das Kommando übernommen.

"Euer kleiner Aufstand, hat nun ein Ende gefunden. Erinnert euch an diesen Tag, wer sich nicht benehmen kann, muss mit diesen Konsequenzen rechnen." sprach Draco laut aus.

"Wo ist er?" murrte Bricriu etwas aus und kam neben Shade zum Stehen, sie sah gerade starr nach vorne und reagierte nicht.

"Shade?"

"Was?!" fuhr sie ihn an und Bricriu zog eine Augenbraue fragend hoch.

"Wo ist Einar?" wiederholte der Ältere ruhig.

"Keine Ahnung." hauchte sie aus.

"Er sollte hier sein. Der Standpunkt muss von ihm kommen, so respektiert ihn niem.." Bricriu konnte seinen Satz nicht beenden, als Einar aus der anderen Seite der Menge trat.

"Ihr hattet euren Spaß. Damit ist jetzt Schluss. Ihr wolltet es nicht anders. Umbra erhält keinen Schutz mehr vor der Sonne, nutzt eure Nächte weise. Irrelevant wer rein oder rausgeht, alles muss an und abgemeldet werden. Jedes Haus kriegt Rationen an Blut, keine Tropfen mehr. Jeder weitere frisch verwandelte Vampir wird absofort gepfählt von seinem eigenen Oraculi. Jeder Vampir, der nur einen Tropfen des goldenen Blutes zu sich nimmt, wird oben an der Mauer unter der Sonne sterben." Einar's Worte klangen scharf und sein Ausdruck war dementsprechend eisig, manche der Vampire wichen ihm aus. Er sah aus wie ein Verrückter, er war in Blut getränkt und seine Augen pulsierten im schnellen Herzschlag.

"Umbra bleibt die Stadt der Vampire, bedeutet ausnahmslos, dass keine anderen Wesen akzeptiert werden." fügte Einar kalt hinzu. Eine Stille legte sich über den Platz, es war ein Schlachtfeld, tote Vampire lagen in der Stadt verteilt, einige Rebellen hatten es ebenso nicht geschafft.

"Was eine Autorität." merkte Bricriu an.

"Das ist nicht nur eine Autorität.." seufzte Shade nahezu enttäuscht, sie machte kehrt und ging zum Haus zurück. Bricriu sah ihr irritiert hinterher. Einar nickte zu Draco, der etwas die Stirn runzelte, er hatte sich verändert, das fiel vielen auf. Aber Draco wusste, dass es notwendig war, um Lanatel niederzustrecken. Niemand anderes als ein Vampir konnte es mit ihr aufnehmen, da dieser auf Knopfdruck seine Emotionen abstellen konnte. Aber Einar hatte dies einst als Kind getan, als er die Tyrannei von Inot nicht ertragen konnte. Es hatte gedauert, bis er die Gefühle wieder zu ließ, spätestens nachdem er Shade gesehen hatte, als er ihr Stofftier kaltherzig in zwei Teile zerriss. Ihr Leiden in den Augen gab ihm keine Zufriedenheit, es stimmte ihn traurig und schuldig, weswegen er seine Emotionen wieder zuließ. Seit diesem Tage ließ er seine Finger davon, aus Angst, dass er diesen Schritt nicht mehr rückgängig machen könnte. Wenn es aber darum ging, Shade in Sicherheit zu wiegen, würde er alles an Risiken akzeptieren, ausnahmslos.

47

Shade

Umbra wurde gesäubert, nicht nur von toten Vampirleichen, die in einem großen Feuer entsorgt wurden, nachdem die Köpfe abgetrennt wurden, um diese später auf der Mauer zu präsentieren als Warnung. Die Rebellen hingegen zogen sich nach Slosa zurück, auch Idril und Nero, die ursprünglich entschieden hatten, in Umbra zu bleiben. Einar war sehr deutlich mit seinen Anforderungen. Shade hingegen ging wortlos in das Zimmer von Kijana, wo das Mädchen mit Kyle gewartet hatte, bis der Krieg ein Ende fand.

"Was ist passiert?" Kyle sah irritiert zu Shade die wortlos Schränke öffnete und Sachen ihrer Tochter auf das Bett warf.

"Was machst du da?" fragte Kijana verwirrt.

"Wir gehen. Einar hat entschieden, dass keine anderen Wesen mehr in Umbra bleiben dürfen. Also gehen wir." murmelte Shade, die die Sachen in eine Tasche steckte.

"Das hat er bestimmt nur für den Anfang gesagt, aber damit meint er nicht euch." entgegnete Kyle.

"Spielt keine Rolle. Ich habe ihn um eine Sache gebeten und er hat nicht mit dem Auge gezuckt und es einfach ignoriert." sie stopfte die Sachen rein.

"Shade.." Kyle stand vom Boden auf, wo er vor wenigen Minuten sich mit Kijana noch unterhalten hatte. Shade ignorierte ihn aber und packte die wichtigsten Sachen ein, die sie finden konnte. Danach trat sie aus dem Zimmer, Kijana sah entgeistert zu Kyle. Er atmete durch.

"Tut mir Leid, Kleines.." hauchte er und Kijana nickte langsam.

"Schon gut.. es ist nicht dein Fehler." murmelte sie und umarmte den jungen Vampir. Shade war in ihr Zimmer gegangen und schnappte etwas von ihren Sachen, bevor sie wieder zurückkam. Sie beobachtete die Umarmung schweigend und schulterte die Tasche, während sie geduldig wartete, bis ihre Tochter sich verabschiedet hatte. Kyle sah zu ihr, "Wo wollt ihr hin?" fragte er nüchtern.

"Das kann ich dir nicht sagen." seufzte Shade und hielt Kijana ihre Hand hin, was sie annahm. Die Frauen traten aus dem Zimmer und Kyle atmete aus. Shade und ihre Tochter wanderten aus dem Haus, die Aufräumarbeiten in Umbra waren noch in vollem Gange. Deswegen fiel ihr Verschwinden nicht wirklich auf, aber einer schloss sich ihnen an.

"Wo soll es hingehen?" Jace lief den Zweien gelassen hinterher.

"Das finden wir noch raus.." murmelte Shade knapp.

"Du weißt, dass er es tun musste. Es hätte sonst nie aufgehört." fuhr Jace fort.

"Gerne kannst du mir einen Hinweis geben, wo ein geeigneter Ort für ein kleines Mädchen ist." unterbrach Shade ihn.

"Wenn ihr die Wälder durchquert.. findet ihr ein Dorf.. friedlich.. voller Menschen, die den Schutz des Rudels zwischen ihnen und Umbra erhalten." antwortete er dann, Shade blieb stehen und hielt Kijana an der Hand fest. Jace lächelte schwach.

"Haltet euch südlich, einfach gerade zu, kein Umweg. Wenn das Rudel euch entdeckt, zeig deine goldenen Adern.. sie wissen, was zu tun ist." beschrieb der Mann ruhig.

"Danke.." merkte Shade ehrlich an.

"Aber du musst mir glauben. Er hatte keine Wahl, anders konnte man Lanatel nicht stoppen." entgegnete Jace, stur wie er nun mal war als Werwolf.

"Das mag sein. Aber er musste meinen Vater nicht töten." beendete Shade schnippisch das Thema, sie verließ mit Kijana Umbra. Der Ort war sowieso nicht geeignet für ein ruhiges Leben und zudem wollte Shade nicht, dass sie in Einar's Nähe war. Sie hatte seine Augen gesehen, was auch immer geschehen war, das war nicht der Mann, den sie einst kennengelernt hatte. Der Aufruhr in Umbra gab ihnen ausreichend Zeit, Shade folgte der Wegbeschreibung von Jace. Diese führte zu einer Holzbrücke, die eine Überquerung garantierte über den Fluss, der im Osten im Meer endete. Das leichte plätschern von der Strömung hatte etwas beruhigendes an sich, so auch der Wald der sich vor ihnen ausbreitete. Shade hatte das Gefühl, sie waren in einer fremden Welt gelandet, die Bäume erreichten eine beeindruckende Höhe, sie konnten die Baumkronen kaum ausmachen. Die Blätter waren dunkelgrün, das Holz schien robust.

"Bist du sauer auf Einar?" murmelte Kijana aus, die es nicht gewagt hatte, ein Wort zu sprechen, bis sie die Brücke erreicht hatten. Shade dachte etwas über diese Frage nach, war sie sauer oder war sie lediglich enttäuscht? Oder war es sogar Angst? Sie hatte keine Antwort darauf, sie wollte ihrer Tochter gegenüber ehrlich sein, aber was sollte sie sagen, wenn sie die Wahrheit selbst nicht kannte.

"Hör zu.." Shade ging auf Augenhöhe ihrer Tochter, die anhand ihrer Stimme zu ihr sah. "Irrelevant, was geschieht, du stehst immer an erster Stelle. Alles was ich tue, tue ich für dich. Ich weiß das Umbra nicht sicher genug ist, deswegen gehen wir, in Ordnung?" sie gestand es aufrichtig. Kijana schwieg etwas, aber sie nickte dann langsam. Shade strich ihr eine Strähne hinter das Ohr.

"Kyle wird es gut gehen. Er ist stark und mutig." fügte die Mutter sanft hinzu. Die Freundschaft zwischen Kyle und Kijana war stark geworden, das hatte Shade beobachtet. Er war kein falscher Umgang für sie, aber dennoch hatte sie die Befürchtung, dass Kijana blind jedem Vampiren trauen würde, was ein großer Fehler war.

"Ich weiß.." hauchte das Mädchen aus, nach den wichtigen Worten richtete sich Shade wieder auf und hielt Kijana's Hand fest, sie gingen in den Wald. Shade hatte Schwierigkeiten sich an der Sonne zu orientieren, die von den Bäumen verdeckt wurde, aber sie bemühte sich, weiter in den Süden zu gehen. Der Wind war ihr Begleiter, er wehte durch die Blätter und gab den Bäumen eine lebhafte Erscheinung. Kijana's kleiner Helfer, Nut, genoss diesen Ausflug in die Natur, er flitzte über die Äste aber blieb stets in der Nähe der Frauen. Kijana benutzte das Augenlicht des Tieres nur wenn es notwendig war, da ihre Mutter aber ihre Hand hielt, war es nicht notwendig. Aber ihre blanken Füße gruben sich bei den Schritten in die kühle Erde.

Es war anders als das Land von Umbra oder jenes aus Praaphia, es fühlte sich nass an und etwas grob. Die Luft hingegen wirkte so viel reiner, der Duft von Regen kitzelte in ihrer Nase. Die Wälder von Zhane, das Land der Wölfe, war riesig und die Bäume wurden dichter, je tiefer man hineinschritt. Jace hatte nie etwas von dem letzten Rudel erzählt, durch seinen Verlust, indem er sein Rudel verlor und somit ein einsamer Wolf wurde, hatte Shade erwartet, dass er deswegen keine anderen Werwölfe kannte. Offensichtlich lag sie mit dieser Vermutung falsch, es war überraschend, dass dieses Rudel dem Vampiren so nah war. Shade war etwas in Gedankenverloren bis Kijana mehrmals an ihrer Hand zog.

"Was ist los?" die Goldblüterin schielte zu ihrem Mädchen was stehen geblieben war und die Augen geschlossen hatte.

"Da ist ein Kind.." flüsterte sie aus, Shade beobachtete die Äste über ihren Köpfen bis sie Nut entdeckte, der zu einer Stelle starrte.

"Beschreib mir mehr.." Shade's Stimme wurde leiser.

"Da ist ein großer See, in der Mitte ist so eine winzige Insel, da liegt sie, nackt und bewegt sich nicht.. sie hat auch weißes Haar wie wir und ist klitschnass.. sie scheint alleine zu sein." beschrieb Kijana, was ihr kleiner tierischer Freund beobachten konnte. Jace hatte nichts von einem See gesagt, aber Shade konnte sich schwach daran erinnern, dass die Ländereien von Zhane einen großen See besaßen. Aber in wenigen Gerüchten war dieses Wasser verflucht, andere Schriften beschrieben es als ein Heiligtum.

"Wir sehen es uns an." gab Shade dann leise nach, vielleicht bot dies die beste Gelegenheit um Kijana die ein oder andere Kleinigkeit beizubringen. Auf leisen Sohlen schlichen sie an das Gewässer ran, wie beschrieben erstreckte sich das Wasser über einige Meter. Man konnte das kleine Land in der Mitte des Sees aber problemlos ausmachen und erreichen. Shade kniete sich vor dem Wasser hin und hielt vorsichtig die Hand ins Wasser.

"Was tust du das?" Kijana runzelte etwas die Stirn.

"Es gibt viele Geschichten über diesen See.. deswegen will ich herausfinden, was stimmt.." erklärte Shade, die kühle Flüssigkeit wirkte aber herkömmlich, die Farbe glich mehr einem Türkis als einem Blau, was dem Ort etwas mystisches gab.

"Willst du zu dem Mädchen?" Kijana sah zu der kleinen Insel, ein blasses Kind lag gerade noch so auf diesem Land, ihre Beine baumelten im Wasser. Ansonsten wirkte der See ruhig, das Wasser war still und besaß kaum eigene Bewegung, rund um diesen flachte das Land hinab und gewährte einen einfachen Eintritt in das Gewässer.

"Vielleicht geht es ihr nicht gut.. oder sie erfriert bei diesen Temperaturen.." murmelte Shade, die ihre Tasche auf den Boden abstellte und eine Decke aus dieser zog.

"Tut euch keinen Zwang an." Shade wirbelte bei der fremden Stimme herum, stellte sich vor Kijana und sah zu dem Auslöser. Der Mann besaß schwarzes, wildes Haar, die blauen Augen wirkten verblasst, er trug lediglich eine halb zerrissene Hose, seine Haut war gut gebräunt trotz der Schwierigkeit, um an ausreichend Sonne zu gelangen.

"Ich würde keine Dummheit begehen. Es kostet mich nur ein Wort, damit der Rest aus dem Schatten tritt." der Fremde schielte auf die Hand von Shade, die zur Tasche greifen wollte, um sich mit eines ihrer Messer zu bewaffnen.

"Es sind viele.." stammelte Kijana etwas, die den Schutz hinter ihrer Mutter suchte.

"Wir wollen keine Probleme machen." entgegnete Shade dann ruhig, aber laut genug, der Mann schob seine großen Hände in die Hosentasche und musterte die Frauen.

"Dann mischt euch nicht in die Umstände der Natur ein." seufzte er aus und Shade runzelte die Stirn.

"Sirenen sind keine dankbaren Geschöpfe, Frauen leben nicht lange in ihrer direkten Nähe, deswegen rate ich davon ab." erklärte der Mann dann konkreter, Shade schielte zurück auf die kleine Insel. Das Mädchen war verschwunden.

"Ich nehme an, ihr wollt nach Dopolis." fuhr er fort und trat einen Schritt auf sie zu, aus dem Schatten des Waldes. An seiner Schulter erkannte Shade Narben, die einem Biss glichen, aber nicht von einem Vampir, deutlich größer, einem Wolf?

"Mir ist der Name nicht bekannt, aber wir wollten in das südliche Dorf unter eurem Reviers." nickte Shade langsam.

"Dann ist es nicht mehr weit." merkte er an und sah dann zu Kijana, sie versteckte sich hinter ihrer Mutter. Aber sie begann dann etwas zu Kichern, Shade schielte irritiert zu ihrer Tochter, die abwechselnd ihre nackten Füße hob.

"Ich begleite euch bis zur Grenze." fügte er dann hinzu, er pfiff kurz und Shade vernahm das Rascheln der Büsche, die sich langsam entfernten.

"Wir kommen gut alleine zurecht." entgegnete Shade, aber er zuckte die Schultern.

"Ist mir schon klar. Ich begleite euch dennoch." er ließ keine Widerworte zu, weswegen Shade sich geschlagen gab. Sie stopfte die Decke zurück in die Tasche und nahm Kijana wieder an die Hand.

"Alles in Ordnung?" hauchte Shade so leise wie möglich aus.

"Ja.. hat nur in den Füßen gekitzelt.." schmunzelte das Mädchen.

"Deine Tochter nutzt dieselbe Kommunikation mit dem Wald wie unsere Wölfe. Nova mag es nicht, ängstliche Kinder zu sehen. Vermutlich hat sie das sanfte Knurren von der Wölfin an den Füßen gespürt." erklärte der Mann dann. Shade musterte den Fremden misstrauisch, es war das Rudel, wovon Jace gewarnt hatte. Zwar war dieser Fremde sehr vorsichtig und seine Worte klangen bestimmend, dennoch besaß er keine Zweifel.

"Na los. Bei Nachteinbruch schließt das Dorf ihre Pforten." er ging vor. Shade atmete durch und folgte diesem Mann, etwas war eigenartig an ihm, anders als bei Jace. Ihre goldenen Augen musterten die breiten Schultern und das große Rückgrat, seine Muskeln waren auf der gebräunten Haut definiert. Von ihm ging aber eine andere Präsenz aus, etwas einschüchterndes, nahezu bedrückendes.

"Das ist die Alpha Präsenz." antwortete er ohne das sie eine Frage stellen musste, Shade lenkte ihren Blick augenblicklich woanders hin.

"Tut mir Leid.." murmelte Shade aus, aber ein tiefes Lachen erklang.

"Nichts passiert. Es überrascht mich, dass man dir nichts von uns erzählt hat, einige Generationen vor dir hatte der Mond sich einen Scherz erlaubt. Einer der Wölfe wurde mit einer Goldblüterin verbunden, sie waren ein beeindruckendes Paar. Damals war der Krieg zwischen Zhane und Umbra noch in vollem Gange. Dank ihr fand dies ein mehr oder minder friedliches Ende." erzählte er.

"Mehr oder minder?" forschte Shade, aber die Frage konnte sie sich sparen, sie hatte eine Vermutung.

"Unsere Arten wurden erschaffen, um sich zu hassen, dass niemand gerade biegen konnte. Da es nie kaputt war. Aber es gibt unausgesprochene Gesetze zwischen unseren Arten. Wenn diese nicht überschritten werden, entscheidet jeder selbst, was er von dem anderen hält." er zuckte etwas die Schultern, was bei ihm einige seiner Muskeln kurzzeitig anspannte.

"Ich bin in Umbra aufgewachsen.. ich denke meine Mutter auch.. deswegen verloren wir einiges an Erinnerungen und Geschichten unserer Vorfahren." gestand Shade, sie schielte zu Kijana, die den Worten neugierig lauschte.

"Bedauerlich. Diese Frau hatte Feuer. Aber das habt ihr zwei mit ihr gemeinsam." er drehte seinen Kopf etwas zur Seite, um den Beiden einen kurzen Blick zu schenken.

"Die Goldblüter Frauen sind die wahren Krieger unserer Art!" prahlte Kijana mit einem Lächeln auf ihren Lippen, Shade musste etwas Schmunzeln.

"Zweifellos." stellte der Mann amüsiert fest.

"Nehmt ihr auch einsame Wölfe auf?" fragte Shade nach und er kam zum Stehen, er sah sie fragend an.

"Unsere Treue gilt jedem unserer Art, die Loyalität ist eine andere Sache. Ich vermute, es geht um Jace?" seine blauen Augen ruhten auf Shade, die langsam nickte.

"Wenn wir unsere Partner verlieren.. bricht eine ganze Welt für uns zusammen, wenn wir lieben, dann mit allem was wir haben.. so schwer ist dann auch dieser Verlust. Jace fand sich in einem ewigen Kreislauf der Rache wieder, er weiß das er bei uns willkommen ist, aber er und Nodin waren nicht bereit für ein neues Rudel.. diese Entscheidung respektiere ich." seine Worte klangen ruhig, aber bestimmend.

"Verstehe.. ich wollte mich nicht in eure Angelegenheiten einmischen.. aber Jace war nicht gesprächig, wenn es um seine Vergangenheit ging." murmelte Shade.

"Jace ist einer der wenigen, der ohne seiner Liebsten weiterlebt und das ist das mutigste, was ich je gesehen habe. Wölfe nehmen sich das Leben bei diesem Verlust, weil sie den Schmerz und das Leid nicht ertragen konnten. Aber er lebt für sie weiter, das beweist, wie stark dieser Mann ist. Er ist nicht gebrochen oder verloren." er schien Jace zu beneiden, Shade legte den Kopf etwas schief.

"So habe ich es noch nicht betrachtet.." schmunzelte sie etwas. Das Geraschel von einem Busch weckte die Aufmerksamkeit der Anwesenden. Shade blickte in die Richtung, hingegen blieb der Fremde entspannt. Selbst Kijana wirkte ausgelassen. Ein nussbrauner

Wolf mit leicht rötlichen Stellen sprang auf diesem hervor.

"Nova.." kicherte Kijana, als hätte sie die Wölfin bereits getroffen, aber sie erkannte die zarte Präsenz der Wölfin wieder.

"Dopolis hat die Pforten bereits geschlossen. Ihr seid herzlich eingeladen, die Nacht bei uns zu verbringen." übersetzte der Mann dann die Worte der Wölfin.

"Kijana könnte wieder mit Kindern ihres Alters spielen." fügte er hinzu und Shade runzelte die Stirn.

"Bis zum volljährigen Lebensjahr sind sie wie alle anderen Kinder kein Grund zur Sorge." entgegnete er bei den zweifelhaften Blick der Mutter. Kijana hatte sich aus dem Griff ihrer Mutter befreit, die vorgestellte Wölfin stemmte ihren großen Kopf gegen den Oberkörper des Mädchens. Kijana kicherte etwas bei dem leisen Knurren des Tieres, weil es in ihrer Brust kitzelte.

"Sicher, dass es euch keine Probleme bereiten wird?" Shade sah besorgt zu dem Fremden, der den Kopf schüttelte.

"Es gibt keinen sicheren Ort für euch Goldblüter als in einem Rudel. Kein Vampir ohne Todeswunsch, wagt sich in diese Wälder." antwortete er. Die kleine Gruppe brach also auf, zurück nach Zhane, was eine Stunde in Anspruch nahm. Kijana durfte auf dem Rücken von Nova reiten, das Mädchen wirkte auf diesem Tier noch kleiner. Das Fell war derart kuschelig, was Kijana mehrmals erwähnte. Shade ging wortlos neben dem eigenartigen Duo, Nova wirkte wie eine liebevolle Mutter, derart sanft war sie zu Kijana. Kaden, der Name des Alphas des Zhane Rudels, schritt voran. Das Dorf der Wölfe bestand anteilig aus Häusern, die aus Holz gebaut wurden, wenige waren Bauten, wo eine Tür in die Erde führte, die große Mitte verbündete die einzelnen Häuser und Bauten. Das Leben wirkte wie in jedem anderen Dorf, Kinder spielten auf einem Platz vor einem größeren Haus, wo eine Frau acht auf die Energie Rabauken gab. Wenige Blicke ruhten auf Shade und auch Kijana, aber wandten sich ab, nachdem Kaden bemerkt wurde. Es gab kein Misstrauen, dass Rudel respektierte die Entscheidungen von Kaden und seiner Frau Mariann, die aktuell von Nova übernommen wurde. Kaden steuerte auf eines der größeren Häuser zu und blieb vor den wenigen Stufen stehen, Kijana rutschte langsam von Nova's Rücken und bedankte sich in zuckersüßen Worten. Das Fell verschwand allmählich und Mariann erschien, sie besaß rot braunes langes Haar, sie war nackt ohne Scheu, da es was natürliches für die Werwölfe war. Ihre Augen waren hellbraun, was einem automatisch ein wohles Gefühl vermittelte. Shade's Blick scannte neugierig den Ort, es wirkte friedlich aber auch belebt. Die Wölfe besaßen das Talent, wie eine einzige große Familie zu wirken und so wurden sie auch empfangen.

48

Shade

Das Haus von Kaden und Mariann war gemütlich, Mariann bat Shade und Kijana um Geduld und versorgte sie mit einer Tasse warmen Kakao, um gegen die Frische am Abend anzugehen. Währenddessen bereitete Mariann das Gästezimmer vor und bezog die zwei Betten mit frischen Sachen. Shade setzte sich an den Esstisch, der eine Sitzecke besaß, nachdem sie Kijana an den Tisch geführt hatte. Kijana mochte dieses süße Getränk mit Milch und gemahlenen Kakaobohnen und wärmte ihre kleinen Hände an der erhitzten Tasse.

"Warum bleiben wir nicht einfach hier?" schlug Kijana vor und Shade schielte zu Kaden der in der anschließenden offenen Küche hantierte, aber er mischte sich in diese Diskussion nicht ein.

"Nun.. ich dachte, Dopolis wäre sicherer und bietet uns ein vernünftiges eigenes Zuhause. Ich würde mich ungern weiterhin auf andere verlassen müssen." gestand Shade ruhig und Kijana schwieg etwas bestürzt. Sie mochte diesen Ort, die Wölfe verstanden sie auf einer Ebene, auf der Shade sie niemals verstehen konnte.

"Aber wenn du alt genug bist, steht dir die Welt offen." fügte Shade hinzu und Kijana sah zu ihrer Mutter, zumindest in der Richtung, wo sie sie vermutete anhand des Gespräches.

"Wirklich?" es war eine Entscheidung die Shade wohl früher oder später bereuen würde, aber sie konnte Kijana's Zukunft und Weg nicht bestimmen. Sie sorgte dafür, dass Kijana bereit war für die Welt, aber sobald sie alt genug war, musste sie selbst entscheiden, wie sie ihrem Schicksal folgte.

"Natürlich. Wenn du denkst, das ist der richtige Weg für dich, werde ich dich nicht aufhalten." lächelte Shade so gut es ihr möglich war.

"Und ich kann dich dennoch so oft wie möglich besuchen." stellte Kijana glücklich fest. Shade's Herz lag ihr schwer in der Brust, der Gedanke, dass ihre Tochter irgendwann ihre eigene Reise antrat, traf sie schwerer als angenommen. Aber sie konnte Kijana nicht einsperren. Mariann kam von der Treppe herunter, die in den zweiten Stock führte, sie hatte ihr wildes Haar in einem Zopf gebändigt.

"Das Zimmer ist bereit. Ich rate euch vielleicht, bis über Mitternacht zu warten.. es kann etwas laut werden, danach schläft es sich besser." lächelte die Frau.

"Wieso?" Kijana sah mit großen Augen zu Mariann, zumindest woher ihre Stimme kam.

"Das ist die einzige Tageszeit, an denen die Wölfe sich austoben können, wir jagen, halten das Gleichgewicht im Wald und genießen die Freiheit." beschrieb Mariann, Kijana sah mit geweiteten Augen zu Shade die etwas die Stirn runzelte.

"Von eurem Fenster aus könnt ihr es beobachten, alle treffen sich in der Mitte, manche jagen in Gruppen, andere in Paare, wenige alleine. Aber wir beginnen zusammen." fügte Kaden hinzu, was die Frage von Kijana automatisch beantwortet hatte.

"Irrelevant was ich sage, Nut wird es sowieso vor dem Haus beobachten nicht wahr?" stellte Shade fest und Kijana sah unschuldig in ihre Tasse.

"Möglich." nuschelte das Kind.

"Es ist aber absolut ungefährlich. Die Wölfe sind keine Monster, sie haben ihr eigenes Temperament, keine Frage, aber sie zerreißen nicht jedes Lebewesen vor ihren Augen." erklärte Mariann, die sich an den Tisch dazu setzte. Shade schielte zu Kaden und der Narbe an seiner Schulter, es konnte ein Hinweis eines Kampfes sein. Er hatte eine Position, die er verteidigen musste, aber er trug es mit Stolz, statt es zu verstecken.

"Ah. Menschen tragen einen Ring um den Finger, wir eine

Markierung von dem jeweiligen anderen." merkte Kaden an, der den Blick bemerkt hatte, Shade blinzelte irritiert und sah zu Mariann, die etwas rot wurde.

"Üblicherweise entscheiden die Wölfe über die Markierung und die Stelle.. Nova ist nicht wirklich schüchtern oder zurückhaltend." hauchte Mariann aus mit leicht roten Wangen.

"Du und Nova wirken so unterschiedlich." stellte Shade verwundert fest und Mariann nickte.

"Sie stammt aus ärmeren Verhältnissen, nachdem Nova und Osiris erkannten, dass sie füreinander bestimmt waren, hatte es Wochen gedauert, bis Mariann ihr Schicksal zu ließ. Es war durchaus eine Qual." seufzte Kaden aus und Mariann blickte entschuldigend zu ihrem Mann.

"Du musst wissen, als Frau des Alphas folgen viele Aufgaben und immens viel an Verantwortung.. ich fühlte mich nicht bereit dazu.." gestand Mariann während sie zu Shade sah, die verständnisvoll nickte.

"Selbst ihr seid nicht vom Schicksal befreit." murmelte Shade.

"Natürlich nicht. Niemand ist es. Aber es gibt immer die Ausnahmen, die es verzweifelt versuchen, aber irrelevant, wie sehr man es versucht, früher oder später, holt einen das Schicksal ein." entgegnete Kaden.

"Ich finde, es klingt wie eine tolle Romanze.. verbunden durch ein Schicksal, eine Liebe, die durch Mark und Knochen geht.. zwei Leben, die sich ineinander verwurzeln.. eine Liebe, die wohl keine andere Art ähnlich empfinden kann." schwärmte Kijana etwas, Shade sah fassungslos zu ihrer Tochter.

"Neben dem ein oder anderen Detail, die diese Liebe durchaus unerträglich machen kann." warf Mariann sofort ein, worauf Kaden etwas lachen musste. Das war der Humor der Werwölfe, Shade versuchte es gar nicht zu hinterfragen.

"Du bist zu jung für dieses Thema." stelle Shade streng fest und Kijana blies ihre Wangen mit etwas Luft auf.

"Man ist nie zu jung für Liebe!" protestierte sie.

"Oh doch. Frag mich in 20 Jahren nochmal." seufzte Shade und Kijana zog eine Augenbraue hoch.

"20 Jahre Jahre, oder wenn ich ungefähr wie eine 20 Jährige

aussehe?" forschte Kijana.

"Kijana!"

"Ist ja gut." kicherte das Mädchen und Shade atmete ein wenig erleichtert aus. Sie war definitiv noch nicht gewappnet für dieses Frauengespräch.

"Kinder sind schon was tolles." stellte Kaden fest, der vielsagend zu Mariann blickte, die wieder rot wurde und räuspernd aufstand.

"Es wird langsam Zeit. Das Zimmer ist die Treppe hoch und die erste Tür rechts. Wie Kaden gesagt habt, könnt ihr von dort aus zusehen, aber die Kinder bleiben oft zurück, falls ihr noch etwas Luft schnappen wollt. Ich denke Blyana bleibt diese Nacht bei den Kindern." Mariann schielte zu ihrem Mann, der zustimmend nickte.

"Fragt nach ihr, wenn ihr etwas braucht." lächelte Mariann sanft und trat mit Kaden hinaus. Shade sah zu ihrer Tochter, Kijana legte ihren Kopf schief.

"Nur zu. Deine Entscheidung." schmunzelte Shade und Kijana's Gesicht wurde erleuchtet, von ihrer Freude.

"Können wir raus gehen.. Bitte Bitte Bitte.." Kijana musste nicht unbedingt betteln, aber sie war aufgeregt. Shade seufzte leise aus, hoffentlich bereute sie es nicht. Die beiden folgten nach Kaden und Mariann, die bereits in die Dorfmitte traten, wo viele der Bewohner sich versammelten. Einige Kinder umarmten ihre Eltern nochmal oder wurden von den Schultern ihrer Väter zu der vermeintlichen Blyana gebracht. Die Kinder waren unterschiedlichen Alters, von Kleinkind bis hin zu Teenager, die noch nicht erwachsen waren, im natürlichen Sinne. Shade griff nach der Hand von Kijana, um das blinde Mädchen sicher an der Ansammlung vorbei zu führen zu Blyana. Es wurde schnell klar, warum sie nicht jagen ging, sie war schwanger, was man ihr ansah, sie besaß dunkle Haut und schwarzes Haar. Ihre Klamotten waren locker passend für den Umstand. Ihre dunkelbraunen Augen, die nahezu schwarz wirkten, blickten zu Shade und kurz darauf zu Kijana, ihr strenger Blick wurde bei ihrer Tochter etwas sanfter. Sie saß auf einer Bank und rutschte etwas zur Seite, klopfte auf dem freien Platz neben sich. Kijana hingegen wurde mit derselben Herzlichkeit aufgenommen von den Kindern, ein braunhaariger Junge ergatterte mit ihr einen der ersten Plätze ganz vorne, aber auf sicheren Abstand zu dem Rudel, was sich in der Mitte versammelte. Shade setzte sich neben Blyana erst wortlos.

"Das wird gleich richtig laut." warnte Bylana dann etwas ruhiger, Shade sah verwirrt zu ihr, der Mond erreichte die Spitze des Himmels und damit erhielt Shade eine Antwort auf ihre noch nicht gestellte Frage. Nach und nach verwandelten sich die Frauen und Männer zu ihren Wölfen, wie Kaden es beschrieb, sammelten die Vierbeiner sich in Gruppen, Paare oder verblieben einzeln. Bevor die Jagd aber gestartet wurde, wurde abgewartet. Auf das mächtige Heulen von Osiris, der Wolf von Kaden, bei diesem stellte es ihr die Nackenhaare auf, als Antwort stimmten die anderen ins Wolfsgeheul ein. Wenige der kleinen Kinder machten ihre Eltern nach, oder feuerten diese mit Zurufe an. Daraufhin folgte Stille, die Wölfe verteilten sich in alle Richtungen und zogen in den Wald. Für Kijana war es der beste Tag ihres Lebens, sie hatte ihre Augen geschlossen weil Nut auf eines der Dächer über ihnen saß und das Spektakel beobachtete, seine kleinen Pfoten drückten seine Ohren auf seinen Kopf.

"Nicht viele fremde Kinder sind beeindruckt von diesem Anblick.. häufig eher verängstigt." murmelte Blyana und Shade sah wieder zu der Schwangeren.

"Ich denke, sie versteht euch besser als andere Kinder es können." erklärte Shade, worauf Blyana nickte.

"Das merkt man ihr an." stellte Blyana fest. Kijana fand unglaublich schnell Freunde, mit einigen Mädchen in ihrem ungefähren Alter malten sie mit Stöcker was in die Erde, Nut hatte sich auf ihre Schulter gesetzt, um ihr etwas Augenlicht zu spenden. Shade mochte diesen Anblick. Kijana wirkte wie ein übliches Mädchen mit ihren neuen Freunden. Selen hatte nicht gelogen, es stand ihr eine Kindheit bevor.

"Wie lange dauert es ungefähr?" fragte Shade nach und Blyana schmunzelte etwas.

"Das ist unterschiedlich, die Ersten kehren nach einer Stunde zurück. Aber der lauteste Abschnitt vom Abend ist überstanden." erklärte die Schwarzhaarige. "Aber wenn du müde bist, kann ich auch auf ein zusätzliches Mädchen Acht geben, hier geschieht nichts."

"Nein Nein.. aber danke." lächelte Shade matt und sah wieder zu Kijana.

"Es ist das erste Mal, dass ich sie mit Gleichaltrigen sehe.." seufzte Shade aus, es stimmte sie durchaus etwas traurig.

"Die Geburtenrate in Dopolis ist massiv gesunken in den Jahren.

Sie hatten eine schwere Seuche überstanden, die besonders die Frauen gequält hatte. Unsere Gene sind davon unbetroffen und wir achten auf die Abgrenzung." erzählte Blyana ihre Hände ruhten auf ihrem Bauch, sie war dankbar, dass konnte Shade klar ausmachen.

"Bedeutet das.."

"Es gibt kaum Kinder in Dopolis." nickte Blyana und Shade sah wieder nachdenklich zu Kijana. Sie wünschte ihrer Tochter ein normales Leben, das bedeutete auch Freundschaften zu schließen. Vermutlich würde sie ihre Freunde irgendwann im Alter überholen, aber dennoch wollte sie diese Normalität ermöglichen.

"Ich dachte, es wäre der optimale Ort, wo sie aufwachsen könnte." hauchte Shade aus.

"Hier im Osten.. ist Zhane das einzige Dorf, was alles bieten kann für ein Kind. Gesundes und sicheres Land, Zusammenhalt und deine Tochter ist verbunden zur Natur.. Dopolis liegt in einem Wüsten oder Totengebiet wie wir es nennen." beschrieb die Schwangere, die sich etwas auf der Bank zurücklehnte, hinter ihnen stand ein kleines Holzhaus.

"Ich wollte nur.."

"Das sie unter Menschen aufwächst." Blyana lachte etwas, es klang erst verächtlich, aber ihr Ausdruck beschrieb etwas anderes.

"Ihr seid keine Menschen.. auch wenn Dopolis uns gegenüber tolerant ist, wahrscheinlich nur weil wir ihnen Sicherheit bieten können.. heißt es nicht, dass es bei euch dasselbe ist. Sie wird in ihren Augen ein unbekanntes Monster sein, auch wenn sie wie ein Mädchen aussieht. Ich kann dir nicht sagen, was du zu tun und zu lassen hast, aber dein verzweifelter Versuch, sie bei Menschen zu integrieren, ist zum Scheitern verurteilt. Zumal ist eure Art mit so vielen Wesen verstrickt, ihr seid nicht den Menschen verpflichtet.. ihr seid uns verpflichtet. Ihr wahrt das Gleichgewicht aller übernatürlichen Arten. Da Menschen diese Aufgabe nie erfüllen konnten, mit ihrer Angst, ihrem Hass und ihren Listen langen Schwächen." murmelte Blyana. Shade hatte nie darüber nachgedacht. Sie hatte angenommen, dass sie ihr menschliches Aussehen deswegen erhalten hatten, um die Menschen vor dem Übernatürlichen zu schützen. Dem war aber nicht so, Blyana hatte Recht. Das Goldblut hatte viele Verbindungen, zu den Vampiren bildeten sie ein extremes Gegenteil, die verstärkte Heilung teilten sie mit den Wölfen, ihre Talente zur Magie verstrickten ihre

Schicksale mit Magier.

"Einst hatte der Mond eurer Familie den richtigen Weg gezeigt. Ihr gehört an die Seite von etwas Übernatürlichen." lächelte die Schwarzhaarige. Shade nickte langsam mehrmals und sah zu Kijana, die etwas herum tollte, ihr fehlendes Augenlicht schien sie nicht einzuschränken. Ihre nackten Füße auf der Erde verrieten wovon der Fänger kam und mit geschickten Bewegungen entkam sie diesen. Das Kinderlachen erfüllte die ruhige Nacht unter dem Mondlicht. Zhane wirkte wie ein schönes und idyllisches Zuhause, ihre Zweifel gegenüber den Biestern verschwammen langsam.

"Ich habe mein halbes Leben lang eine Art gejagt und festgestellt, dass ich nicht friedlich unter ihnen leben kann.. es scheint mich durchaus beeinflusst zu haben." gestand Shade kleinlaut.

"Du musst offen sein für Neues und Unbekanntes." entgegnete Blyana etwas streng, aber sie meinte es gut.

"Verstanden." schmunzelte Shade etwas. Blyana schielte zu ihr und rollte die Augen.

"Sag es nicht." murrte sie etwas aus und Shade nickte verstohlen.

"Keine Sorge. Tu ich nicht." lachte sie leicht, sie wusste, wie schwer so eine Schwangerschaft sein konnte.

"Kriegst du dann auch einen Wurf?" fragte Shade dann neugierig.

"Gott sei Dank nicht." antworte Blyana, "Die Schwangerschaft und die Geburt sind relativ Menschen üblich."

"Und die Kinder auch?"

"Die Verbindung zu ihrem Wolf erhalten sie von Beginn an, aber ihre Kommunikation in Gedanken sowie ihre Wandlung funktioniert erst im 18. Lebensjahr. Bis dahin wachsen sie wie einfache Kinder auf." beschrieb Blyana geduldig, sie wusste, wie wenige die Wahrheit hinter den Werwölfen kannten. Umso mehr empfing sie die Neugierde von Shade die natürlich und aufrichtig war.

"Das klingt wie ein eigener innerer Krieg." gestand Shade und Blyana nickt erneut.

"Es kommt drauf an. Die Wölfe sind eigene Wesen, sie besitzen ihren eigenen Willen, ihre eigenen Charakterzüge, selbst ihr eigenes Aussehen. Sie teilen ihre Existenz mit uns, weswegen wir streng genommen nicht gleichzeitig auf der Erde wandeln können. Vor Jahrzehnten konnten sich die Wölfe nur in Vollmond verwandeln.. das hat sich geändert.. Zum Glück.. also zwei Seelen gefangen in einem Körper, die versuchen, miteinander auszukommen." der kleine Vergleich machte es Shade etwas verständlicher.

"Deswegen auch zwei Namen.. und unterschiedliche Charakteristiken." murmelte Shade.

"Freja." schmunzelte Blyana dann und Shade sah zu ihr.

"Und du verständigst dich mit ihr in Gedanken?" auf die Frage von Shade nickte Blyana.

"Wir verstehen die Sprache der Wölfe." antwortete Blyana.

"Zugegeben ist es faszinierend.." murmelte Shade.

49

Einar

Es gab keine Anzeichen mehr auf die Schlacht in Umbra, bis auf die kaputten Häuser und die neu hinzugefügten Köpfe auf der Mauer, die auf Holzspeeren präsentiert wurden. Der Rest des Rates, die meisten wurden von dem Aufstand ausgeschlossen oder hatten sich abgewendet, hatten sich im Speisesaal versammelt. Kyle, Bricriu und Draco waren ebenso anwesend, während Einar schweigend und kerzengerade an einem Ende saß. Die Stille war im Raum erschlagend, niemand wagte es, ein Wort zu sprechen, man wartete, dass Einar das Gespräch eröffnete. Kyle schielte zu seinen Kameraden etwas bösartig, aber Einar hatte ihm die letzten Stunden keine Aufmerksamkeit geschenkt.

"Die Möglichkeit, über zukünftige Entscheidungen abzustimmen, wird euch allen entzogen. Ich höre mir durchaus Meinungen an, aber entscheide selbstständig, was das Endresultat ist. Die restlichen Wachen erhalten nicht mehr die Freiheiten wie zuvor, ihre Positionen sind nach wie vor an der Mauer, sie bieten auch tagsüber ausreichend Schatten. Mehr gibt es für heute nicht." Einar's Stimme hallte durch den großen Raum, es wurde gezögert. Aber kaum standen die ersten des Rates auf, leerte sich der Raum nach und nach.

"Du hast ja alles unter Kontrolle." entgegnete Draco dann schroff, der kalte Blick von Einar machte ihm nichts aus, er war älter und eindeutig stärker. Draco stand auf.

"Und wo genau willst du hin?" murrte Einar aus.

"Ich habe mein Leben einzig und allein dem Goldblut verschworen, Einar. Das hatte ich dir von Anfang an mitgeteilt. Da dieses nicht mehr in Umbra ist, werde ich meiner Hauptaufgabe nachgehen." die Worte von Draco schienen Einar zu überraschen.

"Kein Wunder, dass es dir nicht auffiel." zischte Kyle aus. Einar erhob sich bedrohlich, aber der Jüngste erwiderte seinen Blickkontakt mit Hass.

"Warum wurde mir nicht von ihrem Verschwinden berichtet?" knurrte Einar leicht.

"Du hast es zu weit getrieben, Einar. Wenn es dir selbst nicht aufgefallen ist, solltest du ihr nicht hinterher jagen." murmelte Bricriu trocken.

"Ich habe für diese Frau halb Umbra auslöschen lassen und jegliches Leid in ihrem Leben entfernt. Als Dank ist sie davon gelaufen?" Einar blickte in die teilweise fassungslosen Gesichter seiner ursprünglichen Freunde. Kyle war sprachlos und selbst Bricriu wusste nicht, was er dazu sagen konnte.

"DU hast DIESER Frau, das Herz gebrochen. Als du vor ihren Augen das Herz ihres Vaters rausgerissen hattest. Dasselbe tat Inot mit ihrer Mutter oder hast du das bereits vergessen?" Draco hatte keine Angst vor ihm und er hatte keine Sorge, eine Freundschaft zu verlieren, wie es bei Kyle und Bricriu war.

"Nicht zu vergessen hast du befohlen, dass keine anderen Wesen mehr in Umbra zugelassen werden.." murmelte Kyle kleinlaut. Einar strafte Draco mit undurchdringbaren Blicken, aber der Schwarzhaarige hatte keine Furcht vor ihm.

"Nun. Umbra ist sowieso nicht der richtige Ort für sie." Einar zuckte dann die Schultern, er trat zur Tür.

"Ist das dein ernst?! Diese Frau riskierte ihr verdammtes Leben für dich, nur damit sie mit dir zusammen sein konnte und mehr hast du dazu nicht zu sagen?" rief Kyle dann wütend aus, Bricriu hielt ihn mit einer Hand mühelos zurück.

"Für die 70 oder 80 weiteren Jahre ist es mir diesen Ärger nicht wert." gab Einar eisig zu verstehen.

"So viel zum Thema, dass du ihre Entscheidungen respektierst.. das du mit ihr das restliche Leben genießen wolltest, um in einer friedlichen Stadt das Beste aus der restlichen Zeit zu machen." murrte Draco aus der seine eigenen Worte wiederholte, die Einar einst unter dem Baum gewählt hatte. Einar verharrte an der Tür und kniff die Augen zu, er knirschte mit den Zähnen, als er daran zurückerinnert wurde. Er dachte an den ersten Tag zurück, er war fasziniert von ihrem Talent, wie lange sie im Schatten bleiben konnte. Ihre Bewegungen im Kampf waren edel und gezielt. Ihr verzweifelter Versuch, stets zwischen Gut und Böse zu unterscheiden. Sie war stur und ihm gegenüber frech, sie hatte nie Angst vor ihm. Shade schaffte es ständig, ihn zu überraschen. Die Nächte bei der Sonnenfinsternis waren jene, in der er ihre Schönheit erkannte, ihre Attraktivität. Ihre Liebe zu Kijana, die trotz der Umstände aufgezwungen war. Selbst an den Momenten, wo sie auf ihren Knien war. Seine Finger verkrampften um den Türgriff und Draco kam neben ihm zum Stehen.

"Sie ist dir nicht egal. Du denkst, es wäre einfacher, wenn es so wäre. Aber so ist es nicht." seufzte Draco aus und Einar funkelte ihn Böse an.

"Du hast keine Ahnung von mir! Deine Behauptungen sind weit entfernt von der Wahrheit." knirschte Einar.

"Ist mir egal." Draco stieß ihn grob beiseite und verließ den Saal. Er musste die Spur von Shade aufnehmen und er wollte die Nacht noch nutzen, um seine Magie aufzusparen. Einar sah ihn fassungslos nach, Kyle ging schweigend an ihm vorbei und zog sich in sein Zimmer zurück. Bricriu blieb kurz vor ihm stehen.

"Wenn du glaubst nichts zu fühlen, macht alles einfacher, wirst du schnell einsam sein." hauchte der Älteste und er ließ den Braunhaarigen alleine zurück. Einar griff sich ins Haar und atmete aus. Es tat gut nichts zu fühlen, aber damit war er kein Stück besser als Inot. Inot tötete seine eigene Frau, ohne mit der Wimper zu zucken. Einar wollte auf keinen Fall wie er enden, aber er befand sich im Moment genau auf diesem Weg. Ohne viel zu überlegen, holte er Draco ein, der es bis zum Tor von Umbra geschafft hatte, wo er sich auf der Liste austrug und sich als Bewohner ausschrieb.

"Was?" Draco schielte eisig zu Einar.

"Ich komm mit." entgegnete Einar knapp und Draco lachte bösartig.

"Sicher nicht." Draco legte den Stift nieder, während die großen Tore sich langsam öffneten.

"Ich liebe sie immer noch." hauchte Einar dann leise aus, Draco musterte ihn misstrauisch.

"Es ist nicht sicher, ob sie dich zurücknehmen wird, Einar." Draco sprach Worte, die Einar durchaus hart traf, aber er nickte langsam.

"Ich weiß. Aber ich muss es zumindest versuchen." Einar's Tonlage klang verzweifelt.

"Wenn du mir nur einmal im Weg stehst, schaffe ich dich aus dem Weg." drohte Draco kalt. Einar sah zu der Wache, die den Moment argwöhnisch beobachtete.

"Wenn ich zurück komme und wir alles von vorne starten, stelle ich sicher, dass niemand mehr überlebt. Ist das klar?" warnte Einar in seiner Autoritätsstimme, der Mann nickte eilig. Damit verließ er mit Draco Umbra ein weiteres Mal. Er war zwiegespalten, das letzte Mal, als er ging, hatte es nicht gut geendet.

"Wohin gehen wir?" forschte Einar nach.

"Das wirst du früh genug sehen." entgegnete Draco, der nicht vor hatte, sein Wissen mit den Regiae Nachkommen zu teilen. Er wusste durch Jace, wohin die Frauen ursprünglich aufgebrochen waren, aber Draco hatte die Vermutung, dass sie nicht Dopolis erreicht hatten. Die Handelswege zu diesem Dorf beschrieben zumindest keine seltene Erscheinung, weswegen es nur noch Zhane gab. An der Brücke runzelte Einar die Stirn und sah verwirrt zu den Schwarzhaarigen, der ohne mit der Wimper zu zucken diese überquerte.

"Bist du lebensmüde? Wir können die Wälder nicht betreten bei Nacht!" merkte Einar an.

"Angst?" Draco sah zu ihm mit einem verschmitzten Grinsen, Einar verkrampfte seine Hände zu Fäusten.

"Natürlich nicht." protestierte Einar.

Er holte Draco ein, der aber in der nächsten Sekunde mit seiner vollen Vampirgeschwindigkeit vor rannte, Einar hatte Schwierigkeiten mitzuhalten. Die Bäume zogen an ihnen vorbei, sein feines Gehör nahm laufende Pfoten wahr und teilweise bedrohliches Knurren. Was auch immer Draco vor hatte, sie befanden sich im feindlichen Gebiet und sie störten ihre Feinde bei der Jagd. Einar verlor ihm aus den Augen, weswegen er auf einen der höheren Bäume sprang, um den Schwarzhaarigen wiederzufinden. Stattdessen wurde er vom Baum runtergestoßen und zwei große Pranken drückten ihn in die feuchte Erde, es offenbarten sich gefletschte Zähne aus diesem etwas Speichel lief, die hellbraunen menschlich wirkenden Augen starrten ihn feindselig an. Keine Sekunde später wurde sie von etwas weg gestoßen, die Wölfin knallte gegen einen Baum und winselte kurz, Draco reichte ihm eine Hand, womit er Einar aufhalf. Der Braunhaarige klopfte den Dreck von seinem Oberteil und beobachtete das Tier, das sich langsam wieder aufrappelte. Draco stellte sich vor ihm und runzelte die Stirn.

"Nova?" Draco schien irritiert und die angelegten Ohren der Wölfin stellten sich bei dem Namen auf.

"Du hast also deinen neuen Menschen gefunden.. Das freut mich für dich.. wurde auch langsam Zeit.." fuhr Draco fort und die Wölfin legte ihren Kopf schief.

"Was machst du da?" zischte Einar etwas nervös.

"Ruhig." merkte Draco knapp an, worauf die Wölfin erneut knurrte.

"Ich weiß das sieht richtig schlecht für mich und meinen besten Freund hier aus. Aber ich habe einen guten Grund." fügte Draco hinzu. Das Maul der Wölfin schloss sich langsam wieder. Hinter dem Tier zeigten sich blaue leuchtende Augen, ein schwarzer riesiger Wolf trat hinter Nova hervor, Einar setzte einen Schritt instinktiv weg.

"Augen nach unten." zischte Draco sofort aus, Einar schielte irritiert zu ihm aber befolgte seinen Befehl und sah auf den Boden. Draco tat es ihm gleich, Nova hingegen schielte zu ihrem Partner. Es herrschte eine Stille in den Minuten, in denen sich die Wölfe unterhielten, Einar wurde erneut nervös und kratzte mit seinem Finger etwas an seiner Hose. Es tat sich etwas, Einar schielte kurz auf und erkannte eine Frau mit rotbraunem Haar und einen schwarzhaarigen Mann, der zwei Köpfe größer als sie war. Er senkte seinen Blick wieder, er hatte die Tatsache vergessen, dass Werwölfe keine Klamotten auf ihre Jagden mitnahmen. Draco amüsierte den verzweifelten Versuch von Einar, nicht auf die blanken Körper der Frau zu starren. Nicht weil der Vampir sich angezogen fühlte, sondern weil er neugierig war. Die Frau verschränkte ihre Arme über der Brust und Draco leitete die Diskussion an.

"Wer seid ihr." fragte die Frau dann etwas distanziert und Draco sah zu ihr.

"Ihr kennt mich nicht. Aber ich kenne deine Wölfin und ihre frühere Trägerin.. es ist Jahrhunderte her.." erklärte Draco, Kaden schielte zu seiner Frau, die nickte und damit die Worte von Draco bestätigte.

"Was wollt ihr hier?" setzte Kaden dann feindselig an, Einar spürte, dass von ihm eine starke Präsenz ausging. Anders als bei Jace, trotzte er vor Kraft und Autorität.

"Eine Freundin besuchen." antwortete Draco und Kaden runzelte die Stirn.

"Niemand aus unserem Rudel ist mit eurer Art befreundet." entgegnete Kaden kühl.

"Auch keine weißhaarige Schönheit mit einem beeindruckenden blinden Mädchen?" fragte Draco, der stillschweigende Blick zwischen Kaden und Mariann verriet bereits alles.

"Sie sind vor etwas davon gelaufen, wahrscheinlich vor euch. Ich werde nicht erlauben, dass ihr zu ihnen gelangt." merkte Mariann etwas zurückhaltend, aber dennoch beschützerisch an.

"Warum lässt ihr Shade nicht selbst entscheiden?" schlug Draco dann etwas bissiger vor als gewollt, weswegen Kaden ihn böse ansah.

"Worum mein Freund hier höflich bitten wollte. Ist, warum ihr nicht in Erfahrung bringt, ob Shade Besuch erhalten möchte. Mein Name ist Draco und das ist Einar. Also fragt sie bitte selbst." versuchte Draco, die angespannte Situation zu deeskalieren.

"Ich werde sie fragen. Aber wenn ihr sie besuchen wollt, geht das nicht in der Nacht und besonders nicht in unserem Dorf." merkte Kaden dann streng an.

"Ist in Ordnung. Wenn sie zustimmt, soll sie morgen zur Mittagssonne am Sirenengewässer auf uns warten." schlug Draco vor und Kaden nickte langsam.

"Dann verschwindet mir aus den Augen, bevor ich es mir anders überlege." knurrte Kaden aus, Draco packte Einar's Hand ungefragt und zerrte ihn zurück zur Brücke.

"Was zum Teufel war das?!" rief Einar aus und blickte fassungslos zu Draco.

"Deine erste offizielle Begegnung mit dem stärksten Werwolf-Paar." antwortete Draco.

"Nein. Deine Unterhaltung mit der Wölfin." murrte Einar aus und Draco rollte die Augen.

"Die Wolfgeister, wie ich sie nenne. Wiederholen sich nach einiger Zeit, je nachdem wie viele Werwölfe geboren werden. Es war dein Glück, dass ich Nova kannte, sonst hätten wir diese Nacht nicht überlebt. Ein Kampf mit einer Luna überlebst du vielleicht, aber wenn ihr Alpha eintrifft, bist du Tod." beschrieb Draco, der sich auf das Geländer der Holzbrücke setzte. Einar schwieg etwas und beobachtete die Bewegungen des Wassers unter ihnen.

"Denkst du, sie wird dem Treffen zustimmen?" murmelte Einar dann.

"Unwahrscheinlich." entgegnete Draco knapp.

"Was warum?" Einar sah ihn entgeistert an.

"Weil du es verbockt hast, Einar. Die Wahrscheinlichkeit, dass sie zustimmt, ist einfach zu gering. Also mach dir nicht zu große Hoffnungen." Draco zuckte die Schultern.

"Warum versuchen wir es dann auf friedlicher Ebene? Wir wissen, wo sie sind, also können wir da einfach hin."

"Wie dumm bist du eigentlich geworden seitdem du deine beschissenen Gefühle vergraben hast? Shade traf auf das Alphapaar, diese Frau würde sie mit ihrem Leben beschützen, verdammt nochmal. Im Gegensatz zu dir Vollidiot, denn du solltest der sein, der Shade mit seinem eigenen Leben schützt. Und nicht fremde Wölfe, die Shade nur wenige Stunden kennt." die Worte von Draco streuten Salz in die Wunden von Einar, er zuckte ein wenig zusammen.

"Ich habe versucht, sie zu schützen.." hauchte Einar geschlagen.

"Du hast den feigen Weg genommen. Auch wenn für das Schlagen von Lanatel dieser Weg notwendig war, hättest du die Kontrolle über deine Entscheidungen behalten sollen. Nicht den einfachen Weg wählen, sondern den richtigen." setzte Draco eisig fort, der mit seiner Blutmagie die Symbole gegen die Sonnenstrahlen aktivierte.

"Ich habe richtig Scheiße gebaut was.." stellte Einar fest und Draco schielte wieder zu ihm.

"Ja hast du. Mit sehr viel Glück kann dir Shade vielleicht verzeihen, aber wie gesagt, mach dir nicht zu viel Hoffnung." seufzte Draco dann etwas ruhiger aus. Einar nickte etwas. Die Männer warteten, bis die Sonne die Spitze am Himmel erreicht hatte, die sogenannte Mittagssonne. Draco ging voran, er kannte den Weg zum

Sirenengewässer, da ihre Anwesenheit bei Kaden und Mariann bekannt war, wurden sie nicht wirklich von Wölfen aufgehalten. Dennoch bemerkte Einar hin und wieder Schatten, die sie beobachteten. Draco hatte ihm aber ausdrücklich gesagt, diese zu ignorieren, es war nicht unüblich, dass das Rudel vorsichtig war und vor allem misstrauisch. Solange sie am richtigen Pfad blieben und sich an die Abmachungen hielten, gab es keine Gefahren. Der See war bei Tageslicht beeindruckend, die Sonne spiegelte sich an der nahezu türkisen Oberfläche des ruhigen Wassers. Einar schritt unruhig einen Meter auf und ab, während Draco etwas von dem Wasser in eine Ampulle einfüllte.

"Was machst du da?" Einar musterte ihn verwirrt.

"Das Wasser ist türkiser geworden in den letzten hundert Jahren.. ich versuche herauszufinden, ob es negative Auswirkungen hat." murmelte Draco, der schloss die Ampulle und steckte es in seine Manteltasche.

"Du versuchst immer verzweifelt überall zu helfen? Macht dich das nicht müde?" murrte Einar etwas und Draco zog eine Augenbraue hoch.

"Lässt du deine schlechte Laune, weil Shade vielleicht nicht auftaucht, nun an mir aus?" antwortete Draco mit einer Gegenfrage und Einar schwieg.

"War mein wortloses Verschwinden nicht eindeutig genug?" Shade trat aus dem Wald, Einar sah zu ihr aber seine Stimmung verflog, als knapp hinter ihr Mariann folgte. Die Frau aus der Nacht zuvor.

"Sehr wohl. Aber ich habe dir gesagt, ich verfolge dich bis in dein Grab und all deine Generationen danach." schmunzelte Draco.

"Warum ist er hier." Shade schielte kurz zu Einar, es erinnerte ihn an damals, als Shade nicht mit ihm sprechen wollte, stattdessen musste Kyle der Bote sein.

"Sorge, Schuld, Liebe. Such dir was aus." Draco zuckte die Schultern. Shade musterte Einar der etwas überfordert mit der Situation war, aber er nickte dann langsam. Im Grunde war es eine Mischung aus den drei Worten.

"Ich werde heute nach Dopolis aufbrechen, wo du mich gerne so oft besuchen kannst, wie du willst, Draco. Aber ich werde nie mehr im Leben mit einem Vampir auf diese Art verkehren. Die Art und Weise, wie du eiskalt mein letztes Elternteil vor meinen Augen getötet hast, beweist, was für ein Monster du wirklich bist." die Worte von Shade waren scharf wie frisch geschliffene Messerklingen.

"Er hat dir wehgetan, Shade. Er hat dich eingeschlossen, dich an eine verdammte Maschine gehangen wie ein Tier." knirschte Einar und tat einen Schritt in ihre Richtung, Mariann tat dasselbe, weswegen er stehen blieb.

"Er war. Die letzte Familie. Die mir neben Kijana blieb. UND ich hatte dich darum gebeten, es zu berücksichtigen." murrte Shade aus.

"Es tut mir Leid. Ich hatte keine Kontrolle über mein Verhalten in diesem Moment.."

"Ein weiterer Grund, warum ich nicht in deiner Nähe sein kann." unterbrach sie ihn und Einar schwieg.

"Mehr hab ich dir nicht zu sagen, Einar. Das kannst du nicht mehr reparieren, alles zuvor war die Schuld deines Vaters. Aber das ist alleine deine Schuld.." murmelte Shade etwas ruhiger, Einar sah zu ihr, seine Augen suchten in ihrem Gesicht etwas. Den kleinsten Hinweis, dass sie log oder unsicher war, aber ihre Worte waren voller Überzeugung, so auch ihr Ausdruck. Sein Herz verkrampfte in seiner Brust, war das wirklich das Ende? Sein Auge zuckte etwas, dieser unbekannte Schmerz durchzuckte ihn wie ein Stromschlag. Draco beobachtete das Verhalten des Begleiters und seufzte leise aus.

"Wusstest du, dass Einar nie mit dem Gedanken gespielt hat, dich zu verwandeln? Für ihn war von vorne an klar, dass er dir diese Wahl nie stellen wird, weil er von Herzen aus deine Antwort kannte. Und dazu gesagt, war er ungemein vorlaut, mit der Behauptung, eine Freundin zu haben, als eine Frau sich ihm vor die Füße werfen wollte." erzählte Draco, Einar sah irritiert zu dem Schwarzhaarigen.

"Nicht zu vergessen, wie lästig es war.. wenn man mit ihm unterwegs ist, gibt es nur zwei Themen, wie es dir geht oder ob Kijana wohlauf ist. Dieser Mann ist nicht mal im Stande dazu, wenn er Kilometer von dir entfernt ist, nicht über dich nachzudenken. Und mit ihm unter einem Baum festzustecken, war nicht besser, wie er darüber fantasierte, mit dir jeden einzelnen deiner restlichen Tage zu nutzen, er wollte ein friedliches Leben mit dir in Umbra schaffen und keinen einzelnen Tag mehr vergeuden. Selbst wenn er behauptet du wärst ihm egal, steht er dennoch verdammt nochmal vor dir, im feindlichen Gebiet, unabhängig von dem Risiken die er einfach ignoriert hatte, weil er seinen Fehler richtig stellen wollte." Draco ließ kein Detail aus und Einar verstand die Welt nicht mehr. Aber die Worte von Draco wogen in diesem Moment mehr, irrelevant wie oft Einar ihr davon erzählt hätte, hätte Shade ihm vermutlich keinen Glauben geschenkt. Ihre goldenen Augen waren auf den Boden gerichtet, die Worte stießen bei ihr nicht auf taube Ohren. Selbst ihr Herzschlag war erhöht, was er aus den wenigen Metern an Abstand hörte. Ihr gefasster Blick wurde weicher und sie schielte zu Einar.

"Ich habe richtigen Mist gebaut.. und kann es nicht rückgängig machen.. aber dank dir hab ich mein Herz gefunden, wo ich dachte, dass ich es nicht einmal besäße, als geborener Vampir.. seit langem habe ich Spaß an diesem eintönigen Leben, du überraschst mich jeden Tag aufs Neue und hast mich zu etwas Besserem gemacht.. wenn du mir keine weitere Chance gibst.. bezweifle ich, dass ich all das wiederfinden werde." hauchte Einar dann ehrlich aus, er schritt auf sie zu, Mariann sah ihn warnend an, aber Shade schüttelte leicht den Kopf, worauf die Frau stehen blieb und ihre Arme verschränkte.

"Lass mich an deinem Leben teilhaben, bis zum letzten Tag, ich will nicht weiter von deiner Seite weichen, wenn es bedeutet, vom Umbra zu verschwinden, werde ich dies tun. Shade ich liebe dich und das wird sich nicht ändern, irrelevant wie dieser Tag endet." seine Worte klangen aufrichtig und sanft, sie erwiderte seinen Blick, ihre Augen wurden langsam glasig.

"Du verdammter Sturkopf.." brach Shade leise aus und fiel ihm in die Arme, sie schlang ihre Arme um seinen Hals. Seine breiten Arme umarmten sie, ein bekanntes Gefühl. Draco schmunzelte zufrieden hinter dem Paar und schielte vielsagend zu Mariann, die etwas den Kopf schüttelte.

50

Shade

Sie hatte einen Entschluss gefasst, aber nachdem Einar ihr sein Herz ausschüttete und seine Liebe derart offenkundig gestanden hatte, bröckelte ihre Fassade. Sie wollte stark sein. Aber dieser Mann war nun mal ihre schwache Seite, sie hatte ihn durchaus vermisst. Zurück in seinen Armen war es der bekannte Duft, diese ungewöhnliche Wärme und die Sicherheit, die von ihm ausging. Nachdem der Moment an Anspannung verlor und Mariann feststellte, dass keine Gefahr von den Männern ausging, verabschiedete sie sich von dem Trio und kehrte zurück nach Zhane. Hingegen hatte sich Draco in das dunkelgrüne Gras gesetzt, was Einar und Shade ihm gleich taten, wobei er sie zu sich auf den Schoß zog, er wollte nicht unbedingt wieder zulassen, dass sie sich zu weit von ihm entfernte. Draco ließ es unkommentiert, aber nur für diesen Tag als Ausnahme.

"Wie sieht dein Plan aus?" Draco sah zu Shade die eine Antwort auf seine Frage bereit hielt.

"Kijana wird beim Rudel bleiben.. bei Mariann und Kaden.. ich hingegen wollte wirklich nach Dopolis aufbrechen." sie schielte zu Einar der etwas nachdenklich wirkte.

"Du willst Kijana freiwillig bei ihnen lassen?" Draco wirkte verwirrt und Shade lächelte matt.

"Ihr hättet sie sehen müssen, unter all den Kindern, sie hat gespielt, getobt und gelacht.. wie alle anderen Kinder.. ihr müsst wissen, die Wölfe und ihrer Verbundenheit zur Natur sind auf einer ähnlichen Ebene wie die von Kijana. Zudem hatte sie selbst darum gebeten.. ich sagte ihr, wenn sie alt genug ist, kann sie die Entscheidung selber treffen.. aber ich habe meine Meinung geändert, als ich sie spielen sah.." erzählte Shade.

"Wenn sie sowieso vor hat zu dem Rudel zu gehen, dann ist der Zeitpunkt doch egal. Zudem ist Zhane nicht allzu weit weg von Dopolis, du kannst sie immer besuchen." murmelte Einar, was Shade mit einem zuversichtlichen Nicken bestätigte.

"Na gut. Wenn du denkst, das ist das Richtige für sie. Also werdet ihr zwei nach Dopolis ziehen, wie genau hast du vor, unter Menschen zu leben, Einar?" Draco sah fragend zu den angesprochenen Vampiren.

"Ich habe gehört, du zeigst Shade das Siegel der Sonnenschutz Magie und ich mache eine Tierblut Diät." merkte Einar an, Shade sah fassungslos zu Einar.

"Was? Ich sagte alles was nötig ist." lächelte Einar ungeniert.

"Das ist machbar.." nickte Draco langsam und musterte die Beiden.

"Und ihr seid euch absolut sicher mit diesen getroffenen Entscheidungen?" forschte Draco sicherheitshalber nach.

Shade nickte ohne zu zögern, Einar zögerte zwar kurz aber nickte dann auch, worauf Draco seufzte.

"In Ordnung. Was ist mit Umbra?" Draco richtete diese Frage an Einar.

"Bricriu scheint bestens geeignet für diese Arbeit." Einar zuckte etwas die Schultern und Draco runzelte die Stirn.

"Du hast schon alles durchdacht.." stellte Draco überrascht fest und Einar legte seinen Kopf auf Shade's Schulter mit einem verschmitzten Lächeln.

"Natürlich. Ich habe meine Worte absolut ernst gemeint." entgegnete Einar, Shade lehnte ihren Kopf gegen seinen, sie war zufrieden.

"Wir romantisch." seufzte jemand aus und die drei Köpfe drehten sich zu dem weißhaarigen Mädchen von vor einem Tag, ihre ozeanblauen Augen musterten das Trio. Sie hatte ihre Arme verschränkt auf dem Festland, während alles unter ihrer Brusthöhe im See verblieb. Draco wich instinktiv einen Meter von ihr weg und sie kicherte etwas.

"Keine Sorge.. an euch habe ich kaum Vergnügen.." sie zwinkerte Draco zu.

"Du bist das Mädchen von gestern.. was dort auf der Insel gestrandet war." stellte Shade fest.

"Entschuldigung, das war ein Versuch mich zu sonnen." entgegnete die Sirene etwas eingeschnappt.

"War wohl nicht so erfolgreich." merkte Einar an und die Fremde verdrehte die Augen.

"Glückwunsch, du hast ein gesundes Auge, wo ist dein zweites abgeblieben?" lächelte sie frech.

"Was willst du?" seufzte Shade dann etwas genervt.

"Ich hatte Hunger.. aber bis auf wandelnde Leichen gibt es nur noch dich.. und noch mehr von dir.." die Sirene klang enttäuscht und ließ sich rücklings in die Mitte des Sees treiben. Statt ihren zarten nackten Beinen waren diese zu einer dunkelblauen, fast schwarzen Schwanzflosse zusammengewachsen. Ihr Anblick glich keiner Meerjungfrau, sondern eher einem Unterwasser-Ungetüm. Dennoch war alles ab Hüfte aufwärts wunderschön, eine Täuschung, um verzweifelte Männer anzulocken.

"Sirenen gibt es also noch.." stellte Einar nahezu flüsternd fest und Shade nickte langsam.

"Ignorieren wir die Tatsache, dass sie gerade noch sagte, mehr von Shade?" Draco sah die beiden vorwurfsvoll an.

"Das ist ein verrücktes Mädchen, das die Tage tief im Wasser verbringt, warum glaubst du ihren Worten?" merkte Einar an.

"Zumal ist Kijana beim Rudel." fügte Shade hinzu.

"Ok. Wieso. Höre ich dann insgesamt 5 Herzschläge plus ein Herzschlag, der sich gerade entfernt?" murrte Draco dann aus. Einar runzelte die Stirn und verschärfte sein Gehör, seine Augen weiteten sich. Shade sah unsicher zwischen den beiden Männern hin und her.

"Das ist unmöglich!"

"Das Herz können wir erst am 22. Tag der Schwangerschaft ausmachen, Shade." merkte Draco ernst an.

"Das ist schön und gut. Trotzdem unmöglich. Vor 22 Tagen waren wir noch in Umbra, weit bevor ich entführt wurde." erklärte Shade.

"Vor 22 Tagen hatten wir nach dem Sieg über Inot uns erst zerstritten und dann wieder vertragen.." hauchte Einar aus und Shade's Wangen wurden etwas rot bei der Erinnerung.

"Trotzdem unmöglich.." piepste Shade aus.

"Nicht unbedingt. Einar ist selbst kein richtiger Vampir. Auch nur ein Resultat aus Magie." murmelte Draco. Shade schwieg etwas und dachte darüber nach, war es wirklich möglich, danach ließ sie ihren Blick über den Platz schweifen, aber sie konnte keine weitere Seele ausmachen.

"Das habe ich wirklich nicht bedacht." gestand Einar etwas kleinlaut.

"Es ist nicht schlimm.." entgegnete Shade, sie war lediglich ein wenig überfordert mit diesem neuen Wissen.

"Dann werde ich definitiv nicht von deiner Seite weichen." schmunzelte Einar, er war durchaus glücklich über diese Nachricht. Für ihn war es von Anfang an klar, dass er nie eigene Kinder haben würde.

"Wird das dann genauso wie bei Kijana sein?" Shade sah fragend zu Draco, aber er hatte keine Antwort darauf. Es gab keinen vergleichbaren Fall, wiederholt mussten sie es selbst rausfinden, wenn es so weit war.

"In Ordnung." atmete Shade ihren dicken Kloß aus ihrem Hals aus, ".. wir haben noch viel vor uns, ich muss noch mit Kijana sprechen, Mariann und Kaden wissen Bescheid. Ihr müsste zurück nach Umbra, damit Bricriu weiß womit er es zu tun hat und dann treffen wir uns in Dopolis." sie schielte bei dem letzten Teil zu Einar der langsam nickte.

"Und du bist dir wirklich sicher mit Kijana?" fragte Einar. Shade nickte aber.

"Ich werde ihr von unserer Vermutung erzählen, wenn sie trotzdem in Zhane bleiben möchte, ist es in Ordnung. Ich kann sie besuchen wann ich will und sie kann uns immer besuchen." lächelte Shade, die mit diesem Gedanken schon am Morgen Frieden geschlossen hatte durch das Gespräch mit Blyana. Sie wollte aufstehen, wurde aber kurz zurückgehalten von Einar, der sie zaghaft küsste. Draco verdrehte etwas die Augen, stand auf und klopfte sich etwas Gras von der Hose. Die Männer machten sich auf dem Rückweg nach Umbra, um die neuen Entscheidungen bekannt zu geben, hingegen Shade zurück nach Zhane ging. Das Treiben im Dorf war, wie zu erwarten, belebt. Shade war dies ein wenig zu viel, weswegen sie den direkten Weg zum Haus von Kaden und Mariann wählte. Sie schloss die Tür hinter sich und atmete erleichtert aus.

"Alles in Ordnung?" Mariann stand in der Küche, sie machte etwas zu Essen fertig, während Kijana mit anderen Kindern aus dem Rudel verstecken spielte. Das hatte Shade zumindest beim Vorbeigehen bemerkt.

"Ja, schon. Irgendwie.." lächelte Shade matt und ließ sich auf die Sitzecke fallen.

"Ich brauche keine 5 Minuten, um diese Männer aufzuspüren und ihre Ärsche zu versohlen." schlug Mariann vor, obwohl diese Frau schüchtern war, waren ihre Beschützerinstinkte enorm. Shade musste ein wenig lachen.

"Bitte töte nicht den Vater meiner möglichen Kinder.. Zwillinge?" seufzte Shade aus, etwas klirrte, als Mariann ein Glas fallen ließ, das sie ursprünglich mit Wasser füllen wollte. Shade sprang auf und half ihr bei den Scherben.

"Was? Nein, setz dich wieder hin, sofort!" entgegnete Mariann ernst, die etwas grob Shade zurück zum Tisch schob, daraufhin kehrte sie die Scherben weg.

"Ich bin nicht aus Porzellan." merkte Shade ein wenig amüsiert an, die Instinkte der Wölfe in diesem Rudel waren enorm. Davor hatte Blyana gewarnt, aber Shade musste diese Erkenntnis mit jemandem teilen, damit sie ihren Mut fand, Kijana davon mitzuteilen.

"Spielt keine Rolle. Damit du die beste Gesundheit rausholen kannst, musst du gut Essen, ausreichend trinken und dich so viel schonen wie möglich." erklärte Mariann.

"Für fast ein ganzes Jahr?" Shade sah sie fassungslos an.

"Ja, für ein fast ganzes Jahr." nickte Mariann.

"Erinnere mich daran, nie wieder einem Werwolf zu erzählen, dass ich schwanger bin." hauchte Shade aus und Mariann verschränkte ihre Arme vorwurfsvoll.

"Wir haben das bessere Gefühl für solche Umstände." verteidigte sie ihr Verhalten.

"Ich weiß, ich weiß.." lächelte Shade und seufzte leise.

"Willst du immer noch an deinem Plan von heute morgen festhalten?" Mariann deckte den Tisch mit vier Tellern und dem notwendigen Besteck.

"Ja.. aber ich werde Kijana selbst entscheiden lassen." gestand die Goldblüterin.

"Ist gut." lächelte die Wolfsdame, sie servierte das Essen, was eine gute Mischung aus dem erlegten von der Vornacht war und frisch selbst angebautes Gemüse aus dem Garten. Kijana kam mit Kaden wieder, der das Mädchen von der Spielstunde abgeholt hatte. Das Mädchen ließ sich auf die Sitzbank neben Shade fallen, sie wirkte etwas erschöpft. Shade musste etwas schmunzeln, offensichtlich war sie in Zhane gut aufgehoben.

"Ich bin viel besser im verstecken als die anderen!" erzählte Kijana ganz stolz, während Mariann ihr etwas auf den Teller tat.

"Es scheint dir hier richtig zu gefallen.." merkte Shade sanft an, was das Mädchen mit einem festen Nicken bestätigte. Das gemeinsame Essen war etwas seltenes, Shade konnte sich gar nicht daran erinnern, wann sie das letzte Mal mit einer fast vollständigen Familie an Anzahl gegessen hatte. Sie hatte entschieden, das Gespräch nach dem Essen anzufangen, sie wollte diese angenehme Ruhe nicht unterbrechen. Wobei Kijana aufgeregt von ihrem Tag erzählte und die Erwachsenen aufmerksam auf sie eingingen. Mariann räumte den Tisch ab, Shade wollte ihr dabei helfen aber der böse Blick der Frau stimmte sie um, weswegen Shade sitzen blieb. Kaden musterte seine Gattin aufmerksam und runzelte etwas die Stirn.

"Bist du soweit?" fragte Kaden dann, Mariann sah irritiert zu ihm.

"Wofür?"

"Schon vergessen? Der Geburtstag von Keziah." erinnerte er und Mariann hielt sich etwas die Schläfe.

"Entschuldige.. ich habe in letzter Zeit sehr viel woran ich denken muss." seufzte die Frau aus, sie sah vielsagend zu Shade, darauf verließ das Paar das Haus. Kijana rutschte langsam von der Bank.

"Warte mal eine Minute." bat Shade dann ruhig, ihre Tochter sah zu ihr und blieb sitzen.

"Weißt du noch, was ich gestern zu dir meinte, dass du entscheiden kannst, wohin du gehst, wenn du alt genug bist?" fing

Shade dann an. Kijana nickte langsam.

"Ich habe darüber nachgedacht. Wenn du bereit für eine Entscheidung bist, kannst du sie jetzt schon treffen, aber davor muss ich dir noch etwas sagen." sie griff nach den Händen ihres Kindes.

"Einar und ich werden nach Dopolis ziehen, das ist wenige Stunden von Zhane entfernt. Aber wir werden dort bleiben.. wir glauben, dass ich schwanger bin.." Shade druckste etwas mit den Worten herum, sie wusste nicht, wie sie Kijana derartige Informationen mitteilen konnte.

"Das heißt, ich wäre kein Einzelkind mehr!" stellte Kijana mit großen Augen fest und Shade schmunzelte.

"Richtig. Also willst du mit uns nach Dopolis, du kannst das Rudel immer besuchen. Oder willst du hier bleiben, da gilt alles natürlich umgekehrt." Shade verstummte nach den Worten, sie ließ Kijana die Zeit, die sie benötigte, um darüber nachzudenken. Sie mochte das Leben in Zhane, aber sie liebte ihre Mutter, aber wenn sie beides haben konnte, war die Wahl wohl eindeutig.

"Ich komme mit euch mit! Aber nur wenn ich einmal die Woche das Rudel besuchen darf." verhandelte das Mädchen und Shade lachte etwas.

"Natürlich, das ist kein Problem." sie umarmte Kijana zaghaft. Die Entscheidung stand fest. Shade bedankte sich bei Kaden und Mariann für die Gastfreundschaft und die einmalige Chance für Kijana. Das blinde Mädchen war nach wie vor herzlich eingeladen, das Rudel zu besuchen, wann immer sie wollte. Shade packte die wenigen Sachen, die sie mitgenommen hatten aus Umbra, die Zeit drängte ein wenig. Nachdem Kijana sich bei ihren neuen Freunden verabschiedet hatte, ergriff sie die Hand ihrer Mutter und die beiden brachen zu Dopolis auf. Der Fußmarsch dauerte wenige Stunden an, aber Kijana hüpfte etwas aufgedreht neben der Goldblüterin her. Der Wald lichtete sich langsam und das tote Land zeigte sich. Blyana hatte sie gewarnt, das Land wirkte vertrocknet und ausgestorben, aber in der Ferne erkannte man das Dorf. Es wurde umgeben von niedrigen, aber robusten Mauern. Bevor sie aber das Dorf erreichen konnte, kamen ihnen Einar und Draco entgegen. Sie waren in Umbra schnell fertig geworden, Einar hatte stattdessen in Dopolis dafür gesorgt, dass sie eine eigene Bleibe finden. Die Überraschung stand den Männern ins Gesicht geschrieben, als sie Shade und Kijana sahen.

"Sie wollte sich die Chance nicht entgehen lassen, Geschwister zu haben." schmunzelte Shade etwas.

"Nachvollziehbar." nickte Einar zufrieden, "schön dich wiederzusehen, Kijana." lächelte er und Kijana ließ die Hand ihrer Mutter los und umarmte den Vampir ohne Warnung. Draco reichte Shade ein kleines Buch, "Darin ist auch das Sonnenschutz Siegel und paar andere nützliche Dinge. Ich werde euch gelegentlich besuchen." erklärte der Schwarzhaarige.

"Danke.." merkte Shade ehrlich an und Draco nickte.

"Passt auf euch auf und wehe, deine Kinder erfahren von mir nichts." drohte Draco scherzhaft.

"Spätestens dann, wenn du vor ihnen stehst, wissen sie Bescheid." lachte Shade etwas. Draco verabschiedete sich von dem Drein und verschwand zurück in den Wald, er wollte noch aus dem Wald raus, bevor die Nacht einbrach. Die drei kehrten zu Dopolis zurück, Einar ergatterte ein kleines Haus, was für die zukünftigen neuen Familienmitglieder groß genug sein sollte. Kijana bereitete alles für ihre Geschwister vor, die Spiele, die sie mit ihnen zusammen spielen wollte, die Streiche, die sie mit ihnen spielen wollte und vieles mehr. Sie lebten Jahre in diesem Haus, mit stetigen neuen Hürden. Shade hätte man damit rechnen müssen: ihre Familie, ihr Leben, es war nie zu einem einfachen Leben bestimmt. Die Schwangerschaft brachte Risiken mit sich und selbst diese überstand Shade mit Hilfe Kijana, die jedes Jahr um zehn Jahre älter schien. Einar war aus Verzweiflung aufgebrochen, um eine Lösung zu finden für all die Probleme, zum einen den Alterungsprozess von Kijana, zum anderen für die Gesundheit der Zwillinge. Die zwei Mädchen glichen sich im Aussehen, bis auf die Augen. Ein Mädchen wurde blind geboren und das zweite Mädchen schien taub zu sein. Es hatte Kijana einen riesigen Schreck eingejagt, als dieses weder quengelte noch schrie. Aber Selen hatte den Fluch angesprochen, es war keine neue Erkenntnis. Alleine die Geburt selbst war ein wandelndes Wunder. Wovon Shade recht wenig mitbekam, da sie alleine bei den letzten Wehen bewusstlos geworden war. Kijana hatte Stunden zuvor dafür gesorgt, dass Mariann dabei war, da Einar eindeutig überfordert mit allem war. Für Kijana war es ein einmaliges Gefühl, als sie ihre Schwester im Arm hielt, zu Olivia fühlte sie eine sofortige Bindung durch ihre geteilte Benachteiligung. Während Mariann zaghaft die Nase antippte von

Claire, die sich darauf reckte. Die Zwillinge waren sonst in guter Gesundheit. Shade erlangte etwas Kraft nach weiteren Tagen, bis sie ihre Familie wieder umsorgen konnte. Von ihrem Mann hatte sie lange nichts gehört oder gesehen. Draco besuchte die Familie gelegentlich und erzählte ihr von Sichtungen oder Gerüchten aus anderen Ländereien, die nach Einar klangen. Beruhigend waren diese nicht wirklich, Einar würde die Hölle für diese Mädchen in Bewegung setzen, wenn es sein musste. Das war einer der größten Ängste von Shade, dass er unter all diesen fremden Emotionen ertrank und diese abschaltete. Es machte ihn zu einem reinen Monster. Kein Mann, der für diese Mädchen ein Vater sein könnte. Es war nicht falsch, seine Familie zu beschützen, aber in Dopolis waren sie sicher. Fünf Jahre später kehrte er nach Hause zurück. Er hatte keinen Erfolg, das erkannte Shade an seinem niedergeschlagenen Ausdruck. Er hatte sich in dieser Zeit gehen lassen, er hatte Stoppeln im Gesicht und seine Augen waren leer. Dieser Ausdruck veränderte sich als Kijana, denn Mann, ohne mit der Wimper zu zucken oder zu zögern, umarmte ihn. Das Mädchen hatte ihre Mutter und ihren Freund im alterlichen Aussehen eingeholt. Kijana durchlebte in einem Jahr, zehn ihrer Lebensjahre, die sie damit verbrauchte, es war ein weiterer Fluch ihrer Existenz, die rein auf Magie und kaum Natur basierte. Shade saß auf dem großen Sofa, während Claire neben dem niedrigen Tisch kniete und die Schriftzeichen eines Buches zärtlich mit einer Feder eindrückte. Kaum tätigten die Zwillinge ihre ersten Schritte, brachten sie dem Mädchen alles zusammen mit Kijana bei. Das Überleben, das Lesen und Schreiben, das Kämpfen und die wichtigsten Dinge, die ein Goldblüter wissen musste. Draco versorgte die Bücherregale der Familie mit jedem seiner Besuche. Olivia fand großes Interesse daran und ließ sich die Zeilen eindrücken von Claire, damit sie den Inhalt selbst lesen konnte. Hingegen sah Claire ihrer Mutter beim Zubereiten von Tränken und Mixturen über die Schulter. Einar hatte die Hoffnung nicht aufgegeben, Kijana hatte ein äußerliches Alter erreicht in der die Gesundheit sie einschränkte. Irrelevant, wie sehr sie nach einer Lösung suchten, gab es keinen Ausweg und Kijana tat ihr Bestes, ihr kurzes Leben vollständig auszukosten. Sie besuchte das Rudel in Zhane so oft wie es ihr möglich war und unterstützte sie in der Erziehung ihrer Schwestern, die scheinbar nicht ihren Alterungsfluch teilten. Anders als Kijana, hatten die Zwillinge ein natürliches

Wachstum. Als Shade beobachtete wie Einar, neben seinem zwanghaften Versuch, alles richtig zu stellen, mit dem Mädchen umging, war es all diese Schwierigkeiten wert. Das sehr leise Kichern von Claire, Olivia, die häufig jegliche Zuneigung von sich wegdrückte mit sehr viel Widerspruch, aber selbst auch in Gelächter ausbrach, war Kijana ihren Schwestern ein gutes Vorbild. Sie dachte nie, dass ihr eine derartige Zukunft zustand, es wirkte wie ein Märchen.

Danksagungen

Danke an jene Menschen, die mich dazu motiviert haben, endlich meinen Kindheitstraum vom eigenen Buch zu erfüllen.

Seit klein auf schwirrte diese Geschichte in meinem Kopf, viele Versuche scheiterten aus Angst, Zweifel und vielem mehr.

Danke an alle Partner, die mit RPG und Pen und Paper mir mehr Ideen für diese Welt eingebracht haben.

Danke an die Menschen, die nie aufgehört haben, an mich zu glauben, selbst in den schwierigsten Zeiten.

Darunter auch Dank Erik, der mich erst richtig darauf hinwies, wie sehr ich an meinen Entscheidungen festhalte und etwas bis zum Ende durchziehe.

Ich bin dankbar für jede Unterstützung, die ich in diesem Prozess erhalten habe, emotionaler Support, Feedback und gemeinsames Brainstorming.

Dazu möchte ich noch anmerken, wie ungemein Social Media mir geholfen hat. Hinweise und Tipps von anderen Autoren waren eine enorme Hilfe, oft auch ein Lebensretter.

Ich habe eine ganz neue Welt entdeckt, mein Hobby, mein eigenes kleines Talent. Meine Art, am Tage träumen zu können, in Fantasien einzutauchen, hatte ich eine Zeit lang als etwas Kindisches betrachtet.

Ich dachte, es wäre nur eine Phase. Dabei habe ich die Rufe meines Herzens ignoriert, mein Leben war ein Chaos, ein reines Durcheinander.

In meinem Freundes- und Bekanntenkreis gab es immer diese Talente, diese Menschen mit ihren Gaben, auf die ich irgendwann neidisch war. Dabei habe ich viele Hobbys ausprobiert, aber ich hatte meine wahre Bestimmung verdrängt.

Ironischerweise schreibe ich Geschichten, seitdem ich meinen ersten Laptop besaß, mit 12 Jahren formte ich die Welten voller Farben und Wunder.

Endlich habe ich meine Bestimmung gefunden, nachdem ein guter Freund mich dazu ermuntert hatte.

Danke Timmy, ohne deine Hilfe wäre ich niemals so weit gekommen und hätte den Traum wohl aufgegeben.

Ich dachte nie, dass es dazu kommt, aber auch meiner Familie muss ich danken. Obwohl mein Kontakt zu dieser sehr begrenzt ist. Meine Oma, die trotz dieser enormen Entfernung mir immer etwas zu Weihnachten, Ostern und Geburtstagen zukommen ließ und den Kontakt aufrecht erhielt. Meine Tante, die mir in manchen Hinsichten mehr mütterliche Tipps geben konnte als meine Mutter selbst. Ich nehme es ihr nicht übel, das Leben ist durchaus ein ständiges auf und ab. Umso wichtiger empfand ich es, diesen Traum durchzuziehen.

Meine Brüder, die trotz der fehlenden Möglichkeiten hin und wieder die Fühler nach mir ausstrecken, die mich mit allen zuvor erwähnten stets daran erinnern, dass ich nach wie vor eine Familie habe. Meine Familie ist nicht wirklich bekannt für das gemeinsame Essen am Tisch, viele Unterhaltungen miteinander oder kleine Ausflüge. Es hat mich Jahre gekostet, um zu verstehen, dass all dies nicht eine Familie ausmacht. Sondern alleine die wenigen Kontakte beweisen immer aufs Neue, dass man nicht alleine ist.

Zu guter Letzt, meine stolzen Schreibblockaden oder Schoßwärmer. Jinx und Luzy, sie haben mich oft beim Schreiben behindert aber ich kann es ihnen nicht verübeln. Dank ihnen habe ich eine gute Balance.

Glossar

Inceptor: Junge Vampire, häufig unter den ersten 100 Jahren alt, Inceptor werden auch Vampire außerhalb von Umbra genannt, ihre Treue gegenüber der Vampirstadt existiert nicht.

Provecta: Vampire, häufig unter ihrem ersten Jahrzehnt alt oder von einer noblen Blutlinie, ihre Loyalität richtet sich an die Vetustissima, bedeutet sie haben sich Umbra vollständig verschworen.

Vetustissima: Sehr alte Vampire, von königlichem Abstand oder mächtige Vampire, sind häufig in Umbra zu finden, selten auch alleine anzutreffen. Ihre Stärke ist unübertroffen.

Oraculi: Mentor, Erschaffer eines Vampirs, die Bindung zwischen diesem und dem neuen Vampir ist häufig absolut. Durch die Wandlung kann eine emotionale oder seelische Abhängigkeit resultieren.

Umbra: Die Vampirstadt im Nordosten, eine riesige Stadt mit umso größerer Mauern, die alles in einen ewigen Schatten hüllen. Einst geführt durch die Regiae Familie.

Slosa: Eine Ansammlung von Rebellen, die sich im kalten Norden befinden, umgeben von Bergen und mit mächtigen Schutzzauber bleiben sie nahezu unentdeckt. Ihr Ziel war der Aufstand gegen Umbra oder eher gesagt gegen die Regiae Familie.

Praaphia: Das Zuhause aller Magie, die Insel ist der aktuellen Zeit voraus, vieles wurde mit der Magie auf die Umstände der Bewohner angepasst. Das Volk ist sehr in sich gekehrt und misstrauisch gegenüber Fremden. Liegt nördlicher als Slosa.

Ishidon: Ein kurz erwähnter Ort, gleicht der Beschreibung eines Elfenwalds. Liegt weit im Westen.

Eden: Die Stadt wurde kurz von Draco erwähnt, ein Königreich geführt von einer menschlichen Königsfamilie, die alle Wesen willkommen heißt, insofern sie sich zu benehmen wissen. Liegt im Westen.

Praaphisch: Die Sprache aus Praaphia, sie gleicht dem Latein aber im Klang besitzt es einen eigenartigen Akzent, die Schrift wird verschnörkelt.

Zhane: Weit im Osten gibt es einen riesigen dicken und dichten Wald, bewohnt von dem Zhane Rudel. Ihr Zuhause befindet sich nahezu in der Mitte.

Sirenengewässer: Mitten in den Wäldern von Zhane gibt es einen großen See, dieses wird Sirenen Gewässer genannt, da wenige verbliebene Sirenen dort ausruhen. Man munkelt, dass das Wasser tief hinunter reicht und ein Unterwassertunnel die Verbindung zum Meer garantiert.

Dopolis: Ein Dorf, bestehend aus Menschen direkt unter den Wäldern von Zhane, sie genießen den Schutz des Rudels. Das Land selbst wirkt abgestorben und die Ernten sind häufig sehr mager.

Made in the USA
Columbia, SC
14 August 2024

5088bd8f-3d14-46d1-870a-4dfae26c4299R01